21 世纪高等学校计算机应用型本科规划教材精选

数据库系统原理

王　岚　主编

李晓娜　　副主编

朱耀庭　　主审

清华大学出版社

北　京

内 容 简 介

本书较系统地阐述了数据库系统的基础理论、基本技术和基本方法,并以当前流行的 Microsoft SQL Server 2005 作为平台,介绍了 Microsoft SQL Server 2005 的基础和典型应用。全书共分两部分:数据库基础和 SQL Server 2005 实验。第 1 部分为数据库基础,包括绪论、SQL Server 2005 基础与环境、SQL Server 2005 操作、关系数据库标准语言 SQL、数据库的视图、T-SQL 语言程序设计、索引与数据完整性、存储过程和触发器、数据库系统安全管理、SQL Server 2005 备份恢复与导入导出、关系数据库规范化理论、数据库设计;第 2 部分包括 9 个 SQL Server 2005 的实验。每章都配有小结和习题。

本书重点突出、面向实用,并为教师配有教学课件,方便教学。本书适合作为高等院校计算机及相关专业数据库原理课程的教材,也可供广大技术人员及自学者参考。

图书在版编目(CIP)数据

数据库系统原理/王岚主编. —北京:清华大学出版社,2010.6
(21 世纪高等学校计算机应用型本科规划教材精选)
ISBN 978-7-302-22263-7

Ⅰ. ①数…　Ⅱ. ①王…　Ⅲ. ①数据库系统-高等学校-教材　Ⅳ. ①TP311.13

中国版本图书馆 CIP 数据核字(2010)第 046163 号

责任编辑:索　梅　薛　阳
责任校对:白　蕾
责任印制:李红英

出版发行:清华大学出版社		地　　址:北京清华大学学研大厦 A 座	
http://www.tup.com.cn		邮　　编:100084	
社　总　机:010-62770175		邮　　购:010-62786544	
投稿与读者服务:010-62776969,c-service@tup.tsinghua.edu.cn			
质　量　反　馈:010-62772015,zhiliang@tup.tsinghua.edu.cn			

印　刷　者:北京市人民文学印刷厂
装　订　者:三河市溧源装订厂
经　　销:全国新华书店
开　　本:185×260　印　张:20.75　字　数:496 千字
版　　次:2010 年 6 月第 1 版　印　次:2010 年 6 月第 1 次印刷
印　　数:1～3000
定　　价:29.00 元

产品编号:033004-01

编写委员会成员

（按姓氏笔画）

"**教**育部财政部关于实施高等学校本科教学质量与教学改革工程的意见"(教高[2007]1号)指出:"提高高等教育质量,既是高等教育自身发展规律的需要,也是办好让人民满意的高等教育、提高学生就业能力和创业能力的需要",特别强调"学生的实践能力和创新精神亟待加强"。同时要求将教材建设作为质量工程的重要建设内容之一,加强新教材和立体化教材的建设;鼓励教师编写新教材,为广大教师和学生提供优质教育资源。

《21世纪高等学校计算机应用型本科规划教材精选》就是在实施教育部质量工程的背景下,在清华大学出版社的大力支持下,面向应用型本科的教学需要,旨在建设一套突出应用能力培养的系列化、立体化教材。该系列教材包括各专业计算机公共基础课教材;包括计算机类专业,如计算机应用、软件工程、网络工程、数字媒体、数字影视动画、电子商务、信息管理等专业方向的计算机基础课、专业核心课、专业方向课和实践教学的教材。

应用型本科人才教育重点面向应用、兼顾继续深造,力求将学生培养成为既具有较全面的理论基础和专业基础,同时也熟练掌握专业技能的人才。因此,本系列教材吸纳了多所院校应用型本科的丰富办学实践经验,依托母体校的强大教师资源,根据毕业生的社会需求、职业岗位需求,适当精选理论内容,强化专业基础、技术和技能训练,力求满足师生对教材的需求。

本丛书在遴选和组织教材内容时,围绕专业培养目标,从需求逆推内容,体现分阶段、按梯度进行基本能力→核心能力→职业技能的培养;力求突出实践性,实现教材立体化和课程系列化的特色。

突出实践性。丛书编写以能力培养为导向,突出专业实践教学内容,为有关专业实习、课程设计、专业实践、毕业实践和毕业设计教学提供具体、翔实的实验设计,提供可操作性强的实验指导,完全适合"从实践到理论再到应用"、"任务驱动"的教学模式。

教材立体化。丛书提供配套的纸质教材、电子教案、习题、实验指导和案例,并且在清华大学出版社网站(http://www.tup.com.cn)提供及时更新的数字化教学资源,供师生学习与参考。

  课程系列化。实验类课程均由"教程＋实验指导＋课程设计"三本教材构成一门课程的"课程包",为教师教学、指导实验以及学生完成课程设计提供翔实、具体的指导和技术支持。

  希望本丛书的出版能够满足国内对应用型本科学生的教学要求,并在大家的努力下,在使用中逐渐完善和发展,从而不断提高我国应用型本科人才的培养质量。

丛书编委会

2009 年 7 月

数据库技术是计算机科学中的一个非常重要的部分,数据库技术以及数据库的应用也正以日新月异的速度发展,因此作为现代的大学生,特别是计算机专业的学生,学习和掌握数据库知识是非常必要的。

本书是为计算机专业的学生学习数据库知识而编写的一本教材,其特点是内容全面,既包括数据库的基础理论知识,又包括数据库的实验,可以使读者系统地、全面地学习数据库系统的知识。在介绍数据库理论时,本书特别加强了解决实际问题的内容,包括在数据库管理系统中对索引的管理方法以及如何构建提高数据查询效率的索引,如何编写带参数的存储过程以及如何实现复杂的数据查询功能等。在实现数据完整性约束方面,本书除了介绍常用的完整性约束方法之外,还介绍了实现复杂的数据完整性约束的方法——触发器。

本书由两部分组成。第 1 部分介绍数据库系统的基本概念和基本理论,这部分由第 1~12 章组成,具体内容包括绪论、SQL Server 2005 基础与环境、SQL Server 2005 操作、关系数据库标准语言 SQL、数据库的视图、T-SQL 语言程序设计、索引与数据完整性、存储过程和触发器、数据库系统安全管理、SQL Server 2005 备份恢复与导入导出、关系数据库规范化理论以及数据库设计;第 2 部分主要介绍 SQL Server 2005 的实验,这部分由 9 个实验构成。

为了便于教师使用本书进行教学,我们为本书制作了电子课件,需要的教师可登录清华大学出版社网站(www.tup.com.cn)下载。

本书是几位作者对多年从事数据库教学的经验和感受的总结。全书由王岚主编,其中第 1 章、第 4 章、第 11~12 章由王岚编写;第 2~3 章由李志玲编写;第 5~6 章由李晓娜编写;第 7~8 章由刘洋编写;第 9~10 章由李静编写;第 2 部分的实验由付延友编写。

在本书的编写过程中朱耀庭教授、王慧芳教授、常守金教授给予了我们大力的支持,并为本书提出了许多宝贵的意见。特别是王慧芳教授在百忙之中为我们亲自审稿、把关,在此表示衷心的感谢。另外本书的出版得到了清华大学出版社的大力帮助和支持,在此也表示诚挚的感谢。

由于时间仓促加之编者水平所限,书中难免有不妥之处,望广大同仁给予批评指正。

作 者

2010 年 3 月

目 录

CONTENTS

第 1 部分　数据库基础

第 2 部分　SQL Server 2005 实验

第1部分

数据库基础

第1章

绪　论

本章要点

　　通过本章的学习主要了解数据管理的发展。另外,本章还介绍了数据库设计的概念模型以及数据库系统的组成。

　　数据库技术是现代信息科学与技术的重要组成部分,是计算机数据处理与信息管理系统的核心。数据库技术研究并解决了计算机信息处理过程中大量数据有效地组织和存储的问题,在数据库系统中减少数据存储冗余、实现数据共享、保障数据安全以及高效地检索数据和处理数据。

　　简单地说,数据库技术就是研究如何科学地管理数据以便为人们提供可共享的、安全的、可靠的数据技术。数据库技术一般包括数据管理和数据处理两部分内容。数据库系统实质上是一个用计算机存储数据的系统。也就是说,数据库是收集数据文件的仓库或容器。

1.1　数据处理概述

1.1.1　数据与信息

　　在数据处理中,我们最常用到的基本概念就是数据和信息,信息与数据有着不同的含义。

1. 信息的定义

　　信息是关于现实世界事物的存在方式或运动状态的反映的综合,具体来说就是一种被加工为特定形式的数据,但这种数据形式对接收者来说是有意义的,而且对当前和将来的决策具有明显的或实际的价值。如"2010 年硕士研究生将扩招 30％",对接收者有意义,使接收者据此作出决策。

2. 信息的特征

　　信息源于物质和能量,它不可能脱离物质而存在。信息的传递需要物质载体,信息的获取和传递要消耗能量,如信息可以通过报纸、电台、电视、计算机网络进行传递。

信息是可以感知的。人类对客观事物的感知,可以通过感觉器官,也可以通过各种仪器仪表和传感器等,不同的信息源有不同的感知形式,如报纸上刊登的信息通过视觉器官感知,电台中广播的信息通过听觉器官感知。

信息是可存储、加工、传递和再生的。动物用大脑存储信息,叫做记忆;计算机存储器、录音、录像等技术的发展,进一步扩大了信息存储的范围。借助计算机,还可对收集到的信息进行取舍整理。

3. 数据的定义

数据是用来记录信息的可识别的符号,是信息的具体表现形式。

4. 数据的表现形式

可用多种不同的数据形式表示同一信息,而信息不随数据形式的不同而改变,如"2010 年硕士研究生将扩招 30%",其中的数据可改为汉字形式"二〇一〇年"、"百分之三十"。

数据的概念在数据处理领域中已大大地拓宽了,其表现形式不仅包括数字和文字,还包括图形、图像、声音等。这些数据可以记录在纸上,也可记录在各种存储器中。

5. 数据与信息的联系

数据是信息的符号表示或载体;信息则是数据的内涵,是对数据的语义解释。如上例中的数据 2010、30% 被赋予了特定的语义,它们就具有了传递信息的功能。

1.1.2 数据处理

数据处理是将数据转换成信息的过程,包括对数据的收集、存储、加工、检索、传输等一系列活动。其目的是从大量的原始数据中抽取和推导出有价值的信息,作为决策的依据。

可用下式简单地表示信息、数据与数据处理的关系:

$$信息 = 数据 + 数据处理$$

数据是原料,是输入;而信息是产出,是输出结果。"数据处理"的真正含义应该是为了产生信息而处理数据。

1.2 数据管理的发展

1.2.1 数据库技术的产生和发展

数据处理的中心问题是数据管理。

数据管理是指对数据的组织、分类、编码、存储、检索和维护。

随着计算机硬件和软件的发展,数据管理经历了人工管理、文件系统和数据库系统 3 个发展阶段。

以下将分别对 3 个发展阶段作详细的介绍。

1. 人工管理阶段（20世纪50年代中期以前）

这一阶段计算机主要用于科学计算。硬件中的外存只有卡片、纸带、磁带，没有磁盘等直接存取设备。软件只有汇编语言，没有操作系统和管理数据的软件。数据处理的方式基本上是批处理。

人工管理阶段有如下特点。

（1）数据不保存。

因为当时计算机主要用于科学计算，对于数据保存的需求尚不迫切。

（2）系统没有专用的软件对数据进行管理。

每个应用程序都要包括数据的存储结构、存取方法、输入方式等，程序员编写应用程序时，还要安排数据的物理存储，因此程序员负担很重。

（3）数据不共享。

数据是面向程序的，一组数据只能对应一个程序。多个应用程序涉及某些相同的数据时，也必须各自定义，因此程序之间有大量的冗余数据。

（4）数据不具有独立性。

程序依赖于数据；如果数据的类型、格式或输入输出方式等逻辑结构或物理结构发生变化，必须对应用程序做出相应的修改。

在人工管理阶段，程序与数据之间的关系可用图1.1表示。

图1.1 人工管理阶段

2. 文件系统阶段（20世纪50年代后期至60年代中期）

这一阶段，计算机不仅用于科学计算，还大量用于信息管理。大量的数据存储、检索和维护成为紧迫的需求。硬件有了磁盘、磁鼓等直接存储设备。在软件方面，出现了高级语言和操作系统。操作系统中有了专门管理数据的软件，一般称为文件系统。处理方式有批处理，也有联机处理。

（1）文件管理数据的特点

① 数据以文件形式可长期保存下来。用户可随时对文件进行查询、修改和增删等处理。

② 文件系统可对数据的存取进行管理。程序员只与文件名打交道，不必明确数据的物理存储，大大减轻了程序员的负担。

③ 文件形式多样化。有顺序文件、倒排文件、索引文件等，因而对文件的记录可顺序访问，也可随机访问，更便于存储和查找数据。

④ 程序与数据间有一定独立性。由专门的软件即文件系统进行数据管理，程序和数据间由软件提供的存取方法进行转换，数据存储发生变化不一定影响程序的运行。

在文件系统阶段，程序与数据之间的关系可用图1.2表示。

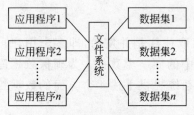

图1.2 文件系统阶段

（2）文件系统中存在的根本性问题

① 数据冗余度大。各数据文件之间没有有机的联系，一个文件基本上对应于一个应用程序，数据不能共享。

② 数据独立性低。数据和程序相互依赖，一旦改变数据的逻辑结构，必须修改相应的应用程序，而应用程序发生变化，如改用另一种程序设计语言来编写程序，也须修改数据结构。

③ 数据一致性差。由于相同数据的重复存储、各自管理，在进行更新操作时，容易造成数据的不一致性。

3．数据库系统阶段（20世纪60年代末开始）

20世纪60年代后期，计算机应用于管理的规模更加庞大，数据量急剧增加；硬件方面出现了大容量磁盘，使计算机联机存取大量数据成为可能；硬件价格下降，而软件价格上升，使开发和维护系统软件的成本增加。文件系统的数据管理方法已无法适应开发应用系统的需要。

为解决多用户、多个应用程序共享数据的需求，出现了统一管理数据的专门软件系统，即数据库管理系统。

数据库系统管理数据的特点如下。

（1）数据共享性高、冗余少。

这是数据库系统阶段的最大改进，数据不再面向某个应用程序而是面向整个系统，当前所有用户可同时存取库中的数据。这样便减少了不必要的数据冗余，节约了存储空间，同时也避免了数据之间的不相容性与不一致性。

（2）数据结构化。

按照某种数据模型，将各种数据组织到一个结构化的数据库中，整个组织的数据不是一盘散沙，可表示出数据之间的有机关联。

（3）数据独立性高。

数据的独立性是指逻辑独立性和物理独立性。

数据的逻辑独立性是指当数据的总体逻辑结构改变时，数据的局部逻辑结构不变，由于应用程序是依据数据的局部逻辑结构编写的，所以应用程序不必修改，从而保证了数据与程序间的逻辑独立性。例如，在原有的记录类型之间增加新的联系，或在某些记录类型中增加新的数据项，均可确保数据的逻辑独立性。

数据的物理独立性是指当数据的存储结构改变时，数据的逻辑结构不变，从而应用程序也不必修改。例如，改变存储设备和增加新的存储设备，或改变数据的存储组织方式，均可确保数据的物理独立性。

（4）有统一的数据控制功能。

数据库为多个用户和应用程序所共享，对数据的存取往往是并发的，即多个用户可以同时存取数据库中的数据，甚至可以同时存取数据库中的同一个数据。为确保数据库数据的正确有效和数据库系统的有效运行，数据库管理系统提供下述4个方面的数据控制功能。

① 数据的安全性（security）控制：防止不合法使用数据造成数据的泄露和破坏，保证数

据的安全和机密。例如,系统提供口令检查或其他手段来验证用户身份,防止非法用户使用系统;也可以对数据的存取权限进行限制,只有通过检查后才能执行相应的操作。

② 数据的完整性(integrity)控制:系统通过设置一些完整性规则以确保数据的正确性、有效性和相容性。

- 正确性是指数据的合法性,如年龄属于数值型数据,只能含 0,1,…,9,不能含字母或特殊符号。
- 有效性是指数据是否在其定义的有效范围内,如月份只能用 1~12 之间的正整数表示。
- 相容性是指表示同一事实的两个数据应相同,否则就不相容,如一个人不能有两个性别。

③ 并发(concurrency)控制:多用户同时存取或修改数据库时,防止相互干扰而提供给用户不正确的数据,并使数据库受到破坏。

④ 数据恢复(recovery):当数据库被破坏或数据不可靠时,系统有能力将数据库从错误状态恢复到最近某一时刻的正确状态。

在数据库系统阶段,程序与数据之间的关系可用图 1.3 表示。

从文件系统管理发展到数据库系统管理是数据处理领域的一个重大变化。在文件系统阶段,人们关注的是系统功能的设计,因此程序设计处于主导地位,数据服从于程序设计;而在数据库系统阶段,数据的结构设计成为信息系统首先关心的问题。

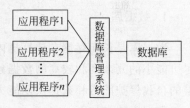

图 1.3 数据库系统阶段

数据库技术经历了以上三个阶段的发展,已进入比较成熟的阶段,但随着计算机软硬件的发展,数据库技术仍需不断向前发展。

1.2.2 数据库技术的研究领域

数据库学科的研究范围主要包括以下三个领域。

1. 数据库管理系统软件(DataBase Management System,DBMS)的研制

DBMS 是数据库系统的基础。DBMS 的研制包括研制 DBMS 本身及以 DBMS 为核心的一组相互联系的软件系统,包括工具软件和中间件。研制的目标是提高系统的性能和提高用户的使用效率。

2. 数据库设计

数据库设计的研究范围包括:
- 数据库的设计方法、设计工具和设计理论的研究;
- 数据模型和数据建模的研究;
- 计算机辅助数据库设计及其软件系统的研究;
- 数据库设计规范和标准的研究等。

3. 数据库理论

数据库理论的研究主要集中于关系规范化理论、关系数据理论等。

近年来,随着人工智能与数据库理论的结合以及并行计算技术的发展,数据库逻辑演绎和知识推理、并行算法等都已成为新的研究方向。随着数据库应用领域的不断扩展,计算机技术的迅猛发展,数据库技术与人工智能技术、网络通信技术、并行计算技术等技术的相互渗透、相互结合,数据库技术不断涌现新的研究方向。

1.3　数据库系统结构

1.3.1　数据库系统的组成

数据库系统通常是指数据库和相应的软硬件系统,主要由数据库、用户、软件和硬件4个部分组成。

1. 数据库

数据库是长期存储在计算机内有组织的、共享的数据的集合。它可以供用户共享,具有尽可能小的冗余度和较高的数据独立性,使得数据存储最优,数据最容易操作,并且具有完善的自我保护能力和数据恢复能力。

数据库特点如下。

(1) 集成性:数据库把某特定应用环境中的各种应用相关的数据及其数据之间的联系全部集中地并按照一定的结构形式进行存储,或者说,可以把数据库看成若干个个体性质不同的数据文件的联合和统一的数据整体。

(2) 共享性:数据库中的一块块数据可为多个不同的用户所共享,即多个不同的用户,使用多种不同的语言,为了不同的应用目的,可以同时存取数据库,甚至同时存取同一块数据,即多用户系统。

2. 用户

用户是指使用数据库的人,即对数据库存取、维护和检索等操作的各类人员。

用户分为以下三类。

(1) 第一类用户,终端用户(end user)。

主要是使用数据库的各级管理人员、工程技术人员、科研人员,一般为非计算机专业人员。

(2) 第二类用户,应用程序员(application programmer)。

负责为终端用户设计和编制应用程序,以便终端用户对数据库进行存取操作。

(3) 第三类用户,数据库管理员(DataBase Administrator,DBA)

DBA 是指全面负责数据库系统的"管理、维护和正常使用"的人员,其职责如下。

① 参与数据库设计的全过程,决定数据库的结构和内容。

② 定义数据的安全性和完整性,负责分配用户对数据库的使用权限和口令管理。

③ 监督控制数据库的使用和运行,改进和重新构造数据库系统。当数据库遭到破坏时,应负责恢复数据库;当数据库的结构需要改变时,完成对数据结构的修改。

DBA 不仅要有较高的技术水平和较深的资历,而且应具有了解和阐明管理要求的能力,特别对于大型数据库系统,DBA 极为重要。对于常见的微机数据库系统,通常只有一个用户,常常不设 DBA,DBA 的职责由应用程序员或终端用户代替。

3. 软件(software)

负责数据库存取、维护和管理的软件系统,即数据库管理系统(DataBase Management System,DBMS),数据库系统的各类人员对数据库的各种操作请求,都由 DBMS 完成。DBMS 是数据库系统的核心软件。

4. 硬件(hardware)

存储和运行数据库系统的硬件设备,包括 CPU、内存、大容量的存储设备、外部设备等。数据库系统层次结构图如图 1.4 所示。

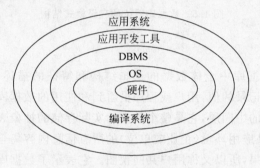

图 1.4　数据库系统

由图 1.4 可看出:DBMS 在操作系统(OS)的支持下工作,而应用程序在 DBMS 支持下才能使用数据库。

1.3.2　数据库系统的结构

可以从多种不同的角度来考察数据库系统的结构。

(1) 从数据库管理系统的角度看,数据库系统通常采用三级模式结构,这是数据库系统内部的体系结构。

(2) 从数据库最终用户的角度看,数据库系统的结构分为集中式结构、分布式结构和客户/服务器结构,这是数据库系统外部的体系结构。

在数据库系统中,对于同一意义下的数据,如:学生数据,从计算机中处理的二进制表示到用户处理的诸如学生姓名、年龄等概念的数据之间,存在着许多抽象和转换。

通常 DBMS 把数据库从逻辑上分为三级,即外模式、模式和内模式,它们分别反映了看待数据库的三个角度。

三级模式结构如图 1.5 所示。

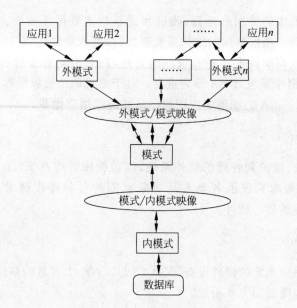

图 1.5　数据库系统的三级模式结构

1．模式

模式(schema)是数据库中全体数据的逻辑结构和特征的描述,是全体用户公共的视图。视图可理解为一组记录的值,用户或程序员看到和使用的数据库的内容。

模式处于三级结构的中间层,它是整个数据库实际存储的抽象表示,也是对现实世界的一个抽象,是现实世界某应用环境(企业或单位)的所有信息内容集合的表示,也是所有个别用户视图综合起来的结果,所以又称用户共同视图。它表示了数据库的整体数据,包含数据库的所有信息。

DBMS 提供模式描述语言(模式 DDL)来定义模式。

2．外模式

又称子模式、用户模式或外视图,是三级结构的最外层。个别用户只对整个数据库的一部分感兴趣,所以外视图是个别用户看到和使用的数据库内容,因此也常把外视图称为用户数据库。

它由多种外记录值构成,这些记录值是模式的某一部分的抽象表示。即个别用户看到和使用的数据库内容,也称"用户 DB"。从逻辑关系上看,外模式包含于模式中。

DBMS 提供外模式描述语言(外模式 DDL)来定义外模式。

3．内模式

又称为存储模式或内视图,是三级结构中的最内层,也是靠近物理存储的一层,即与实际存储数据方式有关的一层,由多个存储记录组成,但并非物理层,不必关心具体的存储位置。

DBMS 提供内模式描述语言(内模式 DDL)来定义内模式。

在数据库系统中,外模式可有多个,而模式、内模式只能各有一个。内模式是整个数据库实际存储的表示；而模式是整个数据库实际存储的抽象表示，外模式是模式的某一部分的抽象表示。

4．三级结构的优点

（1）保证数据的独立性。将模式和内模式分开，保证了数据的物理独立性；将外模式和模式分开，保证了数据的逻辑独立性。

（2）简化了用户接口。按照外模式编写应用程序或输入命令，而不需了解数据库内部的存储结构，方便用户使用系统。

（3）有利于数据共享。在不同的外模式下可有多个用户共享系统中的数据，减少了数据冗余。

（4）利于数据的安全保密。在外模式下根据要求进行操作，不能对限定的数据操作，保证了其他数据的安全。

5．数据库系统的二级映像

数据库系统的三级模式是对数据的三个抽象级别，它使用户能逻辑地、抽象地处理数据，而不必关心数据在计算机内部的存储方式，把数据的具体组织交给 DBMS 管理。

为了能够在内部实现这三个抽象层次的联系和转换，DBMS 在三级模式之间提供了二级映像功能。

（1）模式/内模式映像

数据库中的模式和内模式都只有一个，所以模式/内模式映像是唯一的，它确定了数据的全局逻辑结构与存储结构之间的对应关系。

（2）外模式/模式映像

数据库中的同一模式可以有任意多个外模式，对于每一个外模式，都存在一个外模式/模式映像，它确定了数据的局部逻辑结构与全局逻辑结构之间的对应关系。数据库管理系统是对数据进行管理的大型系统软件，它是数据库系统的核心组成部分，用户在数据库系统中的一切操作，包括数据定义、查询、更新及各种控制，都是通过 DBMS 进行的。

DBMS 就是实现把用户意义下的抽象的逻辑数据处理转换成计算机中的具体的物理数据的处理软件，这给用户带来很大的方便。

1.4 数据库管理系统

1.4.1 数据库管理系统的主要功能

1．数据定义

DBMS 提供数据定义语言（Data Define Language，DDL），定义数据的模式、外模式和内模式三级模式结构，定义模式/内模式和外模式/模式二级映像，定义有关的约束条件。例如，为保证数据库安全而定义的用户口令和存取权限，为保证正确语义而定义的完整性规则。

2．数据操纵

DBMS 提供数据操作语言（Data Manipulation Language，DML）实现对数据库的基本操作，包括检索、插入、修改、删除等，SQL 语言就是 DML 的一种。

3．数据库运行管理

DBMS 对数据库的控制主要通过以下 4 个方面实现。
（1）数据的安全性控制；
（2）数据的完整性控制；
（3）多用户环境下的并发控制；
（4）数据库的恢复。
通过以上 4 个方面以确保数据正确有效和数据库系统的正常运行。

4．数据库的建立和维护功能

包括数据库的初始数据的装入，数据库的转储、恢复、重组织，系统性能监视、分析等功能。

5．数据通信

DBMS 提供与其他软件系统进行通信的功能。实现用户程序与 DBMS 之间的通信，通常需要操作系统协调完成。

1.4.2 数据库管理系统的组成

DBMS 是许多"系统程序"所组成的一个集合，每个程序都有自己的功能，共同完成 DBMS 的一件或几件工作。

1．语言编译处理程序

（1）数据定义语言（DDL）及其编译程序。它把用 DDL 编写的各级源模式编译成各级目标模式，这些目标模式是对数据库结构信息的描述，而不是数据本身，它们被保存在数据字典中，供以后数据操纵或数据控制时使用。
（2）数据操作语言（DML）及其编译程序，实现对数据库的基本操作。DML 有以下两类。
- 宿主型，嵌入在高级语言中，不能单独使用。
- 自主型或自含型，可独立地交互使用。

2．系统运行控制程序

- 系统总控程序：是 DBMS 运行程序的核心，用于控制和协调各程序的活动。
- 安全性控制程序：防止未被授权的用户存取数据库中的数据。
- 完整性控制程序：检查完整性约束条件，确保进入数据库中的数据的正确性、有效性和相容性。
- 并发控制程序：协调多用户、多任务环境下各应用程序对数据库的并发操作，保证数据的一致性。

- 数据存取和更新程序：实施对数据库数据的检索、插入、修改、删除等操作。
- 通信控制程序：实现用户程序与 DBMS 间的通信。

3．系统建立、维护程序

- 装配程序：完成初始数据库的数据装入。
- 重组程序：当数据库系统性能变坏时（如查询速度变慢），需要重新组织数据库，重新装入数据。
- 系统恢复程序：当数据库系统受到破坏时，将数据库系统恢复到以前某个正确的状态。

4．数据字典（Data Dictionary，DD）

用来描述数据库中有关信息的数据目录，包括数据库的三级模式、数据类型、用户名、用户权限等有关数据库系统的信息，起着系统状态的目录表的作用，帮助用户、DBA、DBMS本身使用和管理数据库。

1.4.3　数据库管理系统的数据存取的过程

在数据库系统中，DBMS 与操作系统、应用程序、硬件等协同工作，共同完成数据各种存取操作，其中 DBMS 起着关键的作用。

DBMS 对数据的存取通常需要以下 4 步：

（1）用户使用某种特定的数据操作语言向 DBMS 发出存取请求。

（2）DBMS 接受请求并解释。

（3）DBMS 依次检查外模式、外模式/模式映像、模式、模式/内模式映像及存储结构定义。

（4）DBMS 对存储数据库执行必要的存取操作。

上述存取过程中还包括安全性控制、完整性控制，以确保数据的正确性、有效性和一致性。

1.5　数 据 模 型

1.5.1　数据模型的组成要素

数据模型是模型的一种，是现实世界数据特征的抽象。数据模型通常由数据结构、数据操作和数据的约束条件 3 个要素组成。

1．数据结构

数据结构用于描述系统的静态特性，它是所研究的对象类型的集合，也是刻画一个数据模型性质最重要的方面。

在数据库系统中，人们通常按照其数据结构的类型来命名数据模型。数据结构有层次结构、网状结构和关系结构三种类型,按照这三种结构命名的数据模型分别称为层次模型、网状模型和关系模型。

2. 数据操作

数据操作用于描述系统的动态特性,是对数据库中各种数据操作的集合,包括操作及相应的操作规则。如数据的检索、插入、删除和修改等。

数据模型必须定义这些操作的确切含义、操作规则以及实现操作的语言。

3. 数据的约束条件

数据的约束条件是一组完整性规则的集合,完整性规则是给定的数据模型中数据及其联系所具有的制约和依存规则,用以确定符合数据模型的数据库状态以及状态的变化,以保证数据的正确、有效、相容。

数据模型还应该提供定义完整性约束条件的机制,以反映具体应用所涉及的数据必须遵守的特定的语义约束条件。例如,在学生数据库中,学生的年龄不得超过 40 岁。

1.5.2　数据之间的联系

1. 三个世界的划分

由于计算机不能直接处理现实世界中的具体事物,所以人们必须将具体事物转换成计算机能够处理的数据。

在数据库中用数据模型来抽象、表示和处理现实世界中的数据,数据库即是模拟现实世界中某应用环境(一个企业、单位或部门)所涉及的数据的集合,它不仅要反映数据本身的内容,而且要反映数据之间的联系。这个集合或者包含了信息的一部分(用用户视图模拟),或者包含了信息的全部(用概念视图模拟),而这种模拟是通过数据模型来进行的。

为了把现实世界中的具体事物抽象、组织为某一 DBMS 支持的数据模型,在实际的数据处理过程中,首先将现实世界的事物及联系抽象成信息世界的信息模型,然后再抽象成计算机世界的数据模型。

信息模型并不依赖于具体的计算机系统,不是某一个 DBMS 所支持的数据模型,它是计算机内部数据的抽象表示,是概念模型;概念模型经过抽象,转换成计算机上某一 DBMS 支持的数据模型。所以说,数据模型是现实世界的两级抽象的结果。在数据处理中,数据加工经历了现实世界、信息世界和计算机世界三个不同的世界,经历了两级抽象和转换。这一过程如图 1.6 所示。

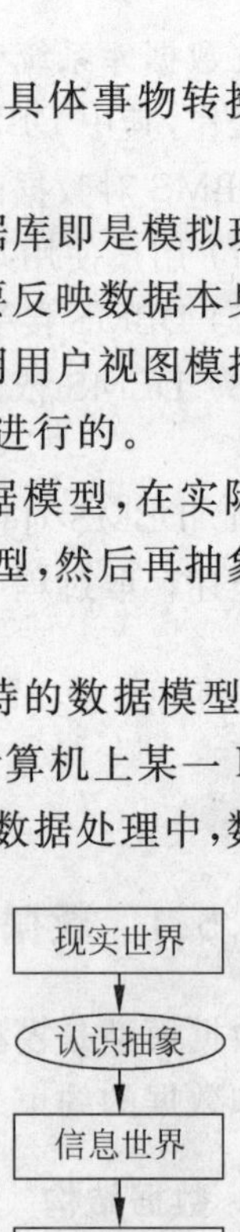

2. 概念层数据模型

从图 1.6 可以看出,信息世界实际上是从现实世界到计算机世界的一个中间层次,我们常用概念层数据模型来描述信息世界。

所谓概念层模型,是指抽象现实系统中有应用价值的元素及其关联关系,反映现实系统中有应用价值的信息结构,并且不依赖于数据的组织结构。

图 1.6　数据处理的抽象和转换过程

　　概念模型用于信息世界的建模，是现实世界到信息世界的第一层抽象，是数据库设计人员进行数据库设计的工具，也是数据库设计人员和用户进行交流的工具。因此，该模型一方面应该具有较强的语义表达能力，能够方便、直接地表达应用中的各种语义知识；另一方面，它还应该简单、清晰、易于用户理解。

　　概念模型是面向用户、面向现实世界的数据模型，它与具体的 DBMS 无关。采用概念数据模型，设计人员可以在设计初期把主要精力放在了解现实世界上，而把涉及 DBMS 的一些技术性问题推迟到后面去考虑。

　　常用的概念模型有实体-联系（Entity-Relationship，ER）模型、语义对象模型。在这里只介绍实体-联系模型。

　　由于直接将现实世界按具体数据模型进行组织时必须同时考虑很多因素，设计工作非常复杂，并且效果也不理想，因此需要一种方法来对现实世界的信息结构进行描述。事实上，在这方面已经有了一些方法，本书要介绍的是实体-联系方法，即通常所说的 ER 方法。这种方法简单、实用，因此得到了广泛的应用，也是目前描述信息结构最常用的方法。

　　ER 方法使用的工具称为 ER 图，它所描述的现实世界的信息结构称为企业模式（enterprise schema），这种方法描述的结果称为 ER 模型。ER 方法试图定义许多数据分类对象，然后数据库设计人员就可以将数据项归类到已知的类别中。

　　（1）实体

　　实体是具有公共性质的、可相互区别的现实世界对象的集合。实体可以是具体的事物，也可以是抽象的概念或联系。例如，职工、学生、教师、课程就是具体的实体，而学生的选课、教师的授课、产品的订货等也可以看成是实体，但它们是抽象的实体。

　　在 ER 图中用矩形框表示具体的实体，把实体名写在框内。图1.7(a)中的"经理"和"部门"实体就是具体的实体。实体中的每个具体的记录值（一行数据），比如学生实体中的每个具体的学生，我们称之为实体的一个实例。

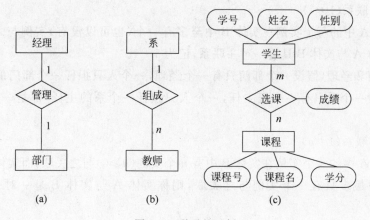

图1.7　联系的示例

注意有些书也将实体称为实体集或实体类型，而将每行具体的记录称为实体。

　　（2）属性

　　每个实体都具有一定的特征或性质，这样我们才能根据实体的特征来区分一个个实例。

属性就是描述实体或者联系的性质或特征的数据项,一个实体的所有实例都具有共同的性质。在 ER 模型中,这些性质或特征就是属性。

例如,学生的学号、姓名、性别等都是学生实体的特征,这些特征就构成了学生实体的属性。实体所具有的属性个数是由用户对信息的需求决定的。例如,假设用户还需要学生的出生日期信息,则可以在学生实体中加一个"出生日期"属性。

属性在 ER 图中用圆角矩形表示,在圆角矩形框内写上属性的名字,并用连线将属性框与它所描述的实体联系起来,如图 1.7(c)所示。

(3) 联系

在现实世界中,事物内部以及事物之间是有联系的,这些联系在信息世界反映为实体内部的联系和实体之间的联系。实体内部的联系通常是指组成实体的各属性之间的联系,实体之间的联系通常是指不同实体之间的联系。例如,在职工实体中,假设有职工号、职工姓名和部门经理号等属性,其中部门经理号描述的是管理这个部门职工的部门经理的编号。通常在一个企业中,部门经理号和职工号采用的是一套编码方式,而且从某种意义上来说,部门经理也是职工,因此部门经理号与职工号之间有一种关联约束关系,即部门经理号的取值受职工号取值的限制,这就是实体内部的联系。再比如,学生选课实体和学生基本信息实体之间也有联系,这个联系是学生选课实体中的学号必须是学生基本信息实体中已经存在的学号,因为不允许为不存在的学生记录选课情况。这种关联到两个不同实体的联系就是实体之间的联系。我们这里主要讨论的是实体之间的联系。

联系是数据之间的关联集合,是客观存在的应用语义链。联系用菱形框表示,框内写上联系名,并用连线将联系框与它所关联的实体连接起来。如图 1.7(c)中的"选课"联系。

联系也可以有自己的属性,比如图 1.7(c)中"选课"联系中增加了"成绩"属性。

两个实体之间的联系可以分为以下 3 类。

① 一对一联系(1:1)

如果实体 A 中的每个实例在实体 B 中至多有一个(也可以没有)实例与之关联;反之亦然,则称实体 A 与实体 B 具有一对一联系,记为 1:1。

例如,部门和经理(假设一个部门只有一个经理,一个人只担任一个部门的经理)、系和正系主任(假设一个系只有一个正主任,一个人只担任一个系的主任)都是一对一联系,如图 1.7(a)所示。

② 一对多联系(1:n)

如果实体 A 中的每个实例在实体 B 中有 n 个实例($n \geq 0$)与之关联,而实体 B 中每个实例在实体 A 中最多只有一个实例与之关联,则称实体 A 与实体 B 是一对多联系,记为 1:n。

例如,假设一个部门有若干职工,而一名职工只在一个部门工作,则部门和职工之间就是一对多联系。又比如,假设一个系有多名教师,而一名教师只在一个系工作,则系和教师之间也是一对多联系。如图 1.7(b)所示。

③ 多对多联系($m:n$)

如果对于实体 A 中的每个实例,在实体 B 中有 n 个实例($n \geqslant 0$)与之关联,而对实体 B 中的每个实例,在实体 A 中也有 m 个实例($m \geqslant 0$)与之关联,则称实体 A 与实体 B 的联系是多对多的,记为 $m:n$。

以学生和课程为例,一个学生可以选修多门课程,一门课程也可以被多个学生选修,因此学生和课程之间是多对多的联系,如图 1.7(c)所示。

实际上,一对一联系是一对多联系的特例,而一对多联系又是多对多联系的特例。

ER 图不仅能描述两个实体之间的联系,而且还能描述两个以上实体之间的联系。例如,有顾客、商品、售货员三个实体,并且三个实体间有如下联系:每个顾客可以从多个售货员那里购买商品,并且可以购买多种商品;每个售货员可以向多名顾客销售商品,并且可以销售多种商品;每种商品可由多个售货员销售,并且可以销售给多名顾客。描述顾客、商品和售货员之间的联系的 ER 图如图 1.8 所示,这里的联系被命名为"销售"。

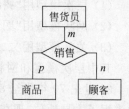

图 1.8 多个实体之间的联系示例

3. 计算机世界中的基本概念

信息世界中的实体抽象为计算机世界中的数据,存储在计算机中。在计算机世界中,常用的主要概念如下。

1)字段(field)

对应于属性的数据称为字段,也称为数据项。字段的命名往往和属性名相同。如学生有学号、姓名、年龄、性别、系等字段。

2)记录(record)

对应于每个实体的数据称为记录。如一个学生(990001,张立,20,男,计算机)为一个记录。

3)文件(file)

对应于实体集的数据称为文件。如所有学生的记录组成了一个学生文件。

在计算机世界中,信息模型被抽象为数据模型,实体型内部的联系抽象为同一记录内部各字段间的联系,实体型之间的联系抽象为记录与记录之间的联系。现实世界是设计数据库的出发点,也是使用数据库的最终归宿。

实体模型和数据模型是现实世界事物及其联系的两级抽象,而数据模型是实现数据库系统的根据。

通过以上的介绍,我们可总结出三个世界中各术语的对应关系如表 1.1 所示。

表 1.1 三个世界中术语的对应

现实世界	信息世界	计算机世界
事物总体	实体集	文件
事物个体	实体	记录
特征	属性	字段
事物间联系	概念模型	数据模型

1.5.3　数据模型的分类

数据模型的好坏,直接影响数据库的性能。数据模型的选择,是设计数据库的首要任务。

目前最常用的数据模型有层次模型(hierarchical model)、网状模型(network model)和关系模型(relational model)。这三种数据模型的根本区别在于数据结构不同,即数据之间联系的表示方式不同。

(1) 层次模型用"树结构"来表示数据之间的联系。

(2) 网状模型用"图结构"来表示数据之间的联系。

(3) 关系模型用"二维表"来表示数据之间的联系。

其中层次模型和网状模型是早期的数据模型,统称为非关系模型。

20 世纪 70 年代至 80 年代初,非关系模型的数据库系统非常流行,在数据库系统产品中占据了主导地位,现在已逐渐被关系模型的数据库系统取代,但在美国等地区,由于早期开发的应用系统都是基于层次数据库或网状数据库系统,因此目前层次数据库或网状数据库的系统仍很多。

20 世纪 80 年代以来,面向对象的方法和技术在计算机各个领域,包括程序设计语言、软件工程、计算机硬件等各方面都产生了深远的影响,出现了一种新的数据模型——面向对象的数据模型。

1. 层次模型

层次模型是数据库系统中最早出现的数据模型,采用层次模型的数据库的典型代表是 IBM 公司的 IMS(Information Management System)数据库管理系统。

现实世界中,许多实体之间的联系都表现出一种很自然的层次关系,如家族关系、行政机构等。层次模型用一棵"有向树"的数据结构来表示各类实体以及实体间的联系。在树中,每个结点表示一个记录类型,结点间的连线(或边)表示记录类型间的关系,每个记录类型可包含若干个字段,记录类型描述的是实体,字段描述实体的属性,各个记录类型及其字段都必须命名。如果要存取某一记录型的记录,可以从根结点起,按照有向树层次向下查找。

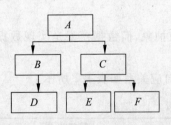

图 1.9　层次模型有向树的示意图

图 1.9 是层次模型有向树的示意图。结点 A 为根结点,D、F、G 为叶结点,B、D 为兄结点。

1) 层次模型的特征

① 有且仅有一个结点没有双亲,该结点就是根结点。

② 根以外的其他结点有且仅有一个双亲结点,这就使得层次数据库系统只能直接处理一对多的实体关系。

③ 任何一个给定的记录值只有按其路径查看时,才能显出它的全部意义,没有一个子女记录值能够脱离双亲记录值而独立存在。

2) 层次模型的数据操作与数据完整性约束

层次模型的数据操作主要有查询、插入、删除和修改,进行插入、删除和修改操作时要满足层次模型的完整性约束条件。

① 进行插入操作时,如果没有相应的双亲结点值就不能插入子女结点值。

② 进行删除操作时,如果删除双亲结点值,则相应的子女结点值也被同时删除。

③ 修改操作时,应修改所有相应的记录,以保证数据的一致性。

3) 层次模型的优缺点

层次模型的优点主要如下。

① 比较简单,只需很少几条命令就能操纵数据库,比较容易使用。

② 结构清晰,结点间联系简单,只要知道每个结点的双亲结点,就可知道整个模型结构。现实世界中许多实体间的联系本来就呈现出一种很自然的层次关系,如表示行政层次、家族关系很方便。

③ 它提供了良好的数据完整性支持。

层次模型的缺点主要如下。

① 不能直接表示两个以上的实体型间的复杂的联系和实体型间的多对多联系,只能通过引入冗余数据或创建虚拟结点的方法来解决,易导致不一致性。

② 对数据的插入和删除的操作限制太多。

③ 查询子女结点必须通过双亲结点。

2. 网状模型

现实世界中事物之间的联系更多的是非层次关系的,用层次模型表示这种关系很不直观,网状模型克服了这一弊病,可以清晰地表示这种非层次关系。

20 世纪 70 年代,数据系统语言研究会 CODASYL(Conference On Data System Language)下属的数据库任务组 DBTG(DataBase Task Group)提出了一个系统方案,DBTG 系统,也称 CODASYL 系统,为网状模型的代表。

网状模型取消了层次模型的两个限制,即允许两个或两个以上的结点没有双亲结点,允许某个结点有多个双亲结点,则此时有向树变成了有向图,该有向图描述了网状模型。

1) 网状模型的特征

① 有一个以上的结点没有双亲。

② 至少有一个结点可以有多于一个双亲。

网状模型中每个结点表示一个记录型(实体),每个记录型可包含若干个字段(实体的属性),结点间的连线表示记录类型(实体)间的父子关系。

2) 网状模型的数据操作与完整性约束

网状模型的数据操作主要包括查询、插入、删除和修改数据。

① 插入数据时,允许插入尚未确定双亲结点值的子女结点,如可增加一名尚未分配到某个教研室的新教师,也可增加一些刚来报到还未分配宿舍的学生。

② 删除数据时,允许只删除双亲结点值,如可删除一个教研室,而该教研室所有教师的信息仍保留在数据库中。

③ 修改数据时,可直接表示非树形结构,而无须像层次模型那样增加冗余结点,因此,修改操作时只需更新指定记录即可。

它没有像层次数据库那样有严格的完整性约束条件,只提供一定的完整性约束。

3) 网状模型的优缺点

网状模型的优点主要如下。

① 能更为直接地描述客观世界,可表示实体间的多种复杂联系。

② 具有良好的性能和存储效率。

网状模型的缺点主要如下。

① 结构复杂,其 DDL 语言极其复杂。

② 数据独立性差,由于实体间的联系本质上是通过存取路径表示的,因此应用程序在访问数据时要指定存取路径。

3. 关系模型

关系模型是发展较晚的一种模型,1970 年美国 IBM 公司的研究员 E. F. Codd 首次提出了数据库系统的关系模型。他发表了题为"大型共享数据银行数据的关系模型"(A Relation Model of Data for Large Shared Data Banks)的文章,在文中解释了关系模型,定义了某些关系代数运算,研究了数据的函数相关性,定义了关系的第三范式,从而开启了数据库的关系方法和数据规范化理论的研究,他为此获得了 1981 年的图灵奖。

此后许多人把研究方向转到关系方法上,陆续出现了关系数据库系统。1977 年 IBM 公司研制的关系数据库的代表 System R 开始运行,其后又进行了不断地改进和扩充,出现了基于 System R 的数据库系统 SQL/DB。

20 世纪 80 年代以来,计算机厂商新推出的数据库管理系统几乎都支持关系模型,非关系系统的产品也都加上了支持关系模型的接口。数据库领域当前的研究工作也都是以关系方法为基础的。

关系数据库已成为目前应用最广泛的数据库系统,如现在广泛使用的小型数据库系统 FoxPro、Access,大型数据库系统 Oracle、Informix、Sybase、SQL Server 等都是关系数据库系统。

(1) 关系模型的基本概念

关系模型的数据结构是一个"二维表框架"组成的集合,每个二维表又可称为关系,所以关系模型是"关系框架"的集合。

关系模型与层次模型、网状模型不同,它是建立在严格的数学概念之上的。

图 1.10 给出了教学数据库的关系模型及其实例,包含 5 个关系:教师关系 T、学生关系 S、课程关系 C、选课关系 SC 和授课关系 TC,分别对应 5 张表。

下面以图 1.10 为例,介绍关系模型中所涉及的一些基本概念。

① 关系(relation):一个关系对应一张二维表,如图 1.10 的 5 张表对应 5 个关系。

② 元组(tuple):表格中的一行,如 Student 表中的一个学生记录即为一个元组。

③ 属性(attribute):表格中的一列,相当于记录中的一个字段,如 Student 表中有 5 个属性(学号,姓名,性别,年龄,系别)。

④ 关键字(key):可唯一标识元组的属性或属性集,也称为关系键或主码,如 Student 表中学号可以唯一确定一个学生,为学生关系的主码。

⑤ 域(domain):属性的取值范围,如年龄的域是(14~40),性别的域是(男,女)。

Teacher(教师表)

TNO 教师号	TN 姓名	SEX 性别	AGE 年龄	PROF 职称	SAL 工资	COMM 岗位津贴	DEPT 系别
T1	李力	男	47	教授	1500	3000	计算机
T2	王平	女	28	讲师	800	1200	信息
T3	刘伟	男	30	讲师	900	1200	计算机
T4	张雪	女	51	教授	1600	3000	自动化
T5	张兰	女	39	副教授	1300	2000	信息

Student(学生表)

SNO 学号	SN 姓名	SEX 性别	AGE 年龄	DEPT 系别
S1	赵亦	女	17	计算机
S2	钱尔	男	18	信息
S3	孙珊	女	20	信息
S4	李斯	男	21	自动化
S5	周武	男	19	计算机
S6	吴立	女	20	自动化

Course(课程表)

CNO 课程号	CN 课程名	CT 课时
C1	程序设计	60
C2	微机原理	80
C3	数字逻辑	60
C4	数据结构	80
C5	数据库	60
C6	编译原理	60
C7	操作系统	60

SC(选课表)

SNO 学号	CNO 课程号	SCORE 成绩
S1	C1	90
S1	C2	85
S2	C5	57
S2	C6	80
S2	C7	
S2	C5	70
S3	C1	0
S3	C2	70
S3	C4	85
S4	C1	93
S4	C2	85
S4	C3	83
S5	C2	89

TC(授课表)

TNO 教师号	CNO 课程号
T1	C1
T1	C4
T2	C5
T3	C1
T3	C5
T4	C2
T4	C3
T5	C5
T5	C7

图 1.10　教学数据库的关系模型

⑥ 分量：每一行对应的列的属性值，即元组中的一个属性值，如学号、姓名、年龄等均是一个分量。

⑦ 关系模式：对关系的描述，一般表示为：关系名(属性 1,属性 2,……,属性 n),如：学生(学号,姓名,性别,年龄,系别)。

在关系模型中,实体是用关系来表示的,如：

学生(学号,姓名,性别,年龄,系别)

课程(课程号,课程名,课时)

实体间的关系也是用关系来表示的,如学生和课程之间的关系:

选课关系(学号,课程号,成绩)

(2) 关系模型的数据操作与完整性约束

数据操作主要包括查询、插入、删除和修改数据,这些操作必须满足关系的完整性约束条件,即实体完整性、参照完整性和用户定义的完整性。有关完整性的具体含义将在第 7 章介绍。

在非关系模型中,操作对象是单个记录;而关系模型中的数据操作是集合操作,操作对象和操作结果都是关系,即若干元组的集合。用户只要指出"干什么",而不必详细说明"怎么干",从而大大地提高了数据的独立性,提高了用户的使用效率。

(3) 关系模型的优缺点

关系模型的主要优点如下。

① 与非关系模型不同,它有较强的数学理论根据。

② 数据结构简单、清晰,用户易懂易用,不仅用关系描述实体,而且用关系描述实体间的联系。

③ 关系模型的存取路径对用户透明,从而具有更高的数据独立性、更好的安全保密性,也简化了程序员的工作和数据库建立和开发的工作。

关系模型的主要缺点如下。

由于存取路径对用户透明,查询效率往往不如非关系模型,因此,为了提高性能,必须对用户的查询进行优化,增加了开发数据库管理系统的负担。

1.6　数据库系统的发展

1.6.1　第一代数据库系统

数据模型是数据库系统的核心和基础,数据模型的发展经历了格式化数据模型(层次数据模型和网状数据模型的统称)、关系数据模型和面向对象的数据模型三个阶段,按照这种划分,数据库技术的发展也经历了三个发展阶段。

层次数据库系统和网状数据库系统的数据模型分别为层次模型和网状模型,但从本质上讲层次模型是网状模型的特例,二者从体系结构、数据库语言到数据存储管理上均具有共同的特征,都是格式化模型,属于第一代数据库系统。

第一代数据库系统的特点如下。

(1) 支持三级模式的体系结构。

层次数据库和网状数据库均支持三级模式结构,即外模式、模式和内模式,并通过外模式与模式、模式与内模式二级映像,保证了数据的物理独立性和逻辑独立性。

(2) 用存取路径来表示数据之间的联系。

数据库不仅存储数据,而且存储数据之间的联系。数据之间的联系在层次和网状数据库系统中是用存取路径来表示和实现的。

（3）独立的数据定义语言。

第一代数据库系统使用独立的数据定义语言来描述数据库的三级模式以及二级映像，格式一经定义就很难修改，这就要求数据库设计时，不仅要充分考虑用户的当前需求，还要了解需求可能的变化和发展。

（4）导航的数据操作语言。

导航的含义就是用户使用某种高级语言编写程序，一步一步地引导程序按照数据库中预先定义的存取路径来访问数据库，最终达到要访问的数据目标。在访问数据库时，每次只能存取一条记录值，若该记录值不满足要求就沿着存取路径查找下一条记录值。

1.6.2　第二代数据库系统

第二代数据库系统是指支持关系数据模型的关系数据库系统。

关系模型不仅简单、清晰，而且有关系代数作为语言模型，有关系数据理论作为理论基础。所以在关系模型提出后，很快便从实验室走向了社会，20世纪80年代几乎所有新开发的数据库系统都是关系型数据库系统。这些商用数据库系统的运行，特别是微机RDBMS（Relational DataBase Management System）的使用，使数据库技术日益广泛地应用到企业管理、情报检索、辅助决策等各个方面，成为实现和优化信息系统的基本技术。

关系模型之所以能成为深受广大用户欢迎的数据模型，是因为它与第一代数据库系统所支持的格式化模型相比，主要具有以下特点。

（1）关系模型的概念单一，实体以及实体之间的联系都用关系来表示。

（2）关系模型以关系代数为基础，形式化基础好。

（3）数据独立性强，数据的物理存取路径对用户隐蔽。

（4）关系数据库语言是非过程化的，将用户从数据库记录的导航式检索中解脱出来，大大降低了用户编程的难度。

1.6.3　传统数据库的局限性

一般来说，将第一代数据库和第二代数据库称为传统数据库。

由于传统数据库尤其是关系数据库系统具有许多优点，人们纷纷采用数据库技术来进行数据管理，数据库技术被应用到了许多新的领域，如计算机辅助设计/计算机辅助制造（CAD/CAM）、计算机辅助工程（CASE）、图像处理等，这些新领域的应用不仅需要传统数据库所具有的快速检索和修改数据的特点，而且在应用中提出了一些新的数据管理的需求，如要求数据库能够处理声音、图像、视频等多媒体数据。

在这些新领域中，传统数据库暴露了其应用的局限性，主要表现在以下几个方面。

1. 面向机器的语法数据模型

传统数据库中采用的数据模型是面向机器的语法数据模型，只强调数据的高度结构化，只能存储离散的数据和有限的数据与数据之间的关系，语义表示能力较差，无法表示客观世界中的复杂对象，如声音、图像、视频等多媒体数据，工程、测绘等领域中的非格式化数据。

此外,传统数据模型缺乏数据抽象,无法揭示数据之间的深层含义和内在联系。

2. 数据类型简单、固定

传统的 DBMS 主要面向事务处理,只能处理简单的数据类型,如整数、实数、字符串、日期等,而不能根据特定的需要定义新的数据类型。例如,不能定义包含三个实数分量(x,y,z)的数据类型 circle 来表示圆,而只能分别定义三个实体型的字段。这样对于复杂的数据类型只能由用户编写程序来处理,加重了用户的负担,也不能保证数据的一致性。

3. 结构与行为完全分离

从应用程序员的角度来看,在某一应用领域内标识的对象可以包含两方面的内容,即对象的结构和对象的行为。

传统的数据库可以采用一定的数据库模式来表示前者;而对于后者,却不能直接存储和处理,必须通过另外的应用程序加以实现。例如,对于多媒体数据,虽然可以在带有前面所提到的缺陷的情况下以简单的二进制代码形式存储其结构,但却无法存储其行为(如播放声音、显示图像等)。这样,这些多媒体数据必须由相应的应用程序来识别,而对于其他不了解其格式的用户来说,数据库中存储的是没有任何意义的二进制数据。

由此可见,在传统数据库中,对象的结构可以存储在数据库中,而对象的行为必须由应用程序来表示,对象的结构与行为完全分离。

4. 被动响应

传统数据库只能根据用户的命令执行特定的服务,属于被动响应,用户要求做什么,系统就做什么。而在实际应用中,往往要求一个系统能够管理它本身的状态,在发现异常情况时及时通知用户;能够主动响应某些操作或外部事件,自动采取规定的行动等。例如,一个仓库管理系统除了希望数据库系统能够正确、高效地存储有关物品的数据,还希望数据库系统能够对仓库库存进行监控,当库存太少或太多时主动向用户发出警告。要完成这样的工作,数据库系统必须更加主动、更加智能化,而传统的数据库显然不能满足这一要求。

5. 事务处理能力较差

传统数据库只能支持非嵌套事务,对于较长事务的运行较慢,且当事务发生故障时恢复比较困难。

由于存在上述种种缺陷,使得传统数据库无法满足新领域的应用需求,数据库技术遇到了挑战。在这种情况下,新一代数据库技术应运而生。

1.6.4　第三代数据库系统

1. 第三代数据库系统的特点

第三代数据库系统是指支持面向对象(Object Oriented,OO)数据模型的数据库系统。在数据库面临许多新的应用领域提出的问题时,1989 年 9 月,一批专门研究面向对象技术的著名学者著文"面向对象的数据库系统宣言",提出继第一代(层次、网状)和第二代(关系)数据库系统后,新一代 DBS 将是 OODBS。1990 年 9 月,一些长期从事关系数据库理论研究的学者组建了高级 DBMS 功能委员会,发表了"第三代数据库系统宣言"的文章,提出了第三代 DBMS 应具有的三个基本特点。

(1) 第三代数据库系统应支持面向对象的数据模型。除提供传统的数据管理服务外,第三代数据库系统应支持数据管理、对象管理和知识管理,支持更加丰富的对象结构和规则,以提供更加强大的管理功能,支持更加复杂的数据类型,以便能够处理非传统的数据元素(如超文本、图片、声音等)。20 世纪 90 年代成功的 DBMS 都会提供上述服务。

(2) 第三代数据库系统必须保持或继承第二代数据库系统的优点。第三代数据库系统不仅能很好地支持对象管理和规则管理,还要更好地支持原有的数据管理,保持第二代数据库系统的非过程化的数据存取方式和数据独立性。

(3) 第三代数据库系统必须具有开放性。数据库系统的开放性(open)是指必须支持当前普遍承认的计算机技术标准,如支持 SQL 语言,支持多种网络标准协议,使得任何其他系统或程序只要支持同样的计算机技术标准即可使用第三代数据库系统;开放性还包括系统的可移植性、可连接性、可扩展性和可交互性等。

2. 研究第三代数据库系统的途径

数据库工作者为了给应用建立合适的数据库系统,进行了艰苦的探索,从多方面发展了现行的数据库系统技术,主要的研究途径和方向如下。

(1) 对传统数据库(主要是关系数据库)进行不同层次上的扩充。

(2) 与计算机领域中其他学科的新技术紧密结合,丰富和发展数据库系统的概念、功能和技术。

(3) 面向应用领域的数据库技术的研究。

通过上述对数据库系统的介绍,我们可以得出这样的结论,传统的数据库技术和其他计算机技术相互结合、相互渗透,使数据库中新的技术内容层出不穷。数据库的许多概念、技术内容、应用领域,甚至某些原理都有了重大的发展和变化。这些新的数据库技术,有力地提高了数据库的功能、性能,并使数据库的应用领域得到极大的扩展。这些新型的数据库系统共同构成了数据库系统的大家族。

本 章 小 结

本章概述了信息、数据与数据处理的基本概念,介绍了数据管理技术发展的三个阶段,说明了数据库系统的优点。

通过介绍数据库系统的组成,DBMS 的功能与组成,使读者了解数据库系统实质是一个人机系统,人的作用特别是 DBA 的作用非常重要。

介绍了数据库的结构,并说明数据库系统的三级抽象和二级映像保证了数据库系统的逻辑独立性和物理独立性。

另外介绍了三种数据模型的区别,其中关系模型应用最广泛。

习 题 1

1. 试述数据、数据库、数据库系统、数据库管理系统的概念。

2. 使用数据库系统有什么好处？

3. 试述文件系统与数据库系统的区别和联系。

4. 数据库管理系统的主要功能有哪些？

5. 试述数据模型的概念、数据模型的作用和数据模型的三个要素。

6. 定义并解释概念模型中的以下术语：实体、实体型、实体集、属性、码、实体-联系图。

7. 试画出 3 个实际部门的 ER 图，要求实体型之间具有一对一、一对多、多对多各种不同的联系。

8. 学校中有若干系，每个系有若干班级和教研室，每个教研室有若干教员，其中有的教授和副教授每人各带若干研究生；每个班有若干学生，每个学生选修若干课程，每门课可由若干学生选修。请用 ER 图画出此学校的概念模型。

9. 某工厂生产若干产品，每种产品由不同的零件组成，有的零件可用在不同的产品上。这些零件由不同的原材料制成，不同零件所用的材料可以相同。这些零件按所属的不同产品分别放在仓库中，原材料按照类别放在若干仓库中。请用 ER 图画出此工厂产品、零件、材料、仓库的概念模型。

第2章

SQL Server 2005 基础与环境

本章要点

通过本章的学习主要了解 SQL Server 2005 的特性、层次结构、安装的软硬件环境、主要组件及其初步使用,掌握 SQL Server 2005 的安装过程。

2.1 SQL Server 2005 概述

2.1.1 SQL Server 的发展

SQL Server 是由 Microsoft 开发和推广的关系数据库管理系统(DBMS),它最初是由 Microsoft、Sybase 和 Ashton-Tate 三家公司共同开发的,并于 1988 年推出了第一个 OS/2 版本。SQL Server 近年来不断更新版本,1996 年,Microsoft 推出了 SQL Server 6.5 版本;1998 年,SQL Server 7.0 版本和用户见面;SQL Server 2000 是 Microsoft 公司于 2000 年推出的版本。

SQL Server 2000 是运行在网络环境下的单进程、多线程、高性能的关系型数据库管理系统。一般将它应用在 Client/Server(客户/服务器,简写为 C/S)、Browser/Server(浏览器/服务器,简写为 B/S)的体系结构中作为后台数据库服务器使用。

SQL Server 2000 使用客户/服务器体系结构把所有的工作负荷分解成在服务器机器上的任务和在客户端机器上的任务。客户端应用程序负责向服务器发出请求,并将服务器返回的结果显示成用户界面。服务器则负责数据管理及程序处理,并将处理结果返回客户端。SQL Server 2000 使用 Transact-SQL 语句在服务器与客户端之间传送请求,这种结构可以用图 2.1 表示。

SQL Server 2005 是微软公司最新版数据库软件,是微软公司的下一代数据管理和分析软件系统,它被微软公司视为跃上企业数据库舞台的代表作品。SQL Server 2005 将带来更强大的可伸缩性、可用性、对企业数据管理和分析等方面的安全性,更加易于建立、配置和管理。

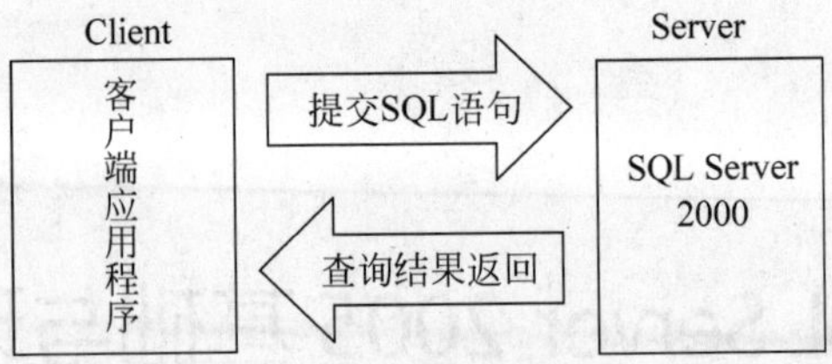

图 2.1　SQL Server 2000 客户/服务器结构示意图

2.1.2　SQL Server 2005 的新功能

Microsoft SQL Server 2005 扩展了 SQL Server 2000 的性能、可靠性、可用性、可编程性和易用性，并包含了多项新功能，这使它成为大规模联机事务处理（On-Line Transaction Processing，OLTP）、数据仓库和电子商务应用程序的优秀数据库平台。SQL Server 2005 组件中的新功能如表 2.1 所示。

表 2.1　SQL Server 2005 组件中的新功能

新　功　能	说　　明
Notification Services 增强功能	Notification Services 是一种新平台，用于生成发送并接收通知的高伸缩性应用程序。Notification Services 可以把及时的、个性化的消息发送给使用各种各样设备的数以千计乃至以百万计的订阅方
Reporting Services 增强功能	Reporting Services 是一种基于服务器的新型报表平台，它支持报表创作、分发、管理和最终用户访问
新增的 Service Broker	Service Broker 是一种新技术，用于生成安全、可靠和可伸缩的数据库密集型的应用程序。Service Broker 提供应用程序用以传递请求和响应的消息队列
数据库引擎增强功能	数据库引擎引入了新的可编程性增强功能（如与 Microsoft . NET Framework 的集成和 Transact-SQL 的增强功能）、新 XML 功能和新数据类型。它还包括对数据库的可伸缩性和可用性的改进
数据访问接口方面的增强功能	SQL Server 2005 提供了 Microsoft 数据访问（MDAC）和 . NET Frameworks SQL 客户端提供程序方面的改进，为数据库应用程序的开发人员提供了更好的易用性、更强的控制和更高的工作效率
Analysis Services 的增强功能（SSAS）	Analysis Services 引入了新管理工具、集成开发环境以及与 . NET Framework 的集成。许多新功能扩展了 Analysis Services 的数据挖掘和分析功能
Integration Services 的增强功能	Integration Services 引入了新的可扩展体系结构和新设计器，这种设计器将作业流从数据流中分离出来并且提供了一套丰富的控制流语义。Integration Services 还对包的管理和部署进行了改进，同时提供了多项新打包的任务和转换
复制增强	复制在可管理性、可用性、可编程性、移动性、可伸缩性和性能方面提供了改进
工具和实用工具增强功能	SQL Server 2005 引入了管理和开发工具的集成套件，改进了对大规模 SQL Server 系统的易用性、可管理性和操作的支持

2.1.3　SQL Server 2005 包含的技术

Microsoft SQL Server 2005 是用于大规模联机事务处理（OLTP）、数据仓库和电子商务应用的数据库和数据分析平台。SQL Server 2005 包含的技术内容如表 2.2 所示。

表 2.2　SQL Server 2005 包含的技术内容

技　术	说　明
SQL Server 数据库引擎	数据库引擎是用于存储、处理和保护数据的核心服务。利用数据库引擎可以控制访问权限并快速处理事务，从而满足企业内要求极高的处理大量数据的应用需要。数据库引擎还在保持高可用性方面提供了有力的支持
SQL Server Analysis Services	Analysis Services 为商业智能应用程序提供了联机分析处理（OLAP）和数据挖掘功能。Analysis Services 允许用户设计、创建以及管理其中包含从其他数据源（例如关系数据库）聚合而来的数据的多维结构，从而提供 OLAP 支持。对于数据挖掘应用程序，Analysis Services 允许使用多种行业标准的数据挖掘算法来设计、创建和可视化从其他数据源构造的数据挖掘模型
SQL Server Integration Services（SSIS）	Integration Services 是一种企业数据转换和数据集成解决方案，用户可以使用它从不同的源提取、转换以及合并数据，并将其移至单个或多个目标
SQL Server 复制	复制是在数据库之间对数据和数据库对象进行复制与分发，然后在数据库之间进行同步以保持一致性的一组技术。使用复制可以将数据通过局域网、广域网、拨号连接、无线连接和 Internet 分发到不同位置或分发给远程用户或移动用户
SQL Server Reporting Services	Reporting Services 是一种基于服务器的新型报表平台，可用于创建和管理包含来自关系数据源和多维数据源的数据的表格报表、矩阵报表、图形报表和自由格式报表。用户可以通过基于 Web 的连接来查看和管理其创建的报表
SQL Server Notification Services	Notification Services 平台用于开发和部署可生成并发送通知的应用程序。Notification Services 可以生成并向大量订阅方及时发送个性化的消息，还可以向各种各样的设备传递消息
SQL Server Service Broker	Service Broker 是一种用于生成可靠、可伸缩且安全的数据库应用程序的技术。Service Broker 是数据库引擎中的一种技术，它对队列提供了本机支持；Service Broker 还提供了一个基于消息的通信平台，可用于将不同的应用程序组件链接成一个操作整体；Service Broker 提供了许多生成分布式应用程序所必需的基础结构，可显著减少应用程序开发时间；Service Broker 还可帮助用户轻松自如地缩放应用程序，以适应应用程序所要处理的流量
全文搜索	SQL Server 包含对 SQL Server 表中基于纯字符的数据进行全文查询所需的功能。全文查询可以包括单词和短语，或者一个单词或短语的多种形式
SQL Server 工具和实用工具	SQL Server 提供了设计、开发、部署和管理关系数据库，Analysis Services 多维数据集，数据转换包，复制拓扑，报表服务器和通知服务器所需的工具

2.2 SQL Server 2005 的安装与配置

2.2.1 SQL Server 2005 版本分类

大多数企业都在三个 SQL Server 版本之间选择：SQL Server 2005 Enterprise Edition、SQL Server 2005 Standard Edition 和 SQL Server 2005 Workgroup Edition，是因为它们可以在生产服务器环境中安装和使用。除此之外，SQL Server 2005 还包括 SQL Server 2005 Developer Edition 和 SQL Server 2005 Express Edition。下面介绍这 5 种版本的适用场合。

(1) SQL Server 2005 Enterprise Edition(适用于 32 位和 64 位操作系统)：达到了支持超大型企业进行联机事务处理(OLTP)、高度复杂的数据分析、数据仓库系统和网站所需的性能水平。Enterprise Edition 的全面商业智能和分析能力及其高可用性功能(如故障转移群集)，使它可以承受处理大多数关键业务的企业工作负荷，是最全面的 SQL Server 版本，是超大型企业的理想选择，能够满足最复杂的要求。

(2) SQL Server 2005 Standard Edition(适用于 32 位和 64 位操作系统)：是适合中小型企业的数据管理和分析平台。它包括电子商务、数据仓库和业务流解决方案所需的基本功能。

(3) SQL Server 2005 Workgroup Edition(仅适用于 32 位操作系统)：对于那些在大小和用户数量上没有限制的数据库的小型企业，是理想的数据管理解决方案。Workgroup Edition 是理想的入门级数据库，具有可靠、功能强大且易于管理的特点。

(4) SQL Server 2005 Developer Edition(适用于 32 位和 64 位操作系统)：包括 SQL Server 2005 Enterprise Edition 的所有功能，但有许可限制，只能用于开发和测试系统，而不能用作生产服务器。Developer Edition 是独立软件供应商(ISV)、咨询人员、系统集成商、解决方案供应商以及创建和测试应用程序的企业开发人员的理想选择。

(5) SQL Server 2005 Express Edition(仅适用于 32 位操作系统)：是一个免费、易用且便于管理的数据库。SQL Server Express 与 Microsoft Visual Studio 2005 集成在一起，可以轻松开发功能丰富、存储安全、可快速部署的数据驱动应用程序。

2.2.2 安装 SQL Server 2005 的软硬件环境

安装 SQL Server 2005 需要有合适的 Windows 操作系统，除此之外，还应确保计算机能满足其硬件要求。表 2.3 列出部分运行 Microsoft SQL Server 2005(32 位)的最低硬件和软件要求。

表 2.3 安装 SQL Server 2005 的软硬件要求

处理器	500MHz 或更快处理器(推荐 1GHz 或更快)
内存	512MB(推荐 1GB 或更高)
监视器	VGA 或更高分辨率，至少为 1024×768 像素
操作系统	可为任何版本的 Windows NT/2003/2000/XP
Internet 要求	Microsoft Internet Explorer 6.0 SP1 或更高版本、Internet 信息服务(IIS 5.0 或更高版本)、ASP. NET 2.0

2.2.3 安装 SQL Server 2005

1. 安装组件的确认

SQL Server 2005 安装向导基于 Microsoft Windows 安装程序,并且为所有 SQL Server 2005 组件的安装提供单一的功能树,能完成如下组件的安装任务:SQL Server DataBase Engine、Analysis Services、Reporting Services、Notification Services、Integration Services、管理工具、文档和示例等。

用户可根据表 2.4 和表 2.5 的说明确定满足需要的功能集。

表 2.4 服务器组件说明

服 务 器	说 明
SQL Server 数据库引擎	数据库引擎包括数据库引擎(用于存储、处理和保护数据的核心服务)、复制、全文搜索以及用于管理关系数据和 XML 数据的工具
Analysis Services	Analysis Services 包括用于创建和管理联机分析处理(OLAP)以及数据挖掘应用程序的工具
Reporting Services	Reporting Services 包括用于创建、管理和部署表格报表、矩阵报表、图形报表以及自由格式报表的服务器和客户端组件。Reporting Services 还是一个可用于开发报表应用程序的可扩展平台
Notification Services	Notification Services 是一个平台,用于开发和部署将个性化即时信息发送给各种设备上的用户的应用程序
Integration Services	Integration Services 是一组图形工具和可编程对象,用于移动、复制和转换数据

表 2.5 管理工具组件说明

管 理 工 具	说 明
SQL Server Management Studio	SQL Server Management Studio(SSMS)是 Microsoft SQL Server 2005 中的新组件,是一个用于访问、配置、管理和开发 SQL Server 的所有组件的集成环境。SSMS 将 SQL Server 早期版本中包含的企业管理器、查询分析器和分析管理器的功能组合到单一环境中,为不同层次的开发人员和管理员提供 SQL Server 访问功能
SQL Server 配置管理器	SQL Server 配置管理器为 SQL Server 服务、服务器协议、客户端协议和客户端别名提供基本配置管理功能
SQL Server Profiler	SQL Server Profiler 提供了图形用户界面,用于监视数据库引擎实例或 Analysis Services 实例
数据库引擎优化顾问	数据库引擎优化顾问可以协助用户创建索引、索引视图和分区的最佳组合

2. 安装 SQL Server 2005

SQL Server 2005 的主要安装步骤如下。

(1)将 SQL Server 2005 DVD 插入 DVD 驱动器。如果 DVD 驱动器的自动运行功能无法启动安装程序,请导航到 DVD 的根目录,然后双击启动 splash.hta;如果通过网络共享进行安装,请导航到网络文件夹,然后双击启动 splash. hta。

（2）在自动运行的对话框中,如图 2.2 所示,单击"安装"选项下的"服务器组件、工具、联机丛书和示例"。在"最终用户许可协议"对话框中,选中相应的复选框以接受许可条款和条件。接受许可协议后即可单击"下一步"按钮。

图 2.2　开始安装对话框

（3）在"安装必备组件"对话框中,安装程序将安装 SQL Server 2005 的必需软件,如图 2.3 所示。若要开始执行组件更新,请单击"安装"按钮。更新完成之后若要继续,请单击"完成"按钮。

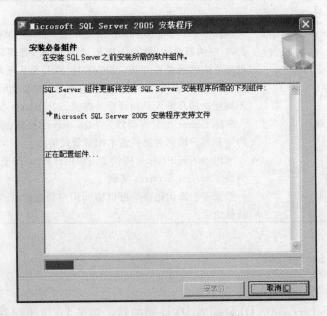

图 2.3　"安装必备组件"对话框

（4）在 SQL Server 安装向导的"欢迎"对话框中，单击"下一步"按钮以继续安装。

（5）在"系统配置检查"（SCC）对话框中（如图 2.4 所示），将扫描安装计算机，看看是否存在可能阻止安装程序运行的情况。请单击"筛选"按钮，然后从下拉列表中选择类别。若要查看 SCC 结果的报表，请单击"报告"按钮，然后从下拉列表中选择选项。选项包括"查看报告"、"将报告保存到文件"、"将报告复制到剪贴板"和"以电子邮件形式发送报告"。完成 SCC 扫描之后，若要继续执行安装程序，请单击"继续"按钮。

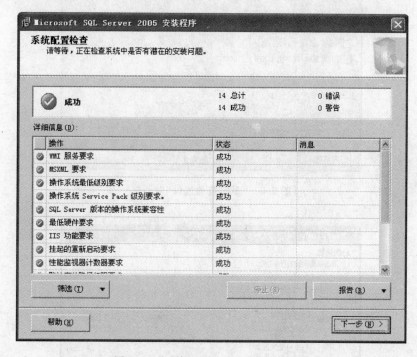

图 2.4 "系统配置检查"（SCC）对话框

（6）在"注册信息"对话框中的"姓名"和"公司"文本框中，输入相应的信息。若要继续，请单击"下一步"按钮。

（7）在"要安装的组件"对话框中（如图 2.5 所示），请选择要安装的组件。选择各个组件组时，"要安装的组件"窗格中会显示相应的说明。用户可以选中任意一些复选框。若要安装单个组件，请单击"高级"按钮。否则，请单击"下一步"按钮继续。

（8）如果在上一步中单击了"高级"按钮，此时将显示"功能选择"对话框，如图 2.6 所示。在"功能选择"对话框中，使用列表框选择要安装的程序功能。若要将组件安装到自定义的目录下，请选择相应的功能，再单击"浏览"按钮。若要在完成功能选择后继续安装，请单击"下一步"按钮。

（9）在"实例名"对话框中（如图 2.7 所示），请为安装的软件选择默认实例或已命名的实例。如果已经安装了默认实例或已命名实例，并且为安装的软件选择了现有实例，安装程序将升级所选的实例并提供安装其他组件的选项。计算机上必须没有默认实例，才可以安装新的默认实例。若要安装新的命名实例，请单击"命名实例"单选按钮，然后在文本框输入一个唯一的实例名。然后请单击"下一步"按钮。

（10）在"服务账户"对话框中，为 SQL Server 服务账户指定用户名、密码和域名。

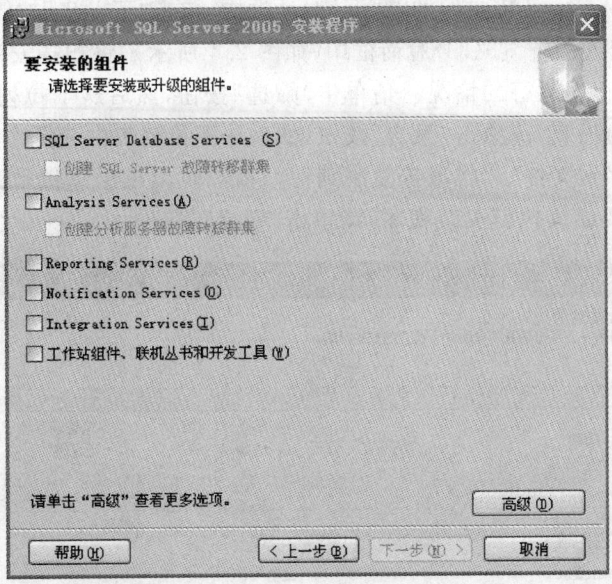

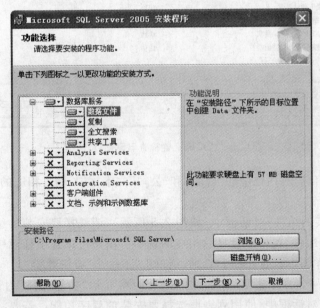

图 2.5　"要安装的组件"对话框

图 2.6　"功能选择"对话框

　　(11) 在"身份验证模式"对话框中,选择要用于 SQL Server 安装的身份验证模式。如果可能,请使用"Windows 身份验证"。若要继续安装,请单击"下一步"按钮。

　　(12) 在"排序规则设置"对话框中,指定 SQL Server 实例的排序规则。用户可以将一个账户用于 SQL Server 和 Analysis Services,也可以为各个组件分别指定排序规则。

　　(13) 在"准备安装"对话框中(如图 2.8 所示),查看要安装的 SQL Server 功能和组件的摘要。若要继续安装,请单击"安装"按钮。

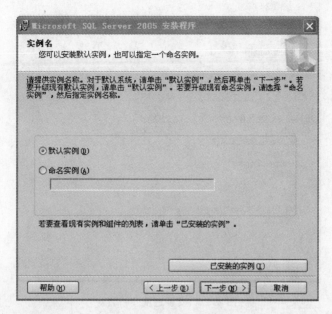

图 2.7 "实例名"对话框

图 2.8 "准备安装"对话框

(14) 在"安装进度"对话框中(如图 2.9 所示),可以在安装过程中监视安装进度。若要在安装期间查看组件的日志文件,请在"安装进度"对话框中单击"产品"列表框中的具体组件名称。

(15) 在"完成 Microsoft SQL Server 安装向导"对话框中,可以通过单击此对话框中提供的链接查看安装摘要日志。若要退出 SQL Server 安装向导,请单击"完成"按钮。

(16) 如果得到重新启动计算机的指示,请立即进行此操作。

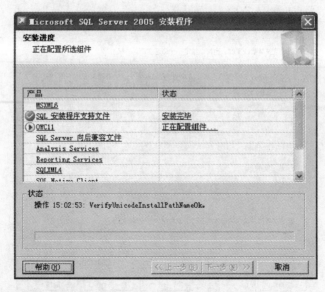

图 2.9　"安装进度"对话框

2.2.4　身份验证模式

使用 Microsoft SQL Server 安装向导的"身份验证模式"对话框选择安全模式,用来验证对本系统的客户端和服务器连接。如果选择"混合模式",则必须输入并确认 SQL Server 系统管理员（sa）密码。设备建立起对 SQL Server 的成功连接之后,安全机制对于 Windows 身份验证和混合模式是相同的。

1. Windows 身份验证模式

用户通过 Microsoft Windows 用户账户连接时,SQL Server 使用 Windows 操作系统中的信息验证账户名和密码。这是默认的身份验证模式,比混合模式安全得多。Windows 身份验证使用 Kerberos 安全协议,通过强密码的复杂性验证提供密码策略强制,提供账户锁定支持,并且支持密码过期。

2. 混合模式（Windows 身份验证或 SQL Server 身份验证）

允许用户使用 Windows 身份验证或 SQL Server 身份验证进行连接。通过 Windows 用户账户连接的用户可以使用 Windows 验证的受信任连接。

如果必须选择"混合模式身份验证"并要求使用 SQL 登录以适应旧式应用程序,则必须为所有 SQL 账户设置强密码。这对于属于 sysadmin 角色的账户（特别是 sa 账户）尤其重要。

选择"混合模式身份验证"时,请输入并确认系统管理员（sa）登录名。密码是抵御入侵者的第一道防线,因此设置强密码对于系统安全是绝对必要的。绝对不要设置空的或弱的 sa 密码。密码可包含 1～128 个字符,包括字母、符号和数字的任意组合。必须输入强 sa 密码才能进入安装向导的下一页。

强密码不能使用禁止的条件或字词,包括如下 4 种。

（1）空条件或 NULL 条件。

（2）如 Password、Admin、Administrator、sa、sysadmin 等词。

（3）强密码也不能是下列与安装的计算机有关联的词：当前登录到计算机上的用户的名称、计算机名称等。

（4）强密码长度必须至少是 6 个字符，并且至少要满足下列 4 个条件中的 3 个：必须包含大写字母、必须包含小写字母、必须包含数字、必须包含非字母数字字符，例如♯、％ 或^。

在"身份验证模式"对话框中输入的密码必须满足强密码策略要求。如果有使用 SQL 身份验证的自动化设置，请确保密码满足强密码策略要求。

2.3 SQL Server 2005 的常用工具和实用程序

Microsoft SQL Server 2005 包含一组完整的图形工具和命令提示实用工具，允许用户、程序员和管理员执行以下功能：

- 管理和配置 SQL Server。
- 确定 SQL Server 副本中的目录信息。
- 设计和测试用于检索数据的查询。
- 复制、导入、导出和转换数据。
- 提供诊断信息。
- 启动和停止 SQL Server。

2.3.1 Management Studio

Management Studio 是为 SQL Server 数据库管理员和开发人员提供的新工具。此工具由 Microsoft Visual Studio 内部承载，它提供了用于数据库管理的图形工具和功能丰富的开发环境。Management Studio 将 SQL Server 2000 企业管理器、Analysis Manager 和 SQL 查询分析器的功能集于一身，还可用于编写 MDX、XMLA 和 XML 语句。

1. Management Studio 的启动

在"开始"菜单上，依次单击"所有程序"→Microsoft SQL Server 2005，再单击 SQL Server Management Studio。弹出"连接到服务器"对话框，如图 2.10 所示，验证默认设置，再单击"连接"按钮。

默认情况下，Management Studio 中将显示 3 个组件窗口，如图 2.11 所示。

"已注册的服务器"窗口列出的是经常管理的服务器，可以在此列表中添加和删除服务器。如果计算机上以前安装了 SQL Server 2000 企业管理器，则系统将提示用户导入已注册服务器的列表；否则，列出的服务器中仅包含运行 Management Studio 的计算机上的 SQL Server 实例。如果未显示所需的服务器，请在"已注册的服务器"中右击 Microsoft SQL Server，再单击"更新本地服务器注册"。

对象资源管理器是服务器中所有数据库对象的树视图，此树视图可以包括 SQL Server DataBase Engine、Analysis Services、Reporting Services、Integration Services 和 SQL Server Mobile 的数据库。对象资源管理器包括与其连接的所有服务器的信息。打开

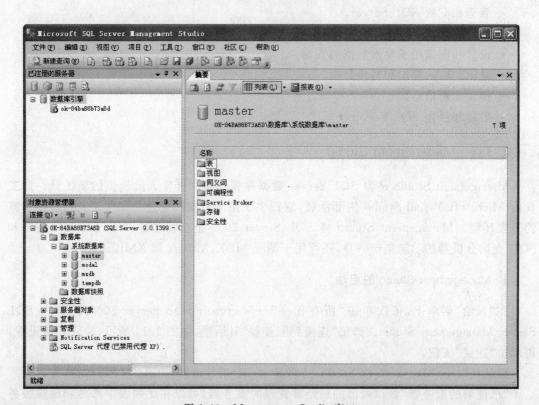

图 2.10　"连接到服务器"对话框

图 2.11　Management Studio 窗口

Management Studio 时,系统会提示用户将对象资源管理器连接到上次使用的设置。用户可以在"已注册的服务器"组件中双击任意服务器进行连接,但无须注册要连接的服务器。

文档窗口是 Management Studio 中的最大部分。文档窗口可能包含查询编辑器和浏览器窗口。默认情况下,将显示已与当前计算机上的数据库引擎实例连接的"摘要"页面。

2．与已注册的服务器和对象资源管理器连接

已注册的服务器和对象资源管理器与 Microsoft SQL Server 2000 中的企业管理器类似，但具有更多的功能。

已注册的服务器组件的工具栏包含用于数据库引擎、Analysis Services、Reporting Services、SQL Server Mobile 和 Integration Services 的按钮，可以注册上述任意服务器类型以便于管理。

连接到服务器：右击"数据库引擎"，单击"新建"，再单击"服务器注册"。此时将打开"新建服务器注册"对话框，如图 2.12 所示。在"服务器名称"文本框中，输入 SQL Server 实例的名称。该操作可以通过选择的名称组织服务器，也可以更改默认的服务器名称。

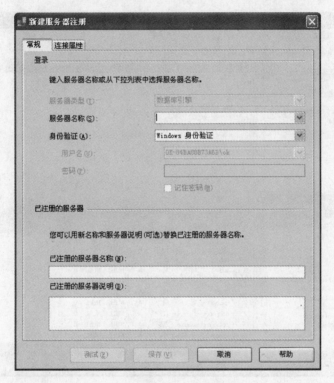

图 2.12　"新建服务器注册"对话框

与对象资源管理器连接：与已注册的服务器类似，在对象资源管理器的工具栏上，单击"连接"按钮显示可用连接类型下拉列表，再单击"数据库引擎"，系统将打开"连接到服务器"对话框。在"服务器名称"文本框中，输入 SQL Server 实例的名称。可以单击"选项"按钮，然后浏览各选项。单击"连接"按钮，连接到服务器。如果已经连接，则将直接返回到对象资源管理器，并将该服务器设置为焦点。

SQL Server Management Studio 将系统数据库放在一个单独的文件夹中。

3．连接查询编辑器

Management Studio 是一个集成开发环境，用于编写 T-SQL、MDX、XMLA、XML、

SQL Server 2005 Mobile Edition 查询和 sqlcmd 命令。用于编写 T-SQL 的查询编辑器组件与以前版本的 SQL Server 查询分析器类似,但它新增了一些功能。

查询编辑器的使用方法如下。

(1) 在 Management Studio 工具栏上,单击"数据库引擎查询"按钮,以打开查询编辑器。

(2) 在"连接到数据库引擎"对话框中,单击"连接"按钮,系统将打开查询编辑器,同时,查询编辑器的标题栏将指示连接到 SQL Server 实例。

(3) 在代码窗格中,输入下列 T-SQL 语句: SELECT ∗ FROM spt_values。

(4) 此时,可以单击在工具栏上的"连接"、"执行"、"分析"或"显示估计的执行计划"按钮以连接到 SQL Server 实例。单击"执行"按钮,可看到如图 2.13 所示的显示结果。

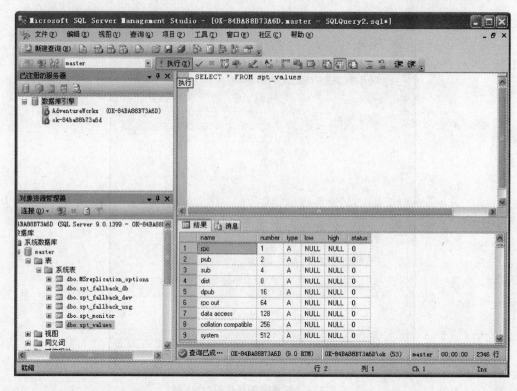

图 2.13　查询编辑器

2.3.2　sqlcmd 实用工具

sqlcmd 实用工具(Microsoft Win32 命令提示实用工具)可以用来运行特殊的 Transact-SQL 语句和脚本。若要以交互方式使用 sqlcmd,或要生成可使用 sqlcmd 来运行的脚本文件,则需要了解 Transact-SQL。

在 sqlcmd 环境中,以交互的方式输入 Transact-SQL 语句,输入方式与在命令提示符下输入的方式相同。命令提示符窗口中会显示结果。

启动 sqlcmd 实用工具并连接到 SQL Server 的默认实例方法如下: 单击"开始",依次单击"所有程序"→"附件",再单击"命令提示符",如图 2.14 所示,闪烁的下划线字符即为命令提示符。在命令提示符处,输入 sqlcmd,按 Enter 键。1>是 sqlcmd 提示符,可以指定行号。每按一次 Enter 键,显示的数字就会加 1。若要终止 sqlcmd 会话,在 sqlcmd 提示符处输入 EXIT。

图 2.14 sqlcmd 实用工具的使用

2.3.3 数据库引擎优化顾问

数据库引擎优化顾问是 Microsoft SQL Server 2005 中的新工具,使用该工具可以优化数据库,提高查询处理的性能。数据库引擎优化顾问检查指定数据库中处理查询的方式,然后建议如何通过修改物理设计结构(例如索引、索引视图和分区)来改善查询处理性能。它取代了 Microsoft SQL Server 2000 中的索引优化向导,并提供了许多新增功能。例如,数据库引擎优化顾问提供两个用户界面:图形用户界面(GUI)和 dta 命令提示实用工具。使用 GUI 可以方便快捷地查看优化会话结果,而使用 dta 实用工具则可以轻松地将数据库引擎优化顾问功能并入脚本中,从而实现自动优化。此外,数据库引擎优化顾问可以接受 XML 输入,该输入可对优化过程进行更多控制。

启动数据库引擎优化顾问 GUI 的方法如下。

在 Windows 的"开始"菜单上,依次单击"所有程序"→Microsoft SQL Server 2005→"性能工具",再单击"数据库引擎优化顾问"。在"连接到服务器"对话框中,查看默认设置,再单击"连接"按钮。默认情况下,数据库引擎优化顾问将打开如图 2.15 所示的窗口。

左窗格包含会话监视器,其中列出了已对此 Microsoft SQL Server 实例执行的所有优化会话。打开数据库引擎优化顾问时,在窗格顶部将显示一个新会话,可在相邻窗格中对此会话进行命名。最初,仅列出默认会话,这是数据库引擎优化顾问为用户自动创建的默认会话。对数据库进行优化后,用户所连接的 SQL Server 实例的所有优化会话都将在新会话下面列出。

右窗格包含"常规"和"优化选项"选项卡,在此可以定义数据库引擎优化会话。

- 在"常规"选项卡中,输入优化会话的名称,指定要使用的工作负荷文件或表,并选择要在该会话中优化的数据库和表。工作负荷是对要优化的一个或多个数据库执行的一组 Transact-SQL 语句。优化数据库时,数据库引擎优化顾问使用跟踪文件、跟踪表、Transact-SQL 脚本或 XML 文件作为工作负荷输入。
- 在"优化选项"选项卡中,可以选择用户希望数据库引擎优化顾问在分析过程中考虑的物理数据库设计结构(索引或索引视图)和分区策略。在此选项卡中,还可以指定

图 2.15　数据库引擎优化顾问窗口

数据库引擎优化顾问优化工作负荷使用的最大时间。默认情况下,数据库引擎优化顾问优化工作负荷的时间为 1 小时。

2.3.4　SQL Server Profiler

SQL Server Profiler 是用于从服务器捕获 SQL Server 2005 事件的工具。事件保存在一个跟踪文件中,可以在以后对该文件进行分析,也可以在试图诊断某个问题时,用它来重播某一系列的步骤。SQL Server Profiler 用于下列活动中:

- 逐步分析有问题的查询以找到问题的原因。
- 查找并诊断运行慢的查询。
- 捕获导致某个问题的一系列 Transact-SQL 语句。然后用所保存的跟踪文件在某台测试服务器上复制此问题,接着在该测试服务器上诊断问题。
- 监视 SQL Server 的性能以优化工作负荷。
- 使性能计数器与诊断问题相关联。

SQL Server Profiler 还支持对 SQL Server 实例上执行的操作进行审核的功能。审核将记录与安全相关的操作,供安全管理员以后复查。

2.3.5　SQL Server 配置管理器

SQL Server 配置管理器用于管理与 SQL Server 相关联的服务、配置 SQL Server 使用的网络协议以及从 SQL Server 客户端计算机管理网络连接配置。SQL Server 配置管理器集成了以下 SQL Server 2000 工具的功能：服务器网络实用工具、客户端网络实用工具和服务管理器。

2.3.6 SQL Server 外围应用配置器

使用 SQL Server 外围应用配置器，可以启用、禁用、开始或停止 SQL Server 2005 安装的一些功能、服务和远程连接。可以在本地和远程服务器中使用 SQL Server 外围应用配置器。

在"开始"菜单中，依次单击"所有程序"→Microsoft SQL Server 2005→"配置工具"，再单击"SQL Server 外围应用配置器"。显示的第一个页面为 SQL Server 外围应用配置器的起始对话框。在该起始对话框中，可指定要配置的服务器：使用"功能的外围应用配置器"来启用或禁用数据库引擎、Analysis Services 和 Reporting Services 的功能；使用"服务和连接的外围应用配置器"来启用或禁用 Windows 服务和远程连接。

2.3.7 SQL Server 的常用启动方式

可以使用 SQL Server 配置管理器、SQL Server Management Studio 或命令提示符启动、停止、暂停、重新启动以及配置服务。

(1) 在 SQL Server Management Studio 中停止和启动 SQL Server 实例。在已注册的服务器或对象资源管理器中，右击要启动的服务器实例，然后单击"启动"。如果服务器名称旁边的图标上出现一个绿色箭头，则说明服务器已成功启动。

(2) 在 SQL Server 配置管理器中停止和启动 SQL Server 实例。SQL Server 配置管理器可以代替 SQL Server 服务管理器启动 SQL Server 的默认实例。在"开始"菜单中，依次单击"所有程序"→Microsoft SQL Server 2005→"配置工具"，然后单击"SQL Server 配置管理器"。在 SQL Server 配置管理器中，展开"服务"，再单击 SQL Server。在详细信息窗格中，右击 SQL Server (MSSQLServer)，再单击"启动"，如图 2.16 所示。如果工具栏中和服务器名称旁的图标上出现绿色箭头，则指示服务器已成功启动。

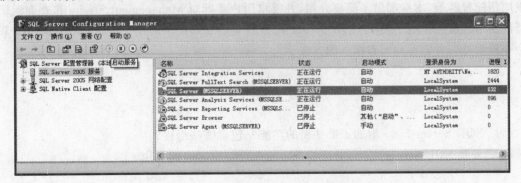

图 2.16　SQL Server 配置管理器

(3) 用命令提示符方式启动。在 net start 命令提示符下，或者通过运行 sqlserver.exe，启动 SQL Server 或 SQL Server 代理服务的实例。

方法一：运行 sqlserver.exe

默认情况下,sqlserver. exe 位于 C:\Program Files\Microsoft SQL Server\MSSQL. 1\MSSQL\Binn。如果安装了另一个 SQL Server 实例,则另一个 sqlserver. exe 将位于另一个目录下(如 C:\Program Files\Microsoft SQL Server\MSSQL. 2\MSSQL\Binn)。可以使用一个实例的 sqlserver. exe 来启动另一个 SQL Server 2005 实例,但 SQL Server 同时会启动错误的实例版本(包括 Service Pack),并可能导致意外结果。若要避免出现这种问题,请在启动 sqlserver. exe 之前使用 MS-DOS 更改目录命令（cd）移动到正确的目录(如下例所示)。

```
cd \Program Files\Microsoft SQL Server\MSSQL. 1\MSSQL\Binn
```

再在命令提示符处输入以下命令:

```
sqlserver.exe
```

方法二：用 NET 命令
输入下列命令:

```
net start "SQL Server (MSSQLSERVER)"
```

或

```
net start MSSQLSERVER
```

本 章 小 结

本章概述了 SQL Server 2005 的基础知识与运行环境,包括 SQL Server 2005 的组件新功能和包含的新技术、安装 SQL Server 2005 的软硬件环境和安装步骤。

Microsoft SQL Server 2005 包含一组完整的图形工具和命令提示实用工具,允许用户、程序员和管理员执行管理功能,常用工具和实用程序有：Management Studio、sqlcmd 实用工具、数据库引擎优化顾问、SQL Server Profiler、SQL Server 配置管理器、SQL Server 外围应用配置器等,本章都做了简要介绍,并要求用户掌握对 Management Studio 和查询编辑器的使用。最后介绍了使用 SQL Server 配置管理器、SQL Server Management Studio 和命令提示符三种管理和配置服务的方法。

习 题 2

1. SQL Server 2005 增加了哪些新的功能？包含哪些组件？
2. 安装 SQL Server 2005,并练习 Management Studio 的使用。

第3章

SQL Server 2005 操作

本章要点

　　通过本章的学习,能够了解数据库物理存储结构与逻辑结构,掌握在 Management Studio 界面下数据库及表的创建、删除和更新的方法,并且可以进行简单地数据查询。

3.1　界面操作数据库创建和管理

3.1.1　数据库的概念

1．数据库和表

　　SQL Server 2005 中的数据库由表的集合组成。这些表存储一组特定的结构化数据,表中包含行(也称为记录或元组)和列(也称为属性)的集合。表中的每一列都用于存储某种类型的信息,例如,名称、日期、金额和数字。表上有几种类型的控制(例如约束、触发器、默认值和用户自定义数据类型),用于保证数据的有效性。

　　另外,数据库还包括为支持对数据执行的活动而定义的其他对象,如视图、索引、存储过程、用户定义函数和触发器。

2．数据库文件

　　SQL Server 2005 数据库有 3 种类型的文件。

　　(1) 主要数据文件:包含数据库的启动信息,并指向数据库中的其他文件。用户数据和对象可存储在此文件中,也可以存储在次要数据文件中。每个数据库有一个主要数据文件。主要数据文件的标准文件扩展名是 .mdf。

　　(2) 次要数据文件:是可选的,由用户定义并存储用户数据。通过将每个文件放在不同的磁盘驱动器上,次要文件可将数据分散到多个磁盘上。另外,有些数据库可能非常大,如果超过了单个 Windows 文件的最大大小,可以使用次要数据文件,这样数据库的大小就能继续增长。因此需要有多个次要数据文件,次要数据文件的标准文件扩展名是.ndf。

（3）事务日志文件：保存用于恢复数据库的日志信息。每个数据库必须至少有一个日志文件。事务日志文件的标准扩展名是.ldf,其大小至少为 512KB。

事务日志支持以下操作：

- 恢复个别的事务。
- 在 SQL Server 启动时恢复所有未完成的事务。
- 将还原的数据库、文件、文件组或页前滚至故障点。
- 支持事务性复制。
- 支持备份服务器解决方案。

3．文件组

每个 SQL Server 2005 数据库至少具有两个系统文件：一个数据文件和一个日志文件。数据文件包含数据和对象,例如表、索引、存储过程和视图；日志文件包含恢复数据库中的所有事务所需的信息。为了便于分配和管理,可以将数据文件集合起来,放到文件组中。

每个数据库有一个主要文件组。此文件组包含主要数据文件和未放入其他文件组的所有次要文件。可以创建用户定义的文件组,用于将数据文件集合起来,以便于管理、数据分配和放置。例如,可以分别在 3 个磁盘驱动器上创建 3 个文件 Data1.ndf、Data2.ndf 和 Data3.ndf,然后将它们分配给文件组 fgroup1。然后,可以明确地在文件组 fgroup1 上创建一个表。对表中数据的查询将分散到 3 个磁盘上,从而提高了性能。通过使用在 RAID（独立磁盘冗余阵列）条带集上创建的单个文件也能获得同样的性能提高,但文件和文件组能够轻松地在新磁盘上添加新文件。

存储在文件组中的所有数据文件包括主要文件组和用户定义文件组。

（1）主要文件组：包含主要文件的文件组。所有系统表都被分配到主要文件组中。

（2）用户定义文件组：用户首次创建数据库或之后修改数据库时明确创建的任何文件组。

如果在数据库中创建对象时没有指定对象所属的文件组,对象将被分配给默认文件组。不管何时,只能将一个文件组指定为默认文件组。默认文件组中的文件必须足够大,能够容纳未分配给其他文件组的所有新对象。在用户未对默认文件组进行更改的情况下,PRIMARY 文件组是默认文件组。

可以使用 ALTER DATABASE 语句更改默认文件组,但系统对象和表仍然分配给 PRIMARY 文件组,而不是新的默认文件组。

4．系统数据库

SQL Server 2005 有两类数据库：系统数据库和用户数据库。系统数据库用于存储有关的系统信息,用户数据库是用户创建的数据库。在安装时,SQL Server 将创建 5 个系统数据库。

（1）master 数据库：记录 SQL Server 实例的所有系统级信息。

（2）msdb 数据库：用于供 SQL Server 代理计划警报和作业时使用。

（3）model 数据库：用作 SQL Server 实例上创建的所有数据库的模板。对 model 数据库进行的修改（如数据库大小、排序规则、恢复模式和其他数据库选项）将应用于以后创建的所有数据库。

（4）Resource 数据库：一个只读数据库，包含 SQL Server 2005 中的所有系统对象。系统对象在物理上保留在 Resource 数据库中，但在逻辑上显示在每个数据库的 sys 架构中。

（5）tempdb 数据库：一个工作空间，用于保存临时对象或中间结果集。

3.1.2　数据库的创建

创建数据库，必须确定数据库的名称、所有者、大小以及存储该数据库的文件和文件组。在创建数据库之前，应注意下列事项：

- 若要创建数据库，必须至少拥有 CREATE DATABASE 、CREATE ANY DATABASE 或 ALTER ANY DATABASE 权限。
- 在 SQL Server 2005 中，对各个数据库的数据和日志文件设置了某些权限。如果这些文件位于匿名用户也具有打开权限的目录中，那么以上权限的设置可以防止文件被意外篡改。
- 创建数据库的用户将成为该数据库的所有者。
- 对于一个 SQL Server 实例，最多可以创建 32 767 个数据库。
- 数据库名称必须遵循为标识符指定的规则。
- model 数据库中的所有用户定义对象都将复制到所有新创建的数据库中。可以向 model 数据库中添加任意对象（例如表、视图、存储过程和数据类型），以将这些对象包含到所有新创建的数据库中。

例 3.1　使用 Management Studio 创建名为"图书管理"的数据库文件。

在 Management Studio 的"对象资源管理器"中展开已连接数据库引擎的节点。右击"数据库"节点或某用户数据库节点，在弹出的快捷菜单中，单击"新建数据库"命令，会弹出如图 3.1 所示的对话框。

在"常规"选项卡中要求用户确定数据库名称、所有者、是否使用全文索引、数据库文件信息等。数据库文件信息包括对数据文件与日志文件的逻辑名称、文件类型、文件组、初始大小、自动增长要求、文件所在路径等的交互指定。如在"数据库名称"文本框中输入"图书管理"，则自动更改数据文件的逻辑名称为"图书管理"，日志文件为"图书管理_log"。

数据文件和日志文件的初始大小分别为 3MB 和 1MB，但是可进行修改。可单击"自动增长"选项区域旁边的按钮 [...]，打开"更改 ks 的自动增长设置"对话框，如图 3.2 所示，可进行设置。

数据文件和日志文件的默认路径为：C:\Program Files\Microsoft SQL Server\MSSQL.1\MSSQL\Data，可单击进入"定位文件夹"对话框进行修改，如图 3.3 所示。

当需要更多数据库文件时，可以单击"新建数据库"对话框中的"添加"按钮。

完成"常规"选项卡信息指定后，在对话框左窗格的"选择页"中单击"选项"标签，出现"选项"选项卡，可按需指定"排序规则"、"恢复模式"、"兼容级别"、"其他选项"等选项的值。

单击"文件组"标签能对数据库的文件组信息进行指定，能添加新的"文件组"标签以备数据库使用。在右边第一行有"脚本"下拉列表框与"帮助"按钮两个选项，"脚本"下拉列表框能把"新建数据库"对话框中已指定的创建数据库的信息以脚本（或命令）的形式保存到

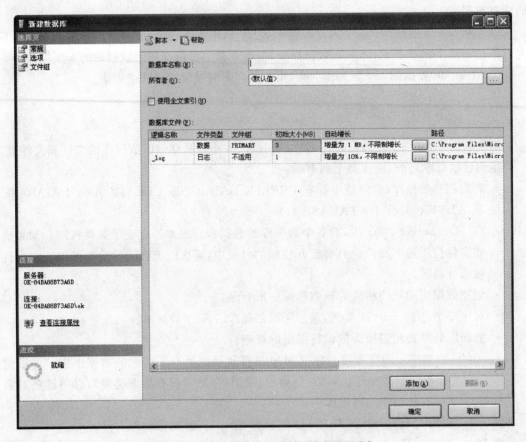

图 3.1 "新建数据库"对话框"常规"选项卡

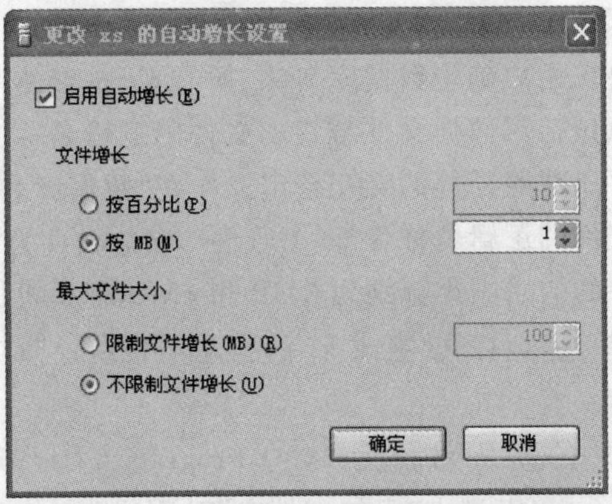

图 3.2 "更改 ks 的自动增长设置"对话框

"新建查询"窗口、文件、剪贴板或作业中。产生的脚本能保存起来,以备以后修改使用。完成所有设定,最后单击"确定"按钮,完成了新数据库的创建,如图 3.4 所示。

本例创建的名为"图书管理"的数据库全部采用默认值,数据库只包含一个主数据文件和一个主日志文件,大小分别为 model 数据库中主数据文件和日志文件的大小。

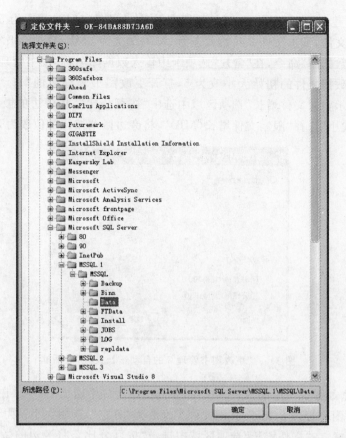

图 3.3 "定位文件夹"对话框

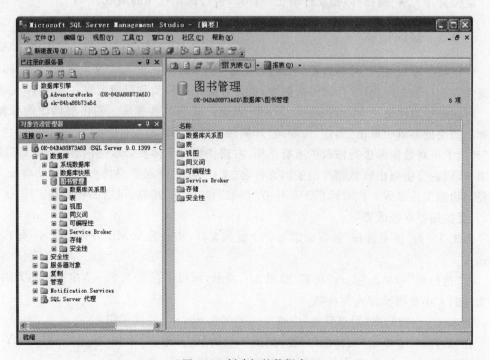

图 3.4 创建好的数据库

例 3.2　创建名为"图书管理 2"的数据库,初始大小为 5MB,最大为 50MB,按 15％增长,有两个日志文件,日志文件 2 初始大小为 2MB,最大为 5MB,按 10％比例增长。

单击"新建数据库"命令,在"常规"选项卡中输入数据库名称"图书管理 2",此处界面与图 3.1 相同,将数据文件的初始大小改为 5,打开更改图书管理 2 的"自动增长设置"对话框,如图 3.5 所示,在"文件增长"选项区域中选中"按百分比",将旁边的微调按钮的值改为 15,"最大文件大小"选择"限制文件增长(MB)",将旁边微调按钮的值改为 50。

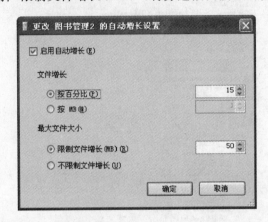

图 3.5　"更改图书管理 2 的自动增长设置"对话框

接下来单击如图 3.1 中的"添加"按钮,在数据库文件中增加了一项,在该项中输入日志文件 2 的名称"图书管理 2_log",并把文件类型改为"日志",初始大小设为 2MB,打开"自动增长设置"对话框,在"文件增长"选项区域中选中"按百分比",将旁边的微调按钮的值改为 10,"最大文件大小"选择"限制文件增长(MB)",旁边微调按钮的值改为 5。

3.1.3　修改数据库

创建数据库后,可以对其原始定义进行更改,例如可以扩展和收缩数据库,添加和删除数据文件和日志文件,分离和附加数据库,进行数据库的移动和重命名等。

下面介绍如何使用 Management Studio 界面方式修改数据库。右击要修改的数据库,在弹出的快捷菜单中单击"属性"命令,打开属性对话框,如图 3.6 所示。在左窗格的"选择页"列出了可对数据库进行修改的所有选项,右窗格则是具体要修改的内容;如选择"文件"选项卡,则右窗格列出该数据库的逻辑文件名、文件类型、所属组、初始大小、自动增长方式、路径和物理文件名等。在对话框下部还有"添加"和"删除"按钮,可增加和删除文件、文件组等,只要按照要求修改即可。

例 3.3　为"图书管理"数据库添加一个数据文件,初始为 10MB,不限制大小,每次增长 5％。

在"选择页"中单击"文件"标签,如图 3.6 所示,即可用像 3.1.2 小节中一样的方法来修改文件的大小及增长方式等参数。

例 3.4　在数据库"图书管理"中增加一个名为 group2 的文件组。

在"选择页"中单击"文件组"标签,如图 3.7 所示,再单击"添加"按钮,PRIMARY 行的下行被激活,输入 group2 文件组名,单击"确定"按钮即可。

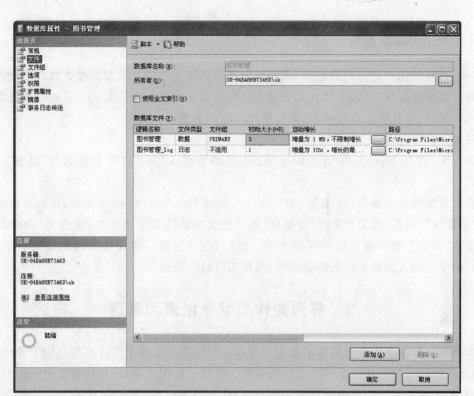

图 3.6　"数据库属性-图书管理"对话框

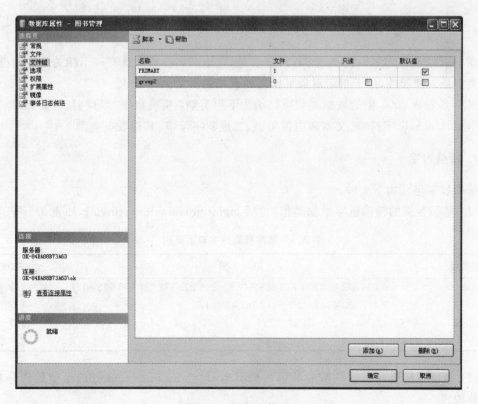

图 3.7　添加文件组

3.1.4　删除数据库

当不再需要用户定义的数据库,或者已将其移到其他数据库或服务器上时,即可删除该数据库。数据库删除之后,文件及其数据都从服务器上的磁盘中删除。一旦删除数据库,它即被永久删除,并且不能进行检索,除非使用以前的备份。

注意:不能删除系统数据库。

例 3.5　使用 Management Studio 界面方式将数据库"图书管理 2"更名为"图书",然后删除。

在对象资源管理器中,连接到 SQL Server 2005 DataBase Engine 实例,再展开该实例。展开"数据库",右击"图书管理 2"数据库,再在弹出的快捷菜单中单击"重命名"命令,在名称处输入"图书",即改变了数据库的名称。然后右击"图书",再在弹出的快捷菜单中单击"删除"命令。确认选择了正确的数据库,再单击"确定"按钮。

3.2　界面操作二维表创建和管理

表是包含数据库中所有数据的数据库对象。数据在表中的组织方式与在电子表格中相似,都是按行和列的格式组织的。每一行代表一条唯一的记录,每一列代表记录中的一个字段。例如,在包含学生信息数据的表中,每一行代表一名学生,每一列代表学生某一方面的信息,如学号、姓名、班级以及电话号码等。

3.2.1　SQL Server 2005 支持的数据类型

在 SQL Server 2005 中,每个列、局部变量、表达式和参数都具有一个相关的数据类型。数据类型是一种属性,用于指定对象可保存的数据的类型。

SQL Server 2005 中的数据类型可归纳为下列类别:精确数字、浮点型、日期和时间型、字符串型、Unicode 字符串、文本和图像类型、二进制字符串、其他数据类型。

1. 精确数字

精确数字包括如下 4 种。

(1) 整数数据的精确数字数据类型,包括 bigint、int、smallint、tinyint,如表 3.1 所示。

表 3.1　整数精确数字表示范围

数据类型	范　　　围	存储
bigint	-2^{63}($-9\,223\,372\,036\,854\,775\,808$)$\sim 2^{63}-1$($9\,223\,372\,036\,854\,775\,807$)	8 字节
int	-2^{31}($-2\,147\,483\,648$)$\sim 2^{31}-1$($2\,147\,483\,647$)	4 字节
smallint	-2^{15}($-32\,768$)$\sim 2^{15}-1$($32\,767$)	2 字节
tinyint	$0\sim255$	1 字节

(2) 带固定精度和小数位数的数值数据类型,包括 decimal、numeric,由整数部分和小数部分构成。

数据类型的格式：decimal[（p[，s]）] 和 numeric[（p[，s]）]

p（精度）：

最多可以存储的十进制数字的总位数，包括小数点左边和右边的位数。该精度必须是从 1 到最大精度 38 之间的值。默认精度为 18。使用最大精度时，有效值为 $-10^{38}+1\sim10^{38}-1$。

s（小数位数）：

小数点右边可以存储的十进制数字的最大位数。小数位数必须是从 0 到 p 之间的值。仅在指定精度后才可以指定小数位数。默认的小数位数为 0，因此，$0<=s<=p$。最大存储大小基于精度而变化，有以下 4 种情况：

- 精度为 1～9 时，存储字节数为 5。
- 精度为 10～19 时，存储字节数为 9。
- 精度为 20～28 时，存储字节数为 13。
- 精度为 29～38 时，存储字节数为 17。

（3）代表货币或货币值的数据类型，包括 money、smallmoney，表示范围如表 3.2 所示。

表 3.2　货币型数据类型的表示范围

数据类型	范　　围	存储
money	$-922\,337\,203\,685\,477.5808\sim922\,337\,203\,685\,477.5807$	8 字节
smallmoney	$-214\,748.3648\sim214\,748.3647$	4 字节

money 和 smallmoney 数据类型精确到它们所代表的货币单位的万分之一。

（4）bit 数据类型，是取值可以为 1、0 或 NULL 的整数数据类型。

2. 浮点型

浮点型也称为近似数字型，包括 float 和 real 两种。

（1）float：取值范围为 $-1.79E+308\sim-2.23E-308$、0 以及 $2.23E-308\sim1.79E+308$，数据的精度和存储大小要取决于 n 的值。其中 n 为用于存储 float 数值尾数的位数，以科学记数法表示，因此可以确定精度和存储大小。如果指定了 n，则它必须是介于 1 和 53 之间的某个值。n 的默认值为 53。若 n 为 1～24，则精度为 7 位数，存储大小 4 字节；当 n 为 25～53，则精度为 15 位数，存储大小 8 字节。

（2）real：取值范围为 $-3.40E+38\sim-1.18E-38$、0 以及 $1.18E-38\sim3.40E+38$，存储大小为 4 字节。

3. 日期和时间型

用于表示某天的日期和时间的数据类型，包括 datetime 与 smalldatetime 两种。

（1）datetime 数据类型表示的范围从 1753 年 1 月 1 日到 9999 年 12 月 31 日，精确度为 3.33 毫秒。SQL Server 2005 数据库引擎用两个 4 字节的整数内部存储 datetime 数据类型的值。第一个 4 字节存储"基础日期"（即 1900 年 1 月 1 日）之前或之后的天数，基础日期是系统参照日期；另外一个 4 字节存储天数的时间，以午夜后经过的 1/300 秒数表示。

（2）smalldatetime 数据类型表示的范围从 1900 年 1 月 1 日到 2079 年 6 月 6 日，精确

度为 1 分钟,精确度低于 datetime。数据库引擎将 smalldatetime 值存储为两个 2 字节的整数。第一个 2 字节存储 1900 年 1 月 1 日后的天数;另外一个 2 字节存储午夜后经过的分钟数。

日期的输入格式很多,大致可分为如下 3 类。

(1) 英文+数字格式:此类格式中年和月、日之间可不用逗号;月份可用英文全名或缩写,且不区分大小写;年份可为 4 位或 2 位;当其为两位时,若值小于 50 则视为 20××年,若大于或等于 50 则视为 19××年;若日部分省略,则视为当月的 1 号。以下格式均为正确的日期格式:

June 21 2000、Oct 1 1999、January 2000、2000 February、2000 May 1、2000 1 Sep、99 June、July 00

(2) 数字+分隔符格式:允许把斜杠(/)、连接符(-)和小数点(.)作为用数字表示的年、月、日之间的分隔符,如:

YMD:2000/6/22 2000-6-22 2000.6.22

MDY:3/5/2000 3-5-2000 3.5.2000

DMY:31/12/1999 31-12-1999 31.12.2000

(3) 纯数字格式:纯数字格式是以连续的 4 位、6 位或 8 位数字来表示日期。如果输入的是 6 位或 8 位数字,系统将按年、月、日来识别,即 YMD 格式,并且月和日都是用两位数字来表示;如果输入的数字是 4 位数,系统则认为这 4 位数代表年份,其月份和日默认为此年度的 1 月 1 日。如:

20000601——2000 年 6 月 1 日

991212——1999 年 12 月 12 日

1998——1998 年 1 月 1 日

时间输入格式的规则如下:

在输入时间时必须按"小时、分钟、秒、毫秒"的顺序来输入,在其间用冒号":"隔开,但可将毫秒部分用小数点"."分隔,其后第一位数字代表十分之一秒,第二位数字代表百分之一秒,以此类推。当使用 12 小时制时用 AM 和 PM,分别指定时间是午前和午后,若不指定,系统默认为 AM。AM 与 PM 均不区分大小写。如:

3:5:7.2pm——下午 3 时 5 分 7 秒 200 毫秒

10:23:5.123Am——上午 10 时 23 分 5 秒 123 毫秒

可以使用 SET DATEFORMAT 命令来设定系统默认的日期-时间格式。

4. 字符串型

字符串类型包括 char 和 varchar,是固定长度和可变长度的字符数据类型。

(1) char [(n)]:固定长度,非 Unicode 字符数据,长度为 n 个字节。n 的取值范围为 1~8000,存储大小是 n 个字节。

(2) varchar [(n | max)]:可变长度,非 Unicode 字符数据。n 的取值范围为 1~8000,max 指示最大存储大小是 $2^{31}-1$ 个字节,存储大小是输入数据的实际长度加 2 个字节。所输入数据的长度可以为 0 个字符。如果未在数据定义或变量声明语句中指定 n,则默认长度为 1;如果在使用 CAST 和 CONVERT 函数时未指定 n,则默认长度为 30。

在使用 char 或 varchar 时,如果列数据项的大小一致,建议使用 char;如果列数据项的大小差异相当大,则使用 varchar;如果列数据项大小相差很大,而且大小可能超过 8000 字节,使用 varchar(max)。

5. Unicode 字符串

字符数据类型(nchar 长度固定,nvarchar 长度可变)和 Unicode 数据使用 UNICODE UCS-2 字符集。

(1) nchar [(n)]:n 个字符的固定长度的 Unicode 字符数据。n 值必须在 1~4000 之间(含)。存储大小为两倍 n 字节。

(2) nvarchar [(n | max)]:可变长度 Unicode 字符数据。n 值在 1~4000 之间(含),max 指示最大存储大小为 $2^{31}-1$ 字节,存储大小是所输入字符个数的两倍加 2 个字节。所输入数据的长度可以为 0 个字符。如果没有在数据定义或变量声明语句中指定 n,则默认长度为 1;如果没有使用 CAST 函数指定 n,则默认长度为 30(CAST 为类型转换系统函数)。

如果列数据项的大小可能相同,建议使用 nchar;如果列数据项的大小可能差异很大,使用 nvarchar。

6. 文本和图像类型

用于存储大型非 Unicode 字符、Unicode 字符及二进制数据的固定长度数据类型和可变长度数据类型。Unicode 数据使用 UNICODE UCS-2 字符集。

文本和图像类型包括 ntext、text 和 image 数据类型,但在 Microsoft SQL Server 的未来版本中将删除这 3 种类型,请避免在新开发工作中使用这些数据类型,并考虑修改当前使用这些数据类型的应用程序,改用 nvarchar(max)、varchar(max) 和 varbinary(max)。

(1) ntext:长度可变的 Unicode 数据,最大长度为 $2^{30}-1$(1 073 741 823)个字符。存储大小是所输入字符个数的两倍(以字节为单位)。

(2) text:服务器代码页中长度可变的非 Unicode 数据,最大长度为 $2^{31}-1$(2 147 483 647)个字符。当服务器代码页使用双字节字符时,存储仍是 2 147 483 647 字节。根据字符串的大小存储大小可能小于 2 147 483 647 字节。

(3) image:长度可变的二进制数据,从 0~$2^{31}-1$(2 147 483 647)个字节。

7. 二进制字符串

二进制字符串包括固定长度的 binary 和可变长度的 varbinary 数据类型。

(1) binary [(n)]:长度为 n 字节的固定长度二进制数据,其中 n 是从 1~8000 的值。存储大小为 n 字节。

(2) varbinary [(n | max)]:可变长度二进制数据。n 可以取从 1~8000 的值,max 指示最大的存储大小为 $2^{31}-1$ 字节,存储大小为所输入数据的实际长度加 2 个字节。所输入数据的长度可以是 0 字节。如果未在数据定义或变量声明语句中指定 n,则默认长度为 1;如果未使用 CAST 函数指定 n,则默认长度为 30。

如果列数据项的大小一致,建议使用 binary;如果列数据项的大小差异相当大,则使用 varbinary;当列数据条目超出 8000 字节时,请使用 varbinary(max)。

8．其他数据类型

（1）Cursor：这是变量或存储过程 OUTPUT 参数的一种数据类型，这种参数包含对游标的引用。

（2）timestamp：公开的数据库中自动生成的唯一二进制数字的数据类型。timestamp 通常用作给表行加版本戳的机制，存储大小为 8 个字节。timestamp 数据类型只是递增的数字，不保留日期或时间。

（3）sql_variant：一种数据类型，用于存储 SQL Server 2005 支持的各种数据类型（不包括 text、ntext、image、timestamp 和 sql_variant）的值。sql_variant 可以用在列、参数、变量和用户定义函数的返回值中。

（4）uniqueidentifier：16 字节 GUID。GUID 主要用于在有多个节点、多台计算机的网络中，分配必须具有唯一性的标识符。

（5）Table：一种特殊的数据类型，用于存储结果集以进行后续处理。

（6）XML：存储 XML 数据的数据类型。可以在列中或者 XML 类型的变量中存储 XML 实例。

3.2.2　使用 Management Studio 创建、修改和删除表

设计完数据库后就可以在数据库中创建存储数据的表。表是包含数据库中所有数据的数据库对象，表的定义是一个列集合。数据在表中的组织方式与在电子表格中相似，都是按行和列的格式组织的，每一行代表一条唯一的记录，每一列代表记录中的一个字段。每个表最多可定义 1024 列。表和列的名称必须遵守标识符的规定。

1．创建表

例 3.6　以在"图书管理"数据库中创建表"图书"为例来说明创建表的操作过程。"图书"表结构如表 3.3 所示。

表 3.3　"图书"表结构

列名	数据类型	长度	是否允许为空值	默认值	说明
图书编号	char	8	否	无	主键
书名	char	30	是	无	
作者	char	8	是	无	
出版社	char	30	是	无	
单价	decimal(10,2)	10	是	无	

步骤如下：

（1）启动 Management Studio，打开"图书管理"数据库，右击选择下边的"表"文件夹，在快捷菜单中单击"新建表"命令，如图 3.8 所示。

（2）在所弹出的编辑窗口中分别输入或选择各列的列名、数据类型、是否允许空三项，并在"列属性"标栏中设置每列的属性，创建过程如图 3.9 所示。右击"图书编号"列，在弹出的快捷菜单中单击"设置主键"命令，或在工具栏中单击 🔑 按钮，均可将其设置为主键。

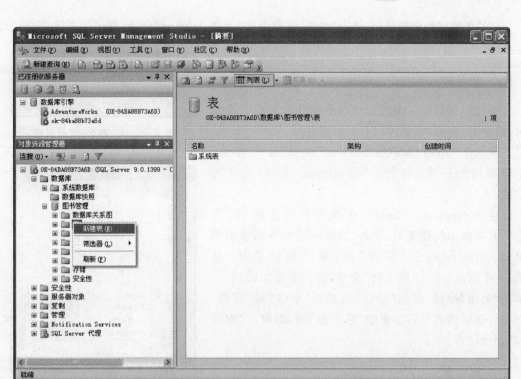

图 3.8 "新建表"命令

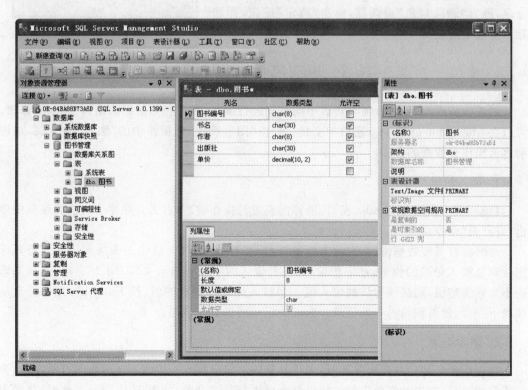

图 3.9 创建表的各列

（3）各列属性编辑好后，单击"文件"菜单中的"保存 Table_1"命令，弹出如图 3.10 的"选择名称"对话框，输入表名"图书"，该表就创建好了。

2. 修改表

对已经创建好的表进行修改的操作包括：更改表名、增加列、删除列、修改已有列的属性等。

图 3.10　"选择名称"对话框

例 3.7　增加、删除列操作：在"图书"表中"单价"字段前增加一个"总册数"列，tinyint 类型，允许为空值。

在 Management Studio 中选中要操作的表"图书"，右击弹出快捷菜单，单击"修改"命令，弹出表编辑窗口，用鼠标右击"单价"列，弹出快捷菜单，如图 3.11 所示，单击"插入列"命令，输入要添加的列后，单击"关闭"按钮，弹出"确认"对话框，单击"是"按钮，保存修改后的表。若要删除"总册数"列，则单击"删除列"命令即可。

3. 删除表

选中要删除的表，右击弹出快捷菜单，单击"删除"命令，弹出"删除对象"对话框，单击"确定"按钮，即删除了所选中的表。

图 3.11　插入列

3.3　界面操作数据库更新

创建数据库和表之后，需要对表中的数据进行操作，主要包括数据的插入、删除和修改，可以在 Management Studio 窗口中实现。仍以"图书管理"数据库中的"图书"表为例，来说明界面操作表数据的方法。

1. 插入记录

启动 Management Studio 窗口，展开需要进行操作的表，右击并在弹出的快捷菜单中单击"打开表"命令，如图 3.12 所示。

这时将打开表数据窗口，在此窗口中，记录按行显示，可向表中逐条插入记录。将光标定位到要插入记录的位置，逐字段输入，没有输入的字段将显示<NULL>字样，但如果该列不允许为空值，则必须为该列输入值。当输入完一个字段的值，按 Enter 键，光标将自动跳到下一行，便可编辑另一条记录。插入的记录将添加在表尾。

2. 删除记录

当表中的某些记录不再需要时，要将其删除。将鼠标光标定位到要删除的行的左边，该行将反相显示，右击并在弹出的快捷菜单上单击"删除"命令，如图 3.13 所示。此时，将弹出确认对话框，如图 3.14 所示，单击"是"按钮将删除所选的记录，单击"否"按钮将取消操作。

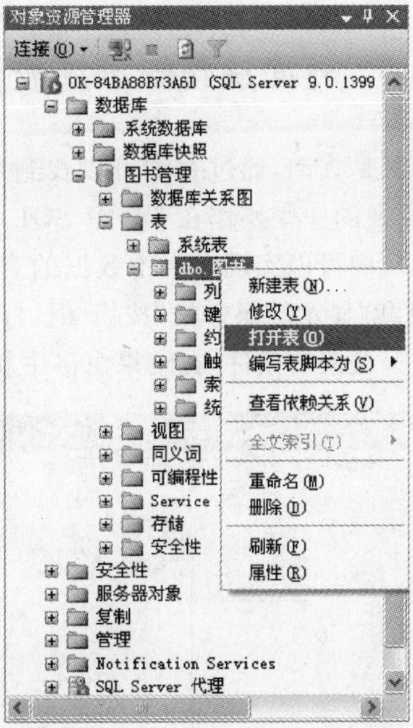

图 3.12　打开表

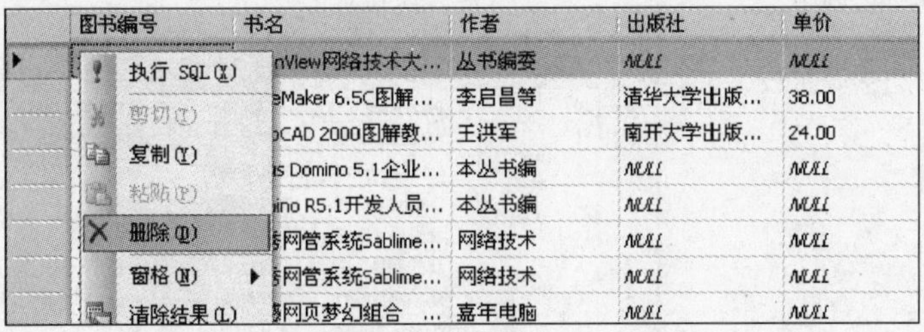

图 3.13　删除记录

图 3.14　确认删除对话框

3. 修改记录

将光标定位到将要做修改的记录字段,然后直接对该字段值进行修改即可。例如将表中的第11条图书的"单价"字段的24改为28,如图3.15所示。

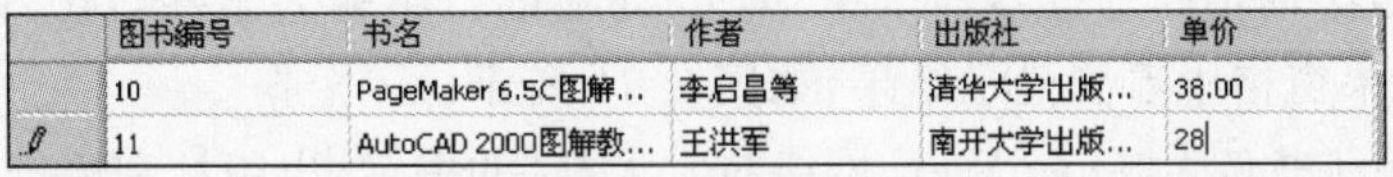

图书编号	书名	作者	出版社	单价
10	PageMaker 6.5C图解…	李启昌等	清华大学出版…	38.00
11	AutoCAD 2000图解教…	王洪军	南开大学出版…	28

图 3.15　修改记录数据

3.4　界面操作数据库查询

在数据库中最基本的操作就是查询,通过查询可以找到用户关心的数据。在这一章只介绍一些简单的查询和统计,复杂的一些操作在下一章 SQL 语句中会作具体介绍。

在 Management Studio 窗口中可以实现对表中数据的查询。在数据窗口中,单击工具栏中的"显示条件窗格"按钮 ▦ 和"显示结果窗格"按钮 ▩ ,打开条件和结果窗格,如图 3.16 所示。在条件窗格中设置要显示数据的条件,在结果窗格中就可以看到结果了。

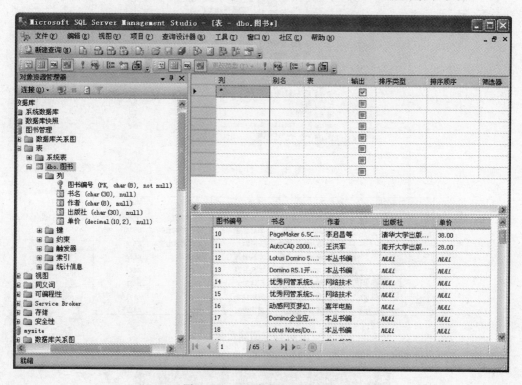

图 3.16　显示条件和结果窗格

例 3.8　查询表中指定的列。在"图书"表中查找各本书的书名和作者。

在条件窗口中单击"列"下面的第一行空白字段,则显示出下拉列表框,下拉列表框中列出了所有的字段名,选择"书名"项,如图 3.17 所示,同样,在第二行中选择"作者"。设置好条件后,单击工具栏中的"执行 SQL 命令"按钮 ❗ ,在结果窗格只显示各记录的书名和作者列,如图 3.18 所示。

例 3.9　查询单价小于 40 元的书目名称。

在条件窗口中的列中选择"书名"和"单价"字段,拖动水平滚动条向右,发现"列"这列是被冻结的,不参与滚动,到"筛选器"时,在"单价"对应的行中输入条件＜40,单击"执行 SQL 命令"按钮,在结果窗格中看到显示结果,如图 3.19 所示。

例 3.10　查询书名为"OpenView 网络技术大全"的书名、出版社和单价。

在条件窗口中的"列"下选择三个字段:"书名"、"出版社"和"单价",并在"书名"行对应

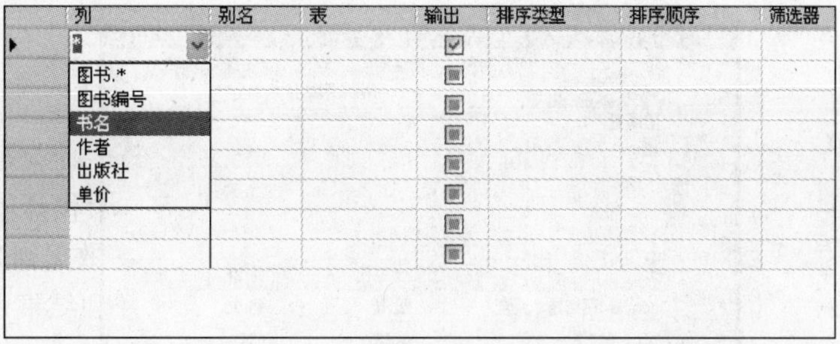

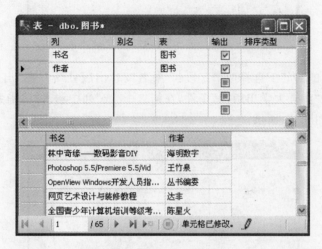

图 3.17 选择条件字段表

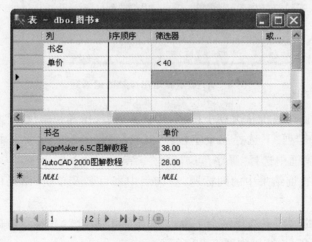

图 3.18 显示指定的列

图 3.19 显示单价小于 40 元的书目

的"筛选器"中输入"OpenView 网络技术大全"条件,执行命令,结果如图 3.20 所示。

例 3.11 查询表中是"南开大学出版社"或是"清华大学出版社"出版的图书,并列出书名和出版社名。

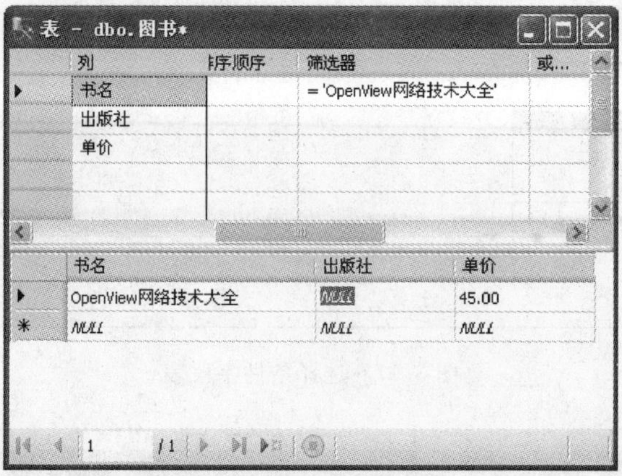

图 3.20　显示指定书名的记录列

在条件窗口中的"列"下选择两个字段："书名"和"出版社"，并在"出版社"行对应的第一个"或"列中输入"南开大学出版社"条件，在第二个"或"列中输入"清华大学出版社"条件，执行命令，结果如图 3.21 所示。

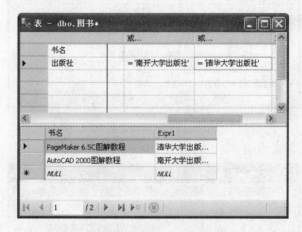

图 3.21　显示指定出版社的记录列

例 3.12　将书目按单价从大到小排序，并显示书名、作者和单价。

在条件窗口中的"列"下选择三个字段："书名"、"作者"和"单价"，并在"单价"对应的"排序类型"下拉列表框中选择"降序"，执行命令，结果如图 3.22 所示。

例 3.13　修改查询结果中的列标题，查询表中书目名及单价，结果中列的标题分别为 name 和 price。

在条件窗口中的"列"下选择两个字段："书名"和"单价"，并在对应的"别名"列中输入 name 和 price，执行命令，结果如图 3.23 所示。

例 3.14　求"图书"表中总书目数，并以"总数"为别名。

单击工具栏中的"添加分组依据"按钮 ，则在"列"下选择字段名时，又增加了两个选项：COUNT（＊）和 COUNT_BIG（＊），用来统计记录总数。选择 COUNT（＊），并在"别名"列输入"总数"，执行命令，结果如图 3.24 所示。

图 3.22　显示书目按单价从大到小排序

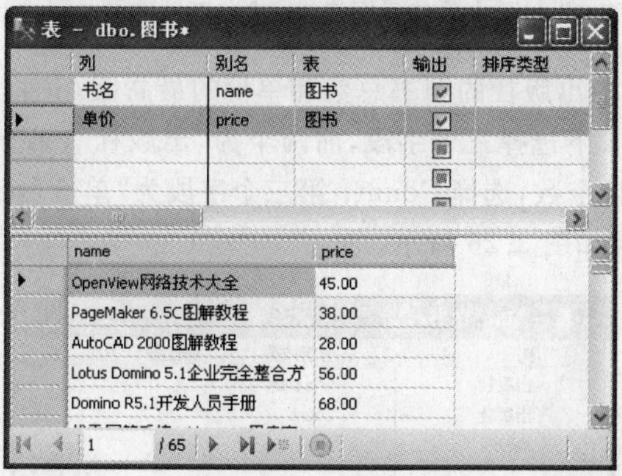

图 3.23　修改查询结果中的"列"标题

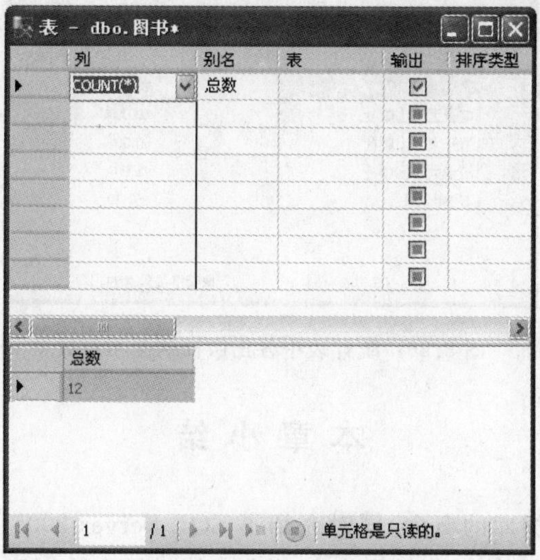

图 3.24　统计记录总数

例 3.15　统计表中单价＞100 元的图书总数。

在条件窗口中的"列"下选择两个字段,都为"单价",第一个"单价"作为统计个数的设置,在分组依据中选择 Count,且把别名设为"＞100 元本数",第二个"单价"来作条件设置,在分组依据中选择 Where,"筛选器"中设置为＞100。执行命令,结果如图 3.25 所示。

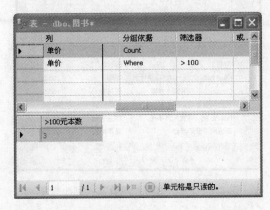

图 3.25　统计表中单价＞100 元的图书总数

例 3.16　统计表中各出版社的图书总数和单价的最高值。

在条件窗口中的"列"下选择三个字段,前两个为"出版社",第一个作为分组依据,选择 Group By;第二个来统计个数,选择 Count;第三个字段为"单价",统计最贵的价格,所以选择 Max。执行命令,结果如图 3.26 所示。

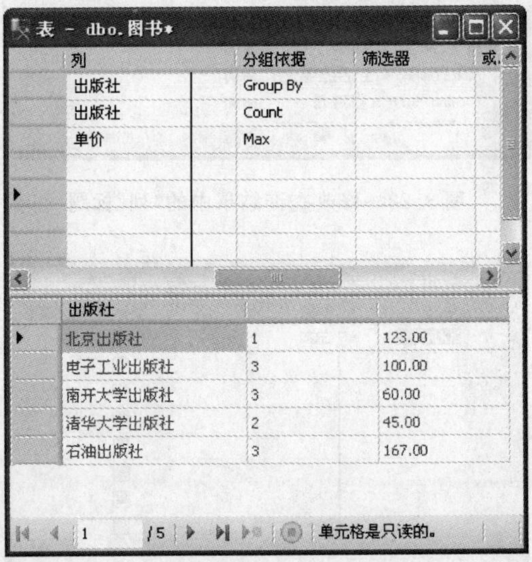

列	分组依据	筛选器	或..
出版社	Group By		
出版社	Count		
单价	Max		

出版社		
北京出版社	1	123.00
电子工业出版社	3	100.00
南开大学出版社	3	60.00
清华大学出版社	2	45.00
石油出版社	3	167.00

图 3.26　统计表中各出版社的图书总数

本 章 小 结

本章首先介绍了数据库的概念,同时介绍了 SQL Server 2005 数据库具有三种类型的文件:主要数据文件、次要数据文件和事务日志文件。每个数据库至少由一个数据文件和一个日志文件组成。每个数据库要有一个主要文件组。SQL Server 2005 有两类数据库：系统数据库和用户数据库。系统数据库用于存储有关的系统信息，用户数据库则是用户创建的数据库。本章以数据库"图书管理"为例，使用示例方式介绍了用 Management Studio 创建、修改和删除数据库文件的方法。

数据库由一组表集合而成。这些表存储一组特定的结构化数据。SQL Server 2005 中的数据类型可归纳为下列类别：精确数字、浮点型、日期和时间型、字符串型、Unicode 字符串、文本和图像类型、二进制字符串及其他数据类型。本章以在"图书管理"数据库中创建表"图书"为例说明了创建、修改和删除表的操作过程。

数据库的主要操作包括对数据库中的数据进行维护和查询，本章最后通过示例介绍了用 Management Studio 窗口界面进行更新记录、插入记录、删除记录、修改记录和简单查询的方法。

习 题 3

1. 创建一个名为 JIAOXUE 的数据库，它有 2 个数据文件，其中主数据文件初始大小为 10MB，最大大小为 20MB，允许数据库自动增长，每次增长 2MB；辅助数据文件初始大小为 5MB，按 10％增长，最大 15MB；日志文件初始大小为 20MB，最大大小为 50MB，允许数据库自动增长，每次增长 5MB。

2. 改变已有数据库 JIAOXUE 的属性，将主数据文件最大大小改为不限制，允许数据库自动增长，每次增长 10％。

3. 为 JIAOXUE 数据库添加一个日志文件，最大为 5MB。

4. 在数据库中创建学生情况表 XUESHENG，表结构如表 3.4 所示。

表 3.4 XUESHENG 表结构

列名	数据类型	长度	是否允许为空值	默认值	说明
学号	char	6	否	无	主键
姓名	char	8	否	无	
性别	bit	1	否	1	男1,女0
出生日期	smalldatetime	4	否	无	
专业	char	10	是	无	
总分	smallint	2	是	无	
学校工作	varchar	50(系统默认值)	是	无	

添加至少 10 条记录。

5. 查询学生情况表中某专业学生的学号、姓名和总学分，结果中各列标题分别为 number,name 和 score。

6. 查找总分在 150 分以上的男同学总数。

7. 将学生按总分从高到低排序。

8. 分组统计各专业的学生的平均成绩和最高分。

第4章

关系数据库标准语言 SQL

本章要点

通过本章的学习，可以掌握关系数据库标准语言 SQL 的数据定义、数据查询、数据更新等操作。

4.1 SQL 概述

SQL(结构化查询语言)是 Structured Query Language 的缩写。由于它具有功能丰富、使用灵活、语言简洁等特点，深受计算机用户的欢迎，许多数据库生产厂家都推出了各自支持 SQL 的软件。它是在 1974 年由 Boyce 和 Chambertin 提出来的；1986 年经美国国家标准局(ANSI)的数据库委员会批准成为关系数据库语言的美国标准；1989 年被国际标准化组织(ISO)定为国际标准，此后 SQL 语言成为标准关系数据库语言；1990 年我国也颁布了《信息处理系统数据库语言 SQL》，并将其定为国家标准。

SQL 是一种介于关系代数和关系演算之间的一种结构化查询语言，它的主要功能包括数据定义、数据操作及数据控制等方面，数据操作又可以分为数据检索(查询)和数据更新两个方面。它是一种综合的、通用的、功能极强的关系数据库语言。

SQL 是高级的非过程化编程语言，允许用户在高层数据结构上工作。它不要求用户指定对数据的存放方法，也不需要用户了解具体的数据存放方式，所以具有完全不同底层结构的不同数据库系统可以使用相同的 SQL 语言作为数据输入与管理的接口。它以记录集合作为操作对象，所有 SQL 语句接受集合作为输入，返回集合作为输出，这种集合特性允许一条 SQL 语句的输出作为另一条 SQL 语句的输入，所以 SQL 语句可以嵌套，这使它具有极大的灵活性和强大的功能。在多数情况下，在其他语言中需要一大段程序实现的功能只需要一个 SQL 语句就可以实现，这也意味着用 SQL 语言可以写出非常复杂的语句。

结构化查询语言最早是 IBM 的圣约瑟研究实验室为其关系数据库管理系统 System R 开发的一种查询语言，它的前身是 SQUARE 语言。SQL 语言结构简洁，功能强大，简单易学，所以自从 IBM 公司 1981 年推出以来，SQL 语言得到了广泛的应用。如今无论是像 Oracle、Sybase、Informix、SQL Server 这些大型的数据库管理系统，还是像 Visual FoxPro、

PowerBuilder 这些 PC 上常用的数据库开发系统,都支持 SQL 语言作为查询语言。

美国国家标准局(ANSI)与国际标准化组织(ISO)已经制定了 SQL 标准。ANSI 是一个美国工业和商业集团组织,负责开发美国的商务和通信标准,ANSI 同时也是 ISO 和 International Electrotechnical Commission(IEC)的成员之一。ANSI 发布与国际标准化组织相应的美国标准。1992 年,ISO 和 IEC 发布了 SQL 国际标准,称为 SQL-92,ANSI 随之发布的相应标准是 ANSI SQL-92,有时被称为 ANSI SQL。尽管不同的关系数据库使用的 SQL 版本有一些差异,但大多数都遵循 ANSI SQL 标准。SQL Server 使用 ANSI SQL-92 的扩展集,称为 T-SQL,也遵循 ANSI 制定的 SQL-92 标准。

SQL 语言包含 3 个部分:

- 数据定义语言(DDL),例如 CREATE、DROP、ALTER 等语句。
- 数据操作语言(DML),例如 SELECT、INSERT、UPDATE、DELETE 语句。
- 数据控制语言(DCL),例如 GRANT、REVOKE、COMMIT、ROLLBACK 等语句。

SQL 语言包括 3 种主要程序设计语言类别的陈述式:数据定义语言、数据操作语言及数据控制语言。其中数据操作语言又分为数据查询(SELECT)和数据更新(INSERT、UPDATE、DELETE)两个方面。

在 SQL Server 2005 中,可以使用界面方式进行上述操作(详见第 3 章 SQL Server 2005 的界面操作),也可以使用 SQL 语句完成。如图 4.1 所示,在 Management Studio 界面中,使用数据库引擎查询 工具,可以出现图中的输入 SQL 语句的窗口,输入后单击执行按钮 ！执行(X) ,即可在下面的消息框中看到执行的结果。

注意:默认状态下,SQL 语言不区分大小写。

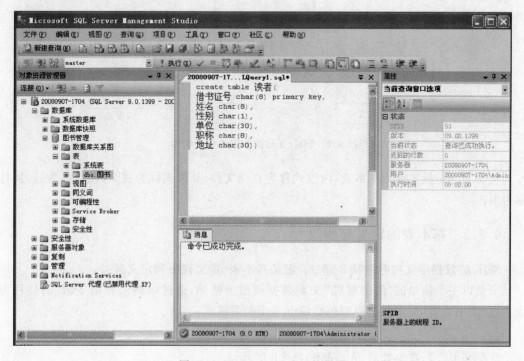

图 4.1 Management Studio 界面

4.2　SQL 数据定义

4.2.1　SQL 数据库的体系结构

在具体介绍数据定义功能之前,首先需要了解 SQL 语言支持的关系数据库三级模式结构。SQL 语言可以对两种基本数据结构进行操作,一种是"表",另一种是"视图"(view)。视图是由不同的数据库表中满足一定条件约束的数据所组成,用户可以像操作基本表一样对视图进行操作。当对视图操作时,由系统转换成对基本表的操作。视图可以作为某个用户的专用数据部分,这样便于用户使用,提高了数据的独立性,有利于数据的安全保密。

SQL 语言支持关系数据库三级模式结构,如图 4.2 所示。在用户的观点里,视图和基本表都是关系,用户可以用 SQL 语言对视图和基本表进行查询等操作。视图是从一个或几个基本表导出的表,它本身不独立存储在数据库中,即数据库中只存储视图的定义而不存储对应的数据,因此视图是一个虚表。视图在概念上与基本表等同,用户可在视图上再定义新的视图。基本表是本身独立存在的表,一个(或多个)基本表对应一个存储文件,一个表可以带若干索引,索引也存放在存储文件中。存储文件的逻辑结构组成了关系数据库的内模式。

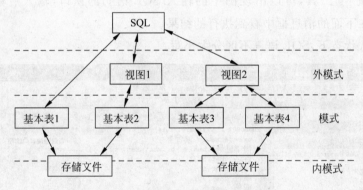

图 4.2　SQL 支持的数据库体系结构

在 SQL 中,模式称为基本表,内模式称为存储文件,外模式称为视图,元组称为行,属性称为列。

4.2.2　基本表的定义与删改

SQL 的数据定义功能包括 3 部分:定义基本表、定义视图和定义索引。

下面以一个简单的"图书管理"关系数据模型为基础,通过示例来介绍 SQL 的使用方法。设"图书管理"关系数据模型包括以下 3 个关系模式:

图书(图书编号,书名,作者,出版社,单价)
读者(借书证号,姓名,性别,单位,职称,地址)
借阅(借书证号,图书编号,借阅日期,备注)

1. 定义基本表

定义一个基本表相当于建立一个新的关系模式,但尚未输入数据,只是一个空的关系框架。系统将一个基本表的数据描述存入数据字典中,供系统或用户查阅。定义基本表就是创建一个基本表,对表名(关系名)和它所包括的各个属性及其数据类型做出具体规定。不同的系统支持的数据类型有区别,SQL Server 2005 支持的数据类型请见 3.2.1 节。

定义基本表使用 SQL 语言数据定义功能中的 CREATE TABLE 语句实现,其一般格式为:

```
CREATE  TABLE  <表名>(
     <列名>  <数据类型>  [列级完整性约束定义]
     {, <列名>  <数据类型> [列级完整性约束定义]}
     [, 表级完整性约束定义 ] )
```

注意:上述语法中用到了一些特殊的符号,这些符号是语法描述的常用符号,而不是 SQL 语句的组成部分。这里先介绍一下这些符号,后面的语句语法介绍中也会用到。方括号([ ])中的内容是可选的(即可出现 0 次或 1 次)。花括号({ })与省略号(…)一起,表示其中的内容也是可选的(即可出现 0 次或 1 次)。另外常用的还有竖杠(|),表示在多个短语中选择一个,例如"term1|term2|term3",表示在这三个选项中任选一项,它将在后面的语法中用到。

其中,各部分文字表达的意义如下。

- <表名>是所定义的基本表的名字。
- <列名>是表中所包含的列的名字。一个表可以有多个列。
- <数据类型>是指列的数据类型。
- [完整性约束定义]:在定义表的同时还可以定义与表有关的完整性约束条件,这些完整性约束条件都存储在系统的数据字典中。如果完整性约束只涉及表中的一个列,则这些约束条件可以在[列级完整性约束定义]处定义,也可以在[表级完整性约束定义]处定义,但如果完整性约束条件涉及表中多个列,则必须在[表级完整性约束定义]处定义。在[列级完整性约束定义]处可以定义的约束如下。
  - ◆ NOT NULL:限制列取值非空。
  - ◆ DEFAULT:给定列的默认值。
  - ◆ UNIQUE:限制列取值不重复。
  - ◆ CHECK:限制列的取值范围。
  - ◆ PRIMARY KEY:指定本列为主码。
  - ◆ FOREIGN KEY:定义本列为引用其他表的外码,使用形式为:

```
[FOREIGN KEY(<外码列名>)] REFERENCES <外表名>(<外表列名>)
```

上述约束中,除了 NOT NULL 和 DEFAULT 不能在[表级完整性约束定义]处定义外,其他约束均可在[表级完整性约束定义]处定义,但要注意以下几点:第一,如果 CHECK 约束是定义多列之间的取值约束,则只能在[表级完整性约束定义]处定义;第二,如果表的主码由多个列组成,则也只能在[表级完整性约束定义]处定义,并将主码列用括号括起来,即:

"PRIMARY KEY(列 1{[,列 2] ... })"；第三,如果在[表级完整性约束定义]处定义外码,则"FOREIGN KEY（<外码列名>）"部分不能省。关于完整性详见第 7 章。

例 4.1　创建"图书"、"读者"和"借阅"3 个二维表。

```
CREATE TABLE 图书(
图书编号 char(8)PRIMARY KEY,
书名 char(30),
作者 char(8),
出版社 char(30),
单价 decimal(10,2))
CREATE TABLE 读者(
借书证号 char(8)PRIMARY KEY,
姓名 char(8),
性别 char(2),CHECK 性别 IN('男','女')
单位 char(30),
职称 char(10),
地址 char(30))
CREATE TABLE 借阅(
借书证号 char(8),
图书编号 char(8),
借阅日期 datetime,
备注 char(30),
PRIMARY KEY(借书证号,图书编号),
FOREIGN KEY 借书证号 REFERENCES 读者(借书证号),
FOREIGN KEY 图书编号 REFERENCES 图书(图书编号) )
```

用 NOT NULL 指出该属性在输入数据时不允许有空值。在一般情况下不允许主关键字为空值,而其他属性可以暂时不填写,或是未知的值。

2. 修改基本表

修改基本表是指在已经定义的基本表上增加、删除或修改某一列(属性)。

修改基本表使用 SQL 语言数据定义功能中的 ALTER TABLE 语句实现,其一般格式为：

```
ALTER TABLE <表名>
[ALTER COLUMN <列名> <新数据类型>]
|[ADD COLUMN <列名> <数据类型>[约束]]
|[DROP COLUMN <列名>]
|[ADD PRIMARY KEY (列名[,...n]]
|[ADD FOREIGN KEY (列名)REFERENCES 表名[列名]]
```

例 4.2　在"图书"表中增加作者"年龄"和"出版社电话"两个列。

```
ALTER TABLE 图书
ADD(年龄 int,出版社电话 char(12))
```

新增加的属性处于表的最后一列。如果被修改的基本表原来已经有了数据,各个记录中新增加的属性全部是空值,有待以后用更新语句修改。在命令中可以用 ALTER

COLUMN 修改某一列,DROP 删除某一列。

3. 删除基本表

删除基本表是把表的定义、表中的数据、相应的索引以及以该基本表为基础所建立的所有视图全部删除,并释放所占用的存储空间。

删除基本表使用 SQL 语言数据定义功能中的 DROP TABLE 语句实现,其一般格式为:

```
DROP TABLE <表名>{[,<表名>]…}
```

例 4.3 删除"图书"表。

```
DROP TABLE 图书
```

4.3 SQL 数据查询

SQL 的查询语句也被称为 SELECT 命令,其基本形式是 SELECT-FROM-WHERE 查询块,多个查询块可以逐层嵌套执行。SELECT 命令是 SQL 语言最具特色的核心语句,使用方便,查询速度快。

SELECT 语句是 SQL 的核心,在 SQL 语句中可能用得最多的就是 SELECT 语句了。SELECT 语句用于查询数据库并检索匹配用户指定条件的选择数据。SELECT 语句有 5 个主要的子句可供用户选择,而 FROM 是唯一必需的子句。每一个子句有大量的选择项和参数等。

以下是 SELECT 语句的一般格式:

```
SELECT <目标列名序列>
[INTO <新二维表的名字>]
FROM <二维表或视图>
[WHERE <检索条件表达式>]
[GROUP BY <分组依据列>]
[HAVING <组判断条件>]
[ORDER BY <排序依据列> [ASC | DESC] ]
```

在上述结构中,SELECT 子句用于指定输出的字段;INTO 子句用于将查询结果存于新的二维表中;FROM 用于指定数据的来源;WHERE 子句用于指定单条记录的选择条件;GROUP BY 子句用于对检索到的记录进行分组;HAVING 子句用于指定组的选择条件;ORDER BY 子句用于对查询结果进行排序。在这些子句中,SELECT 和 FROM 子句是必需的,其他子句都是可选的。

4.3.1 简单查询

这里所指的简单查询是指只涉及一个二维表的查询。

例 4.4 查找所有读者的全部情况。

```
SELECT *
```

FROM 读者

注意：SELECT 子句中的星号 * 表示选择了关系的全部属性，由于查询中无条件限制，所以省略了 WHERE 子句。

例 4.5　列出图书馆中所有藏书的书名和出版社。

SELECT 出版社,书名
FROM 图书

注意：目标列的选择顺序可以与表中定义的列的顺序不一致。

例 4.6　查找读者"黄刚"所在的单位。

SELECT 姓名,单位
FROM 读者
WHERE 姓名 = '黄刚'

例 4.7　查找所有作者的姓名及其出生年份（以例 4.2 增加年龄后的二维表为基础）。

SELECT 作者,2010 - 年龄 AS 出生年份
FROM 图书

注意：目标列中可以对列进行表达式运算。如果没有 AS 保留字，经过计算的列的显示结果没有标题；加上 AS 保留字，后面就是列的标题，它是前面表达式的别名。

例 4.8　查找年龄小于 40 的作者所写的图书的情况（以例 4.2 增加年龄后的二维表为基础）。

SELECT *
FROM 图书
WHERE 年龄< 40

注意：WHERE 子句常用的比较运算符有＝、＞、＞＝、＜、＜＝、＜＞（或！＝）、NOT＋前述比较运算符。

例 4.9　查找 2008 年 1 月 1 日后借阅图书的借书证号。

SELECT DISTINCT 借书证号
FROM 借阅
WHERE 借阅日期> 2008 - 1 - 1

注意：因同一个读者在 2008 年 1 月 1 日后可以借阅多本书，借书证号可能会重复输出，加上 DISTINCT 保留字可以去掉重复。

例 4.10　查找价格在 10 元和 20 元之间的图书。

SELECT 书名,作者,单价,出版社
FROM 图书
WHERE 单价 BETWEEN 10 AND 20

注意："WHERE 单价 BETWEEN 10 AND 20"子句相当于"WHERE 单价＞＝10 AND 单价＜＝20"。"BETWEEN 下限值 AND 上限值"表示如果列或表达式在下限值和上限值之间（包括边界值），则结果为 TRUE，表明此记录符合查询条件。"NOT BETWEEN 下限值 AND 上限值"正好相反。

例 4.11 查找价格不在 10 元和 20 元之间的图书。

```
SELECT 书名,作者,单价,出版社
FROM 图书
WHERE 单价 NOT BETWEEN 10 AND 20
```

例 4.12 查找"清华大学出版社"和"北京大学出版社"的所有图书及作者。

```
SELECT 书名,作者,出版社
FROM 图书
WHERE 出版社 IN ('清华大学出版社','北京大学出版社')
```

注意：谓词 IN 表示属于,即什么在某集合中。它可以用一个或几个 OR 来代替,如"WHERE 出版社 IN ('清华大学出版社','北京大学出版社')"可以表示成"WHERE 出版社='清华大学出版社' OR 出版社='北京大学出版社'"。用 NOT IN 表示否定,即不在某个集合中。

例 4.13 查找书名以"数据库"开头的所有图书及作者。

```
SELECT 书名,作者
FROM 图书
WHERE 书名 LIKE '数据库%'
```

注意：谓词 LIKE 后面必须是字符串常量,其中可以使用两种通配符。下划线_代表任意一个字符,百分号%代表任意多个字符。例如：

WHERE 书名 LIKE '%数据库%'：表示包含"数据库"的书名。

WHERE 书名 LIKE '%数据库'：表示以"数据库"结尾的书名。

WHERE 作者 LIKE '%强_'：表示作者姓名至少有 4 个字符(两个汉字)且倒数第 2 个汉字必须是'强'字。

例 4.14 查找备注为空的借阅情况。

```
SELECT *
FROM 图书
WHERE 备注 IS NULL
```

注意：空值(NULL)在数据库中有特殊的含义,它表示不确定的值。它是一种状态,不能用普通的比较运算符(=,!=)。判断不空的命令格式是"列名 IS NOT NULL"

例 4.15 查找"清华大学出版社"出版的单价高于 10 元的图书的情况。

```
SELECT *
FROM 图书
WHERE 出版社 = '清华大学出版社' AND 单价>10
```

注意：逻辑运算符 AND 和 OR 可用来连接多个查询条件。AND 的优先级高于 OR,但用户可以用括号改变优先级。

例 4.16 查找"鲁迅"为作者的书的情况,并先按出版社升序排列,同一出版社的图书再按图书单价的降序排列。

```
SELECT *
FROM 图书
```

```
WHERE 作者 = '鲁迅'
ORDER BY 出版社,单价 DESC
```

注意：用户可以用 ORDER BY 子句对查询结果按照一个或多个属性列的升序（ASC，此项为默认，可以省略）或降序（DESC）排序。对于空值，若按升序，含空值的元组在最后被显示；若按降序，含空值的元组将最先被显示。在该例中，先按出版社升序排列，ASC 被省略，同一出版社的图书再按图书单价降序排列。

GROUP BY 子句将查询结果按某一列或多列的值分组，值相等的为一组。对查询结果分组的目的是为了细化聚集函数的作用对象。分组后聚集函数将作用于每一个组，即每一个组都有一个函数值。

例 4.17　查找各个出版社出版的图书册数。

```
SELECT 出版社,COUNT( * )AS 图书册数
FROM 图书
GROUP BY 出版社
```

注意：该语句对查询结果按出版社的值分组，所有具有相同出版社的元组为一组，然后对每一组作用聚集函数 COUNT，以求得该组的元组个数。

例 4.18　查找借阅了 3 本以上图书的借书证号。

```
SELECT 借书证号
FROM 借阅
GROUP BY 借书证号
HAVING COUNT( * )> 3
```

注意：HAVING 短语是用来指定筛选组的条件。该例中先用 GROUP BY 子句按出版社分组，再用聚集函数 COUNT 对每一组计数。HAVING 短语选取计数结果大于 3 的组输出。

下面给出一个综合实例说明简单查询的方法，该例题包含了 SELECT 语句的所有子句。

例 4.19　假设有一个关系描述了供应商与零件之间的关系，其中 S 表是供应商关系，s♯代表供应商编号，sname 代表供应商姓名，status 代表供应商状态，city 代表供应商所在城市；P 表是零件关系，p♯代表零件编号，pname 代表零件名字，color 代表零件颜色，weight 代表零件重量，city 代表零件的产地；SP 表是供应关系，s♯代表供应商编号，p♯代表零件编号，qty 代表供应的数量。要求对于供应总量大于 300 的所有零件（总量中，不包括每项供应量≤200 的零件供应），查出零件号码和供应这种零件的最大数量，并将结果按最大供应量递增的顺序排列，对最大量相同的零件，按零件号递减顺序排列。

首先分析一下 3 个二维表，发现本查询只涉及 SP 一个表。假设表 4.1 是 SP 表，则表 4.2 是该程序的运行结果。

```
S(s♯,sname,status,city)
P(p♯,pname,color,weight,city)
SP(s♯,p♯,qty)
SELECT p♯,MAX(qty) AS shuliang
FROM sp
```

```
WHERE qty > 200
GROUP BY p#
HAVING SUM(qty) > 300
ORDER BY MAX(qty),p# DESC
```

表 4.1 SP 表						表 4.2 运行结果表	
s#	p#	qty	s#	p#	qty	p#	shuliang
S1	P1	150	S3	P1	400	P2	300
S1	P2	240	S2	P3	400	P3	400
S2	P1	100	S4	P4	270	P1	400
S2	P2	300					

4.3.2 连接查询

前面介绍的查询都是针对一个表进行的,但有时需要从多个表中获取信息,这样就会涉及多张表。若一个查询涉及两个或两个以上的表,则称之为连接查询。连接查询是关系数据库中最主要的查询,主要包括内连接、外连接和交叉连接等类型。本章只介绍内连接和外连接,交叉连接很少使用,其结果也没有太大的意义,这里就不介绍了。

如果进行某查询要涉及两个或多个关系,往往要进行连接运算。由于 SQL 是高度非过程化的,用户只要在 FROM 子句中指出关系名称,在 WHERE 子句写明连接条件即可,连接运算由系统去完成并实现优化。以下几个例子的写法是国际标准写法。

例 4.20 查找所有借阅了图书的读者姓名及所在单位。

```
SELECT DISTINCT 姓名,单位
FROM 读者,借阅
WHERE 读者.借书证号 = 借阅.借书证号
```

注意:如果不同关系中有相同的属性名,为了避免混淆,应当在前面加上关系名,并用.分开。用 DISTINCT 表示无论一位读者借几本书,在输出结果中只出现一次。

例 4.21 找出"李晶"所借的所有图书的书名及借阅日期。

```
SELECT '李晶所借的图书:',书名,借阅日期
FROM 图书,借阅,读者
WHERE 读者.借书证号 = 借阅.借书证号
AND 借阅.图书编号 = 图书.图书编号
AND 姓名 = '李晶'
```

注意:该查询涉及 3 个关系之间的自然连接,用户只需用外关键字指出连接条件。SELECT 子句中允许有字符串常量,例中"李晶所借的图书:"是为了使查询结果易于阅读。

例 4.22 查找价格在 20 元以上的已借出的图书,结果按单价降序排列。

```
SELECT *
FROM 图书,借阅
WHERE 图书.图书编号 = 借阅.图书编号 AND 单价 >= 20
ORDER BY 单价 DESC
```

注意:这里"SELECT *"代表"图书"和"借阅"两个关系连接后的所有属性。

1. 内连接

内连接是一种最常用的连接类型。使用内连接时,如果两个表的相关字段满足连接条件,则从这两个表中提取数据并组合成新的记录。在 SQL Server 2005 中,连接操作是在 JOIN 子句中执行的。

内连接的格式为:

FROM　表1　[INNER]　JOIN　表2　ON　<连接条件>

在连接条件中要指明两个表按什么条件进行连接,连接条件中的比较运算符称为连接谓词。连接条件的一般格式为:

[<表名 1.>][<列名 1>]<比较运算符>[<表名 2.>][<列名 2>]

注意:两个表的连接列必须是可比较的,即必须是语义相同的列,否则比较将是无意义的。当比较运算符为等号(=)时,称为等值连接,使用其他运算符的连接称为非等值连接。

从概念上讲,DBMS 执行连接操作的过程是:首先取表 1 中的第 1 个元组,然后从头开始扫描表 2,逐一查找满足连接条件的元组,找到后就将表 1 中的第 1 个元组与该元组拼接起来,形成结果表中的一个元组;表 2 全部查找完毕后,再取表 1 中的第 2 个元组,然后再从头开始扫描表 2,逐一查找满足连接条件的元组,找到后就将表 1 中的第 2 个元组与该元组拼接起来,形成结果表中的另一个元组;重复这个过程,直到表 1 中的全部元组都处理完毕为止。

例 4.23　查询每个读者的基本信息及其借阅的情况。

根据前文可以知道读者基本信息存放在"读者"二维表中,读者借阅信息存放在"借阅"二维表中,因此此查询实际涉及了两个表,将这两个表进行连接的连接条件是两个表中的"借书证号"相等。

SELECT ＊ FROM 读者 INNER JOIN　借阅
ON 读者.借书证号 = 借阅.借书证号

注意:两个表的连接结果中包含了两个表的全部列,"借书证号"列重复了两次,这是不必要的。因此,在写查询语句时应当将这些重复的列去掉(在 SELECT 子句中直接写所需要的列名,而不是写 ＊)。而且由于连接后的表中有重复的列名(借书证号),因此我们在 ON 子句中对"借书证号"加上了表名前缀限制,指明是哪个表中的"借书证号"。

在 SELECT 子句中列出的选择列必须来自两个表的连接结果中的列,而且在 WHERE 子句中所涉及的列也必须是在连接结果中的列。因此,根据要查询的列数据以及数据的选择条件所涉及的列,可以决定要对哪些表进行连接操作。

例 4.24　去掉例 4.23 中的重复列。

SELECT 读者.借书证号,姓名,性别,单位,职称,地址,图书编号,借阅日期,备注 FROM 读者 INNER JOIN 借阅
ON 读者.借书证号 = 借阅.借书证号

例 4.25　查询"计算机系"的读者的借阅情况,要求列出读者的名字、所借阅的图书编号和借阅日期。

```
SELECT 姓名,图书编号,借阅日期
FROM 读者 JOIN 借阅   ON 读者.借书证号 = 借阅.借书证号
WHERE 单位 = '计算机系'
```

注意：可以为表提供别名，其格式为：＜原表名＞［AS］＜表别名＞

为表指定别名可以简化表的书写，而且在有些连接查询（后面将要介绍的自连接）中要求必须指定别名。

例 4.26 使用别名时例 4.25 可写为：

```
SELECT 姓名,图书编号,借阅日期
FROM 读者 S  JOIN 借阅 C  ON  S.借书证号 = C.借书证号
WHERE 单位 = '计算机系'
```

注意：当为表指定了别名后，在查询语句中的其他地方用到该表时都要使用别名，而不能再使用原表名。

例 4.27 查询"计算机系"借阅"数据库"书的读者借阅时间，要求列出读者姓名、书名和借阅日期。

```
SELECT 姓名,书名,借阅日期
FROM  图书  S  JOIN  借阅  C  ON  S.图书编号 = C.图书编号
JOIN  读者 D  ON  D.借书证号 = C.借书证号
WHERE 单位 = '计算机系'AND 书名 = '数据库'
```

注意：此查询涉及 3 张表，每连接一张表，就需要加一个 JOIN 子句。

例 4.28 查询所有借阅了"数据库"书籍的读者情况，要求列出读者姓名和所在的单位。

```
SELECT 姓名,单位
FROM  图书  JOIN  借阅  ON  图书.图书编号 = 借阅.图书编号
JOIN  读者 ON  读者.借书证号 = 借阅.借书证号
WHERE 书名 = '数据库'
```

注意：在这个查询语句中，虽然所要查询的列和元组的选择条件均与"借阅"表无关，但这里还是用了 3 张表进行连接，原因是"图书"表和"读者"表没有可以进行连接的列（语义相同的列），这两张表的连接必须借助于第三张表——"借阅"表。

2. 自连接

自连接是一种特殊的内连接，它是指相互连接的表在物理上为同一张表，但可以在逻辑上分为两张表。使用自连接时必须为两个表取别名，使之在逻辑上成为两张表。

例 4.29 查询与"张三"在同一个单位的读者的姓名和所在的单位。

实现此查询的过程为：首先应该找到"张三"在哪个单位（在"读者"表中，不妨将这个表称为 S1 表），然后再找出此单位的所有读者（在"读者"表中，不妨将这个表称为 S2 表），S1 表和 S2 表的连接条件是两个表的"单位"字段值相同。实现此查询的 SQL 语句为：

```
SELECT  S2.姓名,S2.单位
FROM 读者 S1 JOIN 读者  S2
ON S1.单位 = S2.单位
WHERE S1.姓名 = '张三' AND  S2.姓名! = '张三'
```

3. 外连接

在内连接操作中,只有满足连接条件的元组才能作为结果输出,但有时用户也希望输出那些不满足连接条件的元组的信息,比如想知道每个读者的借阅情况,包括借阅的读者(借书证号在"读者"表和"借阅"表中都有,满足连接条件)和没有借阅的读者(借书证号在"读者"表中有,但在"借阅"表中没有,不满足连接条件),这时就需要使用外连接。外连接是只限制一张表中的数据必须满足连接条件,而另一张表中的数据可以不满足连接条件。外连接的语法格式为:

FROM　表1　[LEFT| RIGHT] [OUTER]　JOIN　表2　ON　<连接条件>

"LEFT[OUTER]JOIN"称为左外连接,"RIGHT[OUTER]JOIN"称为右外连接。左外连接的含义是限制表2中的数据必须满足连接条件,而不管表1中的数据是否满足连接条件,均输出表1中的内容;右外连接的含义是限制表1中的数据必须满足连接条件,而不管表2中的数据是否满足连接条件,均输出表2中的内容。

例4.30　查询读者的借阅情况,包括借阅了图书的读者和没有借阅图书的读者。

SELECT　读者.借书证号,图书编号,借阅日期
FROM 读者 LEFT OUTER JOIN 借阅
ON 读者.借书证号 = 借阅.借书证号

注意:"读者"表中不满足表连接条件的元组在进行左外连接时也将被显示出来。对于不满足连接条件的结果,在相应的列上放置 NULL 值。

4.3.3　子查询

子查询是指在 SELECT-FROM-WHERE 查询块内部再嵌入另一个查询块,并允许多层嵌套。由于 ORDER 子句是对最终查询结果的输出排序方式进行指定,因此它不能出现在子查询当中。

子查询语句可以出现在任何能够使用表达式的地方,但一般是用在外层查询的WHERE 子句或 HAVING 子句中,与比较运算符或逻辑运算符一起构成查询条件。

1. 使用子查询进行基于集合的测试

使用子查询进行基于集合的测试是通过使用运算符 IN 或 NOT IN,将一个表达式的值与子查询返回的结果集进行比较。这和前边在 WHERE 子句中使用 IN 的作用完全相同。使用 IN 运算符时,如果该表达式的值与集合中的某个值相等,则此测试的结果为 TRUE;如果该表达式的值与集合中所有值均不相等,则返回 FALSE。

注意:使用子查询进行基于集合的测试时,子查询返回的结果集中的列的个数和数据类型必须与测试表达式中的列的个数和数据类型相同。当子查询返回结果之后,外层查询将使用这些结果。

例4.31　查询与"张三"在同一个单位的读者。

SELECT 姓名,单位 FROM 读者

```
WHERE 单位 IN
    (SELECT 单位 FROM 读者 WHERE 姓名 = '张三')
```

实际的查询过程为：

（1）确定"张三"所在的单位，即执行子查询。

```
SELECT 单位 FROM 读者 WHERE 姓名 = '张三'
```

如结果为"计算机系"。

（2）在子查询的结果中查找所有在此单位的读者。

```
SELECT 姓名,单位 FROM 读者 WHERE 单位 IN ('计算机')
```

可以想象，查询结果中也有"张三"。如果不希望"张三"出现在查询结果中，则可以在上述查询语句中添加一个条件，如下所示：

```
SELECT 姓名,单位 FROM 读者
WHERE 单位 IN
(SELECT 单位 FROM 读者 WHERE 姓名 = '张三') AND 姓名! = '张三'
```

注意：这里的"姓名!='张三'"不需要使用表名前缀，因为对于外层查询来说，其表名是没有二义性的。

在4.3.2节曾经用自连接实现过这个查询，从这个例子可以看出，SQL语言的使用是很灵活的，同样的查询要求可以用多种形式实现。随着学习的深入读者会对这一点有更深的体会。

例4.32 查询"2009-1-1"后借阅图书的读者的借书证号和姓名。

```
SELECT 借书证号,姓名 FROM 读者
WHERE 借书证号 IN
(SELECT 借书证号 FROM 借阅
WHERE 借阅日期 > 2009 - 1 - 1)
```

此查询也可以用多表连接的方式实现：

```
SELECT 借书证号,姓名 FROM JOIN 借阅 ON 读者.借书证号 = 借阅.借书证号
WHERE 借阅日期 > 2009 - 1 - 1
```

例4.33 查询借阅了"数据库基础"图书的读者的借书证号和姓名。

```
SELECT 借书证号,姓名 FROM 读者
WHERE 借书证号 IN
    (SELECT 借书证号 FROM 借阅
    WHERE 图书编号 IN
        (SELECT 图书编号 FROM 图书
        WHERE 书名 = '数据库基础'))
```

此查询也可以用多表连接的方式实现：

```
SELECT 读者.借书证号,姓名 FROM 读者
    JOIN 借阅 ON 读者.借书证号 = 借阅.借书证号
    JOIN 图书 ON 图书.图书编号 = 借阅.图书编号
    WHERE 书名 = '数据库基础'
```

从上面的例子中可以看到,用子查询进行基于集合的测试时,先执行子查询,然后再根据子查询的结果执行外层查询。子查询只执行一次,子查询的查询条件不依赖于外层查询,可以将这样的子查询称为不相关子查询或嵌套子查询。

在执行嵌套查询时,每一个内层子查询是在上一级外层处理之前完成的,即外层用到内层的查询结果。从形式上看是自下向上进行处理的。从这个规律出发,按照手工查询的思路来组织嵌套查询就轻而易举了。

在嵌套查询中最常用的谓词是 IN。由于查询的外层用到内层的查询结果,用户事先并不知道内层结果,这里的 IN 就不能用一系列 OR 来代替。另外,许多嵌套查询可以用连接查询完成。但并非所有的嵌套查询都能用连接查询替代,有时结合使用显得更简洁、方便。

例 4.34　找出读者的姓名、所在单位,他们与"王明"在同一天借了书。

```
SELECT 姓名,单位,借阅日期
FROM 读者,借阅
WHERE 借阅.借书证号 = 读者.借书证号 AND 借阅日期 IN
      (SELECT 借书日期
       FROM 借阅,读者
       WHERE 借阅.借书证号 = 读者.借书证号 AND 姓名 = '王明')
```

2. 使用子查询进行比较测试

使用子查询进行比较测试时,通过比较运算符(=、<>、<、>、>=、<=)将一个表达式的值与子查询返回的值进行比较。如果比较运算的结果为 TRUE,则比较测试返回 TRUE。

注意:使用子查询进行比较测试时,要求子查询语句必须是返回单值的查询语句。

例 4.35　查询"清华大学出版社"出版的且单价高于该出版社平均单价的图书。

```
SELECT * FROM 图书
WHERE 出版社 = '清华大学出版社' AND 单价>
      SELECT AVG(单价) FROM 图书
      WHERE 出版社 = '清华大学出版社'
```

和基于集合的子查询一样,用子查询进行比较测试时,也是先执行子查询,然后再根据子查询的结果执行外层查询。

3. 使用子查询进行存在性测试

使用子查询进行存在性测试时,一般使用 EXISTS 谓词。带 EXISTS 谓词的子查询不返回查询的数据,只返回逻辑真值 TRUE 和假值 FALSE。当子查询中有满足条件的数据时,EXISTS 返回真值;当子查询中没有满足条件的数据时,EXISTS 返回假值。

例 4.36　查询借阅了图书编号为"C01"的读者姓名。

```
SELECT 姓名 FROM 读者
WHERE EXISTS
SELECT * FROM 借阅
WHERE 读者.借书证号 = 借阅.借书证号 AND 图书编号 = 'C01'
```

注意:

- 带 EXISTS 谓词的查询是先执行外层查询,然后再执行内层查询。外层查询的值决定了内层查询的结果,内层查询的执行次数由外层查询的结果数决定。
- 由于带 EXISTS 的子查询只能返回 TRUE 或 FALSE 值,因此在子查询中指定列名是没有意义的,所以在有 EXISTS 的子查询中,其目标列名序列通常都用"＊"。

例 4.36 的查询也可以用多表连接实现:

```
SELECT 姓名 FROM 读者 JOIN 借阅 ON 读者.借书证号 = 借阅.借书证号
WHERE 图书编号 = 'C01'
```

在子查询语句的前边也可以使用 NOT。NOT IN(子查询语句)的含义与前边介绍的基于集合的 NOT IN 运算的含义相同;NOT EXISTS 的含义是当子查询中至少存在一个满足条件的记录时,NOT EXISTS 返回 FALSE,当子查询中不存在满足条件的记录时,NOT EXISTS 返回 TRUE。

例 4.37 查询没有借阅图书编号为"C01"的图书的读者姓名和所在单位。

```
SELECT 姓名,单位 FROM 读者
WHERE NOT EXISTS
    SELECT ＊ FROM 借阅
    WHERE 借书证号 = 读者.借书证号 AND 图书编号 = 'C01'
```

4.3.4 使用库函数查询

SQL 提供的常用的统计函数称为库函数。这些库函数使检索功能进一步增强。它们的自变量是表达式的值,是按列计算的。最简单的表达式是属性,也就是列。

SQL 还提供了许多聚集函数用来增强检索功能,SQL 的库函数有如下 4 种。

(1) 计数函数 COUNT(＊):计算元组的个数;COUNT(属性名):对列的值计算个数。

(2) 求和函数 SUM:对某一列的值求和(属性必须是数值类型)。

(3) 计算平均值 AVG:对某一列值计算平均值(属性必须是数值类型)。

(4) 求最大(小)值 MAX(MIN):找出一列值中的最大(小)值。

例 4.38 查找图书总数。

```
SELECT '藏书总册数：',COUNT( ＊ )
FROM 图书
```

注意: COUNT([DISTINCT│ALL]＊)是用于统计元组个数的函数。如果指定了 DISTINCT 短语,则表示在计算时要取消指定列中的重复值;如果不指定 DISTINCT 短语或 ALL 短语(ALL 为默认值),则表示不取消重复值。

例 4.39 查找借阅了图书的读者人数。

```
SELECT COUNT(DISTINCT 借书证号)AS 人数
FROM 借阅
```

注意: COUNT([DISTINCT│ALL]<列名>)是用于统计一列中的值的个数的函数。

读者借阅一本图书,在借阅关系中就有一条相应的记录。一个读者可能借阅多本图书,为避免重复计算读者人数,必须在 COUNT 函数中用 DISTINCT 短语。

例 4.40　统计"清华大学出版社"出版的图书的单价总和。

```
SELECT SUM(单价)AS 总价
FROM 图书
WHERE 出版社 = '清华大学出版社'
```

注意:SUM([DISTINCT|ALL]<列名>)是用于计算一列值的总和的函数(此列必须是数值型)。"总价"是函数计算后的别名。

例 4.41　查找"清华大学出版社"的图书的平均单价。

```
SELECT AVG(单价)AS 平均单价
FROM 图书
WHERE 出版社 = '清华大学出版社'
```

注意:AVG([DISTINCT|ALL]<列名>)是用于计算一列值的平均值的函数(此列必须是数值型)。"平均单价"是函数计算后的别名。

例 4.42　查找"清华大学出版社"的图书的最高单价。

```
SELECT MAX(单价)AS 最高单价
FROM 图书
WHERE 出版社 = '清华大学出版社'
```

注意:MAX([DISTINCT|ALL]<列名>)是用于计算一列值的最大值的函数。"最高单价"是函数计算后的别名。

例 4.43　查找"清华大学出版社"的图书的最低单价。

```
SELECT MIN(单价)AS 最低单价
FROM 图书
WHERE 出版社 = '清华大学出版社'
```

注意:MIN([DISTINCT|ALL]<列名>)是用于计算一列值的最小值的函数。"最低单价"是函数计算后的别名。

特别注意:在聚集函数遇到空值时,除 COUNT(＊)外,都跳过空值而只处理非空值。所以,WHERE 子句中是不能用聚集函数作为条件表达式的。

例 4.44　求"计算机科学系"当前借阅了图书的读者人数。

```
SELECT"借书人数: ",COUNT(DISTINCT 借书证号)
FROM 借阅
WHERE 借书证号 IN(
        SELECT 借书证号
        FROM 读者
        WHERE 单位 = '计算机科学系')
```

如果查询的是该系当前借阅图书的总人数,则应省略 DISTINCT。

例 4.45　求"科学出版社"图书的最高价格、最低价格和平均价格。

```
SELECT MAX(单价)AS 最高价,MIN(单价)AS 最低价,AVG(单价)AS 平均价
```

```
FROM 图书
WHERE 出版社 = '科学出版社'
```

例 4.46 求出各个出版社图书的最高价格、最低价格和平均价格。

```
SELECT 出版社,MAX(单价)AS 最高价,MIN(单价)AS 最低价,AVG(单价)AS 平均价
FROM 图书
GROUP BY 出版社
```

注意：其中 GROUP BY 的作用是按属性的取值对元组分组,然后对每一组分别使用库函数。在此例中,有几个出版社就分几个组,按组分别计算最高价格、最低价格和平均价格。

例 4.47 找出藏书中各个出版社的册数、价值总额,并按总价降序排列,总价相同者按册数降序排列。

```
SELECT 出版社,'册数：',COUNT( * ),'总价：',SUM(单价)
FROM 图书
GROUP BY 出版社
ORDER BY SUM(单价),COUNT( * )DESC
```

例 4.48 找出当前至少借阅了 5 本图书的读者及所在单位。

```
SELECT 姓名,单位
FROM 读者
WHERE 借书证号 IN (
    SELECT 借书证号
    FROM 借阅
    GROUP BY 借书证号
    HAVING COUNT( * )>= 5)
```

注意：例中的 HAVING 子句通常跟随在 GROUP BY 之后,其作用是限定检索条件。条件中必须包含库函数,否则条件应该直接放到 WHERE 子句里。

例 4.49 找出没有借阅任何图书的读者及所在单位。

```
SELECT 姓名,单位
FROM 读者
WHERE NOT EXISTS
    (SELECT *
    FROM 借阅
    WHERE 借阅.借书证号 = 读者.借书证号)
```

注意：其中 EXISTS 表示存在,如果子查询结果非空,则满足条件；NOT EXISTS 正好相反,表示不存在,如果子查询结果为空,则满足条件。

本例中的查询称为相关子查询,即子查询的查询条件依赖于外层的某个值(读者.借书证号)。这里的子查询不能只处理一次,要反复求值以供外层查询使用。

在 WHERE 子句中,逻辑非 NOT 可以放在任何查询条件之前,也可以用在条件表达式之前,例如 NOT LIKE、NOT IN、NOT BETWEEN、"NOT 单价>15"等。

SQL 查询功能很强,表现方式也很灵活,本例也可写为如下形式。

```
SELECT 姓名,单位
```

```
FROM 读者
WHERE 借书证号 NOT IN
    (SELECT 借书证号
    FROM 借阅
    WHERE 借阅.借书证号 = 读者.借书证号)
```

这种写法中,子查询只需处理一次。

4.3.5　集合运算查询

关系是元组的集合,可以进行传统的集合运算。集合运算包括:并 UNION、差 MINUS、交 INTERSECTION。集合运算是以整个元组为单位的运算,求一个 SELECT 子查询的结果与另一个 SELECT 子查询结果的并、差、交。因此,这些子查询目标的结构与类型必须互相匹配。集合运算结果将去掉重复元组。

例 4.50　有一个校友通讯录关系,包含姓名、职称和单位属性,相应的数据定义与"读者"关系一致。求"校友"与"读者"中具有"教授"、"副教授"职称人员的并集。

```
SELECT 姓名,职称,单位
FROM 读者
WHERE 职称 IN('教授','副教授')
UNION
SELECT 姓名,职称,单位
FROM 校友
WHERE 职称 IN('教授','副教授')
```

SQL 语言中的 SELECT 句型灵活多样,所表达的语义可以从简单到复杂。通过上述例子可知 SELECT 语句的一般语法如下:

```
SELECT 查询目标
FROM 关系
[WHERE <条件表达式>]
[GROUP BY 分组属性名 [HAVING 组选择条件表达式]]
[ORDER BY 排序属性[DESC],…]
```

其中,SELECT 子句的查询目标可以用以下格式:

```
[DISTINCT] * |表名. * |COUNT( * )|表达式[,表达式]…
```

表达式可以是由属性、库函数和常量用算术运算符组成的公式。

WHERE 子句的条件可以使用下列运算符:

- 算术比较运算符: = 、> 、< 、> = 、< = 、! = 、BETWEEN。
- 逻辑运算符:AND、OR、NOT。
- 集合运算符:IN、NOT IN。
- 存在量词:EXISTS(SELECT 子查询)。
- 集合运算符:并 UNION、交 INTERSECTION、差 MINUS。
- 通配符:LIKE_、LIKE%。

4.4 SQL 数据更新

4.4.1 插入数据

第 4.3 节讨论了如何检索数据库中的数据。使用 SELECT 语句可以返回由行和列组成的结果,但查询操作不会使数据库中的数据发生任何变化。如果要对数据进行各种更新操作,包括添加数据、修改数据和删除数据,则需要使用数据修改语句 INSERT、UPDATE 和 DELETE 来完成。数据修改语句修改数据库中的数据,但不返回结果集。

向基本表中插入数据的命令有两种格式,一种是向具体元组插入常量数据;另一种是把从子查询的结果输入到另一个关系中去。前者进行单元组(一行)插入,后者一次可插入多个元组。新增元组各个列(属性)的值必须符合定义。增加一个完整元组,并且属性顺序与定义一致,可在基本表名称后面省略属性名称。若插入一个元组的若干字段(属性)值,其他字段值暂时为空,基本表名称后面的属性名称就必须指明。

例 4.51 向"图书"基本表中新加一个元组。

```
INSERT INTO 图书
VALUES('TP31/138','计算机基础','杨计算','高等教育出版社',18.00)
```

例 4.52 向"图书"基本表中插入一个元组的部分字段。

```
INSERT INTO 图书(图书编号,书名,单价)
VALUES('TP31/138','计算机基础',18.00)
```

例 4.53 建立一个各单位借阅图书情况统计基本表,名称为 DWTJ,每隔一段时间,如一个月,向此基本表里追加一次数据。

```
CREATE TABLE DWTJ
  (单位 char(20),
借书人数 int,
借书人次 int)
INSERT INTO DWTJ (单位,借书人数,借书人次)
SELECT 单位,COUNT(DISTINCT 借书证号),COUNT(借书证号)
FROM 借阅,读者
WHERE 读者.借书证号 = 借阅.借书证号
GROUP BY 单位
```

在创建完表之后,就可以使用 INSERT 语句在表中添加新数据。

插入数据的 INSERT 语句的格式为:

```
INSERT[ INTO]<表名>[(<列名列表>)]VALUES (值列表)
```

其中,<列名列表>中的列名必须是表定义中的列名,(值列表)中的值可以是常量也可以是 NULL 值,各值之间用逗号分隔。

INSERT 语句用来新增一个符合表结构的数据行,将值列表中的数据的值按表中列定义的顺序(或<列名列表>中指定的顺序)逐一赋给对应的列。

使用插入语句时应注意以下几个问题：

- （值列表）中的值与＜列名列表＞中的列按位置顺序对应，它们的数据类型必须一致。
- 如果＜表名＞后边没有指明列名，则新插入记录的值的顺序必须与表中定义列的顺序一致，且每一个列均有值（可以为空）。

4.4.2　修改数据

在修改命令中可以用 WHERE 子句限定条件，对满足条件的元组进行更新修改。若不写条件，则对所有元组更新。

例 4.54　为"图书编号"是"TP31/138"的图书填上作者和出版社。

```
UPDATE 图书
SET 作者 = '王为民',出版社 = '电子工业出版社'
WHERE 图书编号 = 'TP31/138'
```

例 4.55　将所有图书的单价下调 5%。

```
UPDATE 图书
SET 单价 = 单价 * 0.95
```

例 4.56　把借书证号"7902070"改为"7912070"。

```
UPDATE 读者
SET 借书证号 = '7912070'
WHERE 借书证号 = '7902070'
UPDATE 借阅
SET 借书证号 = '7912070'
```

在修改同名属性时应当特别注意保持数据的一致性。第一个更新命令执行之后，数据库处于不一致状态，因为读者中的借书证号已有变动，而借阅中的借书证号未动。只有当下一个更新的命令执行过之后，数据库才又达到一个新的一致状态。

当用 INSERT 语句向表中添加了记录之后，如果某些数据发生了变化，那么就需要对表中已有的数据进行修改。可以使用 UPDATE 语句对数据进行修改。

UPDATE 语句的语法格式为：

UPDATE ＜表名＞ SET ＜列名 = 表达式＞[1,...n][WHERE ＜更新条件＞]

其中，＜表名＞给出了需要修改数据的表的名称；SET 子句指定要修改的列；表达式指定修改后的新值；WHERE 子句用于指定需要修改表中的哪些记录。如果省略 WHERE 子句，则是无条件更新，表示要修改 SET 中指定的列的全部值。

4.4.3　删除数据

删除命令比较简单，删除的单位是元组，不是元组的部分属性。一次可以删除一个、几个元组，甚至将整个表删成空表，只保留表的结构定义。删除同名属性时也要注意保持数据的一致性。

例 4.57 删除借书证号"9011100"所有借阅登记。

```
DELETE
FROM 借阅
WHERE 借书证号 = '9011100'
```

例 4.58 删除借书证号以"90"开头的所有读者登记和借阅登记。

```
DELETE
FROM 读者
WHERE 借书证号 LIKE '90％'
DELETE
FROM 借阅
WHERE 借阅证号 LIKE '90％'
```

本 章 小 结

本章介绍了关系数据库的标准语言和结构化查询语言 SQL。它具有语言一体化、高度非过程化、语言简洁、易于应用的特点。然后,以一个"图书管理"关系数据模型为基础,通过示例讲解 SQL 的使用方法。SQL 的查询功能十分灵活,用 SELECT-FROM-WHERE 查询块可以实现简单查询、连接查询、嵌套查询、使用库函数查询,并且能够进行集合运算。SQL 同样可以定义关系数据模式并录入数据,从而建立数据库;SQL 提供查询、更新、维护、数据库安全控制等一系列操作,即 SQL 能够实现数据库系统的全部活动。其全部功能概括如下:

- 数据定义:CREATE,ALTER,DROP。
- 数据查询:SELECT。
- 数据操作:INSERT,DELETE,UPDATE。
- 数据控制:GRANT,REVOKE(详见 9.6 节)。

习 题 4

1. SQL 语言包括哪几部分功能?
2. 设有学生选修课程数据库:

```
S(S＃,SNAME,AGE,SEX,DEPARTMENT,ADDRESS)
SC(S＃,C＃,GRADE)
C(C＃,CNAME,TEACHER)
```

试用 SQL 语言查询下列问题。
(1)"李老师"所教的课程号、课程名称。
(2)年龄大于 23 岁的女学生的学号和姓名。
(3)"李小波"所选修的全部课程名称。
(4)所有成绩都在 80 分以上的学生姓名及所在系。
(5)没有选修"操作系统"课的学生姓名。

（6）"英语"成绩比"数学"成绩好的学生。

（7）至少选修两门以上课程的学生姓名、性别。

（8）选修了"李老师"所讲课程的学生人数。

（9）没有选修"李老师"所讲课程的学生。

（10）"操作系统"课程得最高分的学生的姓名、性别、所在系。

3. 建立第 2 题中的数据表，数据类型和长度根据需要自行确定。

第5章

数据库的视图

本章要点

通过本章的学习,读者可以了解视图的概念及其作用,并且掌握如何使用图形化界面和使用SQL语句两种方式来创建视图、查询视图,通过视图更新基本表中的数据(包括插入数据、修改数据、删除数据),以及修改视图的定义和删除视图。

5.1 视图的定义

通过前面章节的学习,读者已经掌握了数据库中基本表的概念及其相关操作,本章将介绍另一种表——视图的相关内容。

5.1.1 视图概念

通常情况下,将由 CREATE TABLE 创建的表称为基本表。视图是由一个或多个基本表(或视图)导出的表,其内容由子查询定义。在数据库中只存储视图的定义,视图中所对应的数据不进行实际存储,而是在引用视图时,根据其定义,由基本表中的数据动态生成。对视图中数据的操作,最终都会转换成对基本表的操作,因此可以将视图看成虚表。

视图可以建立在基本表上,也可以在视图上再创建新的视图。视图建立后,就可以像查询基本表一样查询视图。但由于视图是虚表,对视图的操作(UPDATE、INSERT、DELETE)最终要转换成对相应基本表的操作,所以对视图的操作会有一定的限制。

5.1.2 视图的作用

既然在数据库中已经有了基本表可以用来存储数据,为什么还要定义视图呢?接下来简单介绍一下视图的作用。

(1)可简化用户的操作。数据库的完整结构往往是复杂的,但用户在使用数据库时,经常只使用其中的部分数据。如果用户所要获得的数据来自多个基本表,就需要编写比较复杂的查询语句来实现。通过定义视图,可以将用户需要的数据组织在一起,用户只需要操作视图就可以了,从而使用户看到的是简单、清晰的结构,简化了用户对数据库的操作。

(2) 可提供一定程度的逻辑数据独立性。视图是用户一级的数据观点。在某些情况下,尽管数据库的逻辑结构改变了,但应用程序并不需要修改。采用了视图定义的应用程序就可不做修改而根据视图查找数据,从而实现了程序的逻辑数据独立性。需要注意的是,对视图的更新又是有条件的,有些情况下,应用程序中修改数据的语句可能仍会因为基本表结构的改变而改变。

(3) 对重要数据提供安全保护。在数据库中,有些数据是需要保密的,不能让用户随意使用。采用了视图机制,就可以针对不同用户定义不同的视图,使需要保密的数据不出现在视图中,这样就起到了对机密数据的安全保护作用。

5.2　创　建　视　图

5.2.1　使用 SQL 语句创建视图

SQL 中建立视图使用 CREATE VIEW 语句,其一般格式为:

```
CREATE VIEW <视图名>[(<列名>[, <列名>]…)]
AS <子查询>
[WITH CHECK OPTION]
```

对于使用 SQL 语句创建视图,有如下几点需要说明。

(1) 在定义视图时,可以指定列名序列也可以省略。当省略时,直接使用子查询中 SELECT 子句里的各列名作视图列名。

下列情况下不能省略列名序列:

① 视图列名中有常数、集函数或列表达式。

② 视图列名中有从多表连接时选出的同名列。

③ 需要在视图中为某个列选用新的更合适的列名。

(2) 子查询中的 SELECT 语句不能使用 INTO 子句和 ORDER BY 子句。

(3) WITH CHECK OPTION 是可选项,表示对所建视图进行 INSERT、UPDATE 和 DELETE 操作时,让系统检查该操作的数据是否满足子查询中 WHERE 子句里限定的条件,若不满足,则系统拒绝执行。

下面仍使用"图书管理"关系数据模型,通过示例来介绍视图的创建。"图书管理"关系数据模型包括以下 3 个关系模式:

图书(图书编号,书名,作者,出版社,单价)
读者(借书证号,姓名,性别,单位,职称,地址)
借阅(借书证号,图书编号,借阅日期,备注)

例 5.1　创建由"清华大学出版社"出版的图书信息的视图。

```
CREATE VIEW V_QHTS
  AS
```

```
SELECT * FROM 图书
WHERE 出版社 = '清华大学出版社'
WITH CHECK OPTION
```

上面定义的视图中的数据取自一个基本表中的部分行、列,创建时省略了列名序列,视图中的列与查询语句中的列名相同。

例 5.2 创建由"清华大学出版社"出版的,作者为"王姗"的图书信息的视图。

```
CREATE VIEW V_QHZZ
    AS
    SELECT 图书编号,书名,单价
    FROM V_QHTS
    WHERE 作者 = '王姗'
```

例 5.2 中创建的视图,源表不是基本表,而是视图。在 V_QHTS 的视图中取得的就是"清华大学出版社"出版的书籍信息,因此这里直接限制作者是"王姗"就可以了。

例 5.3 创建名为 V_TSJY 的视图,其中包括已经借出的书籍的编号、书名以及借阅者的名字和借阅的日期。

```
CREATE VIEW V_TSJY
    AS
    SELECT 图书.图书编号,书名,姓名,借阅日期
    FROM 图书 JOIN 借阅 ON 图书.图书编号 = 借阅.图书编号
    JOIN 读者 ON 借阅.借书证号 = 读者.借书证号
```

V_TSJY 视图中的数据,来自于"图书"、"读者"、"借阅"3 张基本表。

例 5.4 创建名为 V_TJFB 的视图,用来统计图书馆中的每种图书有多少副本。假设书名和作者都相同的图书为同一种。

```
CREATE VIEW V_TJFB(书名,作者,所存副本)
    AS
    SELECT 书名,作者,COUNT(图书编号)
    FROM 图书
    GROUP BY 书名,作者
```

在创建视图时,如果子查询中包含有经过表达式或统计函数计算得到的列,并且没有为这样的列指定标题,则在视图定义中必须指定序列列名。

5.2.2 使用图形化界面创建视图

在 Microsoft SQL Server 2005 中创建视图,既可以使用 SQL 语句,也可以使用图形化界面来创建。这里以创建名为 V_DZXX 的视图为例进行讲解,此视图中保存的为现有借阅书籍的读者的详细信息。操作步骤如下:

(1) 打开 Microsoft SQL Server Management Studio 窗口,展开"图书管理"数据库,右击"视图"节点,在弹出的快捷菜单中单击"新建视图"命令,如图 5.1 所示。

(2) 上步完成后,会自动打开"添加表"对话框,会出现"表"、"视图"等选项卡,这里使用"表"选项卡,选择"读者"和"借阅"两张表,如图 5.2 所示。

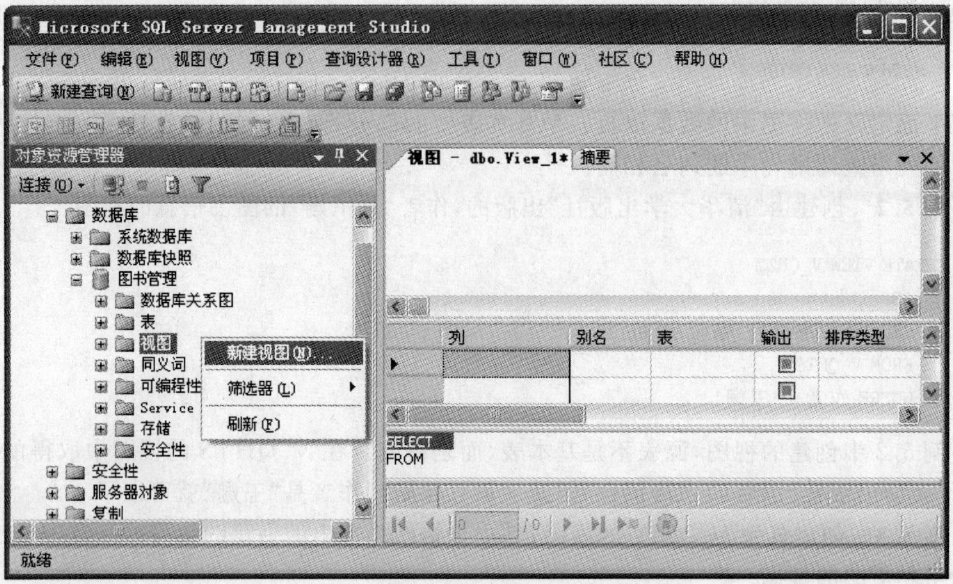

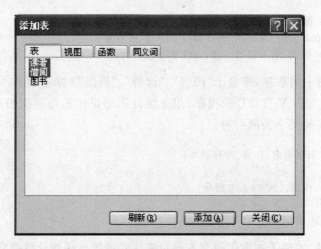

图 5.1 "新建视图"命令

图 5.2 "添加表"对话框

（3）单击"添加"按钮，如果还有要添加的表可以继续选择添加，若添加完成单击"关闭"按钮，将"添加表"对话框关闭掉。

（4）在视图窗口的"关系图"窗格中显示了"读者"表和"借阅"表中的全部列信息，选择需要的列，对应地，在"条件"窗格列出了选择的列，在显示 SQL 的窗格中显示了两张表的连接语句，如图 5.3 所示。

（5）单击"保存"按钮，在弹出的"选择名称"对话框中输入视图的名称 V_DZXX，单击"确定"按钮即可。至此创建的视图将会出现在该数据库的视图节点下。

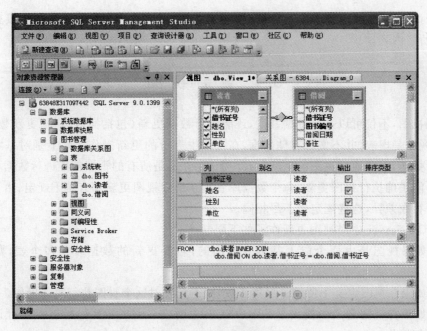

图 5.3 创建视图

5.3 查询视图

视图创建完成后,就可以和基本表一样进行查询。数据库管理系统在执行对视图的查询时,首先进行有效性检查,查看用到的视图和表是否存在。检查有效后,取出视图的定义,把定义中的子查询和当前要执行的查询结合起来,转化成等价的对基本表的查询,然后再执行查询操作。

例 5.5 查询由"清华大学出版社"出版的单价在 20 元以上的图书信息。

在例 5.1 中已经创建了名为 V_QHTS 的视图,其中存储的是由"清华大学出版社"出版的图书信息,因此直接查询该视图,查询语句如下:

```
SELECT *
FROM V_QHTS
WHERE 单价 > 20
```

将此查询转化为等价的对基本表的查询语句如下:

```
SELECT 图书编号,书名,作者,单价
FROM 图书
WHERE 出版社 = '清华大学出版社' AND 单价 > 20
```

在利用视图进行查询时,视图可以和基本表一起使用,实现连接查询和子查询。

例 5.6 查询姓名为"李晶"的读者借阅的由"清华大学出版社"出版的图书的信息。

```
SELECT 书名,作者,单价
FROM 读者 JOIN 借阅 ON 读者.借书证号 = 借阅.借书证号
        JOIN V_QHTS ON 借阅.图书编号 = V_QHTS.图书编号
WHERE 姓名 = '李晶'
```

本查询需要使用 V_QHTS 视图以及"读者"和"借阅"两个基本表,采用连接查询的方式,找出所需内容。

5.4　更新视图

使用视图,不仅可以进行数据查询,还能进行数据更新(包括插入数据、更新数据、删除数据)。视图是虚表,并不实际存储数据,在视图中进行的更新操作实际上是对基本表中的数据进行更新,因此通过视图的更新是有限制的,并不是所有的视图都能进行数据更新的操作。为了能正确执行视图更新,每个数据库管理系统对视图更新都有若干规定,由于各系统实现方法存在差异,这些规定也不尽相同。

在 SQL Server 中对视图更新作了如下限制。

(1) 如果视图是由两个以上基本表导出的,若要更新的数据涉及多个表,则不允许更新。

(2) 如果在视图定义中使用了聚集函数,则不允许对这个视图执行更新操作。

(3) 如果在视图定义中使用了 DISTINCT 短语或 GROUP BY 子句,则不允许对该视图执行更新操作。

(4) 如果视图的列的值为表达式或常数,则不允许对该视图执行更新操作。

5.4.1　使用 SQL 语句更新视图

1. 插入数据

在视图中插入数据,需使用 INSERT 语句,同在基本表中插入数据的语法规则相同。

例 5.7　向 V_QHTS 视图中插入如下记录("TP31/138","计算机基础","杨国","清华大学出版社",18.00)。

```
INSERT INTO V_QHTS
VALUES('TP31/138','计算机基础','杨国','清华大学出版社',18.00)
```

2. 更新数据

例 5.8　将 V_QHTS 视图中图书编号为"TP31/138"的单价改为 20。

```
UPDATE V_QHTS
SET 单价 = 20
WHERE 图书编号 = 'TP31/138'
```

3. 删除数据

例 5.9　将 V_QHTS 视图中作者为"杨国"的图书信息删除。

```
DELETE
FROM V_QHTS
WHERE 作者 = '杨国'
```

另外读者应该注意的是在视图定义时是否使用了 WITH CHECK OPTION 子句,若使用了 WITH CHECK OPTION 子句,对视图的更新操作需要检查是否满足定义中 WHERE 子句限制的条件。例如在 V_QHTS 视图中进行如图 5.4 所示的数据插入,只是将例 5.7 中的出版社信息去掉了(假设在定义基本表时允许出版社一项为空值),则插入失败。

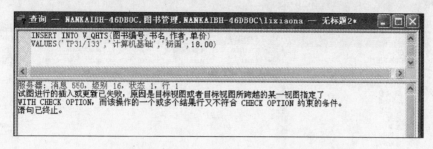

图 5.4 因使用 WITH CHECK OPTION 导致插入失败

如果在定义 V_QHTS 视图时,不包括 WITH CHECK OPTION 子句,运行相同的插入语句,则会成功执行。如图 5.5 所示。由此读者可以更好地理解 WITH CHECK OPTION 子句的作用。

图 5.5 去掉 WITH CHECK OPTION 插入成功

5.4.2 使用图形化界面更新视图

使用图形化界面更新视图,和操作基本表中的数据是一样的,步骤如下。

(1) 打开 Microsoft SQL Server Management Studio 窗口,展开"图书管理"数据库中的视图,找到要更新数据的视图,这里仍以 V_QHTS 视图为例,右击 V_QHTS 视图,单击快捷菜单中的"打开视图",如图 5.6 所示。

(2) 在出现的表格窗口中插入数据,插入完成一行后,系统会自动检查插入的数据是否满足要求,满足的则会更新到基本表,不满足的提示插入失败,如图 5.7 所示,插入一行记录。

(3) 对已经存在的数据进行更新操作时,在打开的视图表格中,找到需要更新的数据项进行修改即可。

(4) 需要删除视图中的记录时,在打开的视图表格中单击需要删除的行,右击并在快捷菜单

图 5.6 打开视图

中单击"删除"命令,如图 5.8 所示,则会出现永久删除确认窗口,单击"是"按钮,将永久删除
这条记录。

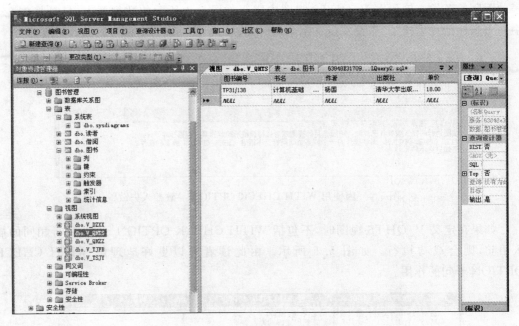

图 5.7　在视图中插入数据

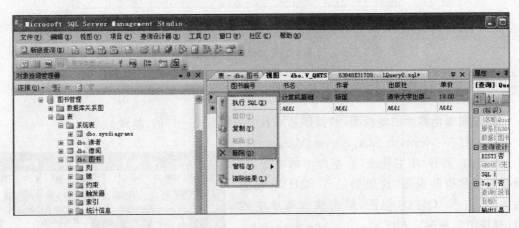

图 5.8　在视图中删除数据

5.5　修改视图定义

5.5.1　使用 SQL 语句修改视图的定义

修改视图的定义,需要使用 ALTER VIEW 语句,语法格式如下:

```
ALTER VIEW <视图名> [(<列名>[, <列名>]…)]
AS <子查询>
[WITH CHECK OPTION]
```

其中的<视图名>为需要修改的视图名称,其他的各项与创建视图时相同。

　　例 5.10　修改 V_QHTS 视图的定义,将其改为由"清华大学出版社"出版,并且单价超过 20 的图书信息。

```
ALTER VIEW V_QHTS
  AS
  SELECT * FROM 图书
  WHERE 出版社 = '清华大学出版社' AND 单价> 20
  WITH CHECK OPTION
```

5.5.2　使用图形界面修改视图的定义

　　(1) 打开 Microsoft SQL Server Management Studio 窗口,展开"图书管理"数据库中的视图,找到要修改的视图,这里仍以 V_QHTS 视图为例,右击 V_QHTS 视图,单击快捷菜单中的"修改"命令,如图 5.9 所示。

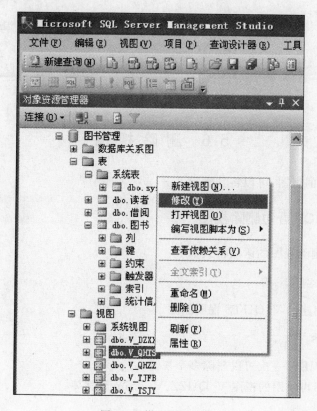

图 5.9　修改视图定义

　　(2) 在出现的修改窗口中进行具体的修改操作,此窗口的使用同创建视图时相同,本例中将增加一个限制条件,将单价限制在 20 元以上,如图 5.10 所示,修改"筛选器"的内容,则在下端的 SQL 语句自动进行修改。

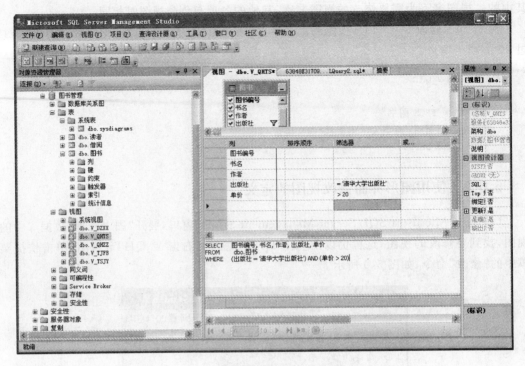

图 5.10　修改窗口

5.6　删　除　视　图

对于不再使用的视图,可以将其删除。

5.6.1　用 SQL 语句删除视图

用 SQL 语句删除视图的语法格式如下:

DROP VIEW {视图名} [,…n]

例 5.11　将创建的 V_QHTS 视图删除。

DROP VIEW V_QHTS

使用 DROP VIEW 一次可以删除多个视图。

例 5.12　将不再使用的视图 V_QHZZ、V_TSJY 删除掉。

DROP VIEW V_QHZZ,V_TSJY

5.6.2　使用图形化界面删除视图

(1) 打开 Microsoft SQL Server Management Studio 窗口,展开"图书管理"数据库中的视图,找到要删除的视图,这里仍以 V_QHTS 视图为例,右击 V_QHTS 视图,单击快捷菜单中的"删除"命令,如图 5.11 所示。

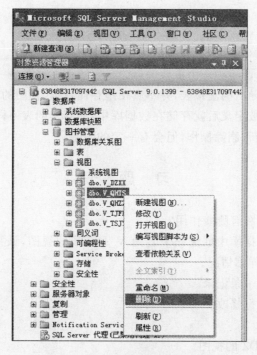

图 5.11 删除视图

（2）在出现的"删除对象"对话框中单击"确定"按钮，则将视图删除，如图 5.12 所示。

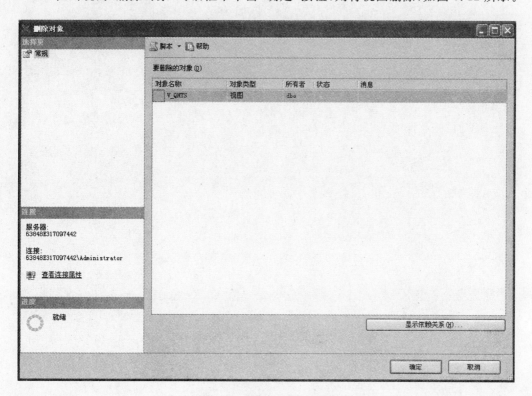

图 5.12 "删除对象"对话框

本 章 小 结

本章介绍了 SQL Server 中一个重要的概念——视图。视图是一种数据库对象,是从一个或多个表(或视图)中导出的虚拟表,并不真正地存储数据,视图的结构和数据是对基本表进行查询的结果。视图被定义后就存储在数据库中,和真实的表一样,不仅可以查询其中数据,还可以进行插入、更新、删除操作,但会有一定的限制。

习 题 5

1. 什么是视图? 视图有哪些作用?

2. 在"图书管理"数据库中创建一个名为 V_DZDZ 的视图,该视图中保存的是单位为"电子系"的所有读者的详细情况。

3. 在该视图中插入一条记录。

4. 对插入的记录进行修改。

5. 将该记录删除。

6. 删除名为 V_DZDZ 的视图。

第6章

T-SQL 语言程序设计

本章要点

　　本章将介绍 T-SQL（Transact-SQL）程序设计的基本知识。T-SQL 作为嵌入在 SQL Server 中的结构化查询语言，对标准 SQL 进行了扩展，功能强大、简单易学。同其他程序设计语言一样，T-SQL 也有自己的数据类型、运算符、表达式以及流程控制语句等相关语法要求，本章将对这些内容进行详细地介绍。

6.1　数据类型、常量和变量

6.1.1　数据类型

　　从大的方面来说，SQL Server 2005 中包括系统数据类型和用户自定义数据类型。在前面的章节中对系统数据类型已经进行了详细的介绍，这部分将只介绍用户自定义数据类型。

　　用户自定义数据类型基于系统提供的基本数据类型，并不是一种真正意义上的数据类型，只是提供了一种提高数据库内部元素和基本数据类型之间一致性的机制。通过使用用户自定义数据类型能够简化对常用规则和默认值的管理。

1. 创建用户自定义数据类型

　　在 SQL Server 中有使用系统存储过程和使用图形化界面两种方式来创建用户自定义数据类型。

　　(1) 使用系统存储过程来创建用户自定义数据类型。

　　命令格式如下：

```
sp_addtype    [ @typename = ]type,
              [ @phystype = ]system_data_type
              [ , [ @nulltype = ]'null_type' ]
              [ , [ @owner = ]'owner_name' ]
```

各参数的含义如下：

- [@typename =]type：用户自定义数据类型的名称。
- [@phystype =]system_data_type：用户定义的数据类型所基于的系统数据类型或 SQL Server 提供的数据类型。
- [@nulltype =]'null_type'：用户自定义数据类型处理空值的方式。null_type 的取值为 NULL、NOT NULL 或 NONULL，默认值为 NULL。
- [@owner =]'owner_name'：指定新数据类型的创建者或所有者，若没有指定，则为当前用户。

例 6.1　为"图书管理"数据库创建一个不允许为空值的 book_code 用户自定义数据类型。

```
USE 图书管理
GO
EXEC sp_addtype book_code,'char(8)','NOT NULL'
GO
```

需要说明的是，在 char(8) 上加了单引号，是因为它包含了标点符号（括号）。

（2）使用图形化界面来创建用户自定义数据类型。

仍以为"图书管理"数据库创建一个不允许为空值的 book_code 用户自定义数据类型为例进行讲解。步骤如下：

① 打开 Microsoft SQL Server Management Studio→"对象资源管理器"→"数据库"→"图书管理"→"可编程性"→"类型"→右击"类型节点"→"新建"→"用户定义数据类型"。

② 如图 6.1 所示，打开"新建用户定义数据类型"窗口，在"名称"文本框输入 book_code，在"数据类型"下拉列表框中选择 char 数据类型，在"长度"微调按钮中输入 8，保留"允许空值"为取消复选状态。

③ 设置完毕后，单击"确定"按钮，则创建了用户定义数据类型 book_code。

2．删除用户自定义数据类型

对于不再使用的用户定义数据类型，可以将其删除。同创建时一样，删除用户自定义数据类型也可以使用系统存储过程和图形化界面两种方式。

（1）使用系统存储过程删除用户定义数据类型。

命令格式如下：

```
sp_droptype [@typename = ]type
```

其中，type 为用户自定义数据类型的名称。

例 6.2　删除 book_code 用户定义数据类型。

```
USE 图书管理
GO
EXEC sp_droptype book_code
GO
```

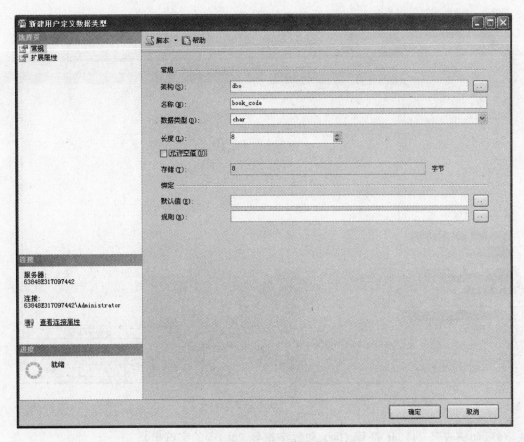

图6.1 "新建用户定义数据类型"窗口

（2）使用图形化界面删除用户定义数据类型。

使用图形化界面删除用户定义数据类型的步骤如下。

① 在 Microsoft SQL Server Management Studio 中找到需要删除的用户定义数据类型,在这里的具体操作为:打开 Microsoft SQL Server Management Studio→"对象资源管理器"→"数据库"→"图书管理"→"可编程性"→"类型"→"用户定义数据类型"→book_code→右击并在弹出的快捷菜单中单击"删除"命令。

② 出现如图6.2所示的"删除对象"窗口,单击"确定"按钮,则将其删除。

6.1.2 常量

在程序运行中值保持不变的数据称为常量。常量实际上是表示特定数据值的符号,格式取决于具体的数据类型,通常分为字符串常量、整型常量、日期时间常量、实型常量、货币常量和全局唯一标识符。

1. 字符串常量

字符串常量分为 ASCII 字符串常量和 Unicode 字符串常量。

ASCII 字符串常量为括在单引号内并包含字母数字字符(a～z、A～Z 和 0～9)以及特

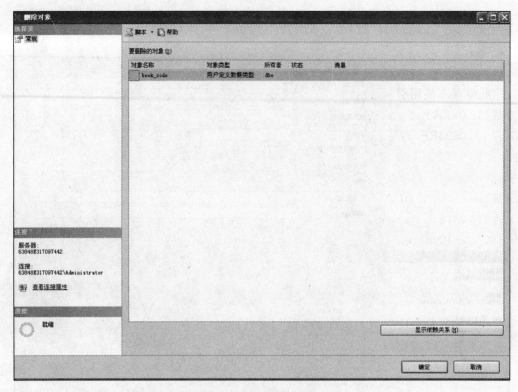

图 6.2 "删除对象"窗口

殊字符,如感叹号(!)、at 符号(@)和数字符号(♯)等的字符串。

如果已为某个连接将 QUOTED_IDENTIFIER 选项设置成 OFF,则字符串也可以使用双引号括起来,但 Microsoft SQL 本机客户端程序和 ODBC 驱动程序将自动设置QUOTED_IDENTIFIER 选项为 ON,因此建议使用单引号。

如果单引号中的字符串包含一个嵌入的单引号,可以使用两个单引号表示嵌入的单引号。对于嵌入在双引号中的字符串则不需要这样做。空字符串用中间没有任何字符的两个单引号表示。

ASCII 字符串常量示例:

'hello'

'your"s book'

'X is 50%'

Unicode 字符串的格式与 ASCII 字符串相似,但它前面有一个 N 标识符(N 代表 SQL-92 标准中的区域语言),并且 N 前缀必须是大写字母。将上面的 ASCII 字符串常量改为Unicode 字符串常量,则如下所示:

N'hello'

N'your"s book'

N'X is 50%'

2.整型常量

按照整型常量的不同表示方式,又可分为二进制整型常量和十进制整型常量。

(1)二进制整型常量。二进制整型常量具有前缀 0x,通常采用十六进制数字字符串表示。这些常量不使用引号括起来。

例如:0xEA

       0x23EF

       0x(表示空的常量)

(2)十进制整型常量。十进制整型常量即不带小数点的十进制数,且不需要使用引号括起来。

例如:2376

      －1200

      ＋3775

3.日期时间常量

日期时间常量由用单引号将表示日期时间的字符串括起来构成。SQL Server 中提供了专门的日期和时间数据类型,可以识别多种格式的日期和时间。

- 字母日期格式,例:'July 20, 2009'、'20-July-2009'。
- 数字日期格式,例:'5/12/2008'、'2008-08-25'。
- 未分隔的字符串格式,例:'20021207'。
- 常见的时间格式如下:'10:11:06'、'08:25 AM'。

4.实型常量

实型常量有定点表示和浮点表示两种方式,不需要用单引号括起来。

(1)定点表示的实型常量由包含小数点的数字字符串组成。

例如:1123.6204

      ＋23464545.2234

      －1132456432.10

(2)浮点表示的实型常量使用科学记数法来表示数值。

例如:305.5E5

      ＋223E－3

      －42E5

5.货币常量

货币常量即为 money 常量,是以 $ 作为前缀的一个整型或实型常量数据,不需括在单引号中。

例如:$ 642923

      － $ 370.59

      ＋ $ 66578.733

6. 全局唯一标识符

全局唯一标识符是由 SQL Server 根据计算机网络适配器地址和主机 CPU 时钟产生的唯一号码生成的,可以使用字符或二进制字符串格式指定。

例如:'6F9619FF-8B86-D011-B42D-00C04FC964FF'

　　　　0xff19966f868b11d0b42d00c04fc964ff

6.1.3 变量

变量就是在程序执行过程中其值可以改变的量。可以利用变量存储程序执行过程中涉及的数据,如接收用户输入的数值、计算的结果等。声明变量时需要指定变量名及数据类型,变量名用于标识该变量,数据类型确定了该变量存放值的格式及允许的运算。

为变量命名应使用常规标识符,即以字母、下划线(_)、at 符号(@)或数字符号(♯)开头,后续接字母、数字、at 符号、美元符号($)、下划线的字符序列。不允许嵌入空格或其他特殊字符。

Transact-SQL 语言中的变量有两种:一种是全局变量,是由系统预先定义好的;另外一种是局部变量,是由用户根据需要自己定义的。

1. 全局变量

全局变量以@@字符开头,由系统定义和维护。用户只能使用全局变量,不能对它们进行修改。实际上它们不是变量,不具备变量的行为,而是系统函数,语法遵循函数的规则。为了和以前的版本兼容,这里仍称为全局变量。表 6.1 中列出了几个在 SQL Server 中常用的全局变量。

表 6.1　SQL Server 中常用的全局变量

全局变量	含义
@@ERROR	前一条 SQL 语句报告的错误号
@@FETCH_STATUS	游标中上一条 FETCH 语句的状态
@@IDENTITY	最新插入的标识值
@@NESTLEVEL	当前执行存储过程的嵌套级别
@@ROWCOUNT	最新 SQL 语句所影响的行数
@@SPID	当前进程 ID
@@SERVERNAME	本地服务器的名称
@@TRANCOUNT	事务嵌套的级别
@@TRANSTATE	事务的当前状态
@@VERSION	SQL Server 版本信息

例 6.3　使用@@VERSION 查看 SQL Server 版本信息。结果如图 6.3 所示。

```
SELECT @@VERSION
```

例 6.4　使用@@ROWCOUNT 查看前一条命令影响的行数。结果如图 6.4 所示。

```
SELECT @@ROWCOUNT
```

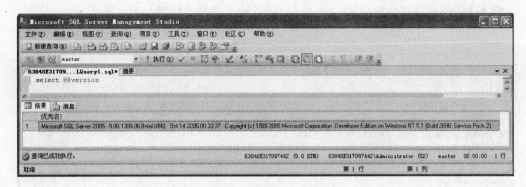

图 6.3　查看版本信息

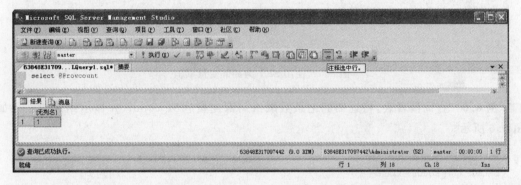

图 6.4　使用@@ROWCOUNT查看前一条命令影响的行数

2. 局部变量

局部变量是用户在使用 T-SQL 语言的过程中根据需要定义的,它的作用范围仅限于定义此变量的过程内部。

使用 DECLARE 语句定义局部变量,并在其名称前加上@标志。定义局部变量的语法形式如下:

```
DECLARE {@local_variable data_type} [...n]
```

其中,@local_variable 用于指定局部变量的名称；data_type 用于设置局部变量的数据类型及其大小,可以是由系统提供的数据类型,也可以为用户定义的数据类型,但不能是 text、ntext 或 image 数据类型。

创建局部变量之后,初始值为 NULL,如果想要设定局部变量的值,必须使用 SET 命令或者 SELECT 命令。其语法形式为:

```
SET { @local_variable = expression }
```

或者

```
SELECT { @local_variable = expression } [ ,...n ]
```

其中,参数@local_variable 是要给其赋值并声明的局部变量,参数 expression 是任何有效的 SQL Server 2005 表达式。

例 6.5 创建局部变量@int_s 并赋值,然后输出其值。结果如图 6.5 所示。

```
DECLARE @int_s int
SET @int_s = 100
SELECT @int_s
```

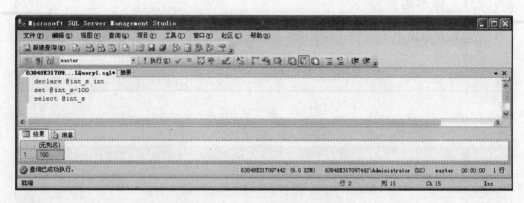

图 6.5　使用 SET 为局部变量赋值

例 6.6 查询读者表,将返回的记录数赋给局部变量@M_count,并显示结果。结果如图 6.6 所示。

```
DECLARE @M_count int
SELECT @M_count = COUNT( * )
FROM 读者
SELECT @M_count
```

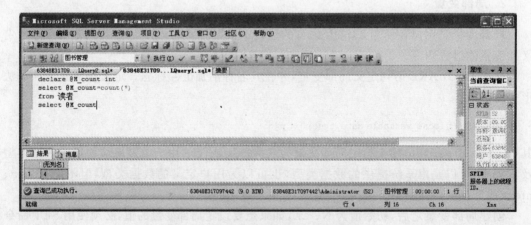

图 6.6　使用 SELECT 为局部变量赋值

6.2　运算符和表达式

运算符是一种符号,实现了运算功能,能将数据按照运算符的功能定义进行计算,产生新的结果。在 SQL Server 2005 中运算符可以分为如下几种:算术运算符、赋值运算符、位运算符、比较运算符、逻辑运算符、字符串连接运算符和一元运算符。

在 SQL Server 2005 中表达式可以分为简单表达式和复杂表达式两种：简单表达式可以只是一个常量、变量、列名或函数；复杂表达式是由运算符连接起来的两个或多个简单表达式构成的。

6.2.1　算术运算符

算术运算符对两个表达式执行数学运算，这两个表达式可以是任何的数值数据类型。算术运算符包括＋（加）、－（减）、＊（乘）、/（除）和％（取模）5 种运算。其中＋（加）和－（减）运算符也可用于对 datetime 及 smalldatetime 值进行的算术运算。

例 6.7　将"图书"表中单价大于 20 的书籍按 9 折重新计算单价。

```
SELECT 书名,单价,单价 * 0.9 实际价格
FROM 图书
WHERE 单价> 20
```

运行结果如图 6.7 所示。本例通过算术运算计算出了单价大于 20 的书籍的实际价格；如果表达式中有多个算术运算符，则先计算乘、除，然后是取模运算，最后是加、减运算；如果表达式中的算术运算符都有相同的优先顺序，则按从左到右的顺序进行计算；括号中的表达式比其他所有运算都要优先进行计算。

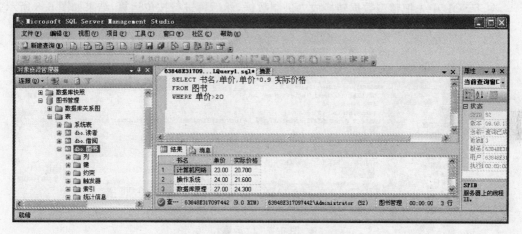

图 6.7　使用乘运算计算实际价格

6.2.2　赋值运算符

等号（＝）是 T-SQL 中唯一的赋值运算符。在下面的示例中，将创建一个 @intNum 变量，然后用赋值运算符将 @intNum 设置为表达式返回的值。

例 6.8　使用赋值运算符为变量赋值。

```
DECLARE @intNum int
SET @intNum = 5 * (32 + 7)
SELECT @intNum
```

执行后@intNum 中的值为 195。

6.2.3　位运算符

位运算符在两个表达式之间执行位操作,这两个表达式可以是整型数据或二进制数据(image 数据类型除外),但要求在位运算符左右两侧的操作数不能同时是二进制数据。位运算符包括 &(按位与)、|(按位或)、^(按位异或),如表 6.2 所示。

表 6.2　位运算符

运算符	运算规则
&	两个位均为 1 时,结果为 1,否则为 0
|	只要一个位为 1,结果为 1,否则为 0
^	两个位值不同时,结果为 1,否则为 0

例 6.9　对两个整型变量@intNum1 和@intNum2 进行按位运算。

```
DECLARE @intNum1 int,@intNum2 int
SET @intNum1 = 8,
SET @intNum2 = - 2
SELECT @intNum1&@intNum2 与运算,@intNum1|@intNum2 或运算, @intNum1^@intNum2 异或运算
```

在 T-SQL 中先把整型数据转换成二进制数据,然后再进行按位运算,结果如图 6.8 所示。

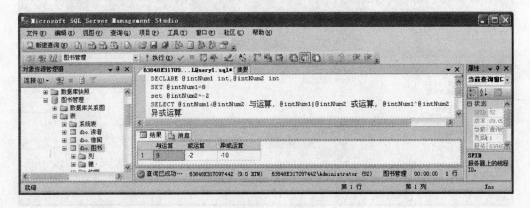

图 6.8　位运算

6.2.4　比较运算符

比较运算符,又称关系运算符,用于测试两个表达式的值之间的关系,其运算结果为布尔值,可以为 TRUE、FALSE 及 UNKNOWN 三种之一。当 SET ANSI_NULLS 为 ON 时,带有一个或两个 NULL 表达式的运算符返回 UNKNOWN;当 SET ANSI_NULLS 为 OFF 时,上述规则同样适用,但当两个表达式均为 NULL 时,则等号(=)运算符返回 TRUE。表 6.3 列出了 SQL Server 2005 中可以使用的比较运算符。

例 6.10　查询单价大于 15 小于 30 的图书的详细信息。

```
SELECT *
FROM 图书
WHERE 单价> 15 AND 单价< 30
```

表 6.3　比较运算符

运　算　符	含　义	运　算　符	含　义
=	相等	<=	小于等于
>	大于	<>、!=	不等于
<	小于	!<	不小于
>=	大于等于	!>	不大于

6.2.5　逻辑运算符

逻辑运算符用于对某些条件进行测试,运算返回值为 TRUE 或 FALSE 的布尔型值。表 6.4 列出了 SQL Server 2005 中提供的逻辑运算符。

表 6.4　逻辑运算符

运　算　符	含　义
ALL	如果一组的比较都为 TRUE,那么就为 TRUE
AND	如果两个布尔表达式都为 TRUE,那么就为 TRUE
ANY	如果一组的比较中任何一个为 TRUE,那么就为 TRUE
BETWEEN	如果操作数在某个范围之内,那么就为 TRUE
EXISTS	如果子查询包含一些行,那么就为 TRUE
IN	如果操作数等于表达式列表中的一个,那么就为 TRUE
LIKE	如果操作数与一种模式相匹配,那么就为 TRUE
NOT	对任何其他布尔运算符的值取反
OR	如果两个布尔表达式中的一个为 TRUE,那么就为 TRUE
SOME	如果在一组比较中,有些为 TRUE,那么就为 TRUE

例 6.11　挑选出由“清华大学出版社”或者“南开大学出版社”出版的图书。

```
SELECT *
FROM 图书
WHERE 出版社 IN ('清华大学出版社','南开大学出版社')
```

6.2.6　字符串连接运算符

在 SQL Server 2005 中,允许使用字符串连接运算符——加号(＋)对两个或多个字符串进行串联。

例 6.12　字符串连接。

```
DECLARE @vch1 varchar(20),@vch2 varchar(20)
SET @vch1 = 'hello'
SET @vch2 = 'world'
SELECT @vch1 + @vch2
```

运行结果显示为“hello world”。

6.2.7　一元运算符

一元运算符只对一个表达式执行操作,该表达式可以是任何数字数据类型。这种类型包括＋(正)、－(负)和～(按位取反)3 个运算符。其中需要说明的是按位取反运算符返回一个数的补数,只能用于整数数据。

例 6.13　对变量@num 进行一元运算。

```
DECLARE @num int
SET @num = 48
SELECT + @num 取正,－@num 取负,～@num 取反
```

运行结果如图 6.9 所示。

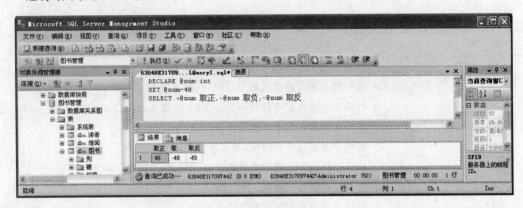

图 6.9　一元运算

6.2.8　运算符的优先级

当一个复杂的表达式有多个运算符时,运算符优先级将决定执行运算的先后顺序。执行的顺序会影响到运算的结果。表 6.5 中给出了运算符的优先顺序,在一个表达式中按先高(优先级数字小)后低(优先级数字大)的顺序进行运算,相同优先级的运算按自左向右的顺序进行运算。括号可以改变运算符的优先级,表达式中如果有括号,应先对括号内的部分进行运算。

表 6.5　运算符的优先级

运 算 符	优先级
＋(正)、－(负)、～(按位 NOT)	1
*(乘)、/(除)、%(取模)	2
＋(加)、＋(串联)、－(减)	3
=、>、<、>=、<=、<>、!=、!>、!<(比较运算符)	4
^(位异或)、&(位与)、|(位或)	5
NOT	6
AND	7
ALL、ANY、BETWEEN、IN、LIKE、OR、SOME	8
=(赋值)	9

6.3 流程控制语句

与其他的程序设计语言一样,T-SQL 也提供了流程控制语句,可以进行顺序、分支、循环结构的程序设计。

6.3.1 语句块和注释

1. BEGIN…END 语句

BEGIN…END 语句能够将多个 T-SQL 语句组合成一个语句块,并将它们视为一个单元来处理。在控制流语句必须执行两条或多条 T-SQL 语句时,就要使用 BEGIN…END 语句来构成语句块。BEGIN…END 语句的语法形式如下:

```
BEGIN
{ sql_statement | statement_block }
END
```

其中{ sql_statement | statement_block } 是任何有效的 T-SQL 语句或语句块。BEGIN 和 END 语句必须成对使用,任何一个均不能单独使用。BEGIN 语句单独出现在一行中,后跟 T-SQL 语句块,最后 END 语句单独出现在一行中,指示语句块的结束。

例 6.14 显示"图书管理"数据库中"读者"表中借书证号为"1344005"的读者姓名。

```
DECLARE @name char(8)
BEGIN
SELECT @name = (SELECT 姓名 FROM 读者 WHERE 借书证号 = '1344005')
SELECT @name
END
```

本例中 BEGIN…END 语句将两个 SELECT 语句组合成一个语句块,实现了给变量@name 赋值并显示的功能。虽然 BEGIN…END 语句几乎可以用在程序的任何地方,但最常用的是在 IF 或 ELSE 子句需要包含语句块、CASE 函数的元素需要包含语句块以及WHILE 循环需要包含语句块的时候。

2. 注释

在程序设计中,注释是必不可少的,加入注释一方面可以有助于开发人员对代码的理解,另外也可以方便开发人员调试。在 T-SQL 中使用两个连字符(--)加入单行注释,使用一对分隔符/*……*/加入多行注释。

6.3.2 选择控制

1. IF…ELSE 语句

IF…ELSE 语句是条件判断语句,当条件表达式成立时执行某段程序,条件不成立时执行另一段程序。其中，ELSE 子句是可选的，最简单的 IF 语句没有 ELSE 子句。SQL Server 允许嵌套使用 IF…ELSE 语句，而且嵌套层数没有限制。IF…ELSE 语句的语法形式为：

```
IF Boolean_expression
    { sql_statement | statement_block }
[ ELSE
    { sql_statement | statement_block } ]
```

例 6.15　查询"图书管理"数据库中图书的平均单价是否大于 25。

```
IF(SELECT AVG(单价) FROM 图书)> 25
    SELECT '平均单价大于 25'
ELSE
    SELECT '平均单价不大于 25'
```

2. CASE 语句

CASE 语句用于多重选择的情况，可以根据条件表达式的值进行判断，并将其中一个满足条件的结果表达式返回。CASE 语句按照使用形式的不同，可以分为简单 CASE 语句和搜索 CASE 语句。

简单 CASE 语句的语法形式如下：

```
CASE input_expression
    WHEN when_expression THEN result_expression
    [ …n ]
    [ ELSE else_result_expression]
END
```

执行过程为：先计算 CASE 后面的表达式的值，然后将其与 WHEN 后面的表达式逐个进行比较，若相等则返回 THEN 后面的表达式，否则返回 ELSE 后面的表达式。

例 6.16　使用简单 CASE 语句将"图书管理"数据库中部分读者的单位信息重新命名。

```
SELECT
    CASE 单位
        WHEN '计算机系' THEN '计算机科学与技术系'
        WHEN '电子系' THEN '电子信息系'
        WHEN '数学系' THEN '应用数学系'
    END AS 单位,姓名
FROM 读者
```

搜索 CASE 语句的语法形式如下：

```
CASE
    WHEN Boolean_expression THEN result_expression
    [ …n ]
    [ELSE else_result_expression]
END
```

执行过程为：如果 WHEN 后面的逻辑表达式为真，则返回 THEN 后面的表达式，然后判断下一个逻辑表达式；如果所有的逻辑表达式都为假，则返回 ELSE 后面的表达式。

例 6.17 使用搜索 CASE 语句，根据图书的单价范围，显示相应的信息。

```
SELECT 书名,
   CASE
      WHEN 单价 IS NULL THEN '价钱不确定'
      WHEN 单价 < 10 THEN '非常便宜'
      WHEN 单价 >= 10 AND 单价 < 20 THEN '可以接受'
      ELSE '太贵了'
   END AS 售价满意度
FROM 图书
```

运行结果如图 6.10 所示。

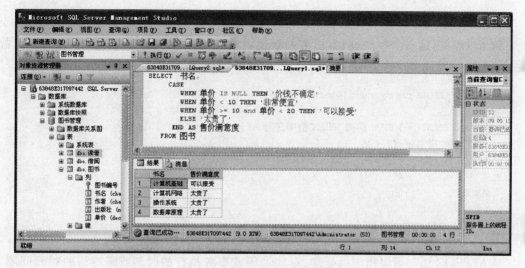

图 6.10 使用搜索 CASE 语句

6.3.3 GOTO 语句

GOTO 语句可以使程序直接跳到指定的标识符的位置继续执行，而位于 GOTO 语句和标识符之间的程序将不会被执行。GOTO 语句和标识符可以用在语句块、批处理和存储过程中，标识符可以为数字与字符的组合，但必须以"："结尾，如：'label：'。在 GOTO 语句行，标识符后面不用跟"："。GOTO 语句的语法形式为：

```
GOTO label
...
label:
```

例 6.18 利用 GOTO 语句求出从 1 到 10 的总和。

```
DECLARE @sum int, @count int
SELECT @sum = 0, @count = 1
label:
SELECT @sum = @sum + @count
```

```
SELECT @count = @count + 1
IF @count < = 10
    GOTO label
SELECT @count ,@sum
```

使用 GOTO 语句可以增加程序的灵活性,但该语句也破坏了程序结构化的特点,使程序结构变得复杂而且难以测试,因此尽量少使用 GOTO 语句。

6.3.4　RETURN 语句

RETURN 语句用于无条件地终止一个查询、存储过程或者批处理,位于 RETURN 语句之后的程序将不会被执行。RETURN 语句的语法形式为:

```
RETURN [ integer_expression ]
```

其中,参数 integer_expression 为返回的整型值。

例 6.19　创建一个存储过程,用来判断读者现在借阅的图书是否达到规定的最大数量,不到 10 本的还可以再借阅。

```
CREATE PROCEDURE check_count @param char(8)
AS
IF(SELECT COUNT( * ) FROM 借阅 WHERE 借书证号 = @param
    GROUP BY 借书证号) <10
    RETURN 1
ELSE
    RETURN 0
```

6.3.5　WAITFOR 语句

WAITFOR 语句可以指定批处理、存储过程或事务执行的时刻或需等待的时间间隔。语法形式为:

```
WAITFOR { DELAY 'time' | TIME 'time' }
```

其中,DELAY 用于指定时间间隔,要求时间间隔在 24 小时之内;TIME 用于指定某一时刻,其数据类型为 datetime,格式为"hh:mm:ss"。

例 16.20　在 22:00 时备份"图书管理"数据库。

```
WAITFOR TIME '22:00'
BACKUP DATABASE 图书管理 TO book_bkp
```

6.3.6　循环控制语句

在 T-SQL 中可以使用 WHILE 语句来进行循环控制。当 WHILE 后面的条件为真时,就重复执行语句。WHILE 可以和 CONTINUE 以及 BREAK 配合使用来完成对循环的控制,具体的语法格式如下:

```
WHILE Boolean_expression
```

```
{ sql_statement | statement_block }
   [BREAK ]
{ sql_statement | statement_block }
   [ CONTINUE ]
```

其中 Boolean_expression 表达式返回 TRUE 或 FALSE,如果布尔表达式中含有 SELECT 语句,则必须用括号将 SELECT 语句括起来;{sql_statement | statement_block} 为 T-SQL 语句或用 BEGIN … END 定义的语句块;BREAK 导致从最内层的 WHILE 循环中退出,将执行出现在 END 关键字(循环结束的标记)后面的任何语句;CONTINUE 使 WHILE 循环重新开始执行,忽略 CONTINUE 关键字后面的任何语句。

例 6.21 在"图书管理"数据库中,判断图书单价的平均价格是否小于 15,如果小于 15,WHILE 循环就将价格加倍,然后选择最高价;如果最高价小于或等于 40,WHILE 循环重新启动并再次将价格加倍。该循环不断地将价格加倍直到最高价格超过 40,然后退出 WHILE 循环并打印一条消息。

```
WHILE (SELECT AVG(单价) FROM 图书) < 15
BEGIN
   UPDATE 图书
      SET 单价 = 单价 * 2
   SELECT MAX(单价) FROM 图书
   IF (SELECT MAX(单价) FROM 图书) > 40
      BREAK
   ELSE
      CONTINUE
END
PRINT '可以接受'
```

6.4 函　　数

在程序设计中经常会用到函数,SQL Server 2005 中支持两种函数类型:内置函数和用户自定义函数。

6.4.1 内置函数

内置函数是一组预定义的函数,用户只能调用,不能修改。在程序设计中经常会调用一些内置函数实现某些特定的功能,如进行数学计算,实现数据类型的转换,获得系统信息等。下面将介绍一些常用的内置函数。

1. 数学函数

数学函数用于对数值表达式进行数学运算并返回运算结果。数学函数可以对 SQL Server 2005 中提供的数值类型数据(包括 decimal、integer、float、real、money、smallmoney、smallint 和 tinyint 等类型)进行处理。在 SQL Server 2005 中,常用的数学函数如表 6.6 所示。

表 6.6　数学函数

函数名称及格式	说　明
ABS(numeric_expression)	返回指定数值表达式的绝对值
ACOS(float_expression)	求反余弦值
ASIN(float_expression)	求反正弦值
ATAN(float_expression)	求反正切值
ATN2(float_expression1 ,float_expression2)	求(参数 1/ 参数 2)的反正切值
CEILING(numeric_expression)	返回大于或等于指定表达式的最小整数
COS(float_expression)	求三角余弦值
COT(float_expression)	求三角余切值
DEGREES(numeric_expression)	返回以弧度指定的角的相应角度
EXP(float_expression)	返回指定的表达式的指数值
FLOOR(numeric_expression)	返回小于或等于指定表达式的最大整数
LOG(float_expression)	返回指定表达式的自然对数
LOG10(float_expression)	返回指定表达式以 10 为底的对数
PI()	返回 PI 的常量值
POWER(numeric_expression ,y)	返回指定表达式的指定幂的值
RADIANS(numeric_expression)	返回弧度值
RAND([seed])	返回从 0 到 1 之间的随机 float 值
ROUND(numeric_expression ,length [,function])	返回舍入到指定的长度或精度的表达式
SIGN(numeric_expression)	判断表达式的正负,返回正(1),零(0),负(−1) 3 种结果之一
SIN(float_expression)	求三角正弦值
SQRT(float_expression)	求平方根
SQUARE(float_expression)	求平方
TAN(float_expression)	求正切值

例 6.22　用数学函数返回指定数值的绝对值以及大于或等于指定表达式的最小整数和小于或等于指定表达式的最大整数。

```
SELECT ABS( -13.67),CEILING( -13.67),FLOOR( -13.67)
```

执行结果如图 6.11 所示。

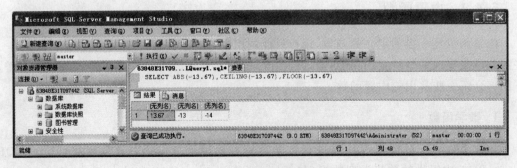

图 6.11　使用数学函数

2．字符串函数

字符串函数用来实现对字符型数据的查找、分析、转换等操作。在 SQL Server 2005 中字符串函数可分为 4 大类：基本字符串函数、字符串查找函数、长度和分析函数以及转换函数。具体的函数参照表 6.7。

表 6.7　字符串函数

函数名称及格式	说　　明
ASCII(character_expression)	返回最左侧的字符的 ASCII 代码值
CHAR(integer_expression)	将 Integer_expression 指定的 ASCII 代码转换为字符
CHARINDEX（expression1，expression2 [, start_location] ）	返回字符串中指定表达式的开始位置
DIFFERENCE（character _ expression，character_expression ）	指示两个表达式的 SOUNDEX 值之间的差异
LEFT（character _ expression，integer _ expression ）	返回字符串中从左边开始指定个数的字符
LEN(string_expression)	返回指定表达式的字符数
LOWER(character_expression)	将大写字符转换为小写字符
LTRIM(character_expression)	返回删除了前导空格之后的字符表达式
NCHAR(integer_expression)	返回具有指定的整数代码的 Unicode 字符
PATINDEX('％pattern％', expression)	返回表达式中某模式第一次出现的起始位置
QUOTENAME('character_string'[, 'quote_character'])	返回带有分隔符的 Unicode 字符串
REPLACE('string_expression1', 'string_expression2', 'string_expression3')	用第三个表达式替换第一个字符串表达式中出现的所有第二个表达式指定的字符串
REPLICATE(character_expression ,integer_expression)	以指定的次数重复字符表达式
REVERSE(character_expression)	返回字符表达式的逆向表达式
RIGHT（character _ expression，integer _ expression ）	返回字符串中从右边开始指定个数的字符
RTRIM(character_expression)	截断所有尾随空格
SOUNDEX(character_expression)	返回一个由 4 个字符组成的代码（SOUNDEX），用于评估两个字符串的相似性
SPACE(integer_expression)	返回由重复的空格组成的字符串
STR(float_expression [, length [,]])	返回由数值类型数据转换来的字符数据
STUFF（character _ expression，start，length ,character_expression ）	删除指定长度的字符,并在指定的起点处插入另一组字符
SUBSTRING(expression ,start , length)	返回字符串的指定部分
UNICODE('ncharacter_expression')	返回输入表达式的第一个字符的整数值
UPPER(character_expression)	将小写字符转换为大写字符

例 6.23　在第一个字符串"hello world!"中删除从第 7 个位置（w 字符 ）开始的 5 个字符，然后在删除的起始位置插入第二个字符串,创建并返回一个字符串。

```
SELECT STUFF('hello world!', 7, 5, 'china')
```

运行结果为'hello china!'。

例 6.24 查询"图书管理"数据库中，读者姓名的第一个字。

```
SELECT SUBSTRING(姓名, 1, 1)
FROM 读者
```

运行结果如图 6.12 所示。

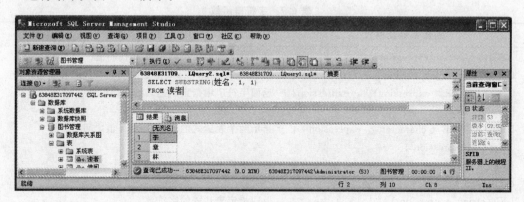

图 6.12　使用 SUBSTRING 函数

3. 日期和时间函数

日期和时间函数用于对日期和时间数据进行各种不同的处理与运算，并返回字符串、数字值或日期和时间值。在 SQL Server 2005 中提供的日期和时间函数如表 6.8 所示。

表 6.8　日期和时间函数

函数名称及格式	说　明
DATEADD（datepart，number，date）	返回给指定日期加上一个间隔后的值
DATEDIFF（datepart，startdate，enddate）	返回指定日期的日期之差
DATENAME（datepart，date）	返回表示指定日期的指定部分的字符串
DATEPART（datepart，date）	返回表示指定日期的指定部分的整数
DAY（date）	返回指定日期的天数
GETDATE（）	返回当前系统日期和时间
GETUTCDATE（）	返回当前的格林尼治标准时间
MONTH（date）	返回表示指定日期的"月"部分的整数
YEAR（date）	返回表示指定日期的"年"部分的整数

例 6.25 显示"图书管理"数据库中读者借书日期到当前日期的天数。

```
SELECT 借书证号,图书编号,DATEDIFF(day,借阅日期, getdate()) AS 借出天数
FROM 借阅
```

运行结果如图 6.13 所示。

4. 系统函数

系统函数用于返回有关 SQL Server 2005 系统、用户、数据库和数据库对象的信息。用户可以根据系统函数返回的信息进行不同的操作。表 6.9 给出了常用的系统函数。

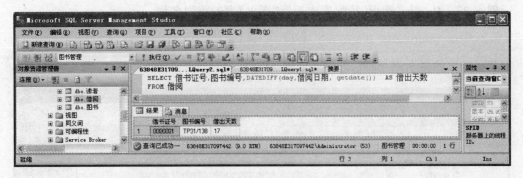

图 6.13 使用日期和时间函数

表 6.9 常用系统函数

函数名称及格式	说 明
CAST(expression AS data_type)	类型转换
CONVERT(data_type[(length)], expression [, style])	类型转换
HOST_ID()	返回工作站标识号
HOST_NAME()	返回工作站名
CURRENT_USER	返回当前用户的名称
SESSION_USER	返回当前数据库中当前上下文的用户名
DB_ID(['database_name'])	返回数据库标识(ID) 号
DB_NAME([database_id])	返回数据库名称
OBJECT_ID(object_name)	返回数据库对象标识号
OBJECT_NAME(object_id)	返回数据库对象名称
COL_NAME(table_id , column_id)	返回列的名称
COL_LENGTH('table' , 'column')	返回列的定义长度

例 6.26 使用 CAST 函数将"图书管理"数据库中图书的单价转换为 int 型显示。

```
SELECT 书名,CAST(单价 AS int) AS 单价
FROM 图书
```

执行结果如图 6.14 所示。

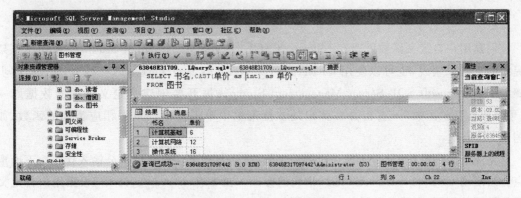

图 6.14 使用 CAST 函数

例 6.27　从"图书管理"数据库中返回"图书"表的首列名称。

SELECT COL_NAME(OBJECT_ID('图书'), 1)

执行结果如图 6.15 所示。

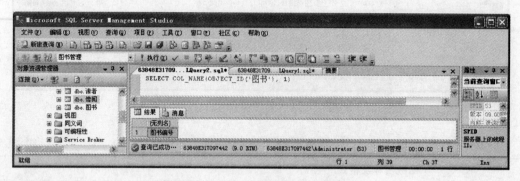

图 6.15　使用系统函数返回列名称

6.4.2　用户自定义函数

虽然 SQL Server 2005 中提供了多种可供用户调用的内置函数,但在实际编程中仍不能完全满足用户的多样化需求,因此还需要使用到用户自定义函数。在用户自定义函数中可以包含 0 个或多个参数,函数的返回值可以是数值,还可以是一个表。根据用户定义函数返回值的类型,可将用户定义函数分为如下 3 个类别。

- 标量函数。用户自定义函数返回值为一个确定类型的标量值,返回类型可以是除 text、ntext、image、cursor 和 timestamp 外的任何系统数据类型。
- 内嵌表值函数。用户自定义函数返回值为一个表,且函数体中只包含单个 SELECT 语句,这样的函数称为内嵌表值函数,其功能相当于一个参数化的视图。
- 多语句表值函数。用户自定义函数的返回值仍是一个表,但在 BEGIN…END 语句块中定义的函数体包含一系列 T-SQL 语句,这些语句可生成行并将其插入到返回的表中,这样的函数称为多语句表值函数。

1. 用户自定义函数的创建与调用

创建用户自定义函数可以在 Microsoft SQL Server Management Studio 中采用有框架提示的方式来实现,也可以使用 CREATE FUNCTION 语句实现。第一种方法的具体步骤如下:Microsoft SQL Server Management Studio→展开要创建自定义函数的数据库→"可编程性"→"函数"→右击并在弹出的快捷菜单中单击命令→单击相应类别的函数,如图 6.16 所示。

完成上面的操作后,会出现相应的提示框架,用户需要在对应的部分输入代码。下面重点介绍使用 CREATE FUNCTION 语句的方式。在 SQL Server 2005 中,根据用户自定义函数类型的不同,创建函数的格式也不同。

(1) 创建标量函数的语法格式如下:

图 6.16　创建用户自定义函数

```
CREATE FUNCTION [所有者名.] 函数名
( 参数 1 [AS] 类型 1 [ = 默认值 ] ) [ ,…参数 n [AS] 类型 n [ = 默认值 ] ]
RETURNS 返回值类型
[ WITH ENCRYPTION | SCHEMABINDING [ [,] …n] ]
[ AS ]
BEGIN
        函数体
        RETURN 标量表达式
END
```

　　其中参数可以声明一个或多个,最多可以有 1024 个参数。函数在执行时,要求指定每个参数的值,对于有默认值的,可以不指定。ENCRYPTION 指出系统将加密包含 CREATE FUNCTION 语句文本的系统表,SCHEMABINDING 指明用该选项创建的函数不能更改或删除该函数引用的数据库对象。

　　例 6.28　创建标量函数以计算"图书管理"数据库中某个出版社出版的图书的平均价格。

```
CREATE FUNCTION averprice(@cbs char(20)) RETURNS decimal
AS
BEGIN
        DECLARE @aver decimal
        SELECT @aver =
                ( SELECT avg(单价)
                    FROM 图书
                    WHERE 出版社 = @cbs
                    GROUP BY 出版社
                )
        RETURN @aver
END
```

函数创建完成后,可有以下方式调用:

- 在 SELECT 语句中调用。

调用形式:所有者名. 函数名(实参 1,…,实参 n)

对于上面创建的 averprice 函数,在 SELECT 语句中调用的语句如下:

```
SELECT dbo. Averprice('清华大学出版社')
```

- 使用 EXEC 语句执行。

调用形式:所有者名. 函数名 实参 1,…,实参 n

所有者名. 函数名 形参名 1＝实参 1,…,形参名 n＝实参 n

使用 EXEC 语句调用 averprice 函数的语句如下:

```
DECLARE @aver decimal
EXEC @aver = dbo. averprice '清华大学出版社'
SELECT @aver
```

(2) 创建内嵌表值函数的语法格式如下:

```
CREATE FUNCTION [所有者名.] 函数名
( 参数 1 [AS] 类型 1 [ = 默认值 ] ) [ ,…参数 n [AS] 类型 n [ = 默认值 ] ]
RETURNS TABLE
[ WITH ENCRYPTION | SCHEMABINDING [ [,] …n] ]
[ AS ]
RETURN [ ( [ select_stmt ] ) ]
```

例 6.29 在"图书管理"数据库中创建用户自定义函数,返回输入图书编号的书名合作者。

```
CREATE FUNCTION book(@bh char(8)) RETURNS TABLE
AS
    RETURN ( SELECT 书名,作者
            FROM 图书
            WHERE 图书编号 = @bh)
```

内嵌表值函数只能通过 SELECT 语句调用,调用时,可以仅使用函数名。

```
SELECT * FROM book('TP31/138')
```

(3) 创建多语句表值函数的语法格式如下:

```
CREATE FUNCTION [所有者名.] 函数名
( 参数 1 [AS] 类型 1 [ = 默认值 ] ) [ ,…参数 n [AS] 类型 n [ = 默认值 ] ]
RETURNS @return_variable TABLE < table_type_definition >
[ WITH ENCRYPTION | SCHEMABINDING [ [,] …n] ]
[ AS ]
BEGIN
    function_body
    RETURN
END
```

例 6.30 在"图书管理"数据库中创建用户自定义函数,实现的功能为,根据输入的读者借书证号,可查看相应的读者姓名以及所借图书的名字。

```
CREATE FUNCTION borrow(@jszh char(8))
RETURNS @brinfo TABLE
 (dzbh char(8),
  name char(10),
  book char(20))
  AS
  BEGIN
  INSERT @brinfo
  SELECT 读者.借书证号, 姓名,图书.书名
    FROM 读者JOIN 借阅 ON 读者.借书证号 = 借阅.借书证号
           JOIN 图书 ON 借阅.图书编号 = 图书.图书编号
    WHERE 读者.借书证号 = @jszh
    RETURN
  END
```

多语句表值函数的调用与内嵌表值函数的调用方法相同。调用上述函数语句如下。

```
SELECT * FROM borrow('0000001')
```

2. 用户自定义函数的修改与删除

用户自定义函数的修改可以使用 ALTER FUNCTION 语句,该语法与 CREATE FUNCTION 相同,这里不再介绍。另外也可以采用直观的框架提示的方式,方法如下: Microsoft SQL Server Management Studio→展开所需数据库→"可编程性"→"函数"→找到并单击对应的函数→右击并在弹出的快捷菜单中单击"修改"命令,如图 6.17 所示。

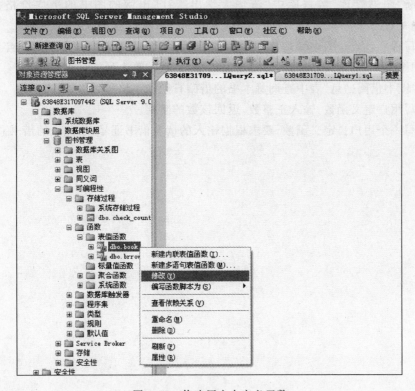

图 6.17 修改用户自定义函数

　　进行如上操作后,会出现修改函数的框架提示,用户可在其中进行修改。若想删除自定义函数,操作步骤与修改函数相同,只是在找到函数后,右击后单击"删除"命令,另外可以使用 DROP FUNCTION 语句进行删除,语法格式如下:

DROP FUNCTION { [owner_name .] function_name } [,...n]

例 6.31　删除名为 book 的自定义函数。

DROP FUNCTION book

本 章 小 结

　　本章介绍了 T-SQL（Transact-SQL）程序设计的基本知识。T-SQL 作为嵌入在 SQL Server 中的结构化查询语言,对标准 SQL 进行了扩展,功能强大、简单易学。用户编程时,在系统数据类型的基础上可以创建用户定义数据类型;可以使用流程控制语句,编写出顺序、分支以及循环等多种结构的程序;可以调用系统内置函数,也可以编写自定义的函数,能够最大限度地满足不同需求的多样化要求。

习　题　6

　　1. T-SQL 中包括哪几类运算符?

　　2. 说明变量的分类及各类变量的特点。

　　3. 判断"图书管理"数据库中"清华大学出版社"出版的图书的平均价格是否大于20 元。

　　4. 编写程序,输出"图书管理"数据库中全部读者的年龄段(每 10 年为一个年龄段)。

　　5. 从"图书管理"数据库中返回"图书基本信息"表的第 1 列的名称。

　　6. 在"图书借阅信息"表中查询每本书的借阅日期的年份和月份。

　　7. 编写用户定义函数,输入正整数,返回该数的阶乘。

　　8. 编写一个用户自定义函数,要求根据输入的读者借书证号,求此人的借书总册数。

第7章

索引与数据完整性

本章要点

通过本章的学习,可以掌握数据库索引和数据完整性的基本知识以及各自的实现方法。

7.1 索　引

7.1.1　索引的概念

可以认为索引是这样一种数据结构,它以记录的特征(通常是一个或多个字段的值)为输入,并能快速地找出具有该特征的记录。建立索引的目的是加快关系中那些在某个特定属性上存在特定值的元组的查找速度。

打个比方来说,数据库的索引类似于书籍的索引。在书籍中,索引允许读者不必翻阅完本书就能迅速地找到所需要的内容。在数据库中,索引也允许数据库程序迅速地找到表中的数据,而不必扫描整个数据库。索引技术是整个数据库技术的核心技术之一,对于存储海量数据的数据库来说,没有索引查询数据的时间有时是不可接受的。但是索引的创建又是有代价的,创建索引往往会花费时间,这种时间随着数据量的增加而增加;并且,索引需要占物理空间,除了数据表占数据空间之外,每一个索引还要占一定的物理空间,如果要建立聚集索引,那么需要的空间就会更大;再有,当对表中的数据进行增加、删除和修改的时候,索引也要进行动态地维护,降低了数据的维护速度。

7.1.2　索引的分类

索引分为唯一索引、聚集索引以及非聚集索引等几种。

1. 唯一索引

唯一索引能够保证索引键中不包含重复的值,从而使表中的每一行在某种形式上具有唯一性。只有当唯一性是数据本身的特征时,指定唯一索引才有意义。也可以为多列建立唯一索引,但必须能够保证索引键中值的每个组合都是唯一的。下面提到的聚集索引和非聚集索引都可以是唯一的。只要列中的数据是唯一的,就可以为同一个表创建一个唯一聚集索引和多个唯一非聚集索引。

2. 聚集索引

在聚集索引中,表中行的物理顺序与键值(索引)的逻辑顺序相同。请注意,一个表只能包含一个聚集索引,因为数据行本身只能按一个顺序存储。一般情况下,聚集索引能够提供更快的数据访问速度。

3. 非聚集索引

非聚集索引具有完全独立于数据行的结构,使用非聚集索引不用将物理数据页中的数据按列排序,即索引的逻辑顺序并不等同于表中行的物理顺序。

7.1.3　索引的创建

索引可以由 DBMS 自动建立,比如在创建 PRIMARY KEY 或 UNIQUE 约束时,系统就会自动为指定的列创建唯一索引。但更多情况下,索引是由 DBA 或表的属主(即建立表的人)根据需要建立的。

创建索引的语法格式如下:

```
CREATE [UNIQUE] [CLUSTERED] [NONCLUSTERED] INDEX <索引名> ON <表名>(<列名>[<次序>][,<列名>
[<次序>]]…)
```

参数说明如下:

- 用<表名>指定要建索引的基本表名字,索引可以建立在该表的一列或多列上,各列名之间用逗号分隔;用<次序>指定索引值的排列次序,升序用 ASC 指定,降序用 DESC 指定,默认值为 ASC。
- UNIQUE 表明此索引的每一个索引值只对应唯一的数据记录。
- CLUSTERED 表示要建立的索引是聚集索引,如果没有指定 CLUSTERED,则创建非聚集索引。

例 7.1　在 tBooks 表的 fAuthor(作者姓名)列上建立一个聚集索引,而且 tBooks 表中的记录将按照 fAuthor 值的升序存放。

```
CREATE CLUSTERED INDEX BookAuthor ON tBooks(fAuthor)
```

7.1.4　索引的管理

1. 查看索引

利用系统存储过程 sp_helpindex 可以参看特定表上的索引信息。

例 7.2　使用系统存储过程参看 tBooks 表的索引信息。

```
EXEC sp_helpindex tBooks
```

2．删除索引

在创建索引之后，如果该索引不再需要，可以用 DROP 语句将其删除，DROP 语句的语法如下：

```
DROP INDEX <表名>.<索引名>
```

例 7.3　用 DROP 语句将表 tBooks 的索引 BookAuthor 删除。

```
DROP INDEX tBooks.BookAuthor
```

7.2　默认值约束及默认值对象

7.2.1　默认值约束

默认值约束用于指定一个字段的默认值。它的作用是：当向表中插入数据时，如果用户没有给某一字段输入数据，则系统自动将默认值作为该字段的数据内容。

向表中添加数据时，如果没有输入字段值，则此字段的值可能是下面几种情况：

(1) 此字段定义了默认值，则此字段的内容为默认值。

(2) 此字段未定义默认值，而且允许为 NULL 值，则 NULL 值将成为该字段的内容。

(3) 此字段未定义默认值，也不允许为 NULL 值，保存时将会出现错误信息，而且添加数据操作失败。

对于一个不允许为 NULL 值的字段，默认值显得非常重要。当用户添加数据记录时，如果当时尚不知字段的值，而该字段又不允许为 NULL 值，则设置默认值为上策。比如，"学生信息"表中有"专业"字段，要求此字段不允许为 NULL 值，但操作员添加学生时不知该生应属于哪专业，"专业"字段便没有输入数据。如果不对该字段设置默认值，则保存时将发生错误，而拒绝接受数据；如果设置默认值为"不知哪专业"，则保存时将把默认值"不知哪专业"作为该字段的内容，而不会拒绝接受数据，可以待弄清专业后再修改此字段为正确的值。

下面说明如何在表中定义默认值约束。

语法格式：

```
CREATE TABLE table_name
(   column_name datatype NOT NULL | NULL
    [DEFAULT constraint_expression]
    [,...n]
)
```

该语句定义了列名、该列的数据类型、是否空值及默认值约束。

例 7.4　对于 Mymdb 数据库，定义 tBooks 表时定义 fPages 字段的默认值约束为 0（代表不知当前书籍的页数）。

```
CREATE TABLE tBooks
```

```
(fName char(100) PRIMARY KEY,
   fAuthor char(50),
   fDate datetime,
   fPages int DEFAULT 0
)
```

当修改表的定义时,可以在添加一个字段的同时定义相应的默认值约束,其语法格式为:

```
ALTER TABLE table_name
ADD column_name datatype NOT NULL | NULL
CONSTRAINT constraint_name
DEFAULT constraint_expression WITH VALUES
```

其中,WITH VALUES 的作用为指定仅在对表添加新字段的情况下使用默认值。即如果使用了 WITH VALUES,则将为表中现有各行中添加的新字段提供默认值;如果没有使用 WITH VALUES,那么现有每一行的新列都将被设置为 NULL 值。

例 7.5 在修改表时添加一个字段,并定义默认值约束。

```
USE Mymdb
ALTER TABLE tBooks
ADD fNation char(16) NULL CONSTRAINT Addfnation DEFAULT '中国' WITH VALUES
```

用户也可以为表中指定的列定义默认值,其语法格式为:

```
ALTER TABLE table_name
ADD CONSTRAINT constraint_name
DEFAULT constraint_expression FOR column
```

```
USE Mymdb
ALTER TABLE tBooks
ADD CONSTRAINT def_fDate DEFAULT '2009 - 1 - 1' FOR fDate
```

默认值约束可在企业管理器中删除。如果已知一个默认值约束的约束名,也可在查询分析器中执行 SQL 命令删除。

```
USE Mymdb
ALTER TABLE tBooks
DROP CONSTRAINT def_fDate
```

7.2.2 默认值对象

默认值对象是一种独立存储的数据库对象,其作用和默认约束是一样的。在创建之后,可以用到表中的一列或多列上,也可以用于用户自定义的数据类型。

用户可以通过 SQL 命令定义 DEFAULT 默认值对象,其语法格式为:

```
CREATE DEFAULT default
AS constant_expression
```

创建默认值对象后,要使其起作用,应使用 sp_bindefault 存储过程将其绑定到列或用户定义数据类型。其语法格式为:

```
sp_bindefault [ @defname = ] 'default',
        [ @objname = ] 'object_name'
        [ , [ @futureonly = ] 'futureonly_flag' ]
```

其中参数 futureonly_flag 的作用为指定仅在将默认值对象绑定到用户定义数据类型时才使用此对象。

例 7.6 在 Mymdb 数据库中定义 def_fDate 的默认值对象,然后将其绑定到 tBooks 表的 fDate 字段。

```
USE Mymdb
GO
CREATE DEFAULT def_fDate AS '2009 - 1 - 1'
GO
EXEC sp_bindefault 'def_fDate', 'tBooks.fDate'
```

例 7.7 在 Mymdb 数据库中定义名为 school 的数据类型,然后定义默认值对象 def_school 并将其绑定到用户定义的数据类型 school 中。

```
USE Mymdb
GO
EXEC sp_addtype 'school','char(20)','NULL'
GO
CREATE DEFAULT def_school AS '天津师范大学'
GO
EXEC sp_bindefault 'def_school','school'
```

用户也可以利用 sp_unbindefault 解除绑定关系,其语法格式为:

```
sp_unbindefault [@objname = ] 'object_name' [, [ @futureonly = ] 'futureonly_flag' ]
```

若一个默认值对象不再被使用,可以将它删除,其语法格式为:

```
DROP DEFAULT { default } [ ,...n ]
```

注意:如果要删除一个默认值对象,首先应解除默认值对象与用户定义类型或表字段的绑定关系,然后才能删除该默认值对象。

例 7.8 解除默认值对象 def_school 与 Mymdb 数据库中 school 的绑定关系,然后删除名为 def_school 的默认值对象。

```
USE Mymdb
GO
EXEC sp_unbindefault 'school'
GO
DROP DEFAULT def_school
```

最后要说明一下默认值约束和默认值对象的区别。默认值约束是在一个表内针对某一个字段定义的,仅对该字段有效;而默认值对象是数据库对象之一,在一个数据库内定义,可以绑定到一个用户自定义数据类型或库中某个字段。

7.3 数据的完整性

数据完整性是指数据库中数据的正确性和相容性。它是由各种各样的完整性约束来保证的,这些完整性约束用于防止数据库中存在不符合语义规定的数据和防止因错误信息的输入输出造成无效操作或导致错误信息。数据完整性分为 3 类:实体完整性(entity integrity)、参照完整性(referential integrity)以及用户自定义的完整性(user-defined integrity)。

7.3.1 实体完整性

在现实世界中,实体和实体间的联系都是可区分的。数据库是通过实体完整性来体现这一事实的。实体完整性指的是表中行的完整性,要求表中的所有行都有唯一的标识符,这样的标识符被称为候选码,并且所有候选码所对应的主属性都不能取空值,所谓空值就是"不知道"或"无意义"的值。如果主属性取空值,就说明存在某个不可标识的实体,即存在不可区分的实体,与现实世界实体可区分的事实不符。

在关系数据库中,实体完整性可以通过使用 SQL 语句创建 PRIMARY KEY 约束或 UNIQUE 约束来实现,其语法格式为:

```
CREATE TABLE table_name
(    column_name datatype
     [ CONSTRAINT constraint_name ]
     NOT NULL
     PRIMARY KEY | UNIQUE
     [CLUSTERED | NONCLUSTERED]
     [, …n]
)
```

例 7.9 创建表 tBooks,设置 fName 字段为主码。

```
CREATE TABLE tBooks
(fName char(100) PRIMARY KEY,
 fAuthor char(50),
 fDate datetime,
 fPages int DEFAULT 0
)
```

当多属性作为主码时,应在表中添加一表项。假如上例中的主码为 fName 与 fAuthor,则建立主码方法如下:

```
CREATE TABLE tBooks
(fName char(100) ,
 fAuthor char(50),
 fDate datetime,
 fPages int DEFAULT 0,
 PRIMARY KEY(fName,fAuthor)
)
```

7.3.2 参照完整性

参照完整性又称为引用完整性。参照完整性保证相关联表中数据的一致性,防止了数据丢失或无意义的数据在数据库中扩散。

例如,tCred(fId,…)(身份证件类型表,fId 代表身份证件类型编号)

tUsers(…, fCredentials,…)(用户表,fCredentials 代表用户提供的身份证件类型编号)

其中,tUsers 中的 fCredentials 与 tCred 中的主码 fId 相对应,此时称 fCredentials 是 tUsers 中的外码。tUsers 通过外码来描述与 tCred 的关联,tUsers 中的每个元组(每个元组描述一个用户实体)通过外码表示该用户提供的身份证件类型。当然,被参照关系的主码和参照关系的外码可以同名,也可以不同名;被参照关系与参照关系可以是不同关系,也可以是同一关系。

注意: 外码的取值必须为被参照关系中某个元组的主码值或取空值,以体现两表之间的关联性。

在关系数据库中,参照完整性可以通过使用 SQL 语句创建 FOREIGN KEY 约束来实现,其语法格式为:

```
CREATE TABLE table_name
(column_name datatype [FOREIGN KEY ]
REFERENCES ref_table ( ref_column )
[ ON DELETE { CASCADE | NO ACTION } ]
[ ON UPDATE { CASCADE | NO ACTION } ]
[, …n] )
```

比如以上提到的 tUsers 表中的 fCredentials 属性,若要设置其为参照表 tCred 中 fId 的外码,可以在创建表时增加一表项。

```
CREATE TABLE table_name
(
…
FOREIGN KEY (fCredentials) REFERENCES tCred(fId)
…
)
```

7.3.3 用户自定义的完整性

用户自定义的完整性指针对某一具体关系数据库的约束条件,它反映某一具体应用所涉及的数据必须满足的语义要求。比如根据出版社要求,每本出版的图书页数必须小于500 页。这些约束可以使用 SQL 语句在创建表时创建 CHECK 约束来实现,其语法格式为:

```
CREATE TABLE table_name
(    column_name datatype NOT NULL | NULL
  [DEFAULT constraint_expression]
  [[check_name ] CHECK ( logical_expression )]
  [,…n]
)
```

例 7.10　定义表 tBooks 的同时定义 fPages 字段的约束条件(小于 500)。

```
CREATE TABLE tBooks
(fName char(100) PRIMARY KEY,
 fAuthor char(50),
 fDate datetime,
 fPages int CHECK(fPages < = 500)
 )
```

本 章 小 结

　　本章首先讲述了如何在表上创建索引。创建索引的目的是提高数据的查询效率,但维护索引会占用时间和空间,因此,建立索引不合理会影响数据的增、删、改效率。

　　本章还介绍了实现数据完整性的方法。实体完整性通过 PRIMARY KEY 约束实现,参照完整性通过 FOREIGN KEY 约束实现,用户自定义的完整性通过 CHECK 约束实现。完整性约束的实现可以保证数据库中数据的正确性和相容性。

习 题 7

1. 试描述索引的概念与作用。
2. 分别以界面方式和命令方式创建索引。
3. 索引是否越多越好? 为什么?
4. 试说明完整性的含义及分类。

第8章

存储过程和触发器

本章要点

通过本章的学习,可以掌握存储过程与触发器的基本知识以及各自创建、修改和删除的方法。

8.1 存 储 过 程

8.1.1 存储过程概述

1. 存储过程的定义

存储过程(stored procedure)是一组经过预先编译的 SQL 代码,存放在服务器中。用户可以调用一个单独的存储过程得到相应的返回值,从而完成一系列的操作。

SQL Server 中的存储过程与其他编程语言中的过程类似,它包含的功能如下。

(1) 执行数据库操作(包括调用其他过程)的编程语句。

(2) 接受输入参数。

(3) 向调用过程或批处理返回状态值,以表明成功或失败(以及失败原因)。

(4) 以输出参数的形式将多个值返回至调用过程或批处理。

2. 存储过程的优点

SQL Server 中的存储过程与存储在客户端本地的 T-SQL 程序相比,其优点如下。

(1) 存储过程封装了业务逻辑,确保了数据访问与修改的一致性。若规则或策略有变化,则只需要修改服务器上的存储过程,所有的客户端就可以直接使用。

(2) 提供了安全性机制。可以不授予用户访问存储过程中涉及的表的权限,而只授予其执行存储过程的权限,这样,既可以保证用户通过存储过程操作数据库中的数据,又可以保证存储过程中的表不被一般用户所直接访问。

(3) 改善性能。存储过程是预编译的,即在首次运行一个存储过程时,查询分析器对其进行分析、优化,并给出最终被保存在系统表的执行计划。以后再调用该存储过程时就不必再进行编译了,大大改善了系统的性能。

(4)减少网络通信量。客户端用一条语句调用存储过程,就可以完成可能需要大量语句才能完成的任务,这样减少了网络的负荷。

3．存储过程的类型

SQL Server 主要支持 6 种类型的存储过程。

(1)系统存储过程。在 SQL Server 2005 中,许多管理活动和信息活动都是通过一种特殊的存储过程执行的,这种存储过程被称为系统存储过程。系统存储过程主要存储在 master 数据库中并以 sp_为前缀。系统存储过程主要从系统表中获取信息,从而为数据库系统管理员管理 SQL Server 提供支持。

(2)用户自定义的存储过程。顾名思义,用户自定义存储过程是由用户自己创建的能完成某一特定功能的存储过程。即用户可以使用 Transact-SQL 编写自己常用的一些程序,这些程序代码存储在 SQL Server 数据库中,并可以通过编译然后执行。调用存储过程类似调用系统函数,可以输入参数,可以通过参数输出执行的结果,大大提高了代码的重用性、安全性和执行速度。如何设计这种类型的存储过程是本章的重点内容。

(3)CLR 存储过程。在 SQL Server 2005 中,可以用任何支持 Microsoft. NET Framework 公共语言运行库(Common Language Runtime,CLR)的编程语言创建存储过程。这种过程的用法类似于用户使用 Transact-SQL 自定义存储过程的用法。CLR 存储过程可以返回表格形式的结果、整数值和输出参数,并可以修改数据和某些数据库对象。

(4)扩展存储过程。有些 SQL Server 特性是通过 Transact-SQL 语句实现的。SQL Server 早期版本的设计人员设计了一种方法来使用以 C 或 C++编写的、封装在特殊 DDL 库中的功能。扩展存储过程实际上是这些封装在 DLL 文件中的 C 函数。它们在 master 数据库中存储着一个封装过程(wrapper),前缀为 xp_。对封装过程的访问与访问其他任何存储过程的方法相同。

(5)临时存储过程。与存储过程相关的临时存储过程相当于与表相关的临时表。当用户打算在有限的时间范围内重用存储过程的执行计划时会用到它们。尽管使用用户自定义存储过程也能获得同样的效果,但是临时存储过程的优势在于用户不必担心维护问题(如删除存储过程)。临时存储过程驻留在 tempdb 数据库中,名称前面必须使用前缀♯。创建临时存储过程的方式和创建用户自定义存储过程的方式相同,唯一的不同之处在于名称前面要加♯。这个前缀给了服务器一个信号,通知服务器把过程作为临时存储过程创建。这种存储过程只能在创建它的会话中使用,当会话关闭时,它就会自动被删除。这也正是此类存储过程常被称为私有临时存储过程的原因。

(6)远程存储过程。这种类型的存储过程实际上是一个驻留在远程服务器上的用户自定义存储过程。使用该类型的存储过程时唯一需要注意的是,必须修改本地服务器设置为允许远程使用存储过程。

8.1.2　存储过程的创建与执行

几乎所有可以写成批处理的 Transact-SQL 代码都可以用来创建存储过程,但当创建

或执行一个存储过程时,应注意以下操作规则:

(1) 除了临时存储过程以外,只能在当前数据库内创建存储过程。临时存储过程总是创建在 tempdb 数据库中。

(2) 存储过程可以引用表、视图、用户定义函数、其他存储过程以及临时表。

(3) 若存储过程创建了局部临时表,则当存储过程执行结束后临时表消失。

(4) CREATE PROCEDURE 定义可以包含任意数目和类型的 Transact-SQL 语句,但不包括下列对象创建语句: CREATE DEFAULT、CREATE PROCEDURE、CREATE RULE、CREATE TRIGGER 和 CREATE VIEW 等。

(5) 根据可用内存的不同,存储过程最大可达 128MB。

(6) 存储过程中的参数的最大数目为 2100,而局部变量的最大数目仅受限于内存的大小。

(7) 存储过程可以嵌套 32 层。当前的嵌套层数存储在系统函数 @@nestlevel 中。

(8) 执行 CREATE PROCEDURE 语句的用户必须是 sysadmin、db_owner 或 db_ddladmin 角色的成员,或拥有 CREATE PROCEDURE 权限。

1. 创建一个简单的存储过程

使用 CREATE PROCEDURE 语句可以创建存储过程,其语法格式如下:

```
CREATE { PROC | PROCEDURE } procedure_name [ ; number ]
[ { @parameter data_type }
[ VARYING ] [ = default ] [ OUTPUT ] ] [ ,...n ]
[ WITH { RECOMPILE ENCRYPTION RECOMPILE , ENCRYPTION } ]
[ FOR REPLICATION ]
AS < sql_statement > [ ,...n ]
```

其中,

- procedure_name:存储过程名。
- number:用于标识存储过程组中的一个存储过程。
- parameter:存储过程的输入、输出参数。
- data_type:参数的数据类型。
- default:参数指定的默认值。
- WITH 子句:指定一些选项,其中,各选项的意义如下。
  - ◆ RECOMPILE 表明 SQL Server 不会缓存该过程的计划,该过程将在运行时重新编译。在使用非典型值或临时值而不希望其覆盖缓存在内存中的执行计划时,使用 RECOMPILE 选项。
  - ◆ ENCRYPTION 表示 SQL Server 加密 syscomments 表中包含 CREATE PROCEDURE 语句文本的条目。使用 ENCRYPTION 可防止将过程作为 SQL Server 复制的一部分发布。
- sql_statement:在存储过程中要执行的 Transact-SQL 语句。

比如,创建一个存储过程 use_cred,查看用户的验证身份类型。可以在"新建查询"中输入以下代码:

```
USE Mymdb
GO
CREATE PROCEDURE use_cred
AS
SELECT fUserID, tCred.fName
FROM tCred, tUsers
WHERE tCred.fId = tUsers.fCredentials
```

按 F5 键,结果显示如图 8.1 所示,表示存储过程创建成功。

执行存储过程可以使用 EXECUTE 语句(或简写成 EXEC)。图 8.2 显示了存储过程的执行情况。

图 8.1　结果表示存储过程已创建成功

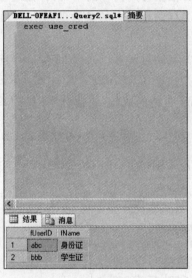

图 8.2　执行存储过程 use_cred

2. 使用参数

存储过程通过参数来与调用它的应用程序相交互。在程序调用存储过程时,可以通过输入参数将数据传给存储过程,存储过程也可以通过输出参数和返回值将数据返回给调用它的程序。

存储过程的参数在创建时应在 CREATE PROCEDURE 和 AS 关键字之间定义,每个参数都要指定参数名和数据类型,参数名必须以@符号为前缀,可以为参数指定默认值,如果是输出参数,则应当用 OUTPUT 关键字描述。各个参数定义之间用逗号隔开。具体语法如下:

```
@parameter data_type [ = default ] [OUTPUT]
```

(1) 使用输入参数。

为了使查询具有通用性,用户可以将要查询的内容作为参数传递给存储过程。比如,查询某作者出版图书的情况的代码如下:

```
USE Mymdb
GO
```

```
CREATE PROCEDURE book_author
@aname varchar(40)
AS
SELECT fName,fAuthor,fDate,fPages
FROM tBooks
WHERE fAuthor LIKE @aname
```

以上代码,创建了一个名为 book_author 的存储过程,它是以一个 varchar 型的参数@aname 为输入参数的存储过程。SQL Server 提供了如下的传递参数的方式。

① 按位置传递。

这种方法是在执行存储过程的过程中,直接给出参数的值。当有多个参数时,给出的参数值的顺序与创建存储过程的语句中的参数顺序相一致,即参数传递的顺序就是参数定义的顺序。

用这种方式执行 book_author 的代码如下:

```
EXEC book_author '网络技术%'
```

② 通过参数名传递。

这种方法是在执行存储过程的语句中,使用"参数名=参数值"的形式给出参数值。通过参数名传递参数的好处是,参数可以以任何顺序给出。

用这种方式执行 book_author 的代码为:

```
EXEC book_author
@aname = '网络技术%'
```

(2) 使用默认参数值。

执行存储过程 book_author 时,如果没有给出参数,则系统会报错。如果希望不给出参数时能查询所有作者的出书情况,则可以用默认参数值来实现。创建具有上述功能的存储过程代码如下:

```
USE Mymdb
GO
CREATE PROCEDURE book_authorwithdefault
@aname varchar(40) = NULL
AS
IF @aname LS NULL
BEGIN
SELECT fName,fAuthor,fDate,fPages
FROM tBooks
END
ELSE
BEGIN
SELECT fName,fAuthor,fDate,fPages
FROM tBooks
WHERE fAuthor LIKE @aname
END
```

当执行没有参数的 book_authorwithdefault 时,可以查询所有作者的出书情况,如图 8.3 所示。

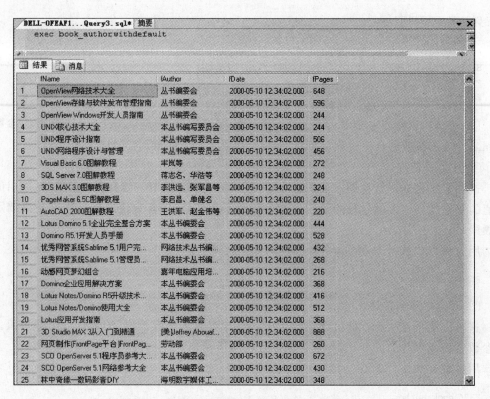

图 8.3　执行没有参数的 book_authorwithdefault

当为 book_authorwithdefault 指定参数时，可以查看特定作者的出书情况，如图 8.4 所示。

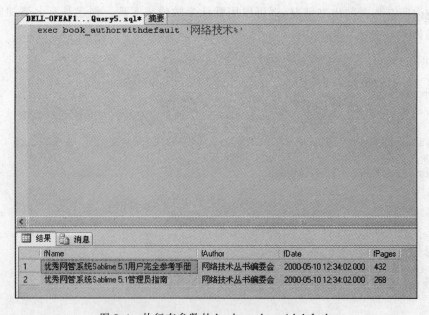

图 8.4　执行有参数的 book_authorwithdefault

（3）使用输出参数。

通过定义输出参数，可以从存储过程中返回一个或多个值。定义输出参数需要在参数定义后加上 OUTPUT 关键字。具体语法如下：

```
@parameter data_type [ = default ] [OUTPUT]
```

比如，创建一个存储过程 bookpagesum_author，来获得某作者出书的总页数，代码如下：

```
USE Mymdb
GO
CREATE PROCEDURE bookpagesum_author
@aname varchar(40),
@pagesum smallint OUTPUT
AS
SELECT @pagesum = SUM(fPages)
FROM tBooks
WHERE fAuthor LIKE @aname
```

以上的代码创建了一个名为 bookpagesum_author 的存储过程，它使用了两个参数。@aname 为输入参数，用于指定要查询的作者名；@pagesum 是输出参数，用于返回指定作者的出书总页数。为了接收此存储过程的输出参数，必须定义一个变量来存放该值，在该存储过程的调用语句中，必须为这个变量加上 OUTPUT 声明。图 8.5 显示了调用该存储过程的过程，并将结果保存到局部变量@pagesum 中。

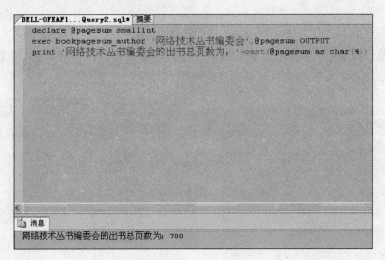

图 8.5 使用输出参数

（4）使用返回值。

存储过程可以返回一个整数类型的代码值，它是用来显示存储过程的执行情况的。在存储过程中使用 RETURN 语句来指定返回代码。

下例中创建一个返回执行状态码的存储过程 bookcount_author，它接受作者名作为输入参数，如果执行成功，则返回 0；如果没有给出作者名，则返回错误码 1；如果给出的作者不存在,则返回错误码-1。

```
USE Mymdb
GO
CREATE PROCEDURE bookcount_author
@aname varchar(40) = NULL
AS
IF @aname IS NULL
BEGIN
PRINT '错误.您必须输入一位作者的姓名!'
RETURN (1)
END
ELSE
BEGIN
IF EXISTS(SELECT * FROM tBooks WHERE fAuthor LIKE @aname)
BEGIN
SELECT @aname AS 作者, COUNT(fPages) AS 出书总数
FROM tBooks
WHERE fAuthor LIKE @aname
RETURN (0)
END
ELSE
BEGIN
PRINT '该作者不存在!'
RETURN (-1)
END
END
```

同使用输出参数一样,为了在调用程序中使用存储过程返回的代码值,需要将其保存在变量中。图 8.6~图 8.9 显示了不同的执行情况。

图 8.6　没有给出作者名返回错误码 1

图 8.7　正确执行结果

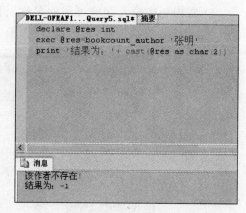

图 8.8 正确执行返回 0 　　　　　图 8.9 给出不存在作者名返回－1

3. 在图形界面下创建存储过程

（1）打开 Microsoft SQL Server Management Studio，并连接数据库。

（2）在对象资源管理器中，依次展开"数据库"→Mymdb→"可编程性"，右击"存储过程"并在弹出的快捷菜单中单击"新建存储过程"命令，如图 8.10 所示。

（3）系统会在查询编辑器中打开存储过程模板，如图 8.11 所示。

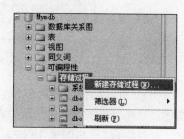

图 8.10 新建存储过程

```
-- Template generated from Template Explorer using:
-- Create Procedure (New Menu).SQL
--
-- Use the Specify Values for Template Parameters
-- command (Ctrl-Shift-M) to fill in the parameter
-- values below.
--
-- This block of comments will not be included in
-- the definition of the procedure.
-- ================================================
SET ANSI_NULLS ON
GO
SET QUOTED_IDENTIFIER ON
GO
-- ================================================
-- Author:         <Author,,Name>
-- Create date: <Create Date,,>
-- Description:    <Description,,>
-- ================================================
CREATE PROCEDURE <Procedure_Name, sysname, ProcedureName>
    -- Add the parameters for the stored procedure here
    <@Param1, sysname, @p1> <Datatype_For_Param1, , int> = <Default_Value_For_Param1, , 0>,
    <@Param2, sysname, @p2> <Datatype_For_Param2, , int> = <Default_Value_For_Param2, , 0>
AS
BEGIN
    -- SET NOCOUNT ON added to prevent extra result sets from
    -- interfering with SELECT statements.
    SET NOCOUNT ON;

    -- Insert statements for procedure here
    SELECT <@Param1, sysname, @p1>, <@Param2, sysname, @p2>
END
GO
```

图 8.11 存储过程模板

（4）在模板中输入存储过程的名称，设置相应的参数。也可以通过单击"菜单"→"查询"→"指定模板参数的值"进行设置，如图 8.12 所示。

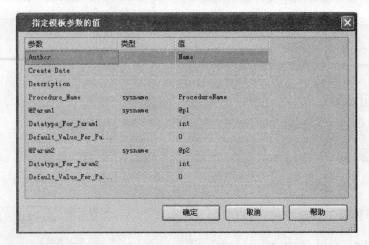

图 8.12 "指定模板参数的值"对话框

（5）"指定模板参数的值"对话框的前 3 行分别是创建者、创建时间以及该存储过程的描述。从第 4 行开始，分别指定存储过程名称、参数名称、参数的数据类型以及参数的默认值。设置完成后，如图 8.13 所示。

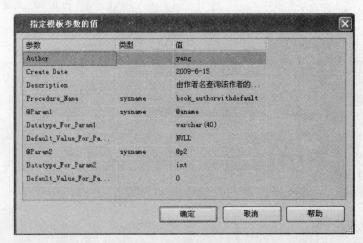

图 8.13 指定参数值后的对话框

（6）单击"确定"按钮，查询编辑器中代码如图 8.14 所示。

（7）删除参数@p2，并编写相应的 SQL 语句。SQL 语句如下：

```
-- Insert statements for procedure here
    IF @aname IS NULL
    BEGIN
    SELECT fName, fAuthor, fDate, fPages
    FROM tBooks
    END
    ELSE
```

```
-- Template generated from Template Explorer using:
-- Create Procedure (New Menu).SQL

-- Use the Specify Values for Template Parameters
-- command (Ctrl-Shift-M) to fill in the parameter
-- values below.

-- This block of comments will not be included in
-- the definition of the procedure.
-- ================================================
SET ANSI_NULLS ON
GO
SET QUOTED_IDENTIFIER ON
GO
-- ================================================
-- Author:      yang
-- Create date: 2009-6-15
-- Description: 由作者名查询该作者的出书情况。
-- ================================================
CREATE PROCEDURE book_authorwithdefault
    -- Add the parameters for the stored procedure here
    @aname varchar(40) = NULL,
    @p2 int = 0
AS
BEGIN
    -- SET NOCOUNT ON added to prevent extra result sets from
    -- interfering with SELECT statements.
    SET NOCOUNT ON;

    -- Insert statements for procedure here
    SELECT @aname, @p2
END
GO
```

图 8.14　单击"确定"按钮，查询编辑器中的代码

```
BEGIN
SELECT fName,fAuthor,fDate,fPages
FROM tBooks
WHERE fAuthor LIKE @aname
END
```

（8）单击工具栏上的"执行"按钮来创建存储过程，如没有错误，消息框中将显示"命令已成功完成"。

8.1.3 修改和重命名存储过程

如果需要更改存储过程中的语句或参数，可以删除并重新创建该存储过程，也可以通过 SQL 语句更改该存储过程。删除并重新创建存储过程时，与该存储过程相关联的所有权限都将丢失；更改存储过程时，将更改过程或参数定义，但与该存储过程相关联的权限将保留，并且不会影响任何相关的存储过程或触发器。也可以重命名存储过程，新名称必须遵守标识符规则。一个用户只能重命名自己拥有的存储过程，但数据库的所有者可以更改任何用户的存储过程名称。要重命名的存储过程必须位于当前数据库中。还可以修改存储过程以加密其定义或使该过程在每次执行时都将得到重新编译。

可以使用 ALTER PROCEDURE 语句修改存储过程，其语法如下：

```
ALTER { PROC | PROCEDURE } procedure_name [ ; number ]
[ { @parameter data_type }
[ VARYING ] [ = default ] [ OUTPUT ]
```

```
] [ ,...n ]
[ WITH { RECOMPILE | ENCRYPTION| RECOMPILE , ENCRYPTION} ]
[ FOR REPLICATION ]
AS
sql_statement [ ,...n ]
```

比如修改存储过程 book_author,使返回的结果集按照书的页数降序进行排序。

```
USE Mymdb
GO
ALTER PROCEDURE book_author
@ aname varchar(40)
AS
SELECT fName, fAuthor, fDate, fPages
FROM tBooks
WHERE fAuthor LIKE @ aname
ORDER BY fPages DESC
```

使用系统存储过程 sp_rename 可以重命名存储过程,其语法如下:

```
sp_rename [ @objname = ] 'object_name',[ @newname = ] 'new_name'[ , [ @objtype = ] 'object
_type' ]
```

比如将 Mymdb 数据库中的存储过程 book_authorwithdefault 重命名为 book_authorwithdefault1。

```
USE Mymdb
GO
EXEC sp_rename 'book_authorwithdefault','book_authorwithdefault1'
```

执行该命令后,系统会作出如图 8.15 所示的警告。

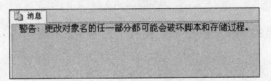

图 8.15　执行该命令后的警告

　　故建议不要轻易使用该命令进行重命名,而应当先删除该存储过程,然后使用新名称重新创建该存储过程。

8.1.4　删除存储过程

　　不再需要存储过程时可将其删除。如果另一个存储过程调用某个已删除的存储过程,则 SQL Server 2005 会在执行该调用过程时显示一条错误信息。但如果定义了过程名和参数均相同的新存储过程来替换已删除存储过程,那么引用该过程的其他过程仍能顺利执行。例如,如果存储过程 proc1 引用存储过程 proc2,而 proc2 被删除,但当前数据库中创建了另一个名为 proc2 的存储过程,现在 proc1 将引用这一新存储过程,proc1 也不必重新编译。

存储过程分组后,将无法删除组内的单个存储过程。删除组内的一个存储过程会将同一组内的所有存储过程都删除。

使用语句来删除用户自定义的存储过程,语法如下:

```
DROP PROCEDURE { procedure } [ ,…n ]
```

例如,将 Mymdb 数据库中存储过程 book_authorwithdefault2 删除。

```
USE Mymdb
GO
DROP PROCEDURE book_authorwithdefault2
```

8.2　触　发　器

8.2.1　触发器概述

1．触发器的概念

触发器是一种特殊的存储过程,它不同于前面介绍过的一般的存储过程。它的执行不是由程序调用,也不是手工启动,而是由某个事件来触发,比如当对一个表进行操作时就会激活它执行。在 MS SQL Server 7.0 和 2000 中,用户一般只能使用数据操作语言(DML)触发器,即当 INSERT,UPDATE 或者 DELETE 语句被执行的时候执行一段 SQL 语句或存储过程,它们只能用于表或视图;而在 MS SQL Server 2005 中,增加了数据定义语言(DDL)触发器,用户可以在 DDL 语句上建立一个触发器来执行任何操作,触发器的作用范围可以是数据库层或是服务器层。比如用户可以在数据库上建立一个触发器阻止任何用户CREATE,ALTER 和 DROP 表或存储过程。

2．触发器的功能

触发器是一个功能强大的工具,它与表紧密相连,在表中数据发生变化时自动强制执行,从而确保对数据的处理必须符合由这些 SQL 语句所定义的规则。触发器的主要作用就是实现由主码和外码所不能保证的复杂的参照完整性和数据的一致性。此外,触发器在以下情况下也很有用。

(1)触发器可以对数据库进行级联修改。触发器可以侦测数据库内的操作,并自动地级联影响整个数据库的各项内容。例如,某个表上的触发器中包含有对另外一个表的数据操作(如删除、更新、插入),而该操作又导致该表上触发器被触发。

(2)触发器可以完成比 CHECK 约束更复杂的限制。比如,CHECK 约束只能根据逻辑表达式或同一表中的另一列来验证列值。如果应用程序要求根据另一个表中的列验证列值,则必须使用触发器。

(3)触发器可以跟踪执行的 SQL 语句。触发器可以侦测数据库内的操作,从而阻止数据库中未经许可的更新和变化。

(4)触发器可以调用存储过程。为了响应数据库更新,触发器可以调用一个或多个存储过程,甚至可以通过对外部过程的调用而在 DBMS 本身之外进行操作。

（5）触发器可以返回自定义的错误信息。约束只能通过标准的系统错误信息传递错误信息。如果应用程序要求使用（或能从中获益）自定义的错误信息和实现较为复杂的错误处理，则必须使用触发器。

（6）触发器可以防止数据表结构被更改或数据表被删除。为了保护已经建好的数据表，触发器可以在接收到 DROP 或 ALTER 开头的 SQL 语句后，不对数据表的结构做任何操作。

3．触发器的类型

在 SQL Server 2005 中，根据被激活之后触发器执行的 T-SQL 语句类型，可以把触发器分为两大类，即 DML 触发器和 DDL 触发器。

（1）DML 触发器在数据库中发生数据操作语言（DML）事件时被启用。DML 事件包括在指定表或视图中修改数据的 INSERT 语句、UPDATE 语句或 DELETE 语句。DML 触发器可以查询其他表，还可以包含复杂的 T-SQL 语句。SQL Server 2005 将触发器和触发它的语句作为可在触发器内回滚的单个事务对待，如果检测到错误（例如磁盘空间不足），则整个事务自动回滚。

（2）DDL 触发器是 SQL Server 2005 的新增功能。当服务器或数据库中发生数据定义语言（DDL）事件时将调用这些触发器。

8.2.2　DML 触发器

1．DML 触发器的类型

根据触发触发器的操作，可分为 INSERT 触发器、UPDATE 触发器和 DELETE 触发器。这 3 种触发器不是严格划分的，一个触发器可以是任意一种，或是 2 种甚至 3 种的组合。根据触发器的执行顺序，也可将触发器分为 FOR/AFTER 触发器和 INSTEAD OF 触发器。

- FOR/AFTER 触发器都是在触发触发器的 INSERT、UPDATE 和 DELETE 语句执行完成之后执行的。
- INSTEAD OF 触发器不执行触发触发器的操作（INSERT、UPDATE 和 DELETE 语句），只完成触发器中的操作。即用触发器中定义的操作替代触发操作。

2．DML 触发器的工作原理

在 SQL Server 2005 中，DML 触发器使用 deleted 和 inserted 逻辑表。它们在结构上和触发器所在的表的结构相同，SQL Server 会自动创建和管理这些表。可以使用这两个临时的驻留内存的表测试某些数据修改的效果及设置触发器操作的条件。

- deleted 表用于存储 DELETE、UPDATE 语句所影响的行的副本。在执行 DELETE 或 UPDATE 语句时，行从触发器表中删除，并传输到 deleted 表中。
- inserted 表用于存储 INSERT 或 UPDATE 语句所影响的行的副本，在一个插入或更新事务处理中，新建的行被同时添加到 inserted 表和触发器表中。inserted 表中的行是触发器表中新行的副本。

下面简单介绍一下 DML 触发器的工作原理。

(1) AFTER 触发器的工作原理

AFTER 触发器是在记录变更完成之后才会被激活并执行的。以删除记录为例,当 SQL Server 接收到一个要执行删除操作的 SQL 语句时,SQL Server 先将要删除的记录存放在 deleted 表里,接着把数据表里的记录删除,然后激活 AFTER 触发器,执行 AFTER 触发器里的 SQL 语句,最后在触发器执行完毕之后,删除内存中的 deleted 表,退出整个操作。

(2) INSTEAD OF 触发器的工作原理

INSTEAD OF 触发器与 AFTER 触发器不同。AFTER 触发器是在 INSERT、UPDATE 和 DELETE 操作完成后才被激活的,而 INSTEAD OF 触发器是在这些操作进行之前就被激活了,并且不再去执行原来的 SQL 操作,而去运行触发器本身的 SQL 语句。

3. 创建 DML 触发器的注意事项

(1) CREATE TRIGGER 语句必须是批处理中的第一个语句,该语句后面的所有其他语句都被解释为 CREATE TRIGGER 语句定义的一部分。

(2) 创建 DML 触发器的权限默认分配给表的所有者,且不能将该权限转给其他用户。

(3) DML 触发器为数据库对象,其名称必须遵循标识符的命名规则。

(4) 虽然 DML 触发器可以引用当前数据库以外的对象,但只能在当前数据库中创建 DML 触发器。

(5) 虽然 DML 触发器可以引用临时表,但不能对临时表或系统表创建 DML 触发器。不应引用系统表,而应引用信息架构视图。

(6) 对于含有用 DELETE 或 UPDATE 操作定义的外键的表,不能定义 INSTEAD OF DELETE 或 INSTEAD OF UPDATE 触发器。

(7) 虽然 TRUNCATE TABLE 语句类似于不带 WHERE 子句的 DELETE 语句(用于删除所有行),但它并不会触发 DELETE 触发器,因为 TRUNCATE TABLE 语句没有记录。

(8) WRITETEXT 语句不会触发 INSERT 和 UPDATE 触发器。

4. 使用 T-SQL 语句创建触发器

以下是使用 T-SQL 语句创建触发器的基本语法。

```
CREATE TRIGGER trigger_name
ON { table | view }
[WITH ENCRYPTION]
{ FOR | AFTER | INSTEAD OF }
{ [ INSERT ] [ , ] [ UPDATE ] [ , ] [ DELETE ] }
AS
sql_statement
```

在这里,各参数的意义如下。

- trigger_name:是要创建触发器的名称。
- table | view:指出了与所创建的触发器相关联的表或视图的名称。

- [WITH ENCRYPTION]：加密触发器。
- {FOR | AFTER|INSTEAD OF}：FOR | AFTER，指的是在数据变动以后触发；而 INSTEAD OF 指的是在数据变动以前触发。
- [INSERT|UPDATE|DELETE]：分别对应插入触发器、修改触发器、删除触发器。
- sql_statement：指定触发器所执行的 T-SQL 语句。

以下将给出一些实例说明触发器的用法。

（1）创建一个触发器，在图书表 tBooks 中插入一条记录后，发出"已成功添加一本图书。"的提示。

```
USE Mymdb
GO
CREATE TRIGGER bookinsert
ON tBooks
AFTER INSERT
AS
PRINT '已成功添加一本图书.'
```

为了检验该触发器的作用，可以首先在新建查询窗体中输入上述代码，单击工具栏上的"执行"按钮来创建该触发器，再向 tBooks 中加入如下记录。

```
USE Mymdb
GO
INSERT INTO tBooks(fBookID,fName,fAuthor,fDate,fPages)
VALUES(100,'计算机基础教材','赵明',2009 - 5 - 10,999)
```

执行该命令，得到结果如图 8.16 所示。

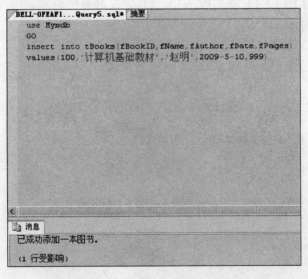

图 8.16　添加图书记录成功

（2）删除身份表 tCred 中的某种身份类型，并级联删除用户表 tUsers 中有该身份的记录。

```
USE Mymdb
GO
CREATE TRIGGER creddelete
ON tCred
AFTER DELETE
AS
DELETE FROM tUsers
WHERE fCredentials IN
(SELECT fId FROM deleted)
```

（3）创建 INSTEAD OF 触发器，当有人试图修改用户表 tUsers 中的数据时，利用所设计的触发器跳过修改数据的 SQL 语句（防止数据被修改），并向客户端发送一条信息。

```
USE Mymdb
GO
CREATE TRIGGER userupdate
ON tUsers
INSTEAD OF UPDATE
AS
BEGIN
PRINT '对不起,用户表中的数据不允许被修改!'
END
```

5. 使用图形界面创建触发器

（1）打开 Microsoft SQL Server Management Studio，在对象资源管理器中，依次展开"数据库"→Mymdb→"表"→tBBS→"触发器"，右击"触发器"，在弹出的快捷菜单中单击"新建触发器"命令，如图 8.17 所示。

（2）单击"新建触发器"命令后，弹出查询编辑器。在查询编辑器的编辑区里，SQL Server 已经预写了一些建立触发器的相关 SQL 语句，如图 8.18 所示。

（3）修改查询编辑器里的代码，将从 CREATE 开始到 GO 结束的代码改为以下代码。

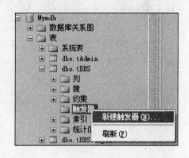

```
CREATE TRIGGER BBS_Insert
ON tBBS
AFTER INSERT
AS
BEGIN
PRINT '已加入了一条新的留言!'
END
```

图 8.17　在 Microsoft SQL Server Management Studio 中定位到"触发器"

（4）单击工具栏的"分析"按钮，检查一下是否有错，如图 8.19 所示，如果在下面的"结果"对话框中出现"命令已成功完成"，则表示没有语法错误。

（5）语法检查无误后，单击"执行"按钮，生成该触发器。

（6）关掉查询编辑器，返回步骤（1）所示的界面，右击，并在弹出的快捷菜单中单击"刷新"命令，然后展开"触发器"，可以看到刚创建的触发器 BBS_Insert，如图 8.20 所示。

```
DELL-OFEAF1...QLQuery5.sql 摘要
-- =============================================
-- Template generated from Template Explorer using:
-- Create Trigger (New Menu).SQL
--
-- Use the Specify Values for Template Parameters
-- command (Ctrl-Shift-M) to fill in the parameter
-- values below.
--
-- See additional Create Trigger templates for more
-- examples of different Trigger statements.
--
-- This block of comments will not be included in
-- the definition of the function.
-- =============================================
SET ANSI_NULLS ON
GO
SET QUOTED_IDENTIFIER ON
GO
-- =============================================
-- Author:      <Author,,Name>
-- Create date: <Create Date,,>
-- Description: <Description,,>
-- =============================================
CREATE TRIGGER <Schema_Name, sysname, Schema_Name>.<Trigger_Name, sysname, Trigger_Name>
   ON  <Schema_Name, sysname, Schema_Name>.<Table_Name, sysname, Table_Name>
   AFTER <Data_Modification_Statements, , INSERT,DELETE,UPDATE>
AS
BEGIN
   -- SET NOCOUNT ON added to prevent extra result sets from
   -- interfering with SELECT statements.
   SET NOCOUNT ON;

   -- Insert statements for trigger here
```

图 8.18　建立触发器的相关 SQL 语句

```
DELL-OFEAF1...Query5.sql* 摘要
-- Author:      <Author,,Name>
-- Create date: <Create Date,,>
-- Description: <Description,,>
-- =============================================
create trigger BBS_Insert
on tBBS
after insert
as
begin
print '已加入了一条新的留言！'
end
```
```
结果
命令已成功完成。
```

图 8.19　检查语法

图 8.20　查看建好的触发器

6. 修改触发器

修改触发器的 T-SQL 语句是 ALTER TRIGGER，其语法格式为：

```
ALTER TRIGGER trigger_name
ON {tablename|viewname}
[ WITH ENCRYPTION ]
```

```
{ { FOR | AFTER | INSTEAD OF } {[DELETE] [,] [ INSERT ] [ , ] [ UPDATE ] }
AS
sql_statement [ ,...n ]
}
```

比如修改本节中第 4 条第(1)项中创建的触发器,将其功能改为当对图书表 tBooks 中进行插入(INSERT),修改(UPDATE)和删除(DELETE)时,都显示完成信息。

```
USE Mymdb
GO
ALTER TRIGGER bookinsert
ON tBooks
  FOR INSERT,UPDATE,DELETE
AS
PRINT '操作完成'
```

7. 查看触发器

若要使用 T-SQL 语句查看触发器的定义,可使用 sp_helptext 存储过程。其语法格式为:

```
EXEC sp_helptext trigger_name
```

若要了解在某个表上存储了哪些可以使用存储过程 sp_helptrigger 的触发器,语法格式为:

```
[EXEC] sp_helptrigger table_name
```

比如,查看附加到用户表 tUsers 的触发器。

```
USE Mymdb
GO
EXEC sp_helptrigger tUsers
```

执行结果如图 8.21 所示。

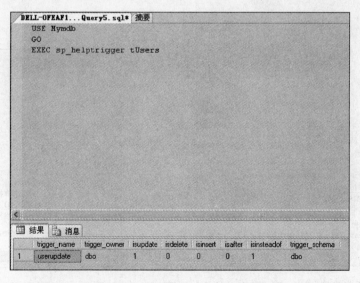

图 8.21　查看附加到用户表 tUsers 的触发器的执行结果

若想查看触发器 userupdate 的定义，可使用以下方法。

```
USE Mymdb
GO
EXEC sp_helptext userupdate
```

执行结果如图 8.22 所示。

8. 删除触发器

从当前数据库中删除一个或多个触发器，可使用以下语句。

```
DROP TRIGGER trigger_name
```

比如，删除触发器 BBS_Insert，可使用如下语句。

```
USE Mymdb
GO
DROP TRIGGER BBS_Insert
```

9. 禁用与启用触发器

禁用触发器与删除触发器不同。禁用触发器时，仍会为数据表定义该触发器，只是在执行 INSERT、UPDATE、DELETE 语句时，不会执行触发器中的操作。

（1）禁用触发器

如图 8.23 所示，在右击某一触发器时，在弹出的快捷菜单中单击"禁用"命令即可。

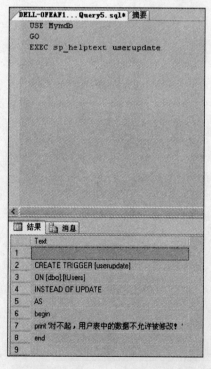

图 8.22　查看触发器 userupdate 的定义的执行结果

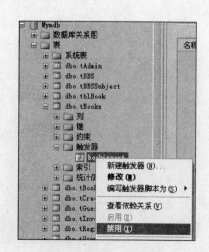

图 8.23　禁用触发器对话框

使用 DISABLE TRIGGER 语句可以禁用触发器,其语法如下。

DISABLE TRIGGER 触发器名或 ALL ON 数据表名

如果要禁用所有触发器,用 ALL 来代替触发器名。

(2) 启用触发器

与图 8.23 相似,在右击某一触发器时,在弹出的快捷菜单中单击"启用"命令即可; 也可使用 ENABLE TRIGGER 语句可以启用触发器,其语法如下。

ENABLE TRIGGER 触发器名或 ALL ON 数据表名

如果要启用所有触发器,用 ALL 来代替触发器名。

8.2.3 DDL 触发器

DDL 触发器是 SQL Server 2005 新增加的一个触发器类型。像常规触发器一样,DDL 触发器将激活存储过程以响应事件。但与 DML 触发器不同的是,它们不会为响应针对表或视图的 UPDATE,INSERT 或 DELETE 语句而被激活;相反,它们会为响应数据定义语言(DDL)语句而被激活。这些语句主要是以 CREATE、ALTER 和 DROP 开头的语句。DDL 触发器可用于管理任务,例如审核和控制数据库操作。

如果要执行以下操作,请使用 DDL 触发器。

(1) 要防止对数据库架构进行某些更改。

(2) 希望数据库中发生某种情况以响应数据库架构中的更改。

(3) 要记录数据库架构中的更改或事件。

仅在运行触发 DDL 触发器的 DDL 语句后,DDL 触发器才会被激活。DDL 触发器无法作为 INSTEAD OF 触发器使用。

1. 创建 DDL 触发器

创建 DDL 触发器的语法格式如下。

```
CREATE TRIGGER trigger_name
ON { ALL SERVER | DATABASE }
[ WITH < ddl_trigger_option > [ ,...n ] ]
{ FOR | AFTER } { event_type | event_group } [ ,...n ]
AS
{ sql_statement [ ; ] [ ,...n ] | EXTERNAL NAME < method specifier > [ ; ] }
< ddl_trigger_option > :: =
    [ ENCRYPTION ]
    [ EXECUTE AS Clause ]
< method_specifier > :: =
    assembly_name.class_name.method_name
```

主要参数说明如下。

- trigger_name:触发器的名称。每个 trigger_name 必须遵循标识符规则,但 trigger_name 不能以 # 或 # # 开头。
- DATABASE:将 DDL 触发器的作用域设置为当前数据库。如果指定了此参数,则只要当前数据库中出现 event_type 或 event_group,就会激活该触发器。

- ALL SERVER:将 DDL 触发器的作用域设置为当前服务器。如果指定了此参数,则只要当前服务器中的任何位置上出现 event_type 或 event_group,就会激活该触发器。
- event_type:执行之后将导致 DDL 触发器被激活的 Transact-SQL 语言事件的名称。比如 CREATE_TABLE、ALTER_TABLE、DROP_TABLE 等,更多的事件名称与解释请参见 Microsoft SQL Server 联机丛书。
- event_group:预定义的 Transact-SQL 语言事件分组的名称。执行任何属于 event_group 的 Transact-SQL 语言事件之后,都将激活 DDL 触发器。用于激活 DDL 触发器的事件组请参见 Microsoft SQL Server 联机丛书。

下面通过示例来说明如何创建 DDL 触发器。

比如需要当删除 Mymdb 数据库中的表时显示提示信息,可创建如下触发器。

```
USE Mymdb
GO
CREATE TRIGGER tBooks_Drop
ON database
FOR drop_table
AS
BEGIN
PRINT 'Mymdb 数据库中的表已被删除!'
END
```

为测试该触发器,首先在新建查询窗口输入删除 Mymdb 数据库中某表的语句,单击"执行"按钮后,结果如图 8.24 所示。

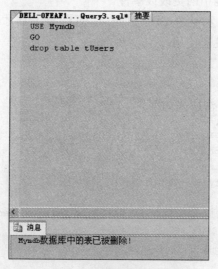

图 8.24　测试删除数据表结果

2. 查看与修改 DDL 触发器

DDL 触发器有两种,一种是作用在当前 SQL Server 服务器上的;如图 8.25 所示。一种是作用在当前数据库中的,如图 8.26 所示。这两种 DDL 触发器在 Management Studio 中所在的位置是不同的。

图 8.26 作用于某数据库上的触发器

图 8.25 作用于服务器上的触发器

（1）作用在当前 SQL Server 服务器上的 DDL 触发器所在位置的寻找方法为：打开对象资源管理器，展开所在 SQL Server 服务器，定位到"服务器对象"→"触发器"，在"摘要"对话框里就可以看到所有的作用在当前 SQL Server 服务器上的 DDL 触发器。

（2）作用在当前数据库中的 DDL 触发器所在位置的寻找方法为：打开对象资源管理器，展开所在 SQL Server 服务器→"数据库"，展开所在数据库，定位到"可编程性"→"数据库触发器"，在"摘要"对话框里就可以看到所有的作用在当前数据库中的 DDL 触发器。

右击触发器，在弹出的快捷菜单中单击"编写数据库触发器脚本为"→"CREATE 到"→"新查询编辑器对话框"，然后在新打开的查询编辑器窗口里可以看到该触发器的内容。

若要在 Management Studio 中修改 DDL 触发器内容，只能先删除该触发器，再重新创建一个 DDL 触发器。虽然在 Management Studio 中没有直接提供修改 DDL 触发器的对话框，但在查询编辑器里依然可以用 SQL 语句来进行修改。

本 章 小 结

本章首先讲述了存储过程。存储过程是预编译的代码段，编译后的可执行代码保存在内存中，因此可以提高数据的操作效率。由于存储过程支持输入和输出的参数，因此可灵活满足不同用户的操作要求。存储过程中可以包含任何可执行的 SQL 语句，因此可以在存储过程中编写复杂的处理逻辑并封装操作。

本章还介绍了触发器。对于简单的约束可以使用声明完整性的方法实现，而对于复杂的业务规则和约束需要使用过程完整性实现，即编写实现完整性约束的代码段——触发器。触发器的主要好处在于它可以包含使用 SQL 代码实现的复杂处理逻辑，因此触发器可以实现支持完整性约束的所有功能。

习 题 8

1. 试描述存储过程的特点与分类。
2. 试举例说明存储过程的定义与执行。
3. DML 触发器和 DDL 触发器的区别是什么？

第9章

数据库系统安全管理

本章要点

　　通过本章的学习,可以掌握 SQL Server 2005 服务器的安全性机制及其运用;理解身份验证模式、SQL Server 账户及数据库用户管理、角色管理和权限管理的基本概念;熟练掌握如何使用和管理用户账户、角色并授予相应权限。

9.1　SQL Server 2005 的安全控制

　　数据库系统的安全性是指保护数据库以防止不合法的使用造成数据泄漏、更改或破坏。本节将介绍 SQL Server 2005 的安全认证模式,同时介绍 SQL Server 2005 中新增的安全控制和安全特性。

9.1.1　SQL Server 2005 的安全认证模式

　　为防止使用者越权使用数据资源,SQL Server 2005 管理系统有两个安全性阶段:身份验证阶段和权限认证阶段。

　　(1)身份验证阶段:用户在获得访问数据库的权限之前,必须首先登录到 SQL Server 2005 服务器上。SQL Server 2005 或者 Windows 操作系统对用户进行验证,如果通过验证,用户可以连接到 SQL Server 2005 服务器上;否则,服务器将拒绝用户登录,从而保证了系统的安全性。身份验证阶段验证用户是否具有连接 SQL Server 2005 服务器的权限。

　　(2)权限认证阶段:身份验证阶段系统只是验证用户有无连接 SQL Server 2005 服务器的权限,身份验证通过,只是表示用户可以连接到 SQL Server 2005 服务器上。然后,还需要检测用户是否具有访问服务器上指定数据库的权限,为此需要授予每个数据库中映射到用户登录的账户一定的访问权限。权限认证阶段控制用户在 SQL Server 2005 服务器上指定数据库中所允许进行的活动。

9.1.2　SQL Server 2005 新增的安全控制

　　与 SQL Server 2000 相比,SQL Server 2005 更加注重改善和增强数据库的安全性。

增强的安全控制分布在以下两个阶段。

(1)默认安装时的安全。默认安装 SQL Server 2005 时,关掉了许多特性。关掉这些特性减少了 SQL Server 2005 在默认安装下受到攻击的可能性,给黑客留的入侵余地更少了。因此默认安装的服务器是安全的服务器,它排除了不安全的设置,减少了被攻击的路径。

(2)部署时的安全。在部署 SQL Server 2005 产品时,采用的是最小化权限的策略,这说明应该使用具有合适的安全权限的账号或登录服务器来运行作业,而不应该采用权限较大的账号进行登录。这样,即使黑客入侵,也只能获得最小的权限,而不至于造成较大的破坏。在具体实施中,给函数最小的权限,用最低权限启动服务器账号。另外,SQL Server 2005 还提供了友好易用的软件框架和安全配置工具。

9.1.3 SQL Server 2005 新增的安全特性

SQL Server 2005 引入了下列安全特性。

(1)登录:登录是 SQL Server 实例层的安全模型。

(2)用户:用户是数据库层的安全模型。

(3)用户和架构(schema)的分离:每一个架构属于一个用户,用户是属于该架构的对象的拥有者。在 SQL Server 2005 中,由于架构的引入,当需要改变对象的拥有者时,不需要去更改应用程序编码,只需要更改架构的拥有者就可以了。在 SQL Server 2000 中这是不可能的,一旦改变了应用程序代码中对象的拥有者——用户,就必须将应用程序的相应代码中对象的拥有者重新指定才能使程序正常运行。

(4)目录安全性:元数据只对那些对表有权限的用户可见,这有助于隐藏那些来自用户的未被审核的信息,不同权限的用户查看的元数据不同。在 SQL Server 2005 中,用户不可以直接访问系统数据表,只能通过系统视图、系统存储过程或系统函数查看元数据。数据默认是被保护的,SQL Server 2005 中也引入了专门针对目录安全性的新的权限——View Definition。

(5)模块化的执行上下文(module execution context):这是对 SQL Server 2000 中的所有权链的补充。在定义存储过程或用户定义函数时,可以使用新的 WITH EXECUTEAS 语句指定存储过程,或者函数执行时并不以调用者的身份执行,而是模拟成另一个账号,以解决所有链断裂的问题,或是临时转换身份来提升权限,而不必永久赋予账号某些权限。

(6)粒度化的权限控制:在 SQL Server 2005 中权限的赋予比 SQL Server 2000 更加细化,可以使用较低权限的账号来完成在 SQL Server 2000 中需要使用管理员权限才能完成的任务。

(7)口令策略的增强:如果 SQL Server 2005 安装在 Windows 2003 操作系统上,可以将 Windows 2003 中的口令安全策略应用到 SQL Server 的口令安全策略上。

9.2 安全认证模式

SQL Server 2005 的安全性管理是建立在身份验证和权限认证两个机制上的。身份验证是用来确定登录 SQL Server 服务器的用户的登录账号和密码是否正确,以此来验证此用户是否具有连接 SQL Server 服务器的权限;通过身份验证的用户还必须获取访问某个指定数据库的权限后，才能对此数据库进行权限许可下的操作。

9.2.1 身份验证

1. 身份验证模式概述

用户使用登录账户及密码与一个 SQL Server 2005 服务器建立连接的过程称为身份验证。登录账户按其与 SQL Server 2005 连接时采用的不同的身份验证模式分为 Windows 身份验证和 SQL Server 2005 身份验证两种不同的类型，一个登录账户只能属于这二者之一。一个 SQL Server 2005 服务器可以设置为 Windows 身份验证和混合验证两种不同的模式。当设置为 Windows 模式时，SQL Server 2005 只能接受 Windows 验证类型用户的连接请求；而设置为混合模式时，可接受两种不同类型用户的连接请求。

（1）Windows 验证模式

Windows 验证模式就是使用 Windows 操作系统的安全机制来验证登录用户的身份。用户与一个 SQL Server 2005 服务器进行连接时，使用登录 Windows 操作系统时的登录名进行身份验证，用户只要能够通过 Windows 用户身份验证，即可连接到 SQL Server 2005 服务器。在这种身份验证模式下，SQL Server 2005 服务器通过回访 Windows 操作系统以获得登录账户的身份信息，并与存储的已授权的登录名和密码进行比较，决定是否接受该登录账户对 SQL Server 2005 服务器的连接请求。

对于 Windows 验证模式有一个问题需要注意：这种验证模式只适用于能够进行有效身份验证的 Windows 操作系统，Windows 9x 系统不能采用这种验证模式。

（2）混合验证模式

混合验证模式包括 Windows 验证模式和 SQL Server 验证模式两种模式，用户可以使用 Windows 身份验证模式或 SQL Server 身份验证模式与服务器进行连接。在 SQL Server 验证模式下，用户在连接 SQL Server 服务器时必须提供登录名和登录密码，SQL Server 通过检查存储在系统表 syslogins 中的登录信息，并将其与请求登录的账户匹配，进行身份验证。如果用户提供的是一个 SQL Server 2005 服务器未设置的登录账户，则身份验证将失败，用户的连接请求被拒绝，而且用户会收到错误提示信息。

提供 SQL Server 身份验证模式是为了向后兼容性，因为 SQL Server 7.0 版或更早的版本编写的应用程序要求使用 SQL Server 登录和密码。另外，当 SQL Server 实例在 Windows 98 或 Windows 95 上运行时，必须使用 SQL Server 身份验证模式，因为在 Windows 9x 上不支持 Windows 身份验证模式。

Windows 身份验证模式相对可以提供更多的功能，如安全验证和密码加密、审核、密码过期、密码长度限定、多次登录失败后锁定账户等，对于账户以及账户组的管理和修改也更为方便。混合验证模式可以允许某些非可信的 Windows 操作账户连接到 SQL Server 服务器上，如 Internet 客户等，它相当于在 Windows 身份验证机制之后加入 SQL Server 身份验证机制，对非可信的 Windows 账户进行自行验证。

身份验证内容包括确认用户的账号是否有效、能否访问系统、能访问系统的哪些数据库。

2. 身份验证模式的设置

SQL Server 2005 的系统管理员可以选择身份验证模式,通过 SQL Server 企业管理器进行身份验证模式的设置需要以下步骤。

(1) 打开企业管理器,在"对象资源管理器"窗口中,选择要设置的服务器名称。

(2) 在选择的服务器上,右击并在弹出的快捷菜单中单击"属性"命令,弹出"服务器属性"对话框。在此对话框的"选项页"窗口中选择"安全性"选项卡,即可打开如图 9.1 所示的对话框。

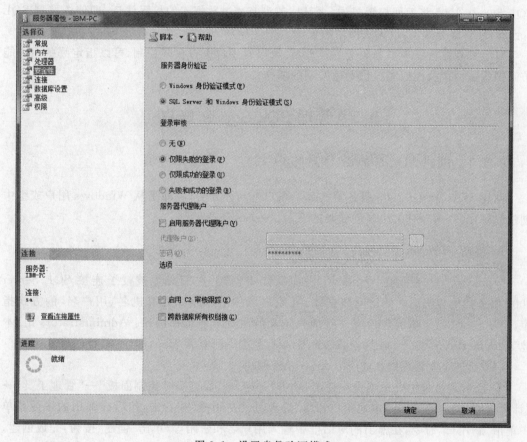

图 9.1 设置身份验证模式

(3) 在如图 9.1 所示的对话框中,在"服务器身份验证"区域内选择身份验证模式;在"登录审核"选项区域选择用户访问 SQL Server 的级别,"无"表示不执行审核,"仅限失败的登录"表示只审核失败的连接事件,"仅限成功的登录"表示只审核连接成功的事件,"失败和成功的登录"表示审核所有的事件,这里选择默认的"仅限失败的登录"选项。

(4) 单击"确定"按钮,关闭对话框,重启服务器后,设置生效。

9.2.2 权限认证

为防止不合理的使用造成数据的泄密和破坏,SQL Server 2005 数据库管理系统除使用身份验证方法来限制用户进入数据库系统外,还需要使用权限认证来控制用户对数据库的操作。

当用户身份通过验证连接到 SQL Server 2005 服务器后,为了防止用户访问服务器上的所有数据库,需要将该用户账户记录在用户可访问的每个数据库中,也即在用户可以访问的每个数据库中都要求有该用户的账号;对于没有账号的数据库,用户将无法访问。

如果用户在数据库中有账户,那么用户就可以发送各种 Transact-SQL 语句,但是这些操作语句在数据库中是否能够成功地执行,还取决于该用户账户在该数据库中对这些操作的权限设置。如果发出操作命令的用户没有执行该语句的权限或者访问该对象的权限,则 SQL Server 2005 将返回权限错误。所以,若没有通过数据库的权限认证,即使连接到 SQL Server 2005 服务器上,也无法使用数据库。

对于具有执行管理事务职责的管理员,可以对用户进行权限控制,可以指定哪些用户能访问哪些数据以及他们能执行哪种类型的操作。

9.3 管理 SQL Server 账户

9.3.1 创建 SQL Server 登录账户

创建 SQL Server 2005 服务器的登录账户有两种方法,一种是从 Windows 用户或组中创建登录账户,另一种方法是创建新的 SQL Server 登录账户。

1. 创建 Windows 登录账户

Windows 用户或组在 Windows 操作系统中创建,它们必须被授予连接 SQL Server 2005 服务器的权限后才能访问数据库,其用户名称用"域名\计算机名\用户名"的方式指定。Windows 操作系统包含有一些预先定义的内置本地组和用户:Administrators 组、本地 Administrators 账号、sa 登录、User、Guest、数据库所有者(dbo)等,不需要创建。

(1)通过企业管理器创建 Windows 登录账户

① 以管理员身份登录到操作系统,单击"开始"→"设置"→"控制面板"→"管理工具"→"计算机管理"命令,展开"本地用户和组"选项,选中"用户"并右击,然后在弹出的快捷菜单中单击"新用户"命令,在弹出的对话框中输入用户名和密码等,单击"创建"按钮,完成创建,如创建 test1 用户。

② 打开企业管理器,输入服务器和登录密码,连接到服务器。在"对象资源管理器"面板中,展开要创建登录名的服务器,接着展开"安全性"节点,右击"登录名"选项,在弹出的快捷菜单中单击"新建登录名"命令。如图 9.2 所示,弹出"登录名-新建"对话框,如图 9.3 所示。

③ 在"登录名-新建"对话框中,选中"Windows 身份验证"单选按钮,再单击"登录名"文本框后面的"搜索"按钮,弹出如图 9.4 所示的"选择用户或组"对话框。在此对话框中单击"高级"按钮,弹出如图 9.5 所示的对话框,在该对话框中单击"立即查找"按钮后,在"搜索结果"框中显示出可供选择的用户,在该搜索结果中可以选择 Windows 系统用户作为 SQL Server 2005 服务器的登录账户。这里选择刚才新建的 test1 用户。

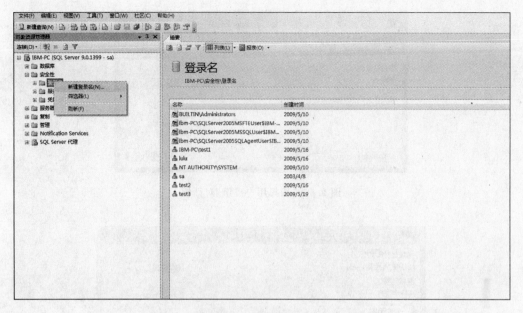

图 9.2 新建登录名

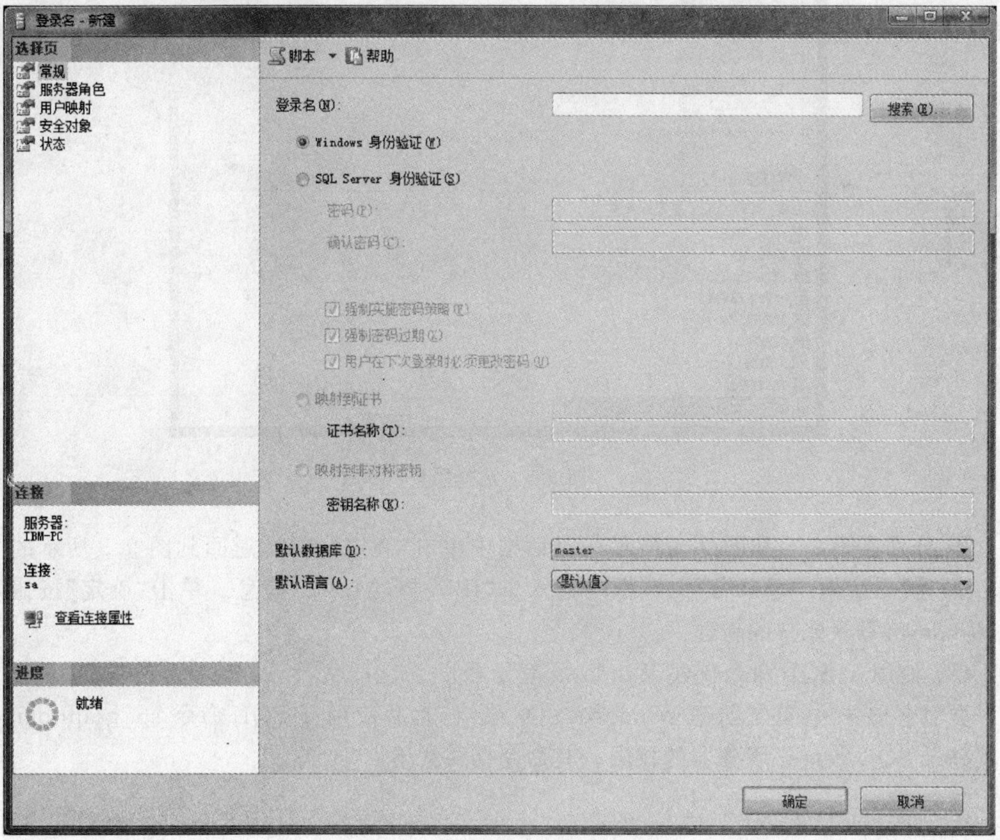

图 9.3 "登录名-新建"对话框

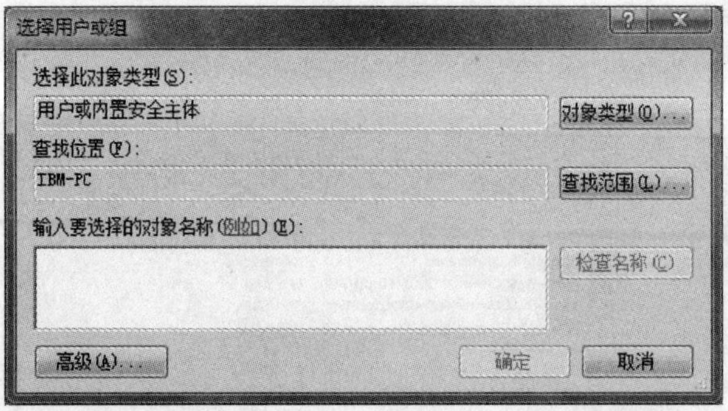

图 9.4　"选择用户或组"对话框

图 9.5　选择用户

④ 分别在图 9.5 和图 9.4 所示的对话框中单击"确定"按钮,返回到图 9.3 所示的"登录名-新建"对话框,"登录名"文本框中输入了"IBM-PC \test1"信息。单击"确定"按钮,完成 Windows 登录账户的新建。

(2) 使用 T-SQL 命令创建 Windows 登录账户

类似上述方法,首先创建 Windows 用户或组,然后使用 T-SQL 命令 sp_grantlogin 授予其登录 SQL Server 服务器的权限。其命令格式如下:

```
sp_grantlogin [@loginame = ] 'login'
```

其中,[@loginame=] 'login'表示要添加的 Windows 用户或组的名称,名称格式为"域名\计算机名\用户名"。

例 9.1 使用 T-SQL 命令将 Windows 用户 test1 加入 SQL Server 2005 中。

```
EXEC sp_grantlogin 'IBM - PC \test1'
```

或

```
EXEC sp_grantlogin [IBM - PC \test1]
```

2. 创建 SQL Server 登录账户

如果要使用混合验证模式或者不通过 Windows 用户或用户组连接 SQL Server 2005，则需要创建 SQL Server 登录账户，使用户得以连接使用 SQL Server 身份验证的 SQL Server 实例。

（1）使用企业管理器创建 SQL Server 登录账户

① 打开企业管理器，展开相应的服务器，展开"安全性"节点，右击"登录名"项，在弹出的快捷菜单中单击"新建登录名"命令，弹出图 9.3 所示的"登录名-新建"对话框。

② 在"登录名-新建"对话框中，选择"SQL Server 身份验证"单选按钮，在"登录名"文本框中输入要创建的登录账户名称，例如，test2，并输入密码。然后在默认设置选项组中，选择"默认数据库"下拉列表框中的某个数据库作为登录到 SQL Server 实例后要连接的默认数据库。这里选择 master 数据库，如图 9.6 所示。

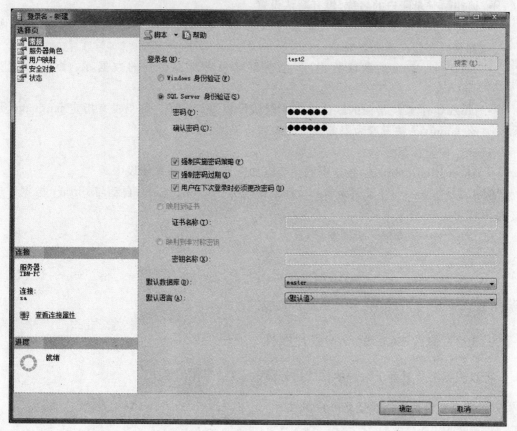

图 9.6 新建 SQL Server 登录账户

③ 在图 9.6 中单击"服务器角色"标签,打开"服务器角色"选项卡,在此选项卡中,可以设置登录账号的服务器角色。

④ 选择"用户映射"选项卡,可以选择登录账户访问的数据库。

⑤ 设置完成后,单击"确定"按钮,即完成了登录账户的创建。

注意:创建"SQL Server 身份验证"登录账户和创建"Windows 身份验证"的登录账户的过程虽然大致相同,但两者还是有很大的差别的。创建"Windows 身份验证"登录账户是把一个已经存在的操作系统的登录账户加入 SQL Server 数据库管理系统中,所以登录 ID 是不可以随便取名的,并且不需要输入密码;而在创建"SQL Server 身份验证"登录账户时,登录 ID 是完全重新指定的,与操作系统的登录 ID 无关。

(2) 使用 T-SQL 命令创建 SQL Server 登录账户

创建 SQL Server 登录账户的 T-SQL 命令的一般格式是:

```
sp_addlogin[@loginame = ] 'login'
[, [@passwd = ] 'password']
[, [@defdb = ] 'database']
[, [@deflanguage = ] 'language']
[, [@sid = ] sid]
[, [@encryptopt = ] 'encryption_option']
```

参数说明:

- login:登录账户的名称,没有默认设置。
- password:登录密码。默认设置为 NULL。sp_addlogin 命令执行后,password 被加密并存储在系统表中。
- database:登录的默认数据库,也就是登录后所连接到的数据库。默认设置为 master。
- language:系统指派的默认语言。默认设置为 NULL。如果没有指定 language,那么 language 被设置为服务器当前的默认语言。
- sid:安全标识号。
- encryption _option:指定密码是否以加密形式存储在系统表中。

例 9.2　建立一个登录名为 test3,登录密码为 123456,登录后自动与 library 数据库连接的 SQL Server 登录账户。

在 SQL Server 查询分析器窗口,输入命令:

```
USE library
EXEC sp_addlogin 'test3','123456','library'
```

按 F5 键或单击"运行"按钮,执行该命令,显示 test3 账户已建立。

9.3.2　修改 SQL Server 账户属性

可以根据需要对登录账户的属性进行修改,以满足使用要求。

1. 用企业管理器修改登录账户属性

利用企业管理器,可以方便修改登录账户的属性。但是要注意,这些操作只有授权用户才能进行,也就是说,必须以一个具有充分权限的账户 ID 登录 SQL Server 管理系统,才可进行操作;如果以一般受限身份的账户 ID 登录,很可能有些操作不能顺利进行。

操作步骤如下:

(1) 打开企业管理器,在"资源管理器"面板中,选择并展开要修改登录账户的 SQL Server 服务器,再展开"安全性"节点,单击"登录名"选项。

(2) 这时在窗口的右边显示出该 SQL Server 服务器的全部登录账户,可以双击某个账户查看其详细情况,如图 9.7 所示。

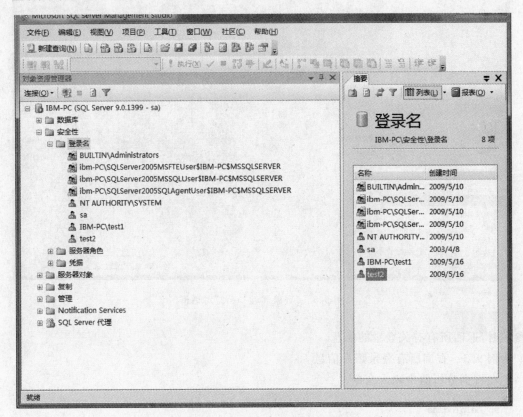

图 9.7　用企业管理器查看登录账户

(3) 比如双击 test2 账户,弹出"登录属性-test2"对话框,如图 9.8 所示。可以在此对话框中修改登录账户的密码。在"选项页"选择区域,选择"服务器角色"选项卡,通过在"服务器角色"选项卡中选中或删除服务器角色复选框达到修改账户的服务器角色的目的。也可以选择"用户映射"、"安全对象"和"状态"选项卡,修改登录账户相应的属性。

2. 用 T-SQL 命令修改登录账户属性

(1) 查看登录账户

查看登录账户的 T-SQL 的一般格式是:

```
sp_helplogins[[@LoginNamePattern = ]'login']
```

其中,login 为登录名,默认值为 NULL。如果指定 login,则它必须存在;当没有指定 login

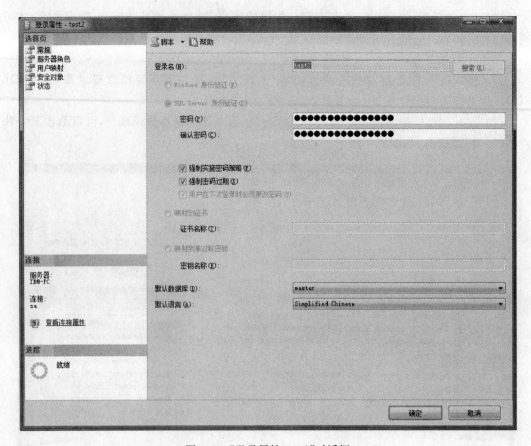

图 9.8　"登录属性-test2"对话框

参数时,返回所有有关登录的信息。

例 9.3　查询所有登录账户信息。

在查询分析器中输入命令:

```
sp_helplogins
```

按 F5 键执行该命令,SQL Server 将显示所有登录账户的情况。

(2) 添加和修改 SQL Server 登录密码

添加和修改 SQL Server 登录密码的 T-SQL 语句的一般格式是:

```
sp_password[[@old = ]'old_password', ]
{[@new = ]'new_password'}[,[@loginame = ]'login']
```

参数说明:

- old_password:旧密码。其默认值为 NULL。
- new_password:新密码。无默认值。如果没有使用命名参数,就必须指定 old_password。
- login:更改密码的登录账户 ID。其默认值为 NULL。login 必须已经存在,并且只能由 sysadmin 固定服务器角色的成员指定。

例 9.4 用 T-SQL 语句将登录账户 test3 的密码从 123456 修改为 123。

在查询分析器窗口,输入命令语句:

```
sp_password @old = '123456', @new = '123', @loginame = 'test3'
```

按 F5 键执行该命令,系统提示密码已修改,表示已完成例题所要求的修改。

(3) 更改登录的默认数据库

命令格式:

```
sp_defaultdb[@loginame = ]'login',[@defdb = ]'database'
```

参数说明:

- login:与 sp_password 命令中的同名参数相同。
- database:新的默认数据库的名称。没有默认值。database 必须已经存在。

9.3.3 删除 SQL Server 账户

当某个登录账户不再使用时,需要将其删除,用来保证数据库的安全性和保密性。删除 SQL Server 登录账户可以通过企业管理器和 T-SQL 命令两种方式进行。

1. 使用企业管理器删除 SQL Server 登录账户

其操作步骤如下:

(1) 类似上述修改 SQL Server 账户属性操作,打开企业管理器,在“资源管理器”面板中,选择并展开要修改登录账户的 SQL Server 服务器,再展开“安全性”节点,单击“登录名”选项。

(2) 在窗口右端出现的登录账户中,选择想要删除的账户名称,右击并在弹出的快捷菜单中单击“删除”命令,在弹出“删除对象”的对话框上,单击“确定”按钮,完成删除登录账户的操作。

2. 使用 T-SQL 命令删除 SQL Server 登录账户

使用 T-SQL 命令删除登录账户分两种形式:删除 Windows 用户或组登录账户和删除 SQL Server 登录账户。

(1) 删除 Windows 用户或组登录账户

命令格式:

```
sp_revokelogin [@loginame = ] 'login'
```

其中,[@loginame=] 'login'表示 Windows 用户或组的名称。

注意:如果删除的是 Windows 身份验证的账户,这时并没有删除 Windows 操作系统的用户,只是该用户不能登录 SQL Server 服务器了。

(2) 删除 SQL Server 登录账户

命令格式:

```
sp_droplogin[@loginame = ]'login'
```

其中，[@loginame＝]'login'表示要删除的 SQL Server 登录账户的名称。

注意：sa（系统管理员）、拥有现有数据库的登录账户、在 msdb 数据库中拥有作业的登录账户和当前正在使用并且连接到 SQL Server 服务器的登录账户，不可以被删除。

9.4 数据库用户管理

9.4.1 创建数据库的用户

SQL Server 2005 账号有两种：一种是登录服务器的登录账号，另一种是使用数据库的用户账号。登录账号指能登录到 SQL Server 2005 服务器的账号，属于服务器的层面，它本身并不能让用户访问服务器中的数据库。要想访问服务器中的数据，必须使用用户账号才可以。

1. 使用企业管理器创建数据库用户

（1）打开企业管理器，在"对象资源管理器"面板中，展开某个要创建数据库用户的数据库，例如 library 数据库，再展开"安全性"选项，然后在"用户"选项上右击，在弹出的快捷菜单中单击"新建用户"命令，弹出"数据库用户-新建"对话框，如图 9.9 所示。

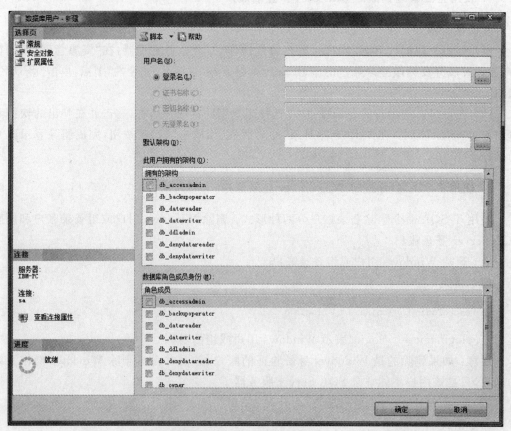

图 9.9 新建数据库用户

（2）在如图 9.9 所示的"数据库用户-新建"对话框中,选择"登录名"文本框后面的选择按钮,弹出"选择登录名"对话框,如图 9.10 所示。在此对话框中单击"浏览"按钮,弹出"查找对象"对话框,选择登录账号如"lulu",如图 9.11 所示。分别在"查找对象"和"选择登录名"对话框中单击"确定"按钮,返回到"数据库用户-新建"窗口。

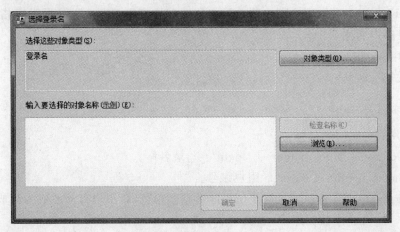

图 9.10　"选择登录名"对话框

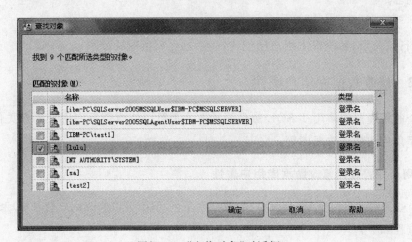

图 9.11　"查找对象"对话框

（3）在图 9.9 所示的"数据库用户-新建"对话框中,在"用户名"文本框中输入新建的数据库用户名,比如 user1,也可以在"数据库角色成员身份"列表中选择新建用户应该属于的数据角色。

（4）设置完毕后,单击"确定"按钮,即完成了在 library 数据库中创建一个新用户账号的工作。

2. 使用 T-SQL 命令创建数据库用户

（1）使用 sp_grantdbaccess
命令格式为:

```
sp_grantdbaccess [ @loginame = ] 'login' [ ,[ @name_in_db = ] 'name_in_db' ]
```

参数说明：

- login：当前数据库中新登录账户 ID。Windows 用户必须用其域名限定，格式为"域\用户"，例如 IBM-PC \test1。登录不能使用数据库中已有的账户作为别名。没有默认值。
- name_in_db：数据库中用户账户的名称。默认值为 NULL。如果没有指定，则使用登录账户名称。

（2）使用 sp_adduser

命令格式：

```
sp_adduser [ @loginame = ] 'login' [,[@name_in_db = ] 'user'][,[@grpname = ]'group']
```

参数说明：

- sp_adduser [@loginame＝] 'login'：登录名称。
- [@name_in_db＝] 'user'：用户账号。
- [@grpname＝]'group'：组或所属的数据库角色，新用户自动地成为其成员。

例 9.5　在 library 数据库中，添加一个名为 user2 的用户账号。

```
USE library
EXEC sp_adduser 'test2','user2',db_owner
```

按 F5 键执行该命令，系统提示用户已创建，表示已完成例题的要求。

9.4.2　修改数据库用户属性

使用企业管理器和使用 T-SQL 命令两种方式都可以修改数据库用户的有关信息，如用户的数据库角色和默认数据库等。

1. 使用企业管理器修改数据库用户属性

使用企业管理器可以重新定义用户的数据库角色，但不可以修改用户登录 ID 和用户 ID。操作过程如下：

（1）打开企业管理器，在"对象资源管理器"面板中，选择并展开对应的服务器。

（2）展开要进行操作的"数据库"节点，展开"安全性"节点。

（3）单击"用户"节点，对话框右侧出现该数据库的全部用户，如图 9.12 所示。

（4）右击要查看的数据库用户名称，在出现的快捷菜单中单击"属性"命令，出现"数据库属性"对话框，如图 9.13 所示。

（5）在如图 9.13 所示的数据库属性对话框中，可以通过选中或删除对应的数据库角色复选框，来重新定义该数据库用户的角色。

2. 使用 T-SQL 命令修改数据库用户属性

（1）使用 sp_addsrvrolemember 将登录账户加入到服务器角色中，命令格式为：

```
EXEC sp_addsrvrolemember 'login','role'
```

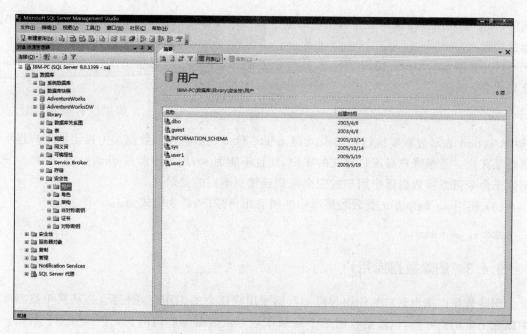

图 9.12 查看数据库用户

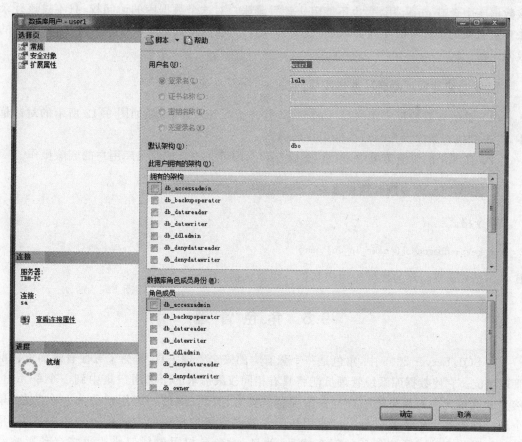

图 9.13 user1 的属性对话框

其中,'login'表示要添加到服务器角色的登录名称,'role'表示服务器角色名称(参见9.5节角色管理)。

(2) 使用 sp_change_users_login 更改当前数据库中的用户与登录账户之间的关系,命令格式为:

EXEC sp_change_users_login 'action','user','login'

其中,'action'表示过程要执行的操作,如 Update_One 表示将当前数据库中指定的用户连接到登录账户。登录账户必须是存在的账户,而且不能为 sa,用户不能是 dbo、guest 用户。使用这个命令可以将数据库中用户的安全账户连接到不同的登录。

(3) 使用 sp_helpuser 查看数据库中的所有用户账户,命令格式为:

EXEC sp_helpuser

9.4.3　删除数据库用户

删除数据库用户账户的作用与添加数据库用户账户的作用正好相反,是从某个数据库中删除一个用户账户,也就是收回某个登录账号对该数据库的访问权。但应注意:删除一个数据库中的用户后,并没有收回该用户所对应的登录账户与 SQL Server 的连接权。如果该数据库中含有 guest 用户,也不能阻止该登录账户对这个数据库的访问权,只不过该登录账户从原来的个人身份变成了 guest 这一公共身份,在这个数据库中仅具有与 guest 对应的权限。

1. 使用企业管理器删除数据库用户

(1) 类似查看数据库用户属性的操作,打开企业管理器后,在如图 9.12 所示的对话框中,右击欲执行删除操作的数据库用户名称。
(2) 在弹出的快捷菜单中,单击"删除"命令,即可完成对该数据库用户的删除操作。

2. 用 T-SQL 命令删除用户账户

命令格式:

sp_revokedbaccess[@name_in_db]'name'

其中,name 是要删除的数据库用户名称。无默认值。

9.5　角色管理

在 SQL Server 2005 中,角色是一个强有力的安全管理工具,是为了方便管理而设置的管理单位。它使数据库系统管理员能将具有相同权限需求的全部用户集中到一个单元中,然后对该单元中的用户统一进行权限配置。具有相同权限的一组用户称为一个角色,单个用户称为这个角色的成员。可使用与配置数据库用户相同的方式配置角色的权限,角色的权限将自动赋予该角色的每个成员,并且,对角色权限的任何修改也将自动影响其成员。

例如,对一个数据库应用系统的全部用户,可根据其对数据库的不同使用要求分成若干单元,对每个单元定义一个角色,并对每个角色配置合适的权限。这样就不用管理每个用户的权限,而只需管理每个用户所对应的角色的权限。当用户的岗位发生变化时,只要将该用户在不同的角色中进行移动;当某岗位的职能发生变化时,也只需调整该岗位所对应的角色的权限,这种调整将自动应用于角色的所有成员,因而无须分别调整该岗位全部用户的权限。

为方便数据库系统管理员,SQL Server 提供了两类预定义的角色:固定服务器角色和固定数据库角色。固定服务器角色与登录账户相对应,而固定数据库角色与数据库用户对应。为满足个性化需求,允许用户建立自己的自定义角色,但只能建立数据库角色,不能建立服务器角色。

9.5.1 固定服务器角色

SQL Server 2005 安装过程中定义了 8 个固定服务器角色。固定服务器角色不能进行添加、删除或修改等操作,只能在这些角色中添加登录用户,使添加的登录账户获得该角色的管理权限。表 9.1 列出了固定服务器角色名称及权限。

表 9.1 固定服务器角色

角色名称	权 限
sysadmin	系统管理员,可以在 SQL Server 中执行任何活动
serveradmin	服务器管理员,可以设置服务器范围的配置选项,还可以关闭服务器
setupadmin	设置管理员,可以管理连接服务器和启动过程
securityadmin	安全管理员,可以管理登录和创建数据库的权限,还可以读取错误日志和更改密码
processadmin	进程管理员,可以管理在 SQL Server 中运行的进程
dbcreator	数据库创建者,可以创建、更改和删除数据库
diskadmin	可以管理磁盘文件
bulkadmin	可以执行 BULK INSERT(大容量插入)语句

对固定服务器角色的管理包括:将一个登录账户加入某个角色,使其成为该角色的一个成员;从一个角色的成员中删除某个登录账户;查看某个角色的成员等。可以使用企业管理器和 T-SQL 命令等不同方式完成这些工作。

例 9.6 用企业管理器和 T-SQL 命令两种方法完成:

① 将登录账户 test2 加入 sysadmin 服务器角色;

② 查看 sysadmin 服务器角色成员;

③ 从 sysadmin 角色中删除 test2 账户。

下面说明用两种方法解决上述问题的具体过程。

1. 用企业管理器

(1) 启动企业管理器,选中并展开对应的服务器,展开"安全性"节点,单击"数据库角色",在屏幕右侧出现 8 个固定服务器角色列表,如图 9.14 所示。

(2) 右击"sysadmin"角色,在快捷菜单中单击"属性"命令,弹出"服务器角色属性"对话框,如图 9.15 所示。

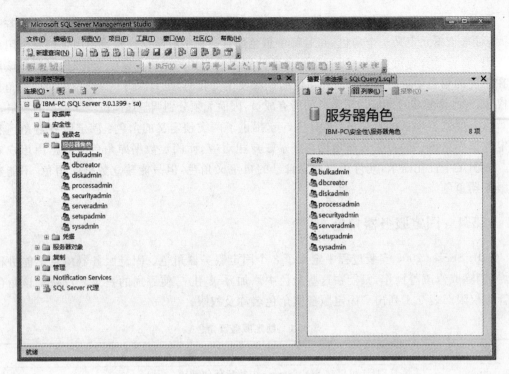

图 9.14　服务器固定角色

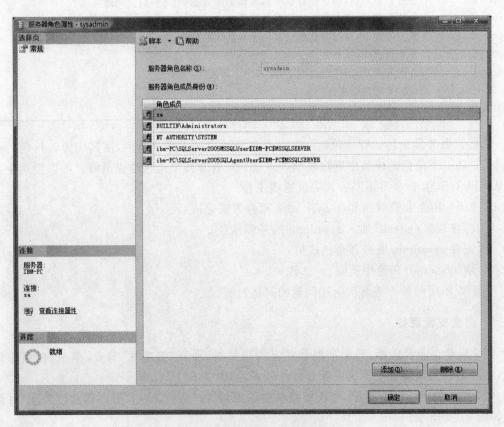

图 9.15　"服务器角色属性"对话框

（3）在"服务器角色属性"对话框中，可以查看 sysadmin 服务器角色成员，因此已经完成了例题中要求的"查看 sysadmin 服务器角色成员"的任务。

（4）单击"添加"按钮，弹出"选择登录名"对话框，单击"浏览"按钮，在弹出的"查找对象"对话框中选择 test2 账户，如图 9.16 所示，然后单击"确定"按钮，返回如图 9.17 所示的"服务器角色属性"对话框。单击图 9.17 所示的"服务器角色属性"对话框中的"确定"按钮，完成将 test2 账户加入 sysadmin 角色中的任务。

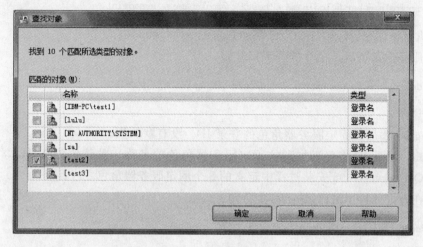

图 9.16　查找登录名

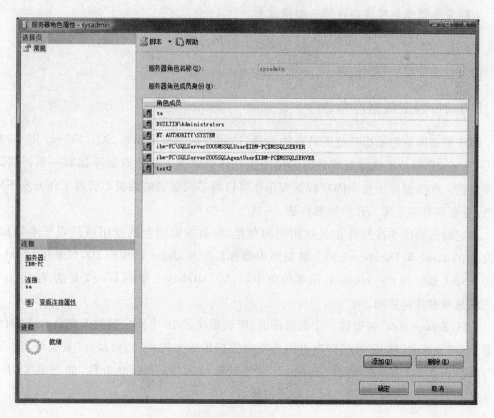

图 9.17　添加登录名

（5）重复（2），重新进入图 9.17 所示的对话框，选中 test2 账户后，单击"删除"按钮，从 sysadmin 角色中删除 test2 账户成员，完成例题要求的全部任务。

2．用 T-SQL 命令

（1）在企业管理器中，单击"新建查询"命令，在出现查询分析器窗口中，输入命令语句：

```
sp_addsrvrolemember @loginame = 'test2', @rolename = 'sysadmin'
```

按 F5 键执行该命令，显示"'test2'已添加到角色'sysadmin'中。"

添加服务器角色成员命令的一般格式是：

```
sp_addsrvrolemember[@loginame = ]'login',[@rolename = ]'role'
```

参数说明：

- login：添加到固定服务器角色的登录 ID。没有默认值。
- role：登录 ID 将要添加到的固定服务器角色的名称。默认值为 NULL，它必须是 SQL Server 2005 安装过程中定义的 8 个固定服务器角色之一。

（2）在查询分析器窗口，输入命令语句：

```
sp_dropsrvrolemember@loginame = 'test2', @rolename = 'sysadmin'
```

按 F5 键执行该命令，显示"'test2'已从角色'sysadmin'中除去。"

删除服务器角色成员命令的一般格式是：

```
sp_dropsrvrolemember[@loginame = ]'login',[@rolename = ]'role'
```

命令参数的意义和用法与 sp_addsrvrolemember 命令相同。

9.5.2　固定数据库角色

固定数据库角色是指角色所具有的管理、访问数据库权限已被 SQL Server 定义，并且 SQL Server 管理员不能对其所具有的权限进行任何修改。每个数据库都有一系列固定数据库角色。在数据库中使用固定数据库角色可以将不同级别的数据库管理工作分给不同的角色，从而很容易实现工作权限的传递。

不同的数据库中虽然存在名称相同的角色，但数据库角色的作用域只限于本数据库。假设 Database1 和 Database2 两个数据库中都有名称为 User1 的用户 ID，如果将 Database1 中的 User1 添加到 db_owner 数据库角色中后，对 Database2 中的 User1 是否是 db_owner 角色成员没有任何影响。

SQL Server 2005 在创建一个数据库时，默认定义了 10 个固定数据库角色。在"对象资源管理器"面板中，展开"数据库"，再展开某个数据库的文件夹，然后展开"安全性"选项，展开"角色"下面的"数据库角色"选项，可以看到默认的 10 个标准角色，如图 9.18 所示。表 9.2 列出了固定数据库角色的名称及权限。

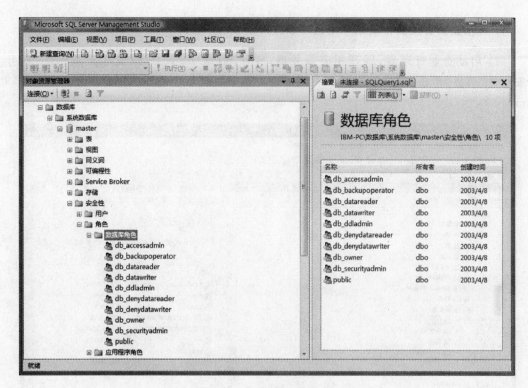

图 9.18　固定数据库角色

表 9.2　固定数据库角色

角 色 名 称	权　　　限
Db_owner	数据库的所有者,在数据库中有全部权限
Db_accessadmin	数据库访问权限管理者,可以添加和删除用户 ID
Db_securityadmin	可以管理全部权限、对象所有权限,管理角色和角色成员资格
Db_ddladmin	数据库 DDL 管理员,可以发出除 GRANT、REVODE、DENY 之外的所有数据定义语句
Db_backupoperator	拥有数据库备份权限,可以发出 DBCC、CHECKPOINT 和 BACKUP 语句
Db_datareader	可以查看数据库内任何表中的所有数据
Db_datawriter	可以更改数据库内任何表中的所有数据
Db_denydatareader	不能查看数据库内任何用户表中的任何数据
Db_denydatawriter	不能更改数据库内任何表中的任何数据
Public	最基本的数据库角色,数据库中的每个用户都属于 public 角色,并且不能从 public 角色中删除用户成员,当在数据库中添加新用户账号时,SQL Server 2005 会自动将其加入 public 数据库角色中

　　可以利用企业管理器和 T-SQL 等不同方式将数据库用户添加到数据库角色中,也可以从数据库角色中删除用户成员。

　　注意:固定服务器角色中添加的是登录账户,而数据库角色中添加的是数据库用户,两者在概念上是不相同的。

1. 利用企业管理器在数据库角色中添加和删除用户成员

（1）启动企业管理器，展开相应服务器，展开"数据库"节点，展开相应数据库，展开"安全性"节点，单击"用户"，对话框右侧出现所选择数据库中的所有用户账户，如图 9.19 所示。

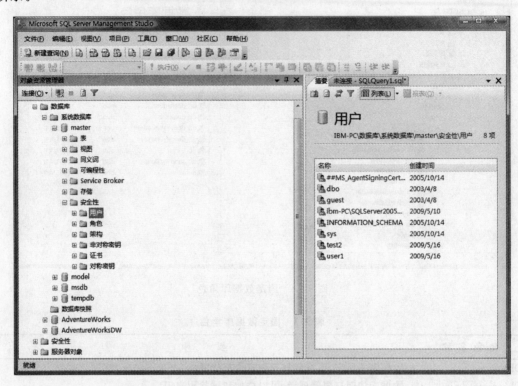

图 9.19　数据库中的所有用户

（2）右击需要进行角色处理的用户账户，在弹出的快捷菜单中单击"属性"命令，出现数据库角色添加对话框，如图 9.20 所示。

（3）选中数据库角色的对应复选框，即表示将该数据库用户添加为该数据库角色的成员；删除复选框中的选中标记，表示从对应数据库角色中删除该用户成员。单击"确定"按钮，完成操作。

2. 用 T-SQL 命令在数据库角色中添加用户成员

命令格式：

sp_addrolemember[@rolename =]'role',
[@membername =]'security_account'

参数说明：

- role：当前数据库中 SQL Server 角色的名称。没有默认值。
- security_account：添加到角色中的数据库用户账户 ID。

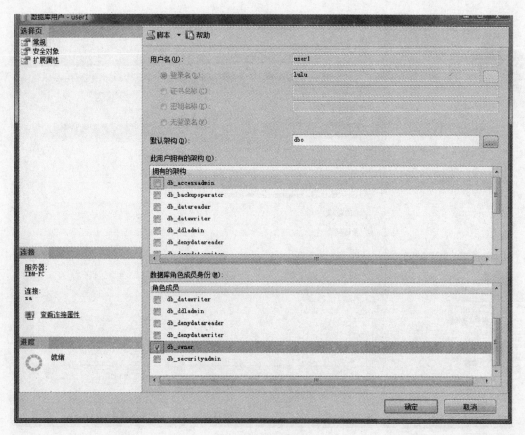

图 9.20 为数据库角色添加用户成员

3. 用 T-SQL 命令在数据库角色中删除用户成员

命令格式：

sp_droprolemember[rolename =]'role'[@membername =]'security_account'

参数意义及用法与 sp_addrolemember 命令相同。

9.5.3 自定义角色

当固定数据库角色不能满足要求时，可以由用户根据需要定义新的数据库角色，并将适当的权限赋予该角色，然后像固定数据库角色一样，将数据库用户添加到这些自定义数据库角色中。

1. 用企业管理器建立数据库角色

（1）启动企业管理器→展开相应服务器，展开"数据库"节点，再展开相应数据库，然后展开"安全性"节点、"角色"节点，右击"数据库角色"，在弹出的快捷菜单中单击"新建数据库角色"，出现"数据库角色-新建"对话框，如图 9.21 所示。

（2）在图 9.21 所示的对话框中，输入相应的角色名称和所有者，选择角色拥有的架构

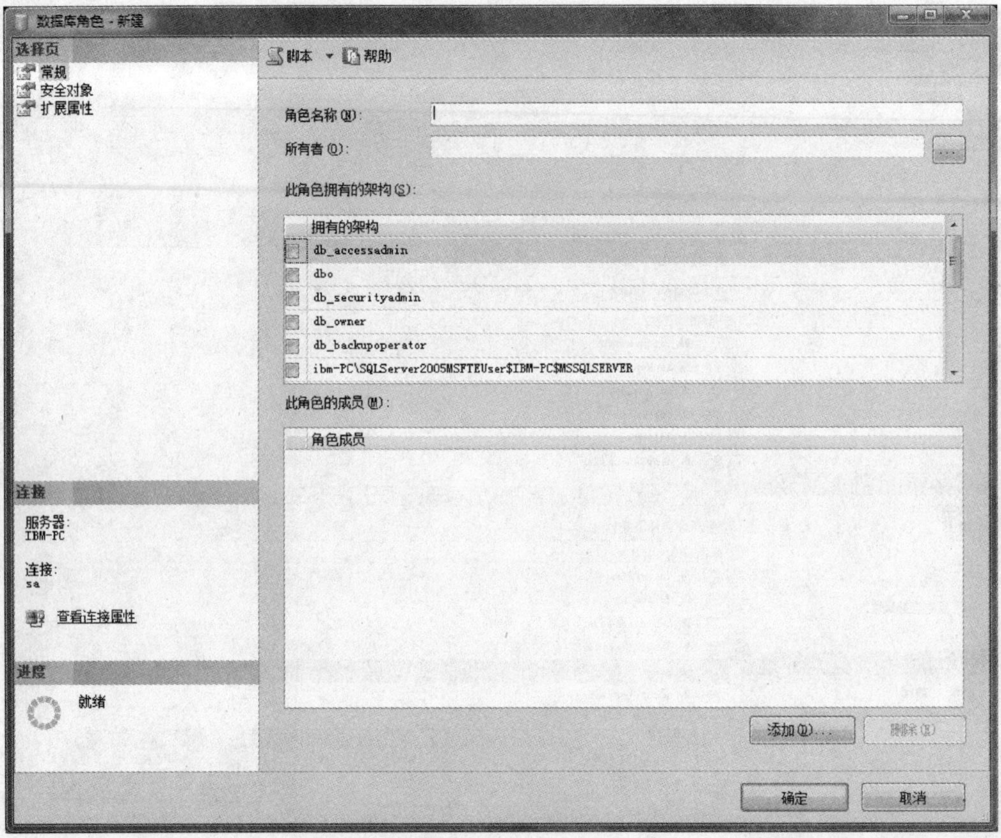

图 9.21　新建角色对话框

及添加相应的角色成员,单击"确定"按钮,完成数据库角色的创建工作。

说明:

① 两种数据库角色可供选择,"标准角色"和"应用程序角色",一般选择建立标准角色即可;

② 该界面图中的"添加"按钮是用来为新建立的数据库角色添加用户成员的,单击"添加"按钮后会出现一个对话框,列出该数据库的全部用户,单击"用户账户"后单击"确定"按钮可以为新建角色增加用户成员。实际上,也可以不在此处增加用户成员,而使用前面为固定数据库角色增加用户成员的方法为自定义角色增加用户成员。

2. 用企业管理器删除数据库角色

操作方法和从固定服务器中删除用户成员的方法完全相同,从略。

3. 用 T-SQL 命令建立数据库角色

命令格式:

sp_addrole[@rolename = 'role'[,[@ownername =]'owner']]

参数说明:

• role:新角色的名称,没有默认值,并且不能存在于当前数据库中。

- owner：新角色的所有者，默认为 dbo_owner。必须是当前数据库中的某个用户或
角色。

4．用 T-SQL 命令删除数据库角色

命令格式：

sp_droprole[@rolename =]'role'

其中，role 是将要从当前数据库中删除的角色的名称。role 必须已经存在于当前的数据
库中。

5．用 T-SQL 命令在自定义数据库角色中添加、删除用户成员

其命令格式、参数、用法与在固定数据库角色中添加、删除用户成员的方法完全相同，
从略。

9.6　权　限　管　理

权限是指用户对数据库中对象的使用及操作的权力，用户权限管理也称为用户许可管
理，主要任务是对数据库用户的权限进行分配和限制，主要包括两部分内容：第一，许可用
户对数据库进行哪些操作；第二，许可用户对哪些数据库进行操作。前者称为语句权限，后
者称为对象权限。

SQL Server 2005 中的每个对象都由用户所有，所有者由数据库用户标识符标识。第
一次创建对象时，唯一可以访问该对象的用户是其所有者或创建者。

在操作层面上权限管理分为授予权限和回收权限两个方面，而回收权限又进一步分为
"废除权限"和"拒绝权限"两个方面。

- 拒绝权限：收回用户的某项权限，包括该用户从其所在角色中继承的权限。
- 废除权限：收回用户的某项权限，但不包括该用户从其所在角色中继承的权限。

为保证系统的可用性和安全性，数据库系统管理员必须准确地对用户进行授权。授权
太少，用户可能不能完成其本职工作；授权太多，把不属于用户工作职责的权限授予用户，
会造成信息安全隐患。

9.6.1　权限的种类

按照作用范围的不同，可以把权限分为 3 个层次。

① 创建数据库及其对象的权限，包括创建数据库、表、视图、存储过程、默认对象、规则，
及对数据库进行备份和恢复的权限；

② 对数据库中的表进行浏览、插入、更改、删除的权限；

③ 对表中列的操作权限，包括使用 SELECT、UPDATE 对列进行查询和更改的权限。

每个数据库都由这 3 个层次组成独立的权限系统。

用户登录到 SQL Server 2005 后，角色和用户的权限决定了他们对数据库所能执行的
操作。权限种类可以分为 3 类：对象权限、语句权限和隐含权限。

1. 对象权限

对象权限是指用户对现有数据库及数据库对象的操作权限,包括对现有数据对象进行浏览、修改、插入、删除等操作的权限。其基本任务是确定每个用户对数据库中的各种对象的操作权限,或者说是确定数据库中的每个对象与哪些用户有关,应该赋予这些用户哪些操作权限。相应地在企业管理器中也有两种不同的操作界面:其一,以用户为主,在一个界面中列出与某个用户有关的全部数据对象,然后由管理者将该用户的权限设置到每个数据对象中;其二,以数据对象为主,在一个界面中列出与某个数据对象有关的全部用户,由管理者将对该对象的访问权限分配到每个用户。

对象权限也可以看作用户对数据库对象执行操作的权力,即处理数据或执行存储过程(INSERT、UPDATE、DELETE、EXECUTE 等)所需要的权限,这些数据库对象包括表、视图、存储过程。

不同类型的对象支持不同的针对它的操作,例如不能对表对象执行 EXECUTE 操作;INSERT 和 DELETE 语句权限会影响整行,因此只可以应用到表或视图中,而不能应用到单个列上。对象权限所能作用的数据库对象如表 9.3 所示。

表 9.3　对象权限所能作用的数据库对象

语　　句	数据库对象	语　　句	数据库对象
SELECT	表、视图、列和用户定义函数	DELETE	表、视图
UPDATE	表、视图和列	REFERENCE	表
INSERT	表、视图	EXECUTE	存储过程、函数

2. 语句权限

并非每个用户都需要创建新的数据库及其数据对象,对于数据库应用系统的绝大部分用户,其应用要求限于浏览系统中的数据,或添加、修改已存在的数据对象中的数据,而不是新建一个数据对象,因此,对这部分用户无须授予他们创建数据库及其对象的权限。SQL Server 中把创建数据库或数据库对象所涉及的权限称为语句权限。例如,如果用户需要在数据库中创建表,则应该向该用户授予 CREATE TABLE 语句权限。这种语句虽然也包含有操作(如 CREATE)的对象,但这些对象在执行该语句之前并不存在于数据库中,所以将其归为语句权限范畴。语句权限适用于语句自身,而不适用于数据库中定义的特定对象。

只有 sysadmin 和 securityadmin 等角色的成员用户才可以向其他用户授予语句权限。语句权限是授予数据库用户的,而用户是与一个数据库相联系的,因此,用户所获得的语句权限只限于所对应的数据库,在另外的数据库中同样的权限需要重新授予。也就是说,语句权限是不能跨数据库使用的。语句权限及其作用如表 9.4 所示。

3. 隐含权限

隐含权限指数据库系统管理员无须用显式的方式,如企业管理器或 T-SQL 等方式授予用户的权限。用户有两种形式获得隐含权限,其一是作为某个角色(包括固定服务器角色、固定数据库角色和用户自定义角色)的成员用户,从其角色处继承的权限;另一种形式是作为某个数据库或数据库对象的创建者 DBO(DataBase Owner),DBO 拥有对于所创建对象进行全部 SQL Server 操作的权限。

表 9.4　语句权限及其作用

语　　　句	作　　　用
CREATE DATABASE	创建数据库
CREATE TABLE	在数据库中创建表
CREATE VIEW	在数据库中创建视图
CREATE DEFAULT	在数据库中创建默认对象
CREATE PROCEDURE	在数据库中创建存储过程
CREATE RULE	在数据库中创建规则
CREATE FUNCTION	在数据库中创建函数
BACKUP DATABASE	备份数据库
BACKUP LOG	备份日志

9.6.2　授予权限

可以用企业管理器和 T-SQL 命令两种方式向用户或角色授予权限。

1. 用企业管理器向用户授予语句权限

（1）启动企业管理器，展开相应服务器，再展开"数据库"节点，右击相应数据库，在弹出的快捷菜单中单击"属性"命令，在出现的对话框中的"选项页"中选择"权限"选项卡，如图 9.22 所示。

（2）在图 9.22 所示的界面中，列出了该数据库的所有用户、组和角色以及可以设置权限的对象，包括创建表、创建视图、创建存储过程、创建规则、备份数据库等操作，用户可以选中或删除复选框设置权限。

注意：打开 master 数据库的设置语句权限对话框时，有一个 CREATE DATABASE 行，是创建数据库的权限。这表明，只有 master 数据库的用户需要有创建数据库的权限，其他用户不需要，也不能够被授予这项权限。

2. 用 T-SQL 命令授予语句权限

命令格式：

```
GRANT{ALL|statement[,...n]}TO security_account[,...n]
```

参数说明：

- ALL：表示授予所有可用的权限。只有 sysadmin 角色成员可以使用 ALL。
- statement：是被授予权限的语句，其可选值及意义见表 9.4。
- security_account：用户账户 ID。

如"GRANT CREATE TABLE TO lu,he"命令将表创建权授予了 lu 和 he 用户。

3. 用企业管理器授予对象权限

（1）启动企业管理器，展开相应服务器，再展开"数据库"节点，然后展开相应数据库，如

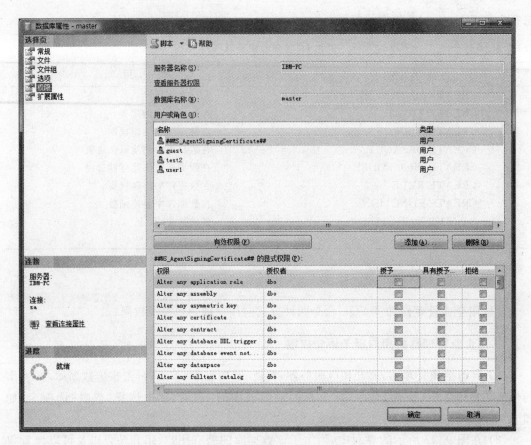

图 9.22　设置语句权限对话框

library 数据库,然后单击数据库中的某类对象,如"表",在对话框右侧出现所选数据库中的全部表。

(2) 右击某个表,如 book 表,在弹出的快捷菜单中单击"属性"命令,在出现的"选项页"对话框中选择"权限"选项卡,如图 9.23 所示。

(3) 在图 9.23 所示的对话框中,在"用户或角色"区,单击"添加"按钮,弹出选择用户或角色的对话框,单击"浏览"选择要授予权限的用户或角色。选择完毕用户或角色,返回到图 9.24 所示的对话框。在该对话框中,用户可以选中或删除复选框设置权限。

4. 用 T-SQL 命令授予对象权限

命令格式:

```
GRANT
{ALL[PRIVILEGES]| permission [,...n]}
{
    [(column[,...n])]ON{table|view}
    |ON{table|view}[(column[,...n])]
    |ON{stored_procedure|extended_procedure}
    |ON{user_defined_function}
}
```

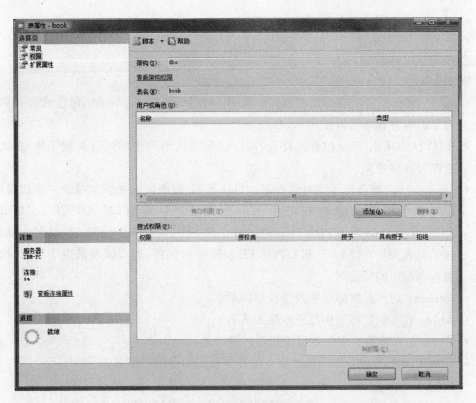

图 9.23　设置对象权限对话框

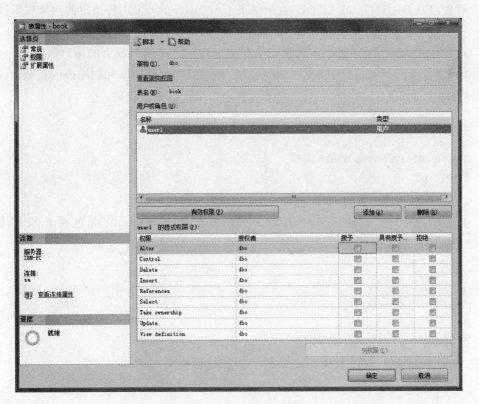

图 9.24　授予对象权限对话框

```
TO security_account[,...n]
[WITH GRANT OPTION]
[AS{group|role}]
```

参数说明：

- ALL：表示授予所有可用的权限。只有 sysadmin 和 db_owner 角色成员和数据库对象的所有者才可以使用 ALL。
- PRIVILEGES：可以包含在符合 SQL-92 标准的语句中的可选关键字中，在此处本身没有具体意义。
- permission：当前授予的对象权限。当在表、表值函数或视图上授予对象权限时，权限列表可以包括这些权限中的一个或多个：SELECT、INSERT、DELETE、REFENENCES 和 UPDATE。列表可以与 SELECT 和 UPDATE 权限一起提供；如果列表未与 SELECT 和 UPDATE 权限一起提供，那么该权限应用于表、视图或表值函数中的所有列。
- column：是当前数据库中授予权限的列名。
- table：是当前数据库中授予权限的表名。
- view：是当前数据库中被授予权限的视图名。
- stored_procedure：是当前数据库中授予权限的存储过程名。
- extended_procedure：是当前数据库中授予权限的扩展存储过程名。
- user_defined_function：是当前数据库中授予权限的用户定义函数名。
- WITH GRANT OPTION：表示赋予了 security_account 将指定的对象权限授予其他安全账户的权力。WITH GRANT OPTION 子句仅对对象权限有效。
- AS{group|role}：指当前数据库中有执行 GRANT 语句权力的用户账户。

例 9.7　给用户 user1 授予多个语句权限，即可以创建数据库和创建表的权限。

在 SQL Server Management Studio 查询窗口中运行如下代码：

```
USE master
GO
GRANT CREATE DATABASE,CREATE TABLE
TO user1
```

按 F5 键或单击"运行"按钮，执行该命令，显示权限已授予。

例 9.8　给用户 user1 授予对表 book 的所有权限，先给 public 角色授予 SELECT 权限，然后将特定的权限授予 user1 用户。

```
USE library
GO
GRANT SELECT ON book TO public
GO
GRANT INSERT,UPDATE,DELETE ON book TO user1
```

按 F5 键或单击"运行"按钮，执行该命令，显示权限已授予。

9.6.3 禁止权限

禁止权限就是删除以前授予用户、组或角色的权限,禁止从其他角色继承的权限,且确保用户、组或角色将来不继承更高级别的组或角色的权限。

1. 禁止语句权限

(1) 命令格式:

```
DENY{ALL l statement[,...n]}TO security_account[,...n]
```

参数意义及用法与 GRANT(授予语句权限)命令完全相同。

(2) 功能:拒绝语句权限。

2. 禁止对象权限

(1) 命令格式:

```
DENY
{ALL [PRIVILEGES]|permission[,...n]}
{
    [(column[,...n])]ON {table | view}
      |ON {table | view} [(column[,...n])]
      |ON{stored_procedure | extended_procedure}
      |ON{user_defined_function}
}
TO security_account[,...n]
[CASCADE]
```

参数意义及其用法与 GRANT(授予对象权限)命令完全相同。

(2) 功能:

① 拒绝当前数据库中的账户或角色的权限。

② DENY 可用于两种特殊的安全账户:在 public 角色上拒绝的权限适用于数据库中的所有用户;在 guest 用户上拒绝的权限将由数据库内所有没有用户账户的用户使用。

③ CASCADE 是指拒绝指定安全账户的权限时,也将拒绝由此安全账户授权的任何其他安全账户。

如果使用 DENY 语句禁止用户获得某个权限,那么以后将该用户添加到已获得该权限的组或角色时,该用户也不能使用这个权限。

例 9.9 使用 DENY 语句禁止用户 user2 使用 CREATE VIEW 语句。

```
USE library
GO
DENY CREATE VIEW TO user2
```

按 F5 键或单击"运行"按钮,执行该命令,显示权限已禁止。

例 9.10 给 public 角色授予表 book 上的 SELECT 权限,再拒绝用户 user2 的特定权限,使得用户没有对表 book 的操作权限。

```
USE library
GO
GRANT SELECT ON book TO public
GO
DENY SELECT, INSERT, UPDATE, DELETE
ON book TO user2
```

按 F5 键或单击"运行"按钮,执行该命令,显示命令已执行。

9.6.4　撤销权限

撤销权限用于删除用户的权限,但是撤销权限是删除曾经授予的权限,并不禁止用户、组或角色通过别的方式继承权限。

1. 撤销语句权限

(1) 命令格式:

```
REVOKE{ALL|statement[,...n]}FROM security_account[,...n]
```

参数意义及用法与 GRANT(授予语句权限)命令完全相同。

(2) 功能:

撤销以前在当前数据库内的用户上授予或拒绝的权限。

2. 撤销对象权限

(1) 命令格式:

```
REVOKE
 {ALL[PRIVILEGES]| permission[,...n]}
  {
   [(column[,...n])]ON{table | view}
   |ON{table | view}[(column[,...n])]
   | ON{stored_procedure | extended_procedure}
   | ON{user_defined_function}
 }
  {TO | FROM} security_account[,...n]
   [CASCADE]
   [As {group | role}]
```

参数意义及其用法与 GRANT(授予对象权限)命令完全相同。

(2) 功能:

① 不能废除系统角色的权限。

② 如果对 SQL Server 2005 角色或 Windows 组废除权限,这些权限将影响当前数据库中作为组或角色成员的用户,除非用户已被显式赋予或拒绝该权限。

③ REVOKE 可拥有两种特殊的安全账户:在 public 角色上废除的权限适用于数据库内的所有用户;在 guest 用户上废除的权限将由数据库内所有没有用户账户的用户使用。

④ REVOKE 权限默认授予固定服务器角色成员 sysadmin、固定数据库角色成员

db_owner 和 db_securityadmin。

例 9.11 撤销用户 user1 的创建表操作的权限。

```
USE library
GO
REVOKE CREATE TABLE FROM user1
```

按 F5 键或单击"运行"按钮,执行该命令,显示命令已执行。

注意:REVOKE 只能用于撤销当前数据库的权限,只能在指定的用户、组或角色上撤销授予或拒绝的权限。

例 9.12 撤销以前对用户 user2 授予或拒绝的对表 book 的 SELECT 权限。

```
USE library
GO
REVOKE SELECT ON book FROM user2
```

按 F5 键或单击"运行"按钮,执行该命令,显示命令已执行。

9.6.5 查看权限

使用 sp_helprotect 可以查看当前数据库中某个对象的用户权限或语句权限的信息。

(1) 命令格式:

```
sp_helprotect[[@name = ]'statement']
[,[@username = ]'security_account']
[,[@grantname = ]'grantor']
[,[@permissionarea = ]'type']
```

参数说明:

* statement:当前数据库中要查看权限的对象或语句的名称。
* security_account:要查看权限的用户账户 ID。默认值为 NULL,这个默认值将返回当前数据库中所有的用户账户的语句权限。
* grantor:是已授权的用户账户的名称。默认值为 NULL,这个默认值将返回当前数据库中所有用户账户所授权限的所有信息。
* type:表示显示类型为语句权限(用 s 表示)、对象权限(用 o 表示)或两者都显示(用 os 表示)的一个字符串。默认值为 os。

(2) 功能:返回当前数据库中某对象的用户权限或语句权限的信息。

例 9.13 查询由某个特定用户授予的权限。

```
EXEC sp_helprotect NULL,NULL,'user1'
```

按 F5 键或单击"运行"按钮,执行该命令,返回当前数据中由用户 user1 授予的权限。

例 9.14 查询当前数据库中所有的语句权限。

```
EXEC sp_helprotect NULL,NULL,NULL,'s'
```

按 F5 键或单击"运行"按钮,执行该命令。

本 章 小 结

本章讨论了在 SQL Server 2005 中数据库系统的安全管理问题,首先简单介绍 SQL Server 2005 的安全控制,接着详细介绍了 SQL Server 的安全认证模式、登录账户、数据库用户、角色、权限等方面的内容。

(1) 安全认证模式:SQL Server 2005 的安全性管理是建立在身份验证和权限认证两个机制上的。用户要使用数据库,首先要通过身份验证登录到 SQL Server 服务器,然后通过权限认证,取得对数据库的使用权限。

(2) 登录账户:用户与 SQL Server 服务器建立连接的途径,可以使用企业管理器和 T-SQL 命令两种方式创建和管理登录账户。

(3) 数据库用户:只有把 SQL Server 登录账户添加为数据库用户后,才可以对数据库进行权限内的操作。可以使用企业管理器和 T-SQL 命令两种方式创建和管理数据库用户。

(4) 角色:是进行数据库权限管理的单位。有两类预定义的角色:固定服务器角色和固定数据库角色。固定服务器角色与登录账户相对应,而固定数据库角色与数据库用户对应,而且允许用户建立数据库角色。

(5) 权限:是用户对数据库中对象的访问及操作的权力,分为对象权限、语句权限和隐含权限。可以使用企业管理器和 T-SQL 命令两种方式对权限进行管理。

习 题 9

一、简答题

1. SQL Server 2005 有几种身份验证模式? 它们的区别是什么?
2. 如何创建一个登录账户?
3. 如何利用企业管理器和 T-SQL 语句删除登录账号?
4. 什么是角色? 数据库角色分哪几类? 各有什么特点?
5. 如何给一个用户账户授予创建表的权限?

二、填空题

1. SQL Server 2005 提供了_____和_____两种身份验证模式。
2. 在 SQL Server 2005 中,用户要经过_____和_____两个安全性阶段。
3. _____角色可以进行大容量的插入操作。
4. 使用混合模式,用户可以使用_____或_____验证的用户账户进行连接。

第10章

SQL Server 2005 备份恢复与导入导出

本章要点

通过本章的学习,可以掌握数据库备份、恢复与导入导出的概念以及备份、恢复和导入导出的操作方法。

Microsoft SQL Server 2005 提供了内置的安全性和数据保护,但是这种安全管理主要是用来防止不合法的登录者或无授权用户对 SQL Server 2005 数据库或数据造成破坏,对于合法用户的错误操作所造成的磁盘损坏或因某种不可预见的事情,比如计算机系统的各种软硬件故障、自然灾害、盗窃以及恶意破坏等,而导致的数据损失甚至服务器崩溃等情况就无能为力了。因此,需要制定一个良好的备份策略,定期地对数据库进行备份操作以保护数据库,以便使管理员能够在数据库遭到破坏时将数据库恢复到已知的正确状态。

Microsoft SQL Server 2005 提供了高性能的备份和还原功能。SQL Server 备份和还原组件提供了重要的保护手段,以保护存储在 SQL Server 数据库中的关键数据。实施计划妥善的备份和还原策略可保护数据库,避免由于各种故障造成的损坏而丢失数据。通过还原一组备份来恢复数据库的策略,为有效地应对灾难做好了准备。

Microsoft SQL Server 2005 中的数据传输工具——导入导出,是数据库系统与外部进行数据交换的接口,可以将数据从一种数据环境传输到另一种数据环境,能够提高数据录入的效率和安全性。

10.1 备份和恢复概述

10.1.1 数据库备份

为了防止因为软件或硬件的故障而导致数据丢失甚至数据库的崩溃,数据库备份和恢复工作就成了一项至关重要的系统管理工作。备份是恢复受损数据库,把意外损失降低到最小的保障方法。

备份组件是 SQL Server 系统的重要组件。备份是指对 SQL Server 数据库或事务日志进行的复制,数据库备份记录了在进行备份操作时刻数据库中所有数据的状态,如果数据库因为发生意外而遭到了破坏,这些备份文件可以用来在进行数据库恢复操作时恢复数据库。执行备份的操作者必须拥有数据库备份的权限许可,SQL Server 只允许系统管理员、数据库所有者和数据库备份执行者对数据库进行备份操作,但通过授权其他角色也允许进行数据库备份操作。

1. 备份内容

数据库中数据的重要程度决定了数据恢复的必要性与重要性,同时也决定了数据的备份方案。数据库需要备份的内容主要包括系统数据库、用户数据库和事务日志 3 部分。

- 系统数据库主要包括 master、msdb 和 model 数据库,它们记录了 SQL Server 2005 系统配置参数、用户资料以及所有用户数据库等重要的系统信息。例如 master 数据库记录了用户账户、环境变量和系统错误信息等;msdb 数据库记录了有关 Agent 服务的全部信息,如作业历史和调度信息等;model 数据库提供了创建用户数据库的模板信息。系统数据库必须进行完全备份。
- 用户数据库中存储了用户的数据,不同用户数据库之间的数据一般有很大的差异。通常可以根据用户数据库中数据的重要程度把它们分为关键数据和非关键数据。要根据数据的重要程度设计和规划不同的备份方案,对于关键数据,因为是用户的重要数据,不易甚至不能重新创建,所以必须进行完全备份。
- 事务日志记录了用户对数据的各种操作,平时系统会自动管理和维护所有的数据库事务日志。每个日志记录包括事务标识、操作类型、更新前数据的旧值和更新后数据的新值。相对于数据库备份,事务日志备份操作需要的时间较少,但是恢复操作需要的时间比较长。

2. 备份设备

进行数据库备份操作之前,首先必须选择存放备份数据的备份设备。备份设备是指用来存储数据库、事务日志或文件和文件组备份的存储介质,也即数据库备份到的目标载体。备份设备可以是磁盘、磁带和命名管道等。磁盘是最常用的备份存储介质,可以用来备份本地文件和网络文件;磁带是大容量的备份存储介质,仅可用于备份本地文件;命名管道是一种逻辑通道。

SQL Server 2005 允许将本地主机磁盘和远程主机磁盘作为备份设备,备份设备在磁盘中是以文件的形式存储的。

SQL Server 2005 使用物理设备名称或逻辑设备名称来标识备份设备。物理备份设备是操作系统对备份设备进行引用和管理的名称,而逻辑备份设备是用来标识物理备份设备的别名或公用名称,用于简化物理设备的名称,通常比物理备份设备更能简单、有效地描述备份设备的特征。使用逻辑设备名称标识的备份设备称为永久备份设备,其名称永久地存储在 SQL Server 2005 内的系统表中,可以被多次使用;使用物理设备名称标识的备份设备称为临时备份设备,其名称并没有被记录在 SQL Server 2005 内的系统设备表中,只能被使用一次。

3．备份频率

备份频率是指进行备份操作的间隔时间，也即相隔多长时间进行一次备份。数据库备份频率的大小一般取决于修改数据库的频繁程度和如果出现意外，丢失的工作量大小，以及发生意外时数据丢失的可能性大小。

正常使用阶段，对系统数据库的修改不是非常频繁，所以对系统数据库的完全备份不需要进行得十分频繁，只需要在执行了某些语句而导致了 SQL Server 2005 对系统数据库进行修改的时候进行备份。如果在用户数据库中执行了诸如加入数据或创建索引等操作时，就应该对用户数据库进行备份。另外，如果清除了事务日志，也应该备份数据库。

备份是一种非常消耗时间和资源的操作，不能频繁进行。应该根据数据库的使用情况确定一个适当的备份周期。

4．数据库备份的类型

（1）完全备份。完全备份是指备份整个数据库，其中包括用户表、系统表、索引、视图和存储过程等所有的数据库对象。用户可以通过数据库还原操作，从数据库备份文件中重新创建整个数据库。还原进程将重写现有数据库，如果现有数据库不存在则创建，已还原的数据库将会和备份完成时的数据库状态一致，但不包括没有提交的事务。恢复数据库时将回滚所有未提交的事务。

完全备份使用的存储空间比较多，完成备份操作需要的时间比较长，所以完全备份的创建频率通常比事务日志备份或差异备份低，适用于数据更新缓慢的数据库。

（2）事务日志备份。事务日志是一个单独的文件，它记录数据库的变化，备份的时候只需要复制自上次事务日志备份后对数据库执行的所有事务的记录。使用事务日志备份可以将数据库恢复到即时点或故障点。

事务日志备份经常与完全备份一起使用。事务日志备份比完全备份使用的资源少，因此可以比完全备份更经常地创建事务日志备份，并经常备份以减少数据丢失的危险。事务日志备份仅用于完整恢复策略或大容量日志恢复策略。

必须至少有一个完全备份或覆盖的文件备份集，才可以有效地进行事务日志备份。只有具有自上次完全备份或差异备份后的连续事务日志备份序列，使用完全备份和事务日志备份进行数据库还原操作才有效。

（3）差异备份。差异备份记录了自上次数据库备份后发生改变的数据。差异备份一般会比完全备份占用更少的空间，而且备份速度快，所以可以更经常地备份，这样就可以减少数据丢失的危险。

使用差异备份可以将数据库还原到差异备份完成时的那一点。若想要恢复到精确的故障点，就必须使用事务日志备份。如果从上次完全备份以后数据库中发生改变的数据较少，那么使用差异备份非常有效。

10.1.2 数据库恢复

数据库恢复是和数据库备份相对应的操作，如果数据库遭到损坏，可以将数据库备份重新加载到系统中，使数据库恢复到遭受损坏前的状态。恢复数据库是一个装载数据库备份，应用事务日志进行重建的过程。应用事务日志后,数据库就可以恢复到最后一次事务日志备份前的状态。在数据库恢复的操作过程中,用户是不能进入数据库的,当数据库恢复完成之后,数据库中的所有数据都被数据库备份替换掉。

如果数据库做过完全备份和事务日志备份,那么恢复数据库是很容易做到的。如果保持着连续的事务日志,那么就能快速地重新构造和建立数据库。在恢复数据库之前,调查数据库遭到破坏的原因也是很重要的。如果数据库的失效是由介质错误造成的,那么就需要更换掉失效的介质;如果数据库的失效是由于用户的错误操作引起的,那么就需要针对发生的问题以及如何避免类似的错误采取相应的对策。恢复数据库是一个装载最近备份的数据库和应用事务日志来重新创建数据库到失效点的过程。定点恢复可以把数据库还原到一个固定的时间点,这种功能只适用于事务日志备份。

SQL Server 2005 进行数据库恢复时,会先执行一些系统安全性的检查,用以防止误操作的执行,比如使用了不完整的信息或其他的数据备份覆盖现有的数据库。如果有下述几种情况出现时,系统将不能恢复数据库。

(1) 恢复操作中的数据库名称与备份集中记录的数据库名称不相匹配。

(2) 需要通过恢复操作自动创建一个或多个文件,但已经有同名的文件存在。

(3) 恢复操作中命名的数据库已经存在在服务器上,但是与数据库备份中包含的数据库不是同一个数据库,比如数据库名称相同,但是数据库的创建方式却不同。

如果是重新创建一个数据库,那么这些安全检查可以被禁止。

1. 数据库恢复模型

根据保存数据的需要和对存储介质使用的考虑,SQL Server 2005 简化了备份和恢复过程,提供了 3 种数据库恢复模型:简单恢复、完全恢复、大容量日志记录恢复。每种模型都有自己的含义、优缺点和适用范围,合理地使用这 3 种模型可以有效地管理数据库,最大限度地减少损失。

(1) 简单恢复模型

使用简单恢复模型可以将数据库恢复到上次备份处,但是无法将数据库还原到故障点或特定的即时点,即自上次备份之后发生的更改将全部丢失。它常用于恢复最新的完整数据库备份、差异备份。

简单恢复模型的优点在于它占用了最小的事务日志空间,能够增加磁盘的可用空间,允许高性能大容量复制操作,以及可以回收日志空间。但是使用简单恢复模型就必须重组最新的数据库或者差异备份后的更改。与完全恢复模型和大容量日志记录恢复模型相比,简单恢复模型更容易管理,但如果数据文件损坏,则数据库损失更高。对于小型数据库或者数据更改频度不高的数据库,通常使用简单恢复模型。采用简单恢复模型的数据库不支持事务日志备份。

(2) 完全恢复模型

完全恢复模型使用数据库备份和事务日志备份,能够将数据库恢复到故障点或特定即时点。完全恢复模型在故障还原中具有最高的优先级,适用于非常重要的数据库,任何数据丢失都是难以接受的情况和数据库更新非常频繁等情况。为保证这种恢复程度,包括大容量操作(如 SELECT INTO、CREATE INDEX 和大容量装载数据)在内的所有操作都将完整地记入 SQL Server 事务日志。因为日志记录了全部事务,所以只要日志本身没有受到损坏,SQL Server 就可以在发生故障或误操作时恢复到任意即时点。

完全恢复模型的优点是可以恢复到任意即时点,这样数据文件的丢失和损坏不会导致工作上的损失,但是如果事务日志损坏,则必须重新做最新的日志备份后进行修改。SQL Server 2005 默认采用完全恢复模型。用户可以在任何时间内修改数据库的恢复模型,但是必须在更改恢复模型时备份数据库。

(3) 大容量日志记录恢复模型

大容量日志记录恢复模型同完全恢复模型相似,使用数据库备份和日志备份来恢复数据库。该模型为某些大规模或大容量复制操作提供最佳性能和最少的日志使用空间。在这种模型中,日志文件只记录多个操作的最终结果,而不存储操作的过程细节,所以大容量复制操作的数据丢失程度要比完全恢复模型严重。如果事务日志没有受到损坏,除了故障期间发生的事务之外,SQL Server 能够还原所有数据。但是,因为使用最小日志方式记录事务,所以它只允许数据库恢复到事务日志备份的结尾处,不支持特定即时点恢复。

大容量日志记录恢复模型的优点是可以节省日志空间,但是如果日志损坏或者日志备份后发生了大容量操作,则必须重做自上次备份后所做的更改。在大容量日志恢复模式下,备份包含大容量日志操作的日志需要访问数据库中的所有数据文件,如果数据文件不可访问,则无法备份最后的事务日志,而且该日志中所有已提交的操作都会丢失。

不同的恢复模型对应不同的性能、磁盘和磁带空间以及防止数据丢失的需要。恢复模型决定总体的备份策略,包括可以使用的备份类型,即选择一种恢复模型,可以确定如何备份数据以及能承受何种程度的数据丢失,由此也确定了数据的恢复过程。

2. 设置数据库恢复模型

设置数据库恢复模型的操作步骤如下。

(1) 启动企业管理器,连接相应的服务器,展开"数据库"节点,右击需要设置恢复模型的数据库(如 library 数据库)上,在弹出的快捷菜单上单击"属性"命令。

(2) 在弹出的"数据库属性-library"对话框的左边窗口,选择"选项"选项卡,如图 10.1 所示。在"恢复模式"下拉列表框中有 3 个选项:"完整"、"大容量日志"和"简单"。根据需要从中选择一个恢复模型。单击"确定"按钮,完成设置。

10.1.3 数据库备份和恢复的流程

1. 创建备份设备

备份设备也称备份文件,是用来存放备份数据的,应该在进行数据库备份操作前预先创建。常用的备份设备是磁盘和磁带。

2. 进行数据库的完整备份、差异备份和日志备份

一般情况下,采用完整备份和事务日志备份,每天进行一次完整备份,中间进行 2~3 次的事务日志备份;对于数据库比较庞大而且系统繁忙的系统,可以采用差异备份,每星期进行一次完整备份,中间可以进行多次差异备份,每两个差异备份之间再进行多次事务日志备份。

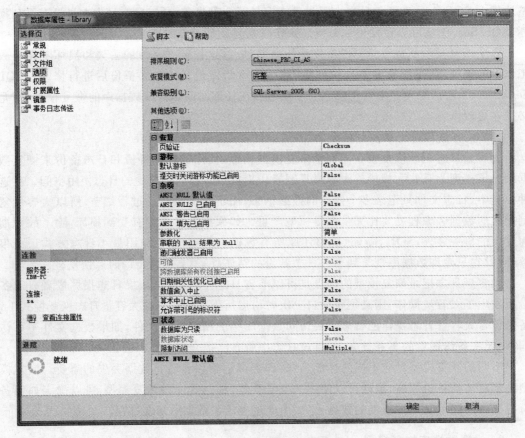

图 10.1　设置数据库恢复模型

3. 恢复数据库

数据库的恢复策略由数据库的恢复模型决定,恢复模型是数据库遭到破坏时恢复数据库中数据的方式。

10.2　备份操作和命令

10.2.1　创建和删除备份设备

备份设备是指 SQL Server 中存储数据库和事务日志备份复制的载体。备份设备可以被定义成本地的磁盘文件、远程服务器上的磁盘文件、磁带或者命名管道。

进行数据库备份时,必须首先创建用来存储备份文件的备份设备。创建和删除备份设备可以使用企业管理器和系统存储过程 sp_addumpdevice、sp_dropdevice 实现。

1. 使用企业管理器创建备份设备

使用企业管理器创建备份设备的操作步骤如下:

(1) 打开企业管理器,在"对象资源管理器"窗口中,展开选定的服务器,单击展开"服务器对象"节点,右击"备份设备"选项,在弹出的快捷菜单中单击"新建备份设备"命令,打开如图 10.2 所示的"备份设备"对话框。

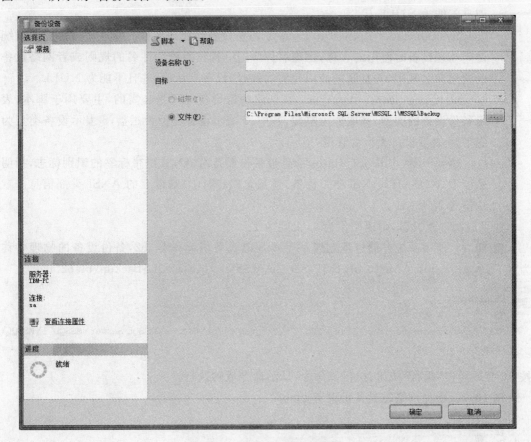

图 10.2 新建"备份设备"对话框

(2) 在图 10.2 所示的"备份设备"对话框中,在"设备名称"文本框中输入指定备份设备的逻辑文件名,如 bfsb,在"文件"文本框中输入要备份的文件名称和存储路径,确定目标位置。

(3) 单击"确定"按钮,完成备份设备的创建。

2. 使用系统存储过程 sp_addumpdevice 创建备份设备

sp_addumpdevice 系统存储过程的命令格式为:

```
sp_addumpdevice[@devtype = ]'device_type'
[@logincalname = ]'logincal_name',
[@physicalname = ]'physical_name',
[,{[[@cntrltype = ]controller_type|[@devstatus = ]'device_status'}]
```

其中,各参数含义如下。

- [@devtype=]'device_type':备份设备的类型,取值包括 disk、pipe、tape,disk 表示磁盘,pipe 表示命名管道,tape 表示磁带设备。

- ［@logincalname＝］'logincal_name'：备份设备的逻辑名称,该逻辑名称用于 BACKUP 和 RESTORE 语句中,logical_name 的数据类型为 sysname,没有默认值, 而且不能为 NULL。
- ［@physicalname＝］'physical_name'：备份设备的物理名称。物理名称是操作系统 访问物理设备时使用的名称,物理名称应遵守操作系统文件名的规则或者网络设备 的通用命名规则,并且必须使用完整的路径,没有默认值,并且不能为 NULL。
- ［@cntrltype＝］controller_type：在创建备份设备时不是必需的,主要用于脚本,表 示备份设备的类型,其取值为整数,其中,2 表示设备类型为磁盘,5 表示设备类型为 磁带,6 表示设备类型为管道。
- ［@devstatus＝］'device_status'：磁带备份设备对 ANSI 磁带标签的识别标志,指明 是读取(NOSKIP)ANSI 磁带标签,还是忽略(SKIP)磁带上的 ANSI 头部信息。默 认值为 NOSKIP。

如果成功创建设备,则返回值为 0,否则为 1。

例 10.1　使用系统存储过程创建一个本地磁盘备份设备 bfsb2,备份设备的物理名称 为"C:\Program Files\Microsoft SQL Server\MSSQL.1\MSSQL\Backup\bfsb2.bak"。

```
USE library
GO
EXEC sp_addumpdevice 'disk','bfsb2','C:\Program Files\Microsoft SQL Server\MSSQL.1\MSSQL\
Backup\bfsb2.bak'
```

按 F5 键或单击"运行"按钮,执行该命令,显示命令成功执行。

例 10.2　添加网络磁盘备份设备 bfsb3。

```
USE library
GO
EXEC sp_addumpdevice 'disk', 'bfsb3',
    '\\servername\sharename\filename.ext'
```

按 F5 键或单击"运行"按钮,执行该命令,显示命令成功执行。

3. 使用企业管理删除备份设备

使用企业管理器删除备份设备的操作步骤如下。

(1) 打开企业管理器,在"对象资源管理器"窗口中,展开选定的服务器,单击展开"服务 器对象"节点,展开"备份设备"节点,显示出当前所有的备份设备,如图 10.3 所示。

(2) 在图 10.3 所示的窗口中,右击要删除的备份设备(如 bfsb),在弹出的快捷菜单中 单击"删除"命令,弹出如图 10.4 所示的"删除对象"对话框。

(3) 在打开的"删除对象"对话框中,单击"确定"按钮,完成删除备份设备 bfsb 的操作, 如图 10.4 所示。

4. 使用系统存储过程 sp_dropdevice 删除备份设备

sp_dropdevice 存储过程语句的命令格式为:

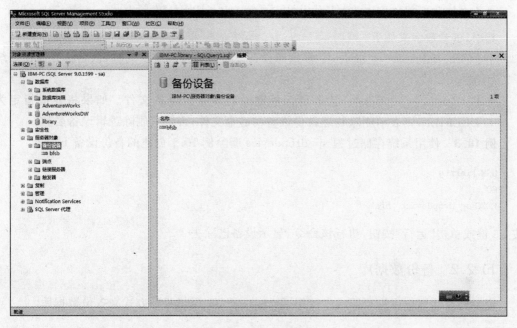

图 10.3　删除备份设备

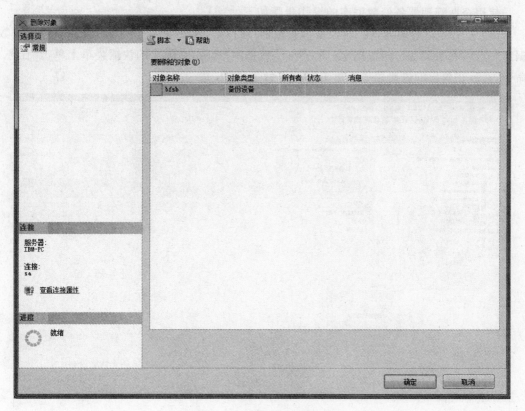

图 10.4　"删除对象"对话框

sp_dropdevice[@logicalname =]'divice'[,[@delfile =]'delfile']

其中,各参数含义如下。

- [@logicalname=]'divice':数据库设备或备份设备的逻辑名称,该名称存储在系统表中。
- [@delfile=]'delfile':指出是否要删除物理备份设备文件。如果将其值指定为DELFILE,则表示删除物理备份设备的磁盘文件,否则只删除逻辑设备名称。

例 10.3 使用系统存储过程 sp_dropdevice 删除例 10.1 创建的备份设备 bfsb2。

```
USE library
GO
EXEC sp_dropdevice 'bfsb2'
```

按 F5 键或单击"运行"按钮,执行该命令,显示设备已除去。

10.2.2 备份数据库

可以通过使用企业管理器或者使用 Transact-SQL 语句两种方式来备份数据库。

1. 使用企业管理器备份数据库

使用企业管理器备份数据库的操作步骤如下。

(1) 打开企业管理器,在"对象资源管理器"窗口中,展开"服务器名称"节点,再展开"数据库"节点,右击要备份的数据库(如 library 数据库)选项,在弹出的快捷菜单上单击"任务"命令,然后在弹出的快捷菜单上单击"备份"命令,如图 10.5 所示。

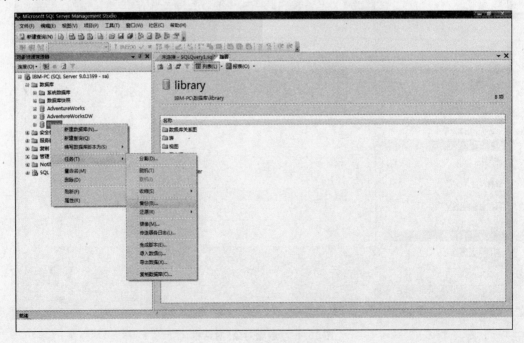

图 10.5 单击"备份"命令

（2）单击"备份"命令后，弹出"备份数据库-library"对话框，如图10.6所示。

（3）在图10.6所示的"备份数据库-library"对话框的左边窗格中，选择"常规"选项卡，设置准备备份的"数据库"为library数据库；在"备份类型"中选择需要的类型，如果是第一次备份，选择"完整"；"备份组件"选项选择为"数据库"；在"备份集"区域的"名称"文本框中输入要备份的文件名称为libraryFullBackup；在"备份集过期时间"选项中选择"在以下天数后"选项，并设置为0天。

（4）在图10.6所示的"备份数据库-library"对话框的"目标"窗格区域中，单击"添加"按钮，弹出"选择备份目标"对话框，如图10.7所示。由于没有磁带设备，所以只能备份到磁盘。在"文件名"文本框中输入备份路径，在"备份设备"中选择bfsb，单击"确定"按钮，完成数据库的备份。

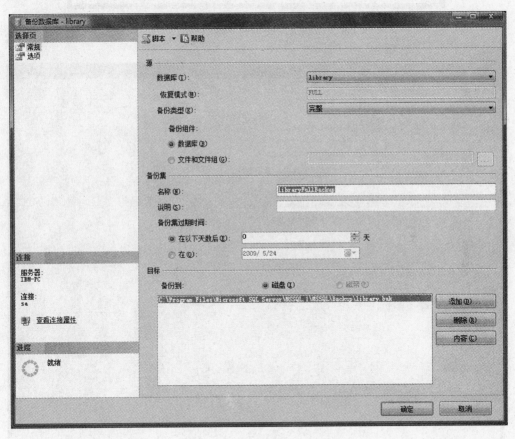

图10.6 "备份数据库"对话框

（5）在图10.6所示的"备份数据库-library"对话框左边窗格中，单击"选项"标签，可以查看或设置高级选项，如图10.8所示，在"备份到现有媒体集"选项中选择"追加到现有备份集"命令。设置完成后单击"确定"按钮。

"备份到现有媒体集"有两个选项："追加到现有备份集"和"覆盖所有现有备份集"。其中"追加到现有备份集"是媒体上以前的内容保持不变，新的备份在媒体上次备份的结尾处写入；"覆盖所有现有备份集"是重写备份设备中所有现有的备份，备份媒体的现有内容将

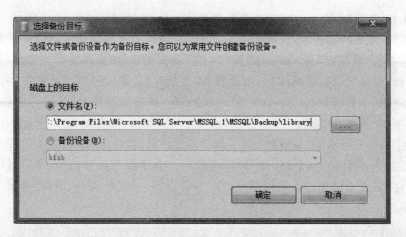

图 10.7　选择备份设备和路径

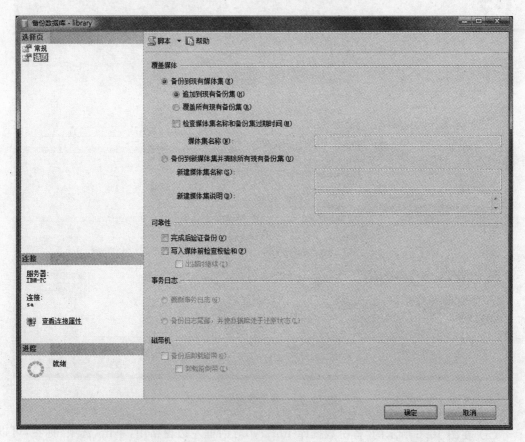

图 10.8　选择备份方式

被新备份覆盖。

　　单击如图 10.8 所示的选择备份方式窗口中的"确定"按钮,完成数据库备份,弹出如图 10.9 所示的对话框,单击"确定"按钮,完成备份数据库操作。

图 10.9　数据库备份完成

2. 使用 Transact-SQL 语句 BACKUP 备份数据库

使用 Transact-SQL 语句 BACKUP 可以对整个数据库、数据库文件及文件组、事务日志进行备份。

备份数据库的语法格式为：

```
BACKUP DATABASE {database_name|@database_name_var}
    [<file_or_filegroup>[,...n]]
TO <backup_device>[,...n]
[WITH
    [BLOCKSIZE = {blocksize|@blocksize_var}]
    [[,]DESCRIPTION = {'text'|@text_var}]
    [[,]DIFFERENTIAL]
    [[,]EXPIREDATE = {date|@date_var}|RETAINDAYS = {days|@days_var}]
    [[,]PASSWORD = {password|@password_var}]
    [[,]{INIT|NOINIT}]
    [[,]MEDIADESCRIPTION = {'text'|@text_var}]
    [[,]MEDIANAME = {media_name|@media_name_var}]
    [[,]MEDIAPASSWORD = {mediapassword|@mediapassword_var}]
    [[,]NAME = {backup_set_name|@backup_set_name_var}]
    [[,]{STANDBY = undo_file_name}]
    [[,]{NOSKIP|SKIP}]
    [[,]RESTART]
    [[,]STATS[ = percentage]]
]
```

其中,各个参数的含义如下。

- BACKUP DATABASE：表示是备份数据库。
- {database_name|@database_name_var}：表示要备份的数据库名称。
- <file_or_filegroup>：表示包含在数据库备份中的文件或文件组的逻辑名。可以指定多个文件或文件组。
- <backup_device>：表示备份操作时要使用的逻辑或物理备份设备。默认值为逻辑设备名。
- BLOCKSIZE={blocksize|@blocksize_var}：表示物理块的字节长度。
- DESCRIPTION={'text'|@text_var}：表示备份描述文本。
- DIFFERENTIAL：表示差异备份,指定数据库备份或文件备份应该只包含上次完整备份后更改的数据库或文件部分。一般比完整备份占用更少的空间。
- EXPIREDATE={date|@date_var}：表示指定备份集到期和允许被覆盖的日期。

- RETAINDAYS＝{days|@days_var}：表示指定必须经过多少天才可以覆盖该备份媒体集。
- PASSWORD＝{password|@password_var}：为备份设置密码。
- {INIT|NOINIT}：指定是重写还是追加介质，NOINIT 为默认值，表示追加数据到现有介质。
- MEDIADESCRIPTION＝{'text'|@text_var}：介质描述文本。
- MEDIANAME＝{media_name|@media_name_var}：指定备份介质名称。
- MEDIAPASSWORD＝{mediapassword|@mediapassword_var}：为介质设置密码。
- NAME＝{backup_set_name|@backup_set_name_var}：指定备份的名称。
- STANDBY＝undo_file_name：说明备份到日志尾部并使数据库处于只读或备用模式。
- {NOSKIP|SKIP}：指明是否对备份集过期和名称进行检查，NOSKIP 表示须进行检查。
- RESTART：指定 SQL Server 重新启动一个被中断的备份操作。
- STATS[＝percentage]：每完成一定的百分点时，显示一条消息，结束时显示一条消息，用于测量进度。如果省略 percentage，则每完成 10 个百分点显示一条消息。

例 10.4 完全备份数据库 library 到名字为 bfsb4 的逻辑备份设备上，物理文件为"d:\dump\library4.bak"。

在企业管理器的查询窗口中运行以下代码：

```
--- 首先创建数据库备份设备 bfsb4
USE master
GO
EXEC sp_addumpdevice 'disk','bfsb4','d:\dump\library4.bak'
--- 备份数据库
BACKUP DATABASE library TO bfsb4
```

运行界面如图 10.10 所示，备份数据库成功。

例 10.5 差异备份数据库 library 到备份文件"d:\dump\library4.bak"。

```
BACKUP DATABASE library
    TO DISK = 'd:\dump\library4.bak '
    WITH DIFFERENTIAL
```

按 F5 键或单击"运行"按钮，执行该命令。

10.2.3 备份事务日志

事务日志是自上次事务日志备份后，对数据库执行的所有事务的一系列记录。可以使用事务日志备份将数据库恢复到特定的即时点或故障点。

一般情况下，事务日志备份比数据库备份使用的资源更少，因此相对数据库备份，可以更经常地创建事务日志备份。只有当数据库恢复模型为完全恢复模型或大容量日志记录恢复模型时才能使用事务日志备份。

可以通过使用企业管理器和 Transact-SQL 语句两种方式来备份事务日志。

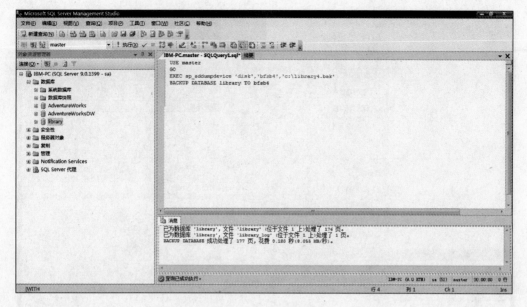

图 10.10　备份数据库

1. 使用企业管理器备份事务日志

使用企业管理器备份事务日志的操作步骤如下：

（1）打开企业管理器，在"对象资源管理器"窗口中，展开"服务器名称"节点，再展开"数据库"节点，右击要备份事务日志的数据库（如 library 数据库）选项，在弹出的快捷菜单上单击"任务"命令，然后在弹出的快捷菜单上单击"备份"命令，如图 10.5 所示。

（2）单击"备份"命令后，弹出"备份数据库-library"对话框，如图 10.6 所示。

（3）在图 10.6 所示的"备份数据库-library"对话框的左边窗格中，选择"常规"选项卡，设置准备备份的"数据库"为 library 数据库，在"备份类型"下拉列表框中选择"事务日志"选项，在"备份集"选项区域的"名称"文本框中输入备份的日志名称，如图 10.11 所示。

（4）在图 10.11 所示的对话框的"目标"选项区域中，单击"添加"按钮，弹出"选择备份目标"对话框，如图 10.7 所示。由于没有磁带设备，所以只能备份到磁盘。在"文件名"文本框中输入备份路径，在"备份设备"中选择 bfsb，单击"确定"按钮，完成事务日志的备份。

2. 使用 Transact-SQL 语句备份事务日志

备份事务日志的语法类似备份数据库的 Transact-SQL 命令格式。

```
BACKUP LOG {database_name|@database_name_var}
    [<file_or_filegroup>[,...n]]
TO <backup_device>[,...n]
[WITH
    [BLOCKSIZE = {blocksize|@blocksize_var}]
    [[,]DESCRIPTION = {'text'|@text_var}]
    [[,]DIFFERENTIAL]
    [[,]EXPIREDATE = {date|@date_var}|RETAINDAYS = {days|@days_var}]
    [[,]PASSWORD = {password|@password_var}]
```

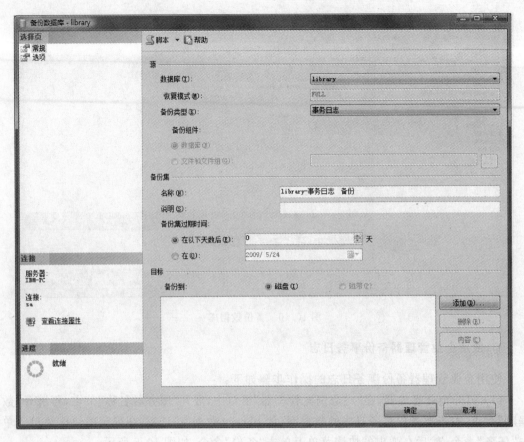

图 10.11　备份事务日志

```
    [[,]{INIT|NOINIT}]
    [[,]MEDIADESCRIPTION = {'text'|@text_var}]
    [[,]MEDIANAME = {media_name|@media_name_var}]
    [[,]MEDIAPASSWORD = {mediapassword|@mediapassword_var}]
    [[,]NAME = {backup_set_name|@backup_set_name_var}]
    [[,]NO_TRUNCATE]
    [[,]{NORECOVERY|STANDBY = undo_file_name}]
    [[,]{NOSKIP|SKIP}]
    [[,]RESTART]
    [[,]STATS[ = percentage]]
]
```

有几项参数的含义在前面备份数据库的语句介绍中没有讲到。

- LOG：用于确认是要创建一个事务日志的备份，还是要创建数据库或文件/文件组的备份。
- NO_TRUNCATE：在备份后不截断日志，如果数据库崩溃，使用该选项至少可以运行尝试备份。如果没有指定该选项，则会得到一个错误消息。只与 BACKUP LOG 一起使用。
- NORECOVERY：说明备份到日志尾部并使数据库处于正在还原的状态，只与 BACKUP LOG 一起使用。

注意：LOG 的 NO_TRUNCATE 和 NORECOVERY 选项，通常在数据库崩溃，且希望在执行还原之前对事务日志进行备份的时候使用。

例 10.6　备份数据库 library 的日志文件到备份设备 bfsb4 上，物理备份文件为"d:\dump\library4.bak"，备份集名称为 LibraryLogBackup。

```
BACKUP LOG library
    TO DISK ='d:\dump\library4.bak'
    WITH NAME = 'LibraryLogBackup'
```

按 F5 键或单击"运行"按钮，执行该命令。

10.3　恢复操作和命令

10.3.1　恢复前的准备工作

1．查看备份信息

如果数据库遭到损坏，就可以使用备份来恢复数据库。因为恢复数据库与备份数据库两个操作之间一般存在较长的时间差，难以记住备份设备、备份文件及其所备份的数据库，所以首先需要对这些信息进行查看。

需要查看的信息通常包括备份集内的数据和日志文件、备份首部信息、介质首部信息。可以通过使用企业管理器和 Transact-SQL 语句两种方式来查看这些信息。

（1）使用企业管理器查看备份信息

使用企业管理器查看备份信息的步骤如下。

① 打开企业管理器，在"对象资源管理器"窗口中，展开选定的服务器，单击展开"服务器对象"节点，再展开"备份设备"节点，显示出所有的备份设备，如图 10.3 所示。

② 在图 10.3 所示的窗口中，右击要查看的备份设备，如 bfsb 备份设备，在弹出的快捷菜单中单击"属性"命令，弹出如图 10.12 所示的对话框。

③ 在"备份设备-bfsb"对话框的"选项页"窗格中，选择"常规"选项卡将显示"设备名称"和"目标"，目标为磁带或文件，显示备份存放的物理地址。

④ 在"备份设备-bfsb"对话框的"选项页"窗格中，选择"媒体内容"选项卡将显示备份设备的类型、每一个备份的类型和备份集的名称。

（2）使用 Transact-SQL 命令查看备份信息

查看备份信息的 Transact-SQL 命令格式为：

```
sp_helpdevice  备份设备名称
```

例 10.7　使用 Transact-SQL 命令查看备份设备 bfsb 的属性。

```
sp_helpdevice  bfsb
```

按 F5 键或单击"运行"按钮，执行该命令，执行结果如图 10.13 所示。

2．断开用户和数据库之间的连接

在执行恢复操作之前，管理员应该首先断开准备进行恢复操作的数据库和客户端应用

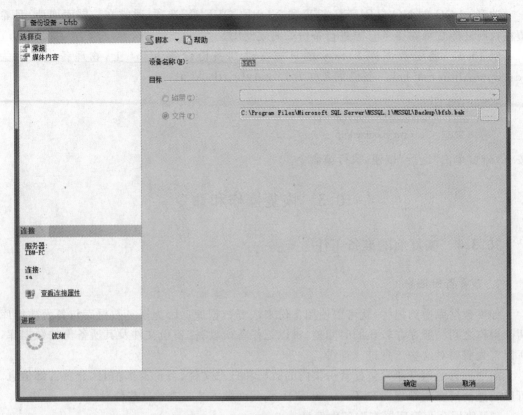

图 10.12 查看备份设备的属性

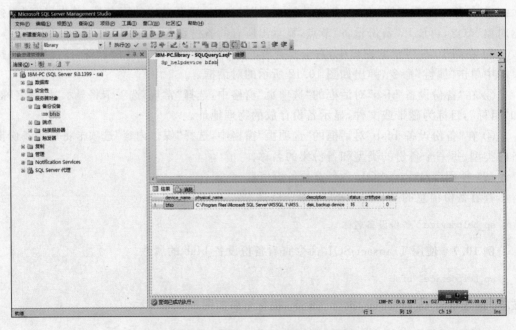

图 10.13 用 T-SQL 命令查看备份设备属性

程序之间的所有连接,这时,所有用户都不可以访问该数据库,并且执行恢复操作的管理员也必须更改自己的数据库连接到 master 或其他的数据库,否则恢复进程不能启动。断开用户和数据库连接的操作步骤如下。

(1) 打开企业管理器,在"对象资源管理器"窗口中,展开选定的"服务器"节点,再展开"数据库"节点,右击要断开连接的数据库(如 library 数据库)选项。

(2) 在弹出的快捷菜单中,单击"任务"→"分离",弹出"分离数据库"对话框。

(3) 在弹出的"分离数据库"对话框中,选中要断开的数据库(library 数据库)后面的"删除连接"复选框,强制断开所有用户和该数据库的连接,如图 10.14 所示。

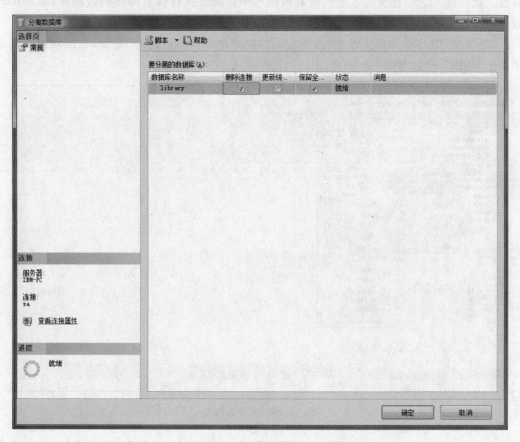

图 10.14　"分离数据库"对话框

(4) 在"分离数据库"对话框中单击"确定"按钮,则数据库 Library 与所有用户的连接都被断开。

3. 备份事务日志

执行恢复操作之前,用户需要对事务日志进行备份,这样有助于保证数据的完整性。如果用户在执行恢复操作之前没有备份事务日志,那么用户将会丢失从最近一次数据库备份到数据库断开连接之间的数据更新。

10.3.2 恢复数据库

可以通过使用企业管理器和 Transact-SQL 语句两种方法来恢复数据库。

1. 使用企业管理器恢复数据库

使用企业管理器恢复数据库的操作步骤如下。

（1）打开企业管理器，在"对象资源管理器"窗口中，展开"服务器名称"节点、"服务器"节点、"数据库"节点，在当前系统的所有数据库中选择要执行恢复操作的数据库，如 library 数据库。

（2）右击 library 数据库选项，在弹出的快捷菜单中，单击"任务"命令，在出现的子菜单中单击"还原"→"数据库"命令，如图 10.15 所示。

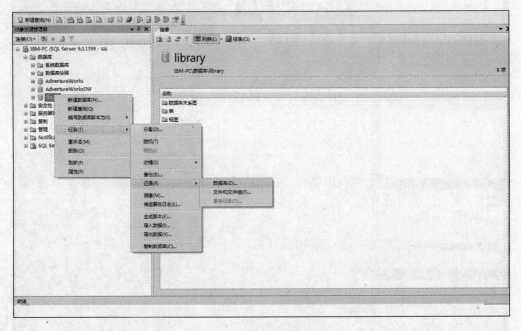

图 10.15　还原数据库

（3）单击上述命令后，将会弹出"还原数据库-library"对话框，在"选项页"窗格中选择"常规"选项卡，如图 10.16 所示。

（4）选择"常规"选项卡后，在"还原的目标"选项区域的"目标数据库"文本框中输入目标数据库的名称（默认值为 library），目标数据库名称可以与源数据库名称相同，但是不可以和系统数据库同名。

（5）在"目标时间点"文本框中，默认值为"最近状态"，表示还原到最近状态，单击文本框后面的选择按钮，打开"时点还原"对话框，如图 10.17 所示。在此对话框中，可以选择还原到指定日期和时间的数据状态。选择完毕后，单击"确定"按钮，完成"目标时间点"的设置。

（6）在"还原的源"选项区域中，单击"源设备"文本框后面的"选择"按钮，在弹出的"指

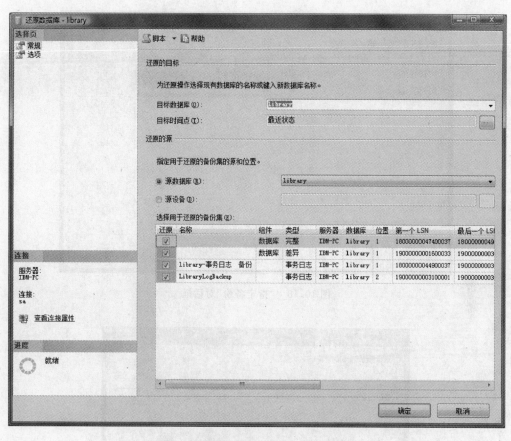

图 10.16 "还原数据库-library"对话框

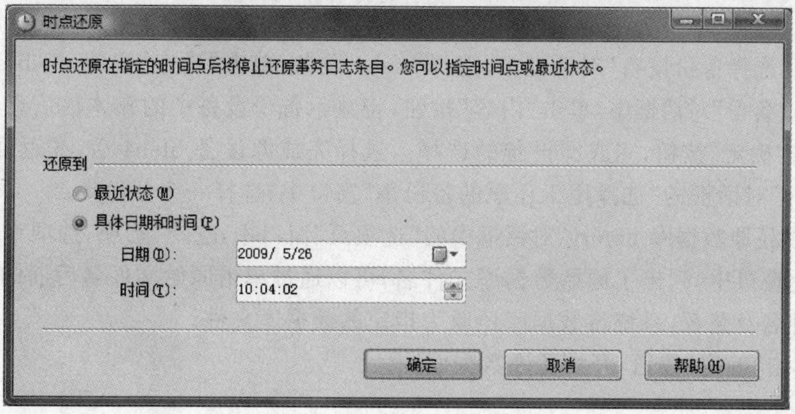

图 10.17 "时点还原"对话框

定备份"对话框中,出现源设备所对应的备份集,如图 10.18 所示。当在"备份媒体"下拉列表框中选择"文件"备份媒体时,单击"添加"按钮,选择备份文件及路径;当选择"备份设备"备份媒体时,单击"添加"按钮,弹出"选择备份设备"对话框,添加设备,如图 10.19所示。

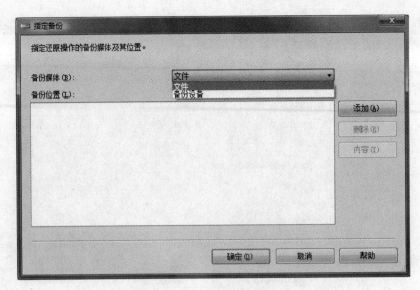

图 10.18　"指定备份"对话框

图 10.19　"选择备份设备"对话框

(7) 在"选择备份设备"对话框中,选择 bfsb4 设备,单击"确定"按钮,把 bfsb 备份设备添加到"指定备份"对话框中,单击"内容"按钮,将显示备份设备中的媒体集信息,如图 10.20所示。单击"确定"按钮,完成源设备的选择。选择完成源设备 bfsb4 后,在返回的"还原数据库-library"对话框的"选择用于还原的备份集"窗口中,选择一个备份集。

(8) 在"还原数据库-library"对话框中的"选项页"窗口中,选择"选项"选项卡,如图 10.21所示。在此窗口中,列出了原始数据库文件名,可以通过单击原始文件名后面的选择按钮修改数据文件名及路径,系统将数据库还原为指定的数据库文件。

(9) 单击"确定"按钮,开始还原数据库。

2. 使用 Transact-SQL 语句 RESTORE 恢复数据库

恢复数据库的语法与数据库备份的语法很类似。

恢复数据库的 RESTORE 命令格式如下:

```
RESTORE DATABASE {database_name|@database_name_var}
   [<file_or_filegroup>[,...n]]
FROM <backup_device>[,...n]
```

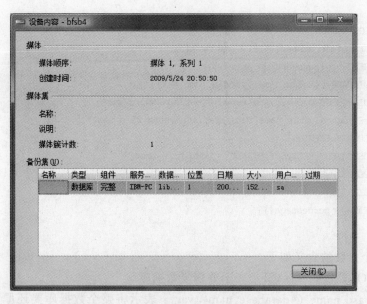

图 10.20 "设备内容-bfsb4"对话框

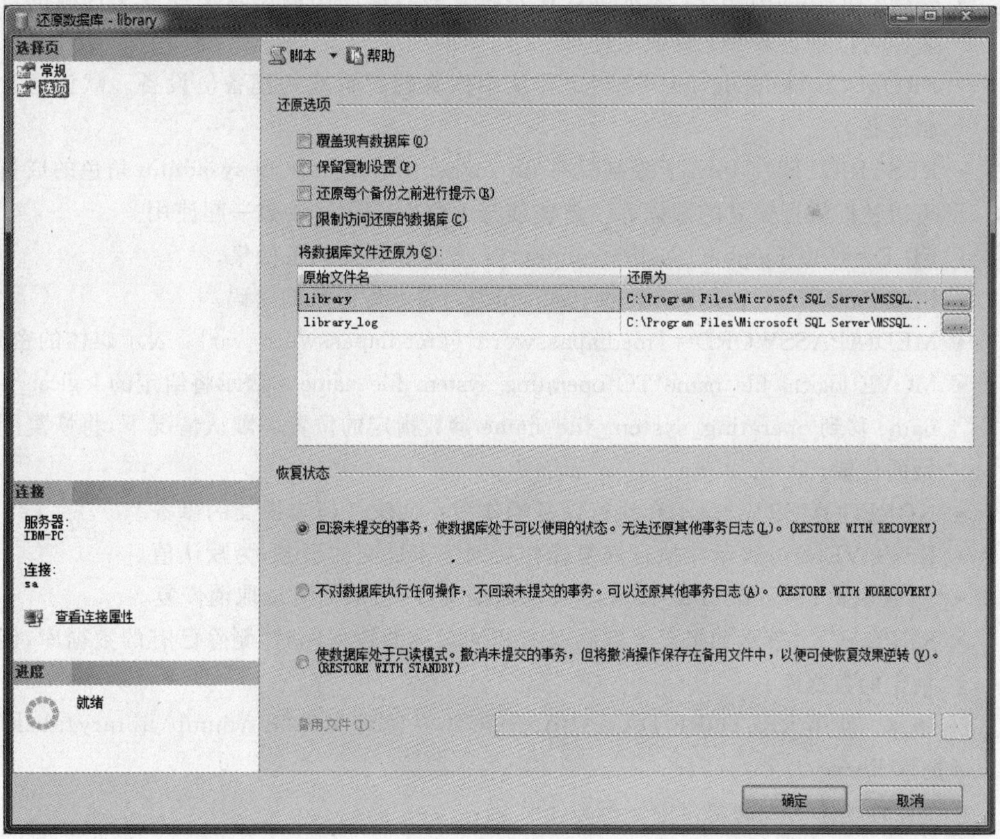

图 10.21 选择"选项"选项卡

```
[WITH
    [RESTRICTED_USER]
    [[,]FILE = {file_number|@ file_number}]
    [[,]PASSWORD = {password|@ password}]
    [[,]MEDIANAME = {media_name|@media_name_var}]
    [[,]MEDIAPASSWORD = {mediapassword|@mediapassword_var}]
    [[,]MOVE'logical_file_name'TO'operating_system_file_name'][,...n]
    [[,]KEEP_REPLICATION]
    [[,]{NORECOVERY|RECOVERY|STANDBY = undo_file_name}]
    [[,]REPLACE]
    [[,]RESTART]
    [[,]{STATS[ = percentage]}]
]
```

其中,各个参数的含义如下。

- RESTORE DATABASE:表示要恢复数据库。
- {database_name|@database_name_var}:表示将整个数据库要还原到目标数据库名称。
- <file_or_filegroup>:表示包含在要恢复的数据库中的逻辑文件或文件组的逻辑名。可以指定多个文件或文件组。
- FROM<backup_device>:指定要从中恢复的逻辑或物理备份设备。默认值为逻辑设备名。
- RESTRICTED_USER:限制只有 db_owner、db_creator 和 sysadmin 角色的成员才可以访问最近恢复的数据库。该选项与 RECOVERY 参数一起使用。
- FILE={file_number|@ file_number}:表示要恢复的备份集。
- PASSWORD={password|@ password}:表示备份集的密码。
- MEDIAPASSWORD={mediapassword|@mediapassword_var}:表示媒体的密码。
- MOVE'logical_file_name'TO'operating_system_file_name':表示将给定的 logical_file_name 移到 operating_system_file_name 参数指定的位置。默认情况下,将恢复到原始的位置。
- NORECOVERY:表示在执行恢复操作后不回滚任何未提交的事务。
- RECOVERY:表示在执行恢复操作后回滚未提交的事务,为默认值。
- STANDBY=undo_file_name:表示撤销文件名,从而可以取消恢复。
- REPLACE:表示如果已经存在具有相同名称的数据库时,删除已有的数据库,创建指定的数据库。

例 10.8　使用 RESTORE DATABASE 语句,从物理文件"d:\dump\library4.bak"中还原数据库 library。

在企业管理器的查询窗口中运行以下代码:

```
USE master
GO
RESTORE DATABASE library FROM DISK = ' d:\dump\library4.bak'
```

10.3.3　恢复事务日志

可以从指定的事务日志备份设备恢复数据库,在恢复过程中,指定的要恢复的数据库必须不处于使用状态。SQL Server 检查已备份的事务日志,以确保能够按正确的序列将事务恢复到正确的数据库。

恢复事务日志的语法与恢复数据库的语法类似,只是使用的是 LOG 而不是 DATABASE 。

```
RESTORE LOG {database_name|@database_name_var}
    [<file_or_filegroup>[,...n]]
FROM <backup_device>[,...n]
[WITH
    [RESTRICTED_USER]
    [[,]FILE = {file_number|@ file_number}]
    [[,]PASSWORD = {password|@ password}]
    [[,]MEDIANAME = {media_name|@media_name_var}]
    [[,]MEDIAPASSWORD = {mediapassword|@mediapassword_var}]
    [[,]MOVE'logical_file_name'TO'operating_system_file_name'][,...n]]
    [[,]KEEP_REPLICATION]
    [[,]{NORECOVERY|RECOVERY|STANDBY = undo_file_name}]
    [[,]REPLACE]
    [[,]RESTART]
    [[,]{STATS[ = percentage]}]
    [[,]STOPAT = {date_time|@ date_time_var}
        |[,]STOPATMARK = 'mark_name'[AFTER datetime]
        |[,]STOPBEFOREMARK = 'mark_name'[AFTER datetime]]
]
```

其中,有几项参数的含义在前面恢复数据库的语句介绍中没有讲到。

- LOG：用于确认是要创建一个事务日志的备份,还是要创建数据库或文件/文件组的备份。
- STOPAT＝{date_time|@ date_time_var}：指定只恢复数据库在指定的日期和时间之间的内容。该选项只与 LOG 一起使用。
- STOPATMARK＝'mark_name'[AFTER datetime]：表示恢复到指定的标记,包括包含该标记的事务。该选项只与 LOG 一起使用。
- STOPBEFOREMARK＝'mark_name'[AFTER datetime]：表示恢复到指定的标记,但是不包括包含该标记的事务。该选项只与 LOG 一起使用。

例 10.9　在备份过程中,可以插上备份序列。假设有下列事件序列。

(1) 创建备份设备 librarytest,物理文件名为“c:\dump\librarytest.bak”。

在企业管理器的查询窗口输入下列代码:

```
EXEC sp_addumpdevice 'disk','libraryTEST','c:\dump\librarytest.bak'
```

按 F5 键或单击“运行”按钮,执行该命令。

(2) 完全备份 library 数据库到备份设备 librarytest。

在企业管理器的查询窗口输入下列代码:

```
BACKUP DATABASE library TO librarytest
```

按 F5 键或单击"运行"按钮,执行该命令。在消息窗口中出现如下运行结果。

> 已为数据库'library',文件'library'(位于文件 1 上)处理了 176 页。
> 已为数据库'library',文件'library_log'(位于文件 1 上)处理了 1 页。
> BACKUP DATABASE 成功处理了 177 页,花费 0.163 秒(8.895 MB/秒)。

(3) 向 library 数据库的表 book 插入一条记录。

图书编号	书名	作者	出版社	单价
TP31/138	计算机基础	杨计算	高等教育出版社	18.00

在企业管理器的查询窗口输入下列代码:

```
USE library
INSERT INTO book VALUES ('TP31/138','计算机基础','杨计算','高等教育出版社','18.00')
```

按 F5 键或单击"运行"按钮,执行该命令。

(4) 备份数据库事务日志到设备 librarytest。

在企业管理器的查询窗口输入下列代码:

```
BACKUP LOG library TO librarytest
```

按 F5 键或单击"运行"按钮,执行该命令。在消息窗口中出现执行结果如下。

> 已为数据库'library',文件'library_log'(位于文件 2 上)处理了 6 页。
> BACKUP LOG 成功处理了 6 页,花费 0.025 秒(1.884MB/秒)。

(5) 利用第(2)步所得的完全数据库备份,恢复数据库到插入记录前的状态。

在企业管理器的查询窗口输入下列代码:

```
USE master
RESTORE DATABASE library FROM librarytest
WITH file = 1,NORECOVERY
```

注意:

① 备份数据库时,数据库不能处于活动状态。

② "WITH file=1,NORECOVERY"表示在完全备份数据库后,还要进行日志数据库备份或差异备份。

按 F5 键或单击"运行"按钮,执行该命令。在消息窗口中出现执行结果如下。

> 已为数据库'library',文件'library'(位于文件 1 上)处理了 176 页。
> 已为数据库'library',文件'library_log'(位于文件 1 上)处理了 1 页。
> RESTORE DATABASE 成功处理了 177 页,花费 0.238 秒(6.092MB/秒)。

(6) 利用第(4)步所得的事务日志,恢复数据库到记录后的状态。

在企业管理器的查询窗口输入下列代码:

```
RESTORE LOG library FROM librarytest
WITH file = 2
```

按 F5 键或单击"运行"按钮,执行该命令。在消息窗口中出现执行结果如下。

> 已为数据库'library',文件'library'(位于文件 2 上)处理了 0 页。

已为数据库'library',文件'library_log'(位于文件 2 上)处理了 6 页。

RESTORE LOG 成功处理了 6 页,花费 0.019 秒(2.479MB/秒)。

注意:如果在没有完成第(5)步操作的前提下,直接进行第(6)步操作,将会出现"无法还原日志备份或差异备份,因为没有文件可用于前滚"的错误。

10.4 导 入 导 出

SQL Server 2005 中用于数据传输的工具——导入导出,可以将数据从一种数据环境传输到另一种数据环境,可以提高数据录入的效率和安全性。

数据导入导出工具除了可以用于在不同的 SQL Server 服务器之间传递数据,还可以用于在 SQL Server 与其他数据库管理系统(如 Access、Visual FoxPro、Oracle 等)之间或其他数据格式(如电子表格或文本文件)之间交换数据。

10.4.1 导入导出概述

数据库管理员经常需要将一种数据环境中的数据传输到另一种数据环境中,或者是将几种数据环境中的数据合并整合复制到某种数据环境中。数据导入导出就是用来在异构数据源之间进行转换的操作,是主要用来解决异构数据源之间相互转换的技术。该技术可以提高数据库管理系统的适应性,是数据库管理系统的一个核心技术和组件。

将数据从外部数据源导入 SQL Server 2005 实例一般是建立数据库后要执行的第一步操作,将数据导入到 SQL Server 2005 数据库后,就可以开始使用该数据库了。将数据导入到 SQL Server 2005 实例可以是一次性的操作,例如将另一个数据库系统中的数据迁移到 SQL Server 2005 实例,在初次迁移完成后,此 SQL Server 2005 数据库将直接用于所有与该数据库相关的任务,而不用再去使用原来的系统,不需要进一步导入数据。将数据导入 SQL Server 2005 实例也可以是连续进行的任务。例如,创建了用于行政报告的新 SQL Server 2005 数据库,但是数据仍然驻留在旧式系统中,并且该旧式系统仍然会有大量业务应用程序经常进行更新。在这种情况下,可以每天或每周将旧式系统中的数据复制或更新到 SQL Server 2005 实例。

数据的导入导出是通过读写不同格式的数据,在各个应用程序之间交换数据的过程。例如,数据转换服务(Data Transformation Services,DTS)能够把数据从 ASCII 文本文件或 Oracle 数据库中导入到 SQL Server 之中;相反,数据也可以从 SQL Server 中导出到另外一个 ODBC 数据源或 Microsoft Excel 表格中。

SQL Server 2005 数据库系统提供了多种导入导出工具,支持的数据源包括文本文件、ODBC 数据源(如 Oracle 数据库)、OLE DB 数据源(例如其他的 SQL Server 实例)、ASCII 文本文件和 Excel 电子表格等。

10.4.2 导入数据

用户可以使用导入导出向导将不同的数据源中的数据导入到 SQL Server 数据库中。下面介绍使用导入导出向导完成导入文本文件和 Excel 电子表格的整个过程。

1. 导入文本文件

（1）打开企业管理器，在"对象资源管理器"面板上，展开选定服务器，再展开"数据库"节点，选择要进行导入操作的数据库，如 library 数据库，右击 library 数据库，在弹出的快捷菜单中单击"任务"命令，再在弹出的快捷菜单中单击"导入数据"命令，如图 10.22 所示，弹出"SQL Server 导入和导出向导"对话框，如图 10.23 所示。

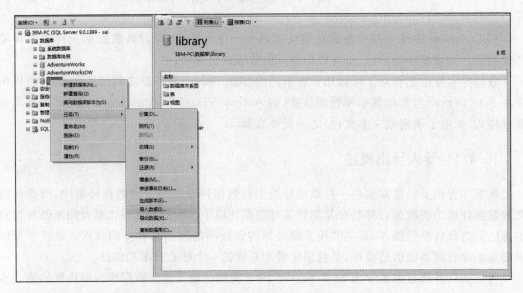

图 10.22　"导入数据"命令

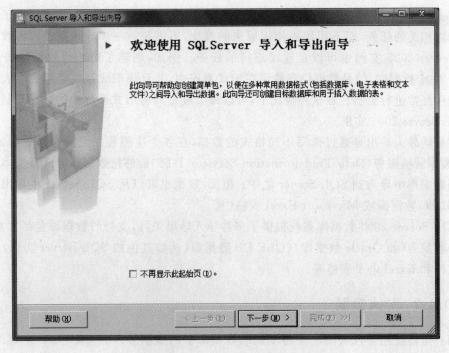

图 10.23　"导入和导出向导"对话框

（2）在图10.23所示的"SQL Server 导入和导出向导"对话框中，单击"下一步"按钮后，出现"选择数据源"对话框，如图10.24所示，用户可以在"选择数据源"对话框中选择数据源，也可以在"数据源"下拉列表框中选择数据源类型，当前默认的是"SQL Native Client"。可以选择的数据源类型有多种，这里，因为要导入文本文件，所以选择"平面文本源"作为数据源。单击"文件名"文本框后面的"浏览"命令按钮，选择要导入的文本文件，如图10.25所示。还可以选择左边的"常规"、"列"、"高级"和"预览"选项，进行修改和查看。其他选项可以选择默认值。

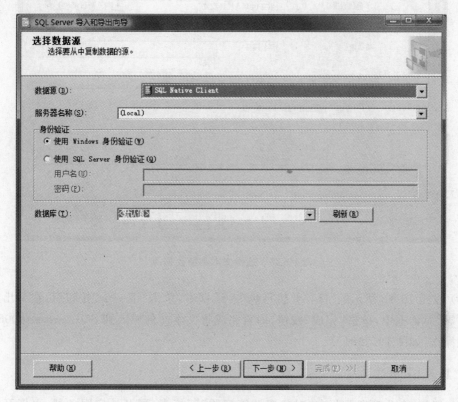

图10.24　"选择数据源"对话框

（3）在图10.25所示的"选择数据源"对话框中，单击"下一步"按钮，出现"选择目标"对话框，如图10.26所示，在"选择目标"对话框中选择要将数据导入到哪个 SQL Server 服务器中的哪个数据库。

（4）在图10.26所示的"选择目标"对话框中的"目标"下拉列表框中选中默认值"SQL Native Client"，在"身份验证"选项区域选择身份验证模式，如果选择"使用 SQL Server 身份验证"模式，在下面的"用户名"和"密码"文本框中分别输入用户名和密码，单击"下一步"按钮，弹出"选择源表和源视图"对话框，如图10.27所示。在该对话框中，单击"目标"下拉列表框，可以选择将数据导入到目的数据库的哪一个数据表；也可以不选，使用默认值，以文本文件名称作为数据表名称重新建立一个数据表。

（5）在图10.27所示的"选择源表和源视图"对话框中，单击"下一步"按钮，弹出"保存并执行包"对话框，如图10.28所示。

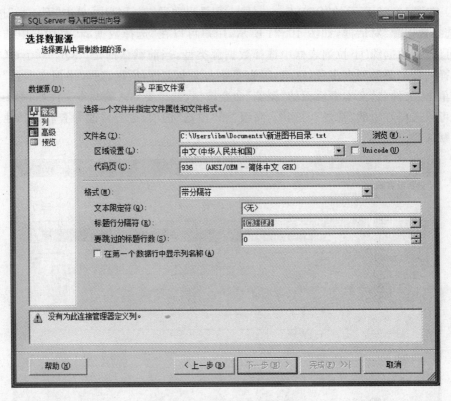

图 10.25　选择文本类型数据源

（6）在图 10.28 所示的"保存并执行包"对话框中，单击"下一步"按钮后，在弹出的"完成该向导"对话框中，单击"完成"按钮，即可完成将文本文件导入到 SQL Server 2005 服务器中的操作，如图 10.29 所示。

2. 导入 Excel 工作表

（1）打开"企业管理器"，在"对象资源管理器"面板上，展开选定服务器，再展开"数据库"节点，选择要进行导入操作的数据库，如 library 数据库，右击 library 数据库，在弹出的快捷菜单中单击"任务"命令，再在弹出的快捷菜单中单击"导入数据"命令，如图 10.22 所示，进入"SQL Server 导入和导出向导"对话框，如图 10.23 所示。

（2）在如图 10.23 所示的"SQL Server 导入和导出向导"对话框中，单击"下一步"按钮后，出现"选择数据源"对话框，如图 10.24 所示，用户可以在"选择数据源"对话框中选择数据源。这里，选择"Microsoft Excel"作为数据源，单击"Excel 文本路径"文本框后面的"浏览"命令按钮，选择要导入的 Excel 文件，如图 10.30 所示。在"Excel 版本"下拉列表框中，选择"Microsoft Excel 97-2005"选项。

（3）在图 10.30 所示的对话框中，单击"下一步"按钮，系统弹出如图 10.26 所示的"选择目标"对话框，选择要把数据导入到哪里。可以在"目标"下拉列表框中选择将数据导入 SQL Server、Excel 表格或 Access 等其他数据库中，这里，选择把数据导入到 SQL Server 数据库中。在"服务器名称"下拉列表框中，选择要导入数据库所在的服务器，这里选择默认服

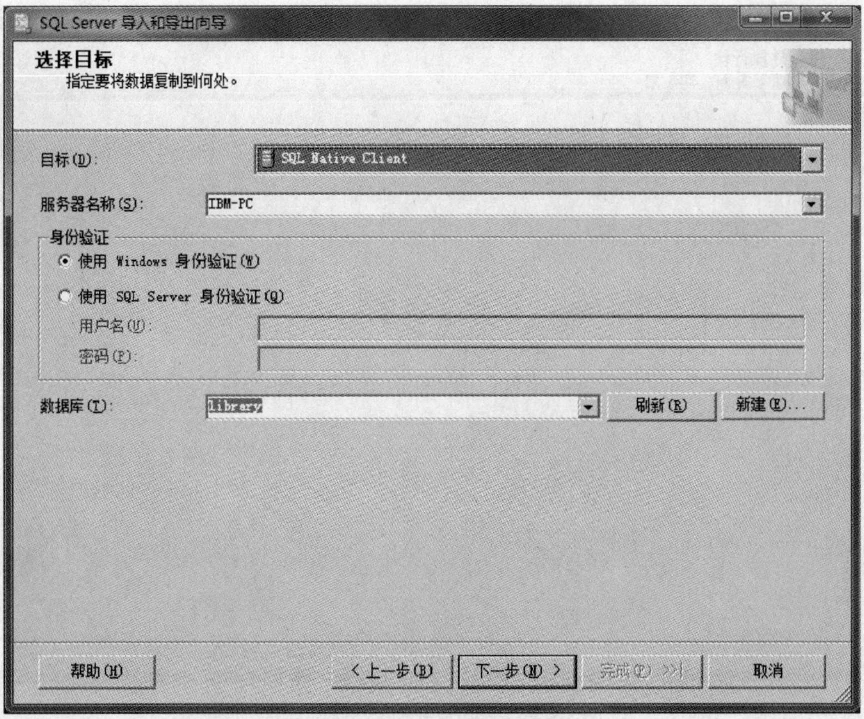

图 10.26　"选择目标"对话框

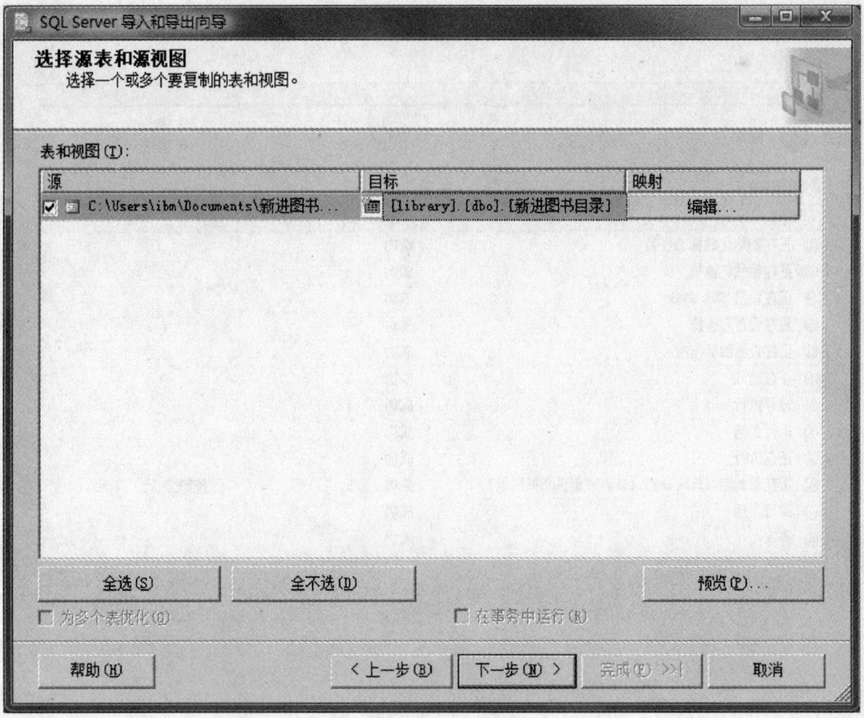

图 10.27　"选择源表和源视图"对话框

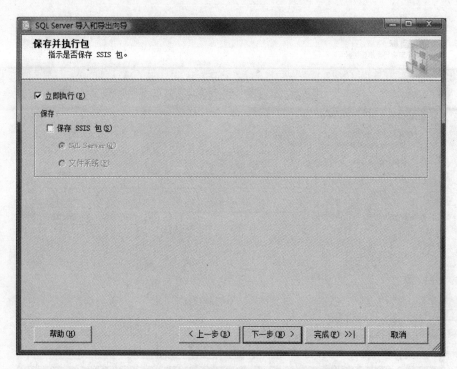

图 10.28　"保存并执行包"对话框

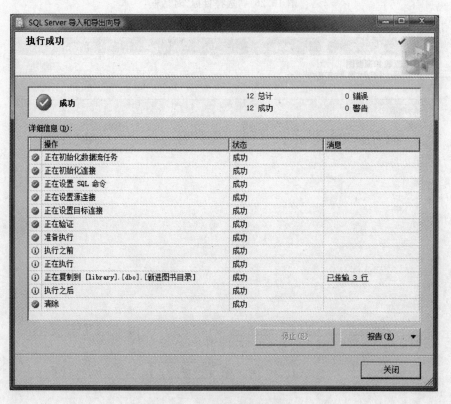

图 10.29　"执行成功"对话框

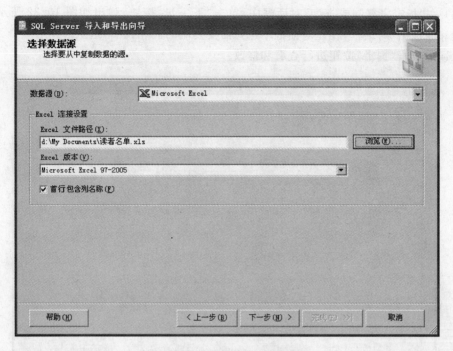

图 10.30 "选择数据源"对话框

务器名称。在"数据库"下拉列表框中,选择目的数据库的名称,这里选择 library 数据库。然后单击"下一步"按钮,系统弹出如图 10.31 所示的"指定表复制或查询"对话框。选中"复制一个或多个表或视图的数据"单选按钮。

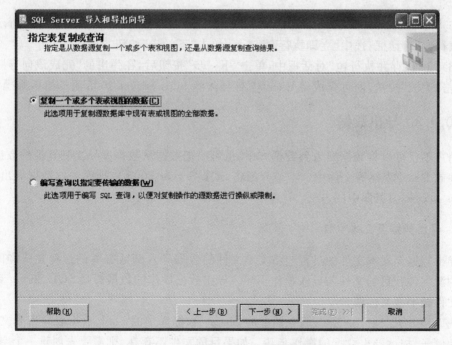

图 10.31 "指定表复制或查询"对话框

（4）在"指定表复制或查询"对话框中，单击"下一步"按钮，弹出如图 10.32 所示的"选择源表和源视图"对话框，在此对话框中选择需要复制的表和视图，这里选择第一个工作簿，也可以通过单击"编辑"按钮进行查看和修改。

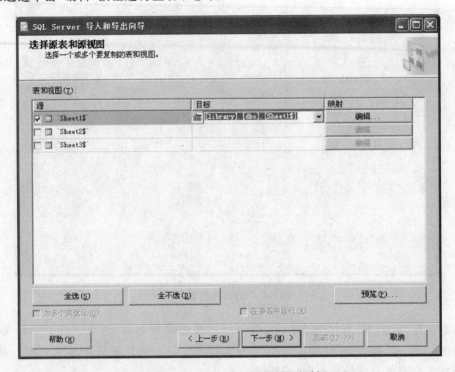

图 10.32　"选择源表和源视图"对话框

（5）在"选择源表和源视图"对话框中，单击"下一步"按钮，弹出如图 10.28 所示的"保存并执行包"对话框，选中"立即执行"复选框，单击"下一步"按钮。

（6）在"保存并执行包"对话框中，单击"下一步"按钮后，在弹出的"完成该向导"对话框中，单击"完成"按钮，即可完成将 Excel 文件导入到 SQL Server 2005 服务器中的操作。

10.4.3　导出数据

用户不仅可以将数据导入到数据库中，也可以把数据从数据库导出到其他的数据库、文本文件或 Excel 表格等文件中。本节介绍将 SQL Server 2005 数据库中的数据导出到文本文件和 Access 数据库中的方法。

1. 导出数据至文本文件

导出数据至文本文件的过程与将文本文件的数据导入到数据库的过程是一样的，但是导出的源文件和目的文件与导入操作不同。导出数据操作的数据源是 SQL Server 数据库，目的文件是平面文件源。

现以将 SQL Server 2005 服务器上的 library 数据库中的 book 数据表导出到文本文件中作为例子，描述导出数据的操作步骤。如果目的文件不存在，则需要先创建一个空的文本文件，这里将新建文本文件取名为 book.txt。

（1）打开"企业管理器"，在"对象资源管理器"面板上，展开选定服务器，再展开"数据库"节点，选择要进行导出操作的数据库，如 library 数据库，右击 library 数据库，在弹出的快捷菜单中单击"任务"命令，再在弹出的快捷菜单中选择"导出数据"命令，如图 10.22 所示，进入"SQL Server 导入和导出向导"对话框，如图 10.23 所示。

（2）在图 10.23 所示的"SQL Server 导入和导出向导"对话框中，单击"下一步"按钮后，出现"选择数据源"对话框，如图 10.24 所示，用户可以在"选择数据源"对话框中选择数据源。在"数据源"下拉列表框中选择数据源为"SQL Native Client"选项，服务器名称使用默认值，身份验证模式根据需要选择合适的验证模式，如果选择"使用 SQL Server 身份验证"，在下面的"用户名"和"密码"文本框中输入正确的用户名和密码，在"数据库"下拉列表框中选择 library 数据库。单击"下一步"按钮，弹出"选择目标"对话框。

（3）在"选择目标"对话框中，在"目标"下拉列表框中，选择"平面文件目标"选项，单击"文件名"文本框后面的"浏览"按钮，选择刚才新创建的空文本文件 book.txt，如图 10.33 所示。然后单击"下一步"按钮，弹出"指定表复制或查询"对话框，如图 10.34 所示。

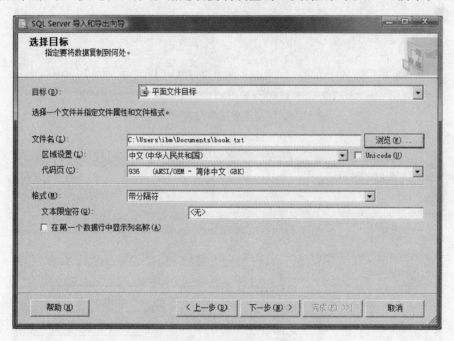

图 10.33 "选择目标"对话框

（4）在"指定表复制或查询"对话框中，单击"下一步"按钮，弹出"配置平面文件目标"对话框，在此对话框中选择要导出的数据表或视图，如图 10.35 所示。

（5）在"配置平面文件目标"对话框中，单击"下一步"按钮，弹出如图 10.28 所示的"保存并执行包"对话框，单击"下一步"按钮后，在弹出的"完成该向导"对话框中，单击"完成"按钮，即可完成整个将 SQL Server 数据库中的数据表导出到文本文件的操作。

2. 导出数据至 Access

导出 SQL Server 数据库数据至 Access 数据库的过程与将 Access 数据库的数据导入

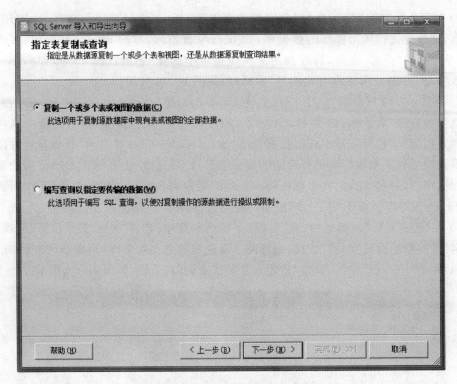

图 10.34 "指定表复制或查询"对话框

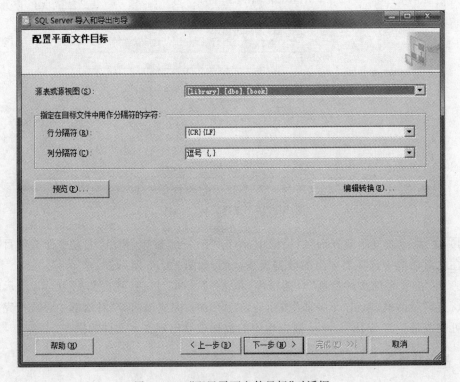

图 10.35 "配置平面文件目标"对话框

到 SQL Server 数据库的过程很相似,不同的仅仅是导入与导出的数据源和目的文件不同。将 SQL Server 数据库导出到 Access 数据库操作的数据源是 SQL Server 数据库,目的数据库是 Access 数据库。

下面以将 SQL Server 2005 服务器上的 library 数据库导出到 Access 数据库作为例子,描述导出数据的操作步骤。如果 Access 数据库目的文件不存在,则需要先创建一个空的 Access 数据库,这里将新建的 Access 数据库取名为 library.mdb。

(1)打开"企业管理器",在"对象资源管理器"面板上,展开选定服务器,再展开"数据库"节点,选择要进行导出操作的数据库,如 library 数据库,右击 library 数据库,在弹出的快捷菜单中单击"任务"命令,再在弹出的快捷菜单中单击"导出数据"命令,如图 10.22 所示,进入"SQL Server 导入和导出向导"对话框,如图 10.23 所示。

(2)在图 10.23 所示的"SQL Server 导入和导出向导"对话框中,单击"下一步"按钮后,出现"选择数据源"对话框,如图 10.24 所示,用户可以在"选择数据源"对话框中选择数据源。在"数据源"下拉列表框中选择数据源为"SQL Native Client"选项。服务器名称使用默认值,身份验证模式根据需要选择合适的验证模式,如果选择"使用 SQL Server 身份验证",在下面的"用户名"和"密码"文本框中输入正确的用户名和密码,在"数据库"下拉列表框中选择 library 数据库。单击"下一步"按钮,弹出"选择目标"对话框。

(3)在"选择目标"对话框中,在"目标"下拉列表框中,选择 Microsoft Access 选项,单击"文件名"文本框后面的"浏览"按钮,选择刚才新创建的 Access 数据库文件 library.md,如图 10.36 所示。在此"选择目标"对话框中,单击"下一步"按钮,在弹出的如图 10.31 所示的"指定表复制或查询"对话框中,选中"复制一个或多个表或视图的数据"单选按钮,单击"下一步"按钮,弹出"选择源表和源视图"对话框,如图 10.37 所示。

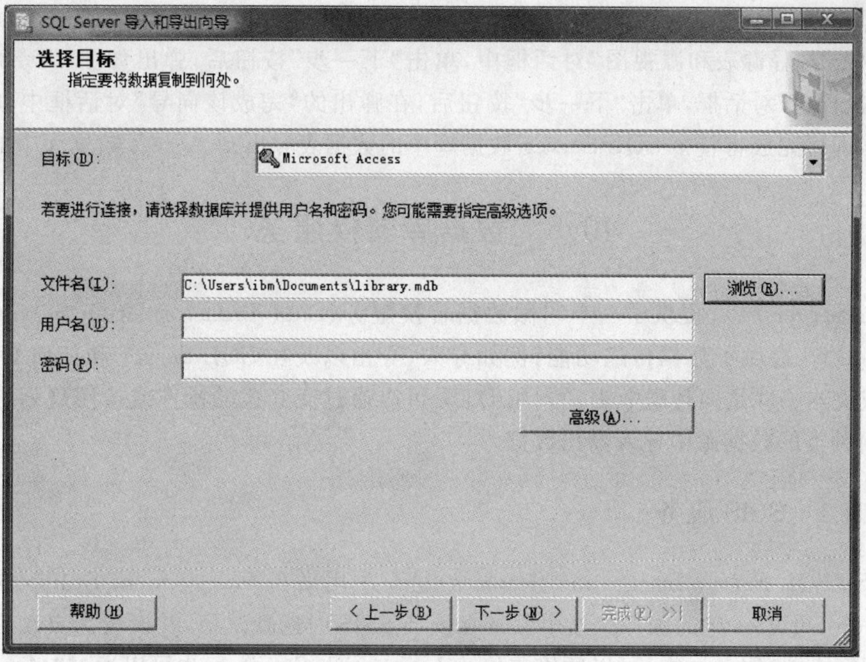

图 10.36　"选择目标"对话框

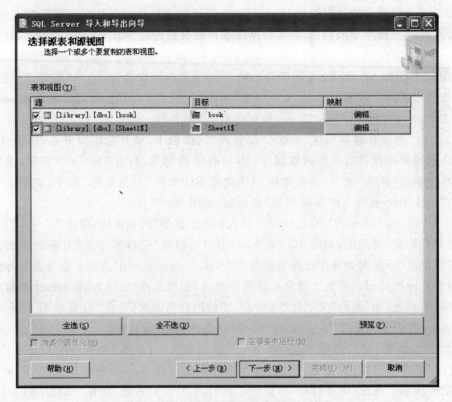

图 10.37　"选择源表和源视图"对话框

（4）在"选择源表和源视图"对话框中，选择要导出的数据表或视图，单击"下一步"按钮。

（5）在"选择源表和源视图"对话框中，单击"下一步"按钮后，弹出如图 10.28 所示的"保存并执行包"对话框，单击"下一步"按钮后，在弹出的"完成该向导"对话框中，单击"完成"按钮，即可完成将整个 SQL Server 数据库中的数据表导出到 Access 数据库中的操作。

10.5　数据库转换服务

SQL Server 2000 提供了一个叫做数据转换服务（Data Transformation Service，DTS）的构件。DTS 提供了数据传送功能，例如导入、导出以及在 SQL Server 和任何 OLE DB、ODBC 或文本格式之间传送数据。利用 DTS，可以通过交互式的操作或按照规划自动地从多处不同种类的数据源中导入导出数据。

10.5.1　SSIS 服务

SSIS（SQL Server Integration Services）是一个用来在 Management Studio 内部管理 Integration Services 包的服务。这个服务在安装 SSIS 时选默认值，并设置为自动启动。和其他的 Windows 服务一样，可以暂停或停止 Integration Services，也可以通过"Microsoft 管理控制台"插件中的"服务"插件将 Integration Services 的启动类型修改为自动、手工或禁用。

SQL Server 2005 Integration Services(SSIS)以 DTS 为基础发展成了一个 Windows 版的企业 ETL 平台,并且能够与任何一个独立的企业级商业智能产品相媲美。

Integration Services 运行管理员可以从 Management Studio 中执行下述 8 种操作。

(1) 启动和停止远程与本地存储包。

(2) 监视远程与本地运行包。

(3) 导入和导出包。

(4) 管理包存储器。

(5) 定制存储文件夹。

(6) 在 Integration Services 停止时,停止运行包。

(7) 查看 Windows 事件日志。

(8) 连接到多个 Integration Services 服务器。

可以通过使用"SQL Server 导入和导出向导"、"SSIS 设计器"、"包执行实用工具"来运行包。只有 Integration Services 处于活动状态时,才可以使用 Management Studio 列举和监视包,以及监视包存储器中保存的包。包存储器可以是 SQL Server 2005 实例中的 msdb 数据库或者是文件系统中的指定文件夹。

10.5.2　创建和设计包

包是一个经过组织的构件集合,是 SSIS 进行传输操作的执行单元,也是 SSIS 正常运转和允许开发人员操纵数据的要素。

形式最简单的包只包含数据源目标和目的文件目标。包可以包含任何数据转换,也可以包含任何构件来定义工作流或由 SSIS 执行的操纵序列。

1. 创建项目

在创建包之前,首先必须有存放包的项目。项目是只包含自身相关文件的一个容器。而项目又是存放在解决方案中的。所以,可以先创建一个解决方案,然后给解决方案添加 Integration Services 项目。另外,也可以先创建项目,如果不存在解决方案,BIDS(Business Intelligence Development Studio)将会自动地创建解决方案。一个解决方案中可以包含多个不同类型的项目。

创建项目的步骤如下。

(1) 在 Microsoft SQL Server 2005 中选择 SQL Server Business Intelligence Development Studio 选项,弹出 Microsoft Visual Studio 起始页窗口,如图 10.38 所示。

(2) 在图 10.38 所示的 Microsoft Visual Studio 起始页窗口中,单击"文件"下拉菜单中的"新建"命令,在"新建"命令的快捷菜单中单击"项目"命令,打开"新建项目"对话框,如图 10.39 所示。

(3) 在"新建项目"对话框中的"Visual Studio 已安装的模板"选项区域中,选择"Integration Services 项目"选项作为项目模板,在"名称"文本框中输入项目的名称,如 project1,单击"位置"后面的"浏览"按钮,选择该项目保存的路径,如"c:\数据库转换",如图 10.40 所示。

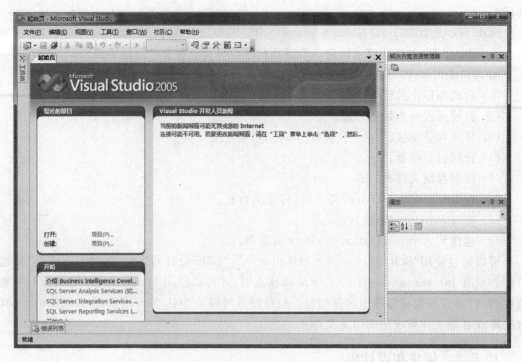

图 10.38　Microsoft Visual Studio 起始页窗口

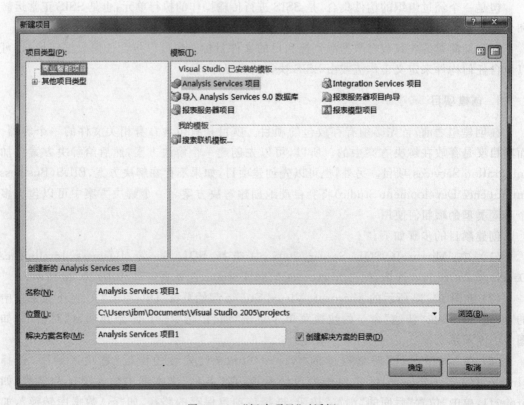

图 10.39　"新建项目"对话框

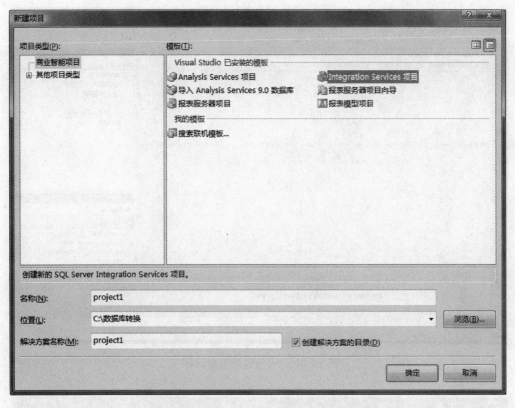

图 10.40　新建 Integration Services 项目对话框

(4) 在图 10.40 所示的对话框中，单击"确定"按钮，完成项目的新建。

2. 使用 SSIS 设计器创建包

SSIS 设计器是一个用来创建包的图形工具。它包含有用来创建包的控制流、数据流和事件处理程序的设计表，还包含了可以用来给包添加功能和特性的对话框、窗口和向导。

SSIS 设计器工作界面包含有 4 个主要选项卡，分别是"控制流"、"数据流"、"事件处理程序"和"包资源管理器"。

接下来介绍如何使用 SSIS 设计器创建包，此创建过程与使用导入导出向导创建包的过程比较类似。

(1) 在 Microsoft SQL Server 2005 中选择 SQL Server Business Intelligence Development Studio 选项，弹出 Microsoft Visual Studio 起始页窗口。

(2) 选择前文新建的项目 project1，打开如图 10.41 所示的窗口。

(3) 在 project1 项目窗口中的"解决方案资源管理器"窗格中，右击 project1 选项，在弹出的快捷菜单中单击"添加"命令后，在出现的快捷菜单中单击"新建项"命令，如图 10.42 所示，弹出"添加新项-project1"窗口。

(4) 在"添加新项-project1"对话框中，选择"新建 SSIS 包"模板选项，在"名称"文本框中输入新建的 SSIS 包的名称，这里使用默认名称 Package1.dtsx，如图 10.43 所示。单击"添加"按钮，返回到 project1 项目的窗口中。

图 10.41　project1 项目对话框

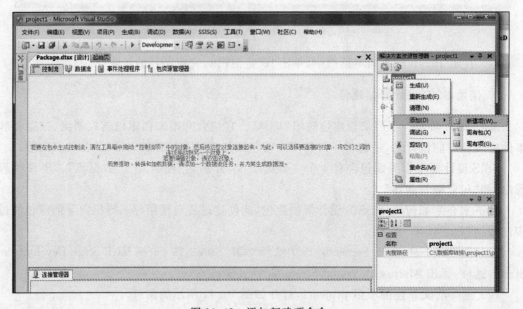

图 10.42　添加新建项命令

（5）在 project1 项目的窗口中的"解决方案资源管理"窗格中，展开 project1 节点，右击"数据源"选项，在弹出的快捷菜单中单击"新建数据源"命令，弹出"数据源向导"欢迎窗口，如图 10.44 所示。在此窗口中单击"下一步"按钮，弹出"选择如何定义连接"对话框，如图 10.45 所示。

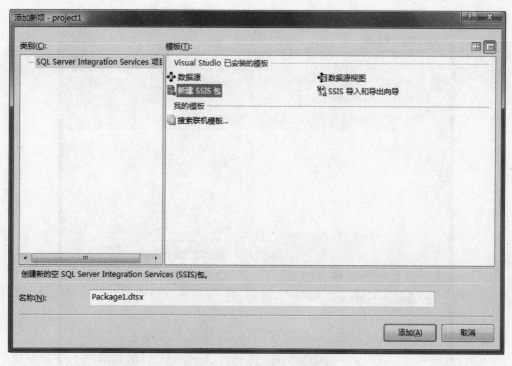

图 10.43　新建 SSIS 包对话框

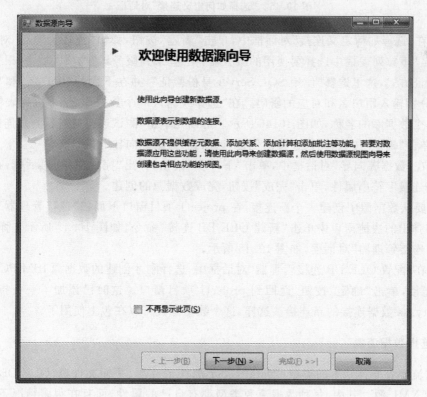

图 10.44　"数据源向导"对话框

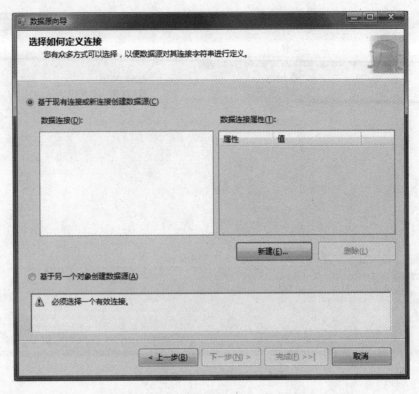

图 10.45　"选择如何定义连接"对话框

（6）在"选择如何定义连接"对话框中，单击"新建"按钮，弹出"连接管理器"对话框，在"服务器名"下拉列表框中选择要使用的服务器，在"登录到服务器"选项区域中，根据需要选择身份验证方式，这里选择"使用 SQL Server 身份验证"，并在下面的"用户名"和"密码"文本框中，分别输入用户名和对应的密码。在"选择或输入一个数据库名"下拉列表框中选择或输入一个数据库的名称，如图 10.46 所示。可以先单击"测试连接"按钮，测试连接的正确性，然后单击"确定"按钮，完成连接的创建，返回到"数据源向导"对话框。

（7）在"数据源向导"对话框中，单击"下一步"按钮，弹出"完成向导"对话框，在此对话框中检查连接字符串属性，单击"完成"按钮，完成数据源的创建。

（8）要从数据源中创建一个新连接，在 project1 项目窗口下面的"连接管理器"窗口中，右击并在弹出的快捷窗口中单击"新建 OLE DB 连接"命令，如图 10.47 所示。弹出"配置 OLE DB 连接管理器"对话框，如图 10.48 所示。

（9）在"配置 OLE DB 连接管理器"对话框中，选择刚才创建的数据源 IBM-PC. library. sa 进行连接，单击"确定"按钮，返回到 project1 项目窗口。这时已添加了一条指向 IBM-PC. library. sa 数据连接的新连接。这样，这个数据源就可以在包上使用了。

3．选择数据流源

数据流源有 6 种基本的类型：DataReader 源、Excel 源、平面文件源、OLE DB 源、原始文件源和 XML 源。其中，每种数据流源类型都有自己的属性，而且在很多情况下，类型列表可以被选择和修改。下面是添加一个 OLE DB 源的步骤。

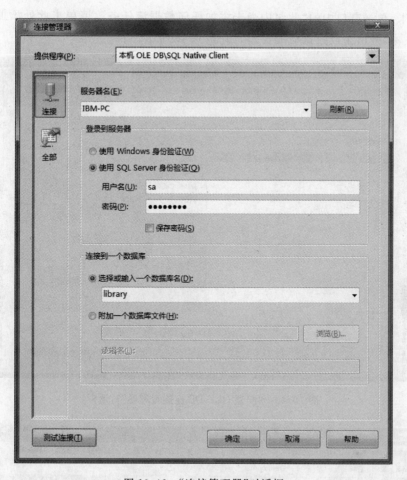

图 10.46　"连接管理器"对话框

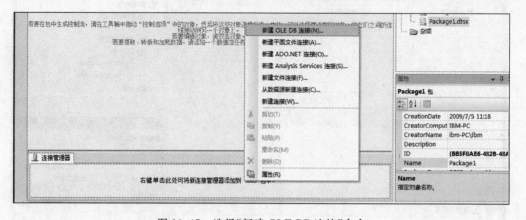

图 10.47　选择"新建 OLE DB 连接"命令

（1）在 Microsoft SQL Server 2005 中选择 SQL Server Business Intelligence Development Studio 命令，弹出 Microsoft Visual Studio 起始页窗口。

（2）选择上面新建的项目 project1，打开如图 10.41 所示的窗口。在此窗口中，选择"数据流"选项卡,单击窗口中的"此包中尚未添加任何数据流任务。请单击此处添加新的数据流任务。"文本,弹出生成数据流的窗口,如图 10.49 所示。

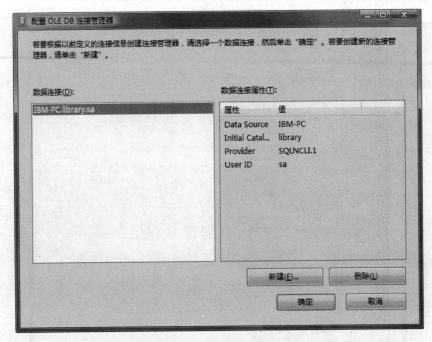

图 10.48 "配置 OLE DB 连接管理器"对话框

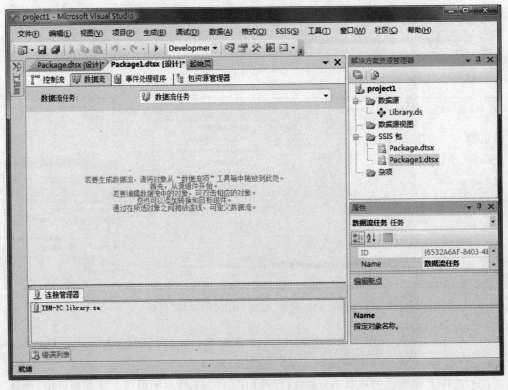

图 10.49 生成数据流窗口

（3）在生成数据流窗口中，单击"视图"下拉菜单中的"工具箱"命令，出现工具箱窗口，从工具箱中选择"OLE DB 源"对象，并将它拖放到数据流编辑器上，如图 10.50 所示。

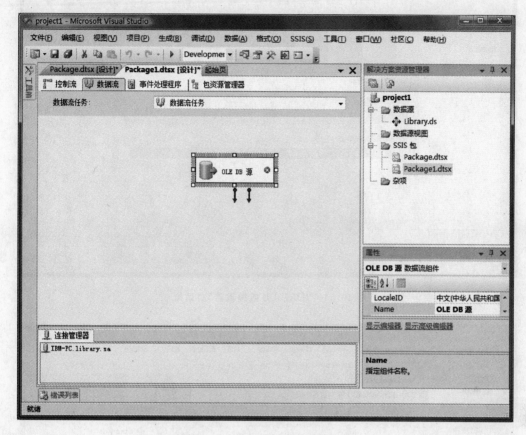

图 10.50　添加"OLE DB 源"对象

（4）在数据流编辑器中，双击"OLE DB 源"对象，弹出"OLE DB 源编辑器"对话框，在此对话框的"OLE DB 连接管理器"下拉列表框中，选中"IBM-PC. library. sa"选项，在"数据访问模式"下拉列表框中选择"表或视图"选项，在"表或视图的名称"下拉列表框中选择"[dbo].[book]"选项，如图 10.51 所示。单击"确定"按钮，完成数据流源的选择。

4．在数据流中插入转换

SSIS 转换控制着数据在从源转移到目的地时的变化。SSIS 提供了大量的内部转换，而且还可以创建自定义转换。下面介绍如何给包添加一个排序转换并将该转换配置成对图书编号进行排序。

（1）展开工具箱中的"数据流转换"节点，将"排序"对象拖放到数据流编辑器上，如图 10.52 所示。

（2）在数据流编辑器上，单击"OLE DB 源"对象，将该对象上的绿色箭头拖到"排序"对象上面，完成将"OLE DB 源"对象连接到"排序"对象上的操作。

图 10.51 "OLE DB 源编辑器"对话框

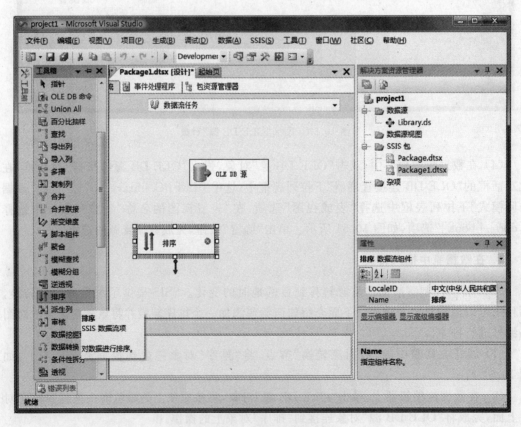

图 10.52 添加"排序"对象

（3）在"排序"对象上双击，打开"排序转换编辑器"对话框，选中"图书编号"复选框，按其大小顺序对图书列表进行排序，并设置为升序类型，如图 10.53 所示。单击"确定"按钮，完成排序设置，返回到数据流编辑器。

图 10.53 "排序转换编辑器"对话框

5．选择数据流目的地

要指定数据的目的地，需要继续在数据流编辑器中进行操作，步骤如下。

（1）展开工具箱中的"数据流目标"节点，将"OLE DB 目标"对象拖放到数据流编辑器上，如图 10.54 所示。

（2）在数据流编辑器中，单击"排序"对象，并将该对象上的绿色箭头拖动到"OLE DB 目标"对象上，完成将"排序"对象连接到"OLE DB 目标"对象上的操作。

（3）在数据流编辑器中，双击"OLE DB 目标"对象，打开"OLE DB 目标编辑器"对话框，在"OLE DB 目标编辑器"下拉列表框中选择"IBM-PC.library.sa"，单击"表或视图的名称"后面的"新建"按钮，编辑弹出的 CREATE TABLE 语句，使目的地表的名称为 test1，如图 10.55 所示。

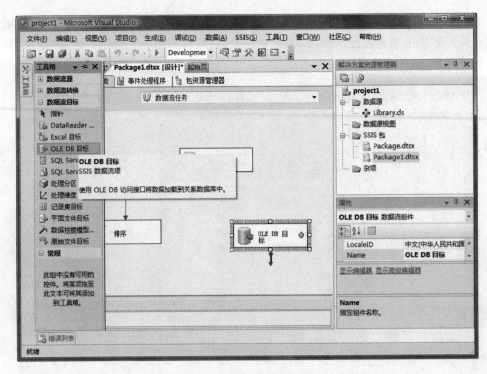

图 10.54　添加"OLE DB 目标"对象

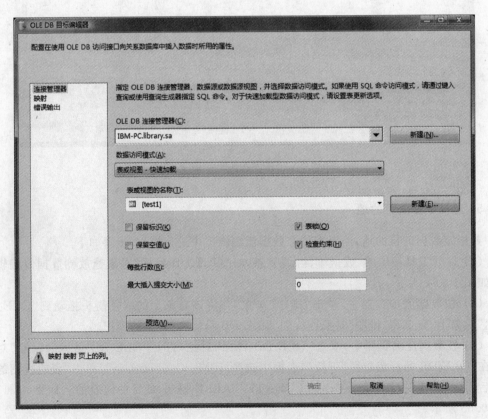

图 10.55　"OLE DB 目标编辑器"对话框

（4）选择"OLE DB 目标编辑器"窗口左边的"映射"选项卡，确认数据源和数据目的地的列映射。单击"确定"按钮，返回到如图 10.56 所示的数据流窗口。

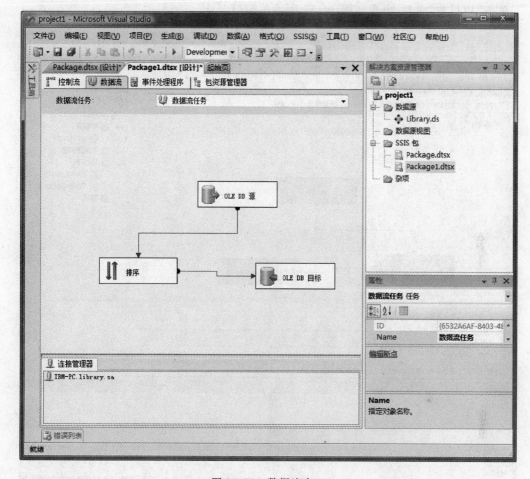

图 10.56　数据流窗口

（5）在数据流窗口中，单击"文件"下拉菜单中的"全部保存"命令，完成操作的保存。

10.5.3　运行包

1. 在 SSIS 设计器中运行包

因为 BIDS 是开发、调试和测试包最理想的环境，所以最常用的包运行方法是在 BIDS 的 SSIS 设计器中运行。如果是从 SSIS 设计器中运行包的，包总是立即运行。

在包运行期间，SSIS 设计器将在"进度"选项卡上显示包的运行进度。在这个选项卡上，可以查看包的开始与结束的时间和包的任务及容器。在包运行完毕以后，运行时的信息在"执行结果"选项卡上保持可用状态。

运行前文创建的 Package1 包，返回到 SSIS 设计器，然后执行下列步骤。

（1）在 SSIS 设计器中，单击"数据流"标签，在右边的"解决方案资源管理器"窗格中，右击 SSIS 包节点的 Package1.dtsx 选项，在弹出的快捷菜单中单击"执行包"命令。

（2）在包运行期间，可以看到对象的颜色变化情况：灰色表示等待运行、黄色表示正在运行、绿色表示运行成功及红色表示运行失败。

单击"执行包"命令，出现如图 10.57 所示的窗口。

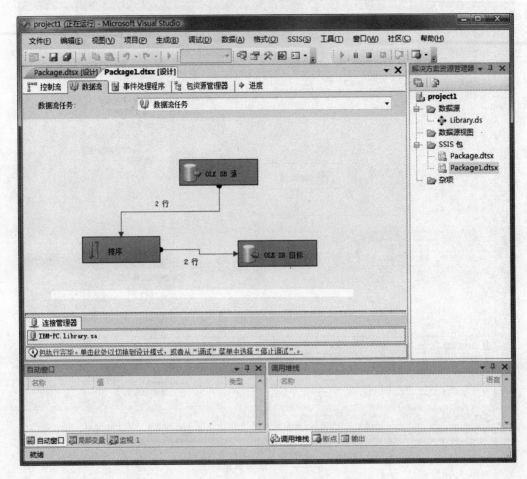

图 10.57　执行后的窗口

（3）当包运行完成后，单击"调试"下拉菜单中的"停止调试"命令，或者单击窗体下面的"包执行完毕。单击此处以切换到设计模式，或者从'调试'菜单中选择'停止调试'。"文本返回到设计模式。

2. 使用 DTEXEC 命令提示符

使用 DTEXEC 命令提示符实用程序可以运行 SSIS 包，还可以配置它们。使用 DTEXEC 命令提示符运行包的操作步骤如下。

（1）从"开始"命令中打开命令提示符。

（2）输入"DTEXEC/"，后面是 F 和要运行的包的路径及名称，如"C:\数据库转换\project1\project1\package1.dtsx"，按 Enter 键，则开始执行包，如图 10.58 所示。

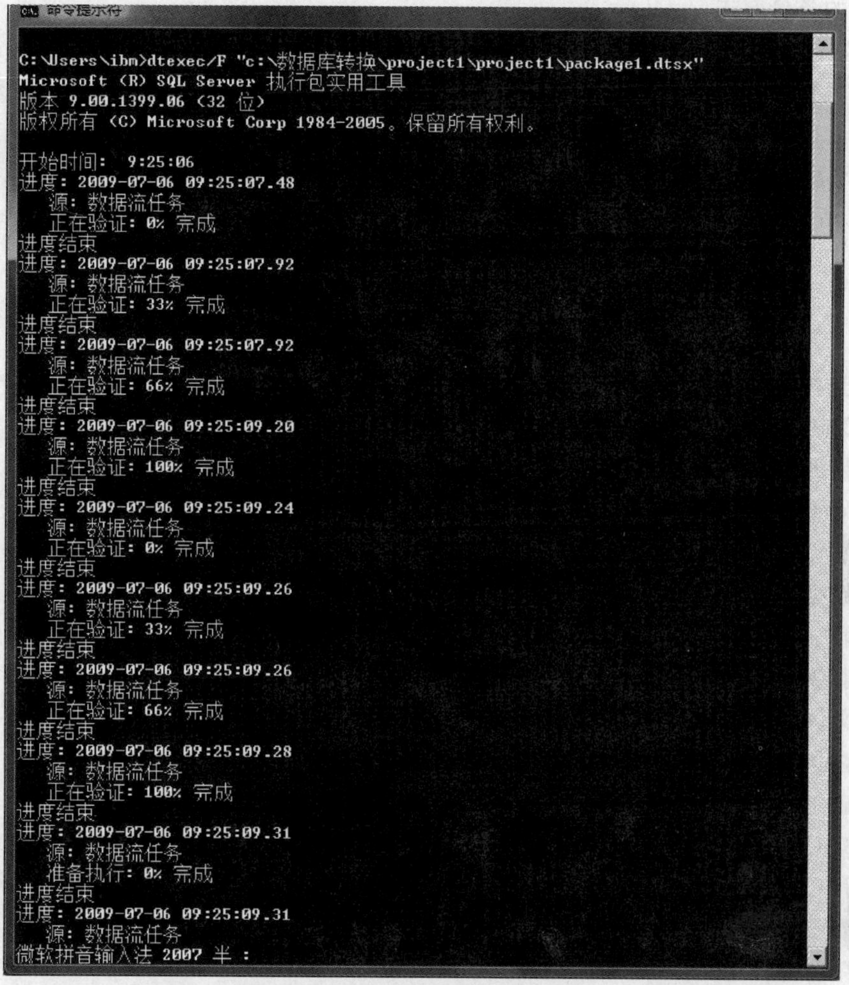

```
C:\Users\ibm>dtexec/F "c:\数据库转换\project1\project1\package1.dtsx"
Microsoft (R) SQL Server 执行包实用工具
版本 9.00.1399.06 (32 位)
版权所有 (C) Microsoft Corp 1984-2005。保留所有权利。

开始时间： 9:25:06
进度： 2009-07-06 09:25:07.48
    源： 数据流任务
    正在验证： 0% 完成
进度结束
进度： 2009-07-06 09:25:07.92
    源： 数据流任务
    正在验证： 33% 完成
进度结束
进度： 2009-07-06 09:25:07.92
    源： 数据流任务
    正在验证： 66% 完成
进度结束
进度： 2009-07-06 09:25:09.20
    源： 数据流任务
    正在验证： 100% 完成
进度结束
进度： 2009-07-06 09:25:09.24
    源： 数据流任务
    正在验证： 0% 完成
进度结束
进度： 2009-07-06 09:25:09.26
    源： 数据流任务
    正在验证： 33% 完成
进度结束
进度： 2009-07-06 09:25:09.26
    源： 数据流任务
    正在验证： 66% 完成
进度结束
进度： 2009-07-06 09:25:09.28
    源： 数据流任务
    正在验证： 100% 完成
进度结束
进度： 2009-07-06 09:25:09.31
    源： 数据流任务
    准备执行： 0% 完成
进度结束
进度： 2009-07-06 09:25:09.31
    源： 数据流任务
微软拼音输入法 2007 半 :
```

图 10.58　使用命令提示符运行包

本 章 小 结

　　本章讲述了数据库的备份与还原的机制方式与策略；介绍了数据的导入导出操作，也即数据的互操作性；还介绍了数据库转换服务，该服务有效地解决了数据互操作性中的问题。

　　（1）数据库备份和恢复是两个相对应的操作。备份是对数据库或事务日志进行复制的过程，恢复是将数据库备份重新加载到系统中的过程。

　　（2）备份是恢复受损数据库，把意外损失降低到最小的保障方法，备份可以防止因表和数据库遭到介质失效或用户错误操作的情况而造成的数据灾难。备份有完全备份、差异备份和事务日志备份3种不同的备份方式，应根据需要选择不同的备份方式。

　　（3）恢复数据库是一个装载数据库备份，应用事务日志进行重建的过程。应用事务日志后，数据库就可以恢复到最后一次事务日志备份前的状态。有简单恢复模型、完全恢复模型和大容量日志记录恢复模型3种恢复模型，每个数据库选择3种恢复模型中的1种以确定数据库的备份方式。

（4）数据导入导出是指把数据引出到数据库之外的数据源或把数据库之外的数据源中的数据引入到数据库中。SQL Server 2005 提供的导入导出向导可以实现别的数据源和数据库数据之间的导入和导出，并能实现数据格式的转换。

（5）SQL Server 2005 Integration Services(SSIS)是以 DTS 为基础所发展出来的一个Windows 版的企业 ETL 平台，可以有效地解决数据互操作性的问题。

习　题　10

一、选择题

1. 日志文件可以用于（　　　）。

A. 数据库恢复　　　　　　　　　B. 实现数据库的安全性控制

C. 保证数据库的完整性　　　　　D. 控制数据库的并发操作

2. 关于数据库的备份，下列说法中正确的是（　　　）。

A. 数据库应该每天或定时地执行完整备份

B. 第一次完整备份之后就不用再做完整备份，根据需要做差异备份或其他备份即可

C. 事务日志备份是指完整备份的备份

D. 文件和文件组备份是任意时刻都可进行的

3. 备份设备是用来存放备份数据的物理设备，其中不包括（　　　）。

A. 磁盘　　　　　B. 磁带　　　　　C. 命名管道　　　　　D. 光盘

4. BACKUP 语句中 DIFFERENTIAL 子句的作用是（　　　）。

A. 可以指定只对在创建最新的数据库备份后数据库中发生变化的部分进行备份

B. 覆盖之前所做过的备份

C. 只备份日志文件

D. 只备份文件和文件组文件

5. 逻辑名称存储在 SQL Server 的系统表（　　　）中，使用逻辑名称的好处是比物理名称简单好记。

A. sysdevices　　　B. sysfiles　　　C. syslocks　　　D. sysusers

二、填空题

1. 在一次备份操作中，可以指定＿＿＿＿目标设备或文件，这样可以将一个数据库备份到＿＿＿＿中。

2. 当建立一个备份设备时，要给该设备分配一个＿＿＿＿名称和一个＿＿＿＿名称，＿＿＿＿名称是计算机操作系统所能识别的该设备所使用的名字，＿＿＿＿是物理设备名称的一个别名，用于 SQL Server 管理备份设备。

3. BACKUP 语句中＿＿＿＿参数表示新备份的数据会覆盖备份设备上以前每一项内容；＿＿＿＿参数表示新备份的数据添加到备份设备上已有内容的后面。

4. ＿＿＿＿前将其他任何与该数据库有关的操作都结束。

5. DTS 是个灵活的数据转移与转换工具，主要用于转移和转换来自多种＿＿＿＿的数据。

三、简答题

1. 什么是备份？SQL Server 2005 有哪几种备份方式？
2. SQL Server 2005 支持哪些备份设备？
3. 什么是事务日志备份？
4. 什么是增量备份？
5. SQL Server 2005 包括哪 3 种恢复模型？
6. 当恢复数据库的时候，用户还可以使用这些正在恢复的数据库吗？
7. 执行恢复操作前需要做好哪些准备工作？
8. 如何把 SQL Server 数据库转换成 Access 数据库？

第11章

关系数据库规范化理论

本章要点

　　本章主要讨论关系数据库规范化理论,讨论一个好的关系模式的标准,以及如何将不好的关系模式转换成好的关系模式,并能保证所得到的关系模式仍能表达原来的语义。

　　数据库设计是数据库应用领域的主要研究课题。数据库设计的任务是在给定的应用环境下,创建满足用户需求且性能良好的数据库模式,建立数据库及其应用系统,使之能有效地存储和管理数据,满足公司或部门各类用户业务的需求。

　　数据库设计需要理论指导,关系数据库规范化理论就是数据库设计的一个理论指南。规范化理论研究了关系模式中各属性之间的依赖关系及其对关系模式性能的影响,探讨"好"的关系模式应该具备的性质,以及设计"好"的关系模式的方法。规范化理论提供了判断关系模式好坏的理论标准,能够帮助预测可能出现的问题,是数据库设计人员的有力工具,同时也使数据库设计工作有了严格的理论基础。

11.1　函　数　依　赖

　　数据的语义不仅表现为完整性约束,也对关系模式的设计提出了一定的要求。针对一个问题,如何构造合适的关系模式,应构造几个关系模式,每个关系模式由哪些属性组成等,这都是数据库设计问题,确切地讲是关系数据库的逻辑设计问题。

　　首先来看一下,关系模式中各属性之间的联系。

11.1.1　函数依赖的基本概念

　　在关系数据库中,讨论函数或函数依赖注重的是语义上的关系。X 函数决定 Y,或 Y 函数依赖于 X 可表示为:

　　$X \rightarrow Y$

　　根据以上讨论可以写出较直观的函数依赖定义,即如果有一个关系模式 $R(A_1, A_2, \cdots,$

An),X 和 Y 为{A1,A2,…,An}的子集,那么对于关系 R 中的任意一个 x 值,都只有一个 y 值与之对应,则称 X 函数决定 Y,或 Y 函数依赖于 X。

例如,对学生关系模式 Student(Sno,Sname,Sdept,Sage),有以下依赖关系:

Sno→Sname,Sno→Sdept,Sno→Sage

对学生选课关系模式 SC(Sno,Cno,Grade),有以下依赖关系:

(Sno,Cno)→Grade

显然,函数依赖讨论的是属性之间的依赖关系,它是语义范畴的概念,也就是说关系模式的属性之间是否存在函数依赖只与语义有关。下面给出函数依赖严格的形式化定义。设有关系模式 R(A1,A2,…,An),r 是 R 的任一具体关系,t1,t2 是 r 中的任意两个元组,如果由 $X[t_1]=X[t_2]$ 可以推导出 $Y[t_1]=Y[t_2]$,则称 X 函数决定 Y,或 Y 函数依赖于 X,记为 X→Y。

11.1.2 一些术语和符号

下面给出在本章中经常使用的一些术语和符号。

设有关系模式 R(A1,A2,…,An),X 和 Y 为(A1,A2,…,An)的子集,则有以下结论。

(1) 如果 X→Y,但 Y 不包含于 X,则称 X→Y 是非平凡的函数依赖。如不作特别说明,本书总是讨论非平凡函数依赖。

(2) 如果 Y 函数不依赖于 X,则记为 X↛Y。

(3) 如果 X→Y,则称 X 为决定因子。

(4) 如果 X→Y,并且 Y→X,则记为 X↔Y。

(5) 如果 X→Y,并且对于 x 的一个任意真子集 X′都有 X′↛Y,则称 Y 完全函数依赖于 X,记为 $X \xrightarrow{f} Y$。如果 X′→Y 成立,则称 Y 部分函数依赖于 X,记为 $X \xrightarrow{p} Y$。

(6) 如果 X→Y(非平凡函数依赖,并且 Y↛X)、Y→Z,则称 Z 传递函数依赖于 X。

例 11.1 假设有关系模式 SC(Sno,Sname,Cno,Grade),其中各属性分别为学号、姓名、课程号、成绩,主码为(Sno,Cno),则函数依赖关系有:

Sno→Sname   姓名函数依赖于学号

$(Sno,Cno) \xrightarrow{p} Sname$ 姓名部分函数依赖于学号和课程号

$(Sno,Cno) \xrightarrow{f} Grade$ 成绩完全函数依赖于学号和课程号

例 11.2 假设有关系模式 S(Sno,Sname,Dept,Dept_master),其中各属性分别为学号、姓名、所在系和系主任(假设一个系只有一个主任),主码为 Sno,则函数的依赖关系有:

$Sno \xrightarrow{f} Sname$ 姓名完全函数依赖于学号

由于:$Sno \xrightarrow{f} Dept$ 所在系完全函数依赖于学号

$Dept \xrightarrow{f} Dept\_master$ 系主任完全函数依赖于系

所以有 SnoX $\xrightarrow{\text{传递}}$ YDept_master 系主任传递函数依赖于学号。

函数依赖是数据的重要性质,关系模式应能反映这些性质。

11.1.3　讨论函数依赖的意义

讨论属性之间的关系和函数依赖有什么意义呢？下面通过例子来看一下。

假设有描述学生选课及住宿情况的关系模式:

S_L_C(Sno,Sdept,Sloc,Cno,Grade)

其中,各属性分别为学号、学生所在系、学生所住宿舍楼、课程号和考试成绩。假设每个系的学生都住在一栋楼里,(Sno,Cno)为主码。

这个关系模式存在什么问题？假设有如表 11.1 所示的数据。

表 11.1　S_L_C 模式的数据示例

Sno	Sdept	Sloc	Cno	Grade
0812101	计算机	2公寓	DB	80
0812101	计算机	2公寓	OS	85
0821101	信息	1公寓	C	90
0821101	信息	1公寓	DS	84
0821102	信息	1公寓	OS	78

从表 11.1 中可以看出如下问题:

- 数据冗余问题:在这个关系中,有关学生所在系和其所对应的宿舍楼的信息有冗余,因为一个系有多少个学生,这个系所对应的宿舍楼的信息就要重复存储多少遍。

- 数据更新问题:如果某一学生从计算机系转到了信息系,那么不但要修改此学生的 Sdept 列的值,而且还要修改其 Sloc 列的值,从而使修改复杂化。

- 数据插入问题:如果某个学生还没有选课,但已经有了 Sdept 和 Sloc 信息,数据库管理员也不能将此学生的这些已知信息插入到数据库中。因为 Cno 为空,而 Cno 为主属性,不能为空。因此也就丢掉了该学生的其他基本信息。

- 数据删除问题:如果一个学生只选了一门课,而后来又不选了,则应该删除此学生选此门课程的记录。但由于这个学生只选了一门课,那么删掉此学生的选课记录的同时也删掉了此学生的其他基本信息。

类似的问题被统称为操作异常。为什么会出现以上的操作异常现象呢？因为这个关系模式没有设计好,它的某些属性之间存在着"不良"的函数依赖。如何改造这个关系模式并克服以上种种问题是本章所要解决的问题,也是讨论函数依赖的原因。

解决上述问题的方法就是进行模式分解,即把一个关系模式分解成两个或多个关系模式,在分解的过程中消除那些"不良"的函数依赖,从而获得好的关系模式。关于模式分解将在本章后面介绍。

11.2 关系规范化

11.2.1 关系模式中的码

设用 U 表示关系模式 R 的属性全集,即 U={A1,A2,…,An},用 F 表示关系模式 R 上的函数依赖集,则关系模式 R 可表示为 R(U,F)。

1. 候选码

设 K 为 R(U,F) 中的属性或属性组,若 K $\xrightarrow{f}$ U,则 K 为 R 的候选码(K 为决定 R 全部属性值的最小属性组)。

- 主码:关系 R(U,F) 中可能有多个候选码,则选其中一个作为主码。
- 全码:候选码为整个属性组。
- 主属性与非主属性:在 R(U,F) 中,包含在任一候选码中的属性被称为主属性,不包含在任一候选码中的属性被称为非主属性。

例 11.3 SC(Sno,Cno,Grade)

其候选码为:(Sno,Cno),也为主码。

则主属性为:Sno 和 Cno,Grade 为非主属性。

例 11.4 R(P,W,A),其中各属性含义分别为演奏者、作品和演出地点。其语义为:一个演奏者可演奏多个作品;某一作品可被多个演奏者演奏;同一演出地点不同演奏者演奏不同作品。

其候选码为(P,W,A),因为只有(演奏者,作品,演出地点)三者才能确定一场音乐会。称全部属性均为主码的表为全码表。

2. 外码

用于在关系表之间建立关联的属性(组)称为外码。例如,若 R(U,F) 的属性(组) X(X 属于 U)是另一个关系 S 的主码,则称 X 为 R 的外码(X 必须先定义为 S 的主码)。

11.2.2 范式

在前面已经介绍了设计"不好"的关系模式所带来的问题,本节将继续讨论"好"的关系模式应具备的性质,即关系规范化问题。

关系数据库中的关系要满足一定的要求,若关系满足不同程度要求就称它属于不同的范式。满足最低要求的关系属于第一范式,简称 1NF(First Normal Form);在第一范式中进一步满足一些要求的关系属于第二范式,简称 2NF;以此类推,还有 3NF、BCNF、4NF、5NF。所谓第几范式是表示关系模式满足的条件,所以经常称某一关系模式为第几范式的关系模式。也可以把这个概念模式理解为符合某种条件的关系模式的集合,因此 R 为第二范式的关系模式也可以写为 R∈2NF。

对关系模式的属性间的函数依赖加以不同的限制就形成了不同的范式。这些范式是递进的,即如果一个表是 1NF 的,它比不是 1NF 的要好;同样,2NF 的表要比 1NF 的表好;以此类推。

使用这种方法的目的是从一个表或表的集合开始,逐步产生一个和初始集合等价的表的集合(指提供同样的信息)。范式越高、规范化的程度越高,关系模式就越好。

规范化的理论首先由 E. F Codd 于 1971 年提出,其目的是要设计"好"的关系数据库模式。关系规范化实际就是对有问题(操作异常)的关系进行分解从而消除这些异常。

1. 第一范式

每一个数据项都是不可再分的是第一范式的关系。

2. 第二范式

如果 $R(U,F) \in 1NF$,并且 R 中的每个非主属性都完全函数依赖于主码,则 $R(U,F) \in 2NF$。

从定义中可以看出,若某个 1NF 的关系的主码只由一个列组成,那么这个关系就是 2NF 关系。但是,如果主码是由多个属性列共同构成的复合主码,并且存在非主属性对主属性的部分函数依赖,则这个关系就不是 2NF 关系。

例如,前面所示的 S_L_C(Sno,Sdept,Sloc,Cno,Grade)关系就不是 2NF 的。因为 (Sno,Cno)是主码,而又有 Sno→Sdept,因此有 $(Sno,Cno) \xrightarrow{D} Sdept$。

即存在非主码属性对主码的部分函数依赖关系,所以 S_L_C 关系不是 2NF 的。前面已经介绍过这个关系存在操作异常,而这些操作异常就是由于它存在部分函数依赖造成的。可以用模式分解的办法将非 2NF 的关系模式分解为多个 2NF 的关系模式。

S_L_C 关系模式分解后的形式为 S_L(Sno,Sdept,Sloc)和 S_C(Sno,Cno,Grade)。

S_L 关系的主码是(Sno),并且有 $Sno \xrightarrow{f} Sdept, Sno \xrightarrow{f} Sloc$,所以 S_L 是 2NF 的。

S_C 关系的主码是(Sno,Cno),并且有 $(Sno,Cno) \xrightarrow{f} Grade$,因此 S_C 也是 2NF 的。

下面来看一下分解完之后是否还存在问题,先讨论 S_L 表。

首先,在这个关系模式中,描述多少个学生就会将所在系和其所在的宿舍楼重复描述多少遍,因此还存在数据冗余;其次,当新组建一个系时,如果此系还没有招收学生,但已分配了宿舍楼,则无法将此系的信息插入到数据库中,因为这时的学号为空。这就是插入异常。

由此可以看到,第二范式的表也可能存在操作异常情况,因此还要对此关系模式进行进一步地分解。

3. 第三范式

如果 $R(U,F) \in 2NF$,并且所有非主属性都不传递依赖于主码,则 $R(U,F) \in 3NF$。

从定义中可以看出,如果存在非主属性对主码的传递依赖,则相应的关系模式就不是

3NF 的。

以关系模式 S_L(Sno,Sdept,Sloc)为例,因为 Sno→Sdept,Sdept→Sloc,所以 Sno $\xrightarrow{\text{传递}}$ Sloc。

从前面的定义中可以知道,当关系模式中存在传递函数依赖时,这个关系模式仍然有操作异常,因此还需要对其进行进一步分解。

S_L 分解后的关系模式为 S_D(Sno,Sdept)(主码为 Sno)和 D_L(Sdept,Sloc)(主码为 Sdept)。

对 S_D,有 Sno $\xrightarrow{f}$ Sdept,因此 S_D 是 3NF 的。

对 D_L,有 Sdept $\xrightarrow{f}$ Sloc,因此 S_L 也是 3NF 的。

由于 3NF 关系模式中不存在非主码属性对主码的部分依赖和传递依赖关系,因而在很大程度上消除了数据冗余和更新异常。因此,在通常的数据库设计中,都要求达到 3NF。

4. BCNF

BCNF 也叫 Boyce—Codd 范式,它是 3NF 的进一步规范化,其限制条件更严格。

首先来分析一下 3NF 中存在的问题,在 3NF 的关系模式中可能存在能够决定其他属性取值的属性组,而该属性组非码。

例如,假设有关系模式 CSZ(City,Street,Zip),其中各属性分别代表城市、街道和邮政编码。其语义为:城市和街道可以决定邮政编码,邮政编码可以决定城市。因此有:

(City,Street)→Zip,Zip→City

其候选码为(City,Street)和(Street,Zip),此关系模式中不存在非主属性,也就不存在非主码属性对主码的部分依赖和传递依赖关系,因此它属于 3NF。

现在来看一下此模式存在的问题。假设取(City,Street)为主码,则当插入数据时,如果没有街道信息,则一个邮政编码是哪个城市的邮政编码这样的信息就无法保存到数据库中,因为 Street 不能为空。由此可见,即使是 3NF 的表,也有可能存在操作异常。操作异常的原因是存在 Zip→City,Zip 是决定因子,但 Zip 不是码。

在 3NF 关系模式中之所以存在操作异常,主要是存在主属性对非码的函数依赖。在这种情况下,产生了 BCNF。

若关系模式 R∈3NF,且能决定其他属性取值的属性(组)必定包含码,则 R∈BCNF。

可以将该定义理解为,如果一个关系的每个决定因子都是候选码,则其是 BCNF;或者说,如果 R∈3NF,并且不存在主属性对非码的函数依赖,则其是 BCNF。

可以将 CSZ 分解为:ZC(Zip,City),SZ(Street,Zip)。这样就去掉了决定因子不包含码的情况,它们都是 BCNF 的关系模式了。

如果一个模型中的所有关系模式都属于 BCNF,那么在函数依赖范畴内,就实现了彻底的分解,消除了操作异常。也就是说,在函数依赖的范畴,BCNF 达到了最高的规范化程度。

1NF、2NF、3NF 和 BCNF 的相互关系是:BCNF⊂3NF⊂2NF⊂1NF。

11.3　关系模式分解的准则

前面已经介绍过,为了提高规范化程度,通常将范式程度低的关系模式分解为若干个范式程度高的关系模式。每个规范化的关系应该只有一个主题,如果某个关系描述了两个或多个主题,就应该将它分解为多个关系,使每个关系只描述一个主题。当发现一个关系存在操作异常时,就应该把关系分解为两个或多个单独的关系,使每个关系只描述一个主题,从而消除这些异常。

规范化的方法是进行模式分解,但分解后产生的模式应与原模式等价,即模式分解必须遵守一定的准则,不能表面上消除了操作异常现象,却留下了其他的问题。模式分解要满足以下标准。

(1) 模式分解必须具有无损连接性。

(2) 模式分解能够保持函数依赖。

无损连接是指分解后的关系通过自然连接可以恢复成原来的关系,即通过自然连接得到的关系与原来的关系相比,既不多出信息,又不丢失信息;保持函数依赖的分解是指在模式的分解过程中函数依赖不能丢失,即模式分解不能破坏原来的语义。

为了得到更高范式的关系而进行的模式分解是否总能既保证无损连接,又保持函数依赖呢? 答案是否定的。

那么应如何对关系模式进行分解呢? 在不同情况下,同一个关系模式可能有多种分解方案。例如,对于关系模式 S_D_L(Sno,Dept,Loc)(其中各属性含义分别为学号、系名和宿舍楼号,假设系名可以决定宿舍楼号),有如下函数依赖:

$$Sno \rightarrow Dept, Dept \rightarrow Loc$$

显然这个关系模式不是第三范式的。此关系模式至少可以有 3 种分解方案,分别为:

- 方案 1:S_L(Sno,Loc),D_L(Dept,Loc)
- 方案 2:S_D(Sno,Dept),S_L(Sno,Loc)
- 方案 3:S_D(Sno,Dept),D-L(Dept,Loc)

使用这 3 种分解方案得到的关系模式都是第三范式的,那么如何比较这 3 种方案的好坏呢? 由此可以想到,在将一个关系模式分解为多个关系模式时,除了提高规范化程度之外,还要考虑其他一些因素。

将一个关系模式 R<U,F>分解为若干个关系模式 R1<U1,F1>,R2<U2,F2>,…,Rn<Un,Fn>(其中 U=U1∪U2∪…∪Un,Fi 为 F 在 Ui 上的投影),这意味着相应地将存储在一张二维表 r 中的数据分散到了若干个二维表 r1,r2,…,rn 中(ri 是 r 在属性组 Ui 上的投影)。当然最好是这样的分解不丢失信息,也就是说,对关系 r1,r2,…,rn 进行自然连接运算后能重新得到关系 r 的所有信息。

事实上,要想在关系 r 投影 r1,r2,…,rn 时不会丢失信息,最大的问题是对 r1,r2,…,rn 做自然连接时可能产生一些 r 中原来没有的元组,从而无法区别哪些元组是 r 中原来有的,即数据库中应该存在的数据,哪些是不应该有的。从这个意义上说就丢失了信息。

仍以关系模式 S_D_L(Sno,Dept,Loc)为例,按 3 种分解方案得到的关系模式是否满足分解要求呢? 下面对此进行一些分析。

假设在某一时刻,此关系模式的数据如表 11.2 所示,此关系用 r 表示。

若按方案 1 将关系模式 S_D_L 分解为 S_L(Sno,Loc) 和 D_L(Dept,Loc),则将 S_D_L 投影到 S_L 和 D_L 的属性上,得到关系 r11 和 r12,如表 11.3 和表 11.4 所示。

将 r11 和 r12 进行自然连接 r11 * r12 得到 r′,如表 11.5 所示。

表 11.2 关系 r

Sno	Dept	Loc
S01	D1	L1
S02	D2	L2
S03	D3	L2
S04	D4	L1

表 11.3 关系 r11

Sno	Loc
S01	L1
S02	L2
S03	L2
S04	L1

表 11.4 关系 r12

Dept	Loc
D1	L1
D2	L2
D3	L1

表 11.5 关系 r′

Sno	Dept	Loc
S01	D1	L1
S01	D3	L1
S02	D2	L2
S03	D2	L2
S04	D1	L1
S04	D3	L1

r′ 中的元组(S01,D3,L1)和(S04,D3,L1)不是原来 r 中的元组,因此,无法知道原来的 r 中到底有哪些元组,这当然是属于丢失了信息的情况。

所以,将关系模式 R<U,F>分解为关系模式 R1<U1,F1>,R2<U2,F2>,…,Rn<Un,Fn>时,若对于 R 中的任何一个可能的 r,都有 r=r1 * r2 * … * rn,即 r 在 R1,R2,…,Rn 上的投影的自然连接等于 r,则称关系模式 R 的分解具有无损连接性。

分解方案 1 不具有无损连接性,因此不是一个好的分解方法。

再分析方案 2。将 S_D_L 投影到 S_D,S_L 的属性上,得到关系 r21 和 r22,如表 11.6 和表 11.7 所示。

将 r21 * r22 做自然连接,得到 r″,如表 11.8 所示。

表 11.6 关系 r21

Sno	Dept
S01	D1
S02	D2
S03	D2
S04	D3

表 11.7 关系 r22

Sno	Loc
S01	L1
S02	L2
S03	L2
S04	L1

表 11.8 关系 r″

Sno	Dept	Loc
S01	D1	L1
S02	D2	L2
S03	D2	L2
S04	D3	L1

可以看到,分解后的关系模式经过自然连接后恢复成了原来的关系,因此分解方案 2 具有无损连接性。现在对这个分解做进一步的分析。假设学生 S03 从 D2 系转到了 D3 系,于是需要在 r21 中将元组(S03,D2)改为(S03,D3),同时还需要在 r22 中将元组(S03,L2)改为(S03,L1)。如果这两个修改没有同时进行,则数据库中就会出现不一致信息。这是由于这样

分解得到的两个关系模式没有保持原来的函数依赖关系造成的。原有的函数依赖 Dept→
Loc 在分解后既没有投影到 S_D 中，也没有投影到 S_L 中，而是跨在了两个关系模式上。
因此分解方案 2 没有保持原有的函数依赖关系，它也不是好的分解方法。

最后看分解方案 3。经过分析可以看出分解方案 3 既满足无损连接性，又保持了原有
的函数依赖关系，因此它是一个好的分解方法。

总结以上分析可以看出，分解具有无损连接性和分解保持函数依赖是两个独立的标准：
具有无损连接性的分解不一定保持函数依赖（如前面的分解方案 2）；保持函数依赖的分解
不一定具有无损连接性（请读者自己想例子来说明这种情况）。

一般情况下，在进行模式分解时，应将有直接依赖关系的属性放置在一个关系模式中，
这样得到的分解结果一般既能具有无损连接性，又能保持函数依赖关系不变。

本 章 小 结

关系规范化理论是设计没有操作异常的关系数据库的基本原则。规范化理论主要研究
关系表中各属性之间的依赖关系。根据依赖关系的不同，本章介绍了不包含子属性的第一
范式，消除了属性间的部分依赖关系的第二范式，消除了属性间的传递依赖关系的第三范
式，最后到每个决定因子都必须是码的 BCNF。范式的每一次升级都是通过模式分解实现
的，在进行模式分解时应注意保持分解后的关系能够具有无损连接性并能保持原有的函数
依赖关系。

关系规范化理论的根本目的是指导数据库设计人员设计没有数据冗余和操作异常的关
系模式。对于一般的数据库应用来说，设计到第三范式就足够了。因为规范化程度越高，表
的个数也就越多，因而有可能降低数据的查询效率。

习 题 11

1. 关系数据库中的操作异常有哪些？它是由什么原因引起的？解决的办法是什么？

2. 设有关系模式 Student1(学号，姓名，出生日期，所在系，宿舍楼)，其语义为：一个学
生只在一个系学习，一个系的学生只住在一个宿舍楼里。指出此关系模式的候选码，判断
此关系模式是第几范式的。若不是第三范式的，请将其规范化为第三范式关系模式，并指
出分解后的每个关系模式的主码和外码。

3. 有关系模式 Student2(学号，姓名，所在系，班号，班主任，系主任)，其语义为：一个
学生只在一个系的一个班学习，一个系只有一个系主任，一个班只有一名班主任。指出此关
系模式的候选码，判断此关系模式是第几范式的。若不是第三范式的，请将其规范化为第三
范式关系模式，并指出分解后的每个关系模式的主码和外码。

4. 设有关系模式授课表(课程号，课程名，学分，授课教师号，教师名，授课时数)，其语
义为：一门课程可以由多名教师讲授，一名教师可以讲授多门课程，每个教师对每门课程有
唯一的授课时数。指出此关系模式的候选码，判断此关系模式属于第几范式。若不是第三
范式的，请将其规范化为第三范式关系模式，并指出分解后的每个关系模式的主码。

第12章

数据库设计

数据库设计是指利用现有的数据库管理系统为具体的应用对象构造适合的数据库模式,建立数据库及其应用系统,使之能有效地收集、存储、操作和管理数据,满足企业中各类用户的应用需求(信息需求和处理需求)。从本质上讲,数据库设计的过程是将数据库系统与现实世界密切地、有机地、协调一致地结合起来的过程。因此,一个数据库设计者必须非常了解数据库系统及其实际应用对象。本章介绍数据库设计的全过程,包括需求分析、结构设计、行为设计以及数据库的实施和维护。

12.1 数据库设计概述

数据库设计虽然是一项应用课题,但由于它涉及范围广,所以设计一个性能良好的数据库并不是一件容易的工作。数据库的设计质量与设计者的知识、经验和水平有密切的关系。

数据库设计中面临的主要困难和问题有:

(1) 懂得计算机与数据库的人一般都缺乏应用业务知识和实际经验,而熟悉应用业务的人又往往不懂计算机和数据库,同时具备这两方面知识的人是很少的。

(2) 在开始时往往不能确定应用业务的数据库系统的目标。

(3) 缺乏完善的设计工具和设计方法。

(4) 用户总是在系统的开发过程中不断提出新的要求,甚至在数据库建立之后还会要求修改数据库结构或增加新的应用。

(5) 应用业务系统千差万别,很难找到一种适合所有应用业务的工具和方法,这就增加了研究数据库自动生成工具的难度。因此,研制适合一切应用业务的全自动数据库生成工具是不可能的。

在进行数据库设计时,必须确定系统的目标,这样可以确保开发工作顺利进行,并能保证良好的工作效率以及数据库模型的准确性和完整性。数据库设计的最终目标是数据库必须满足客户的数据存储需求,但定义系统的长期和短期目标,能够改善系统的服务以及提高新数据库的性能期望值。客户对数据库的期望也是非常重要的,新的数据库能在多大程度上方便最终用户? 新的数据库的近期和长期发展计划是什么? 是否所有的手工处理过程都可以自动化地实现? 现有的自动化处理是否可以得到改善? 这些问题只是定义一个新的数据库的设计目标时必须考虑的一小部分问题或因素。

完善的数据库系统应具备如下特点。

- 功能强大。
- 能准确地表示业务数据。
- 使用方便,易于维护。
- 在合理的时间内响应最终用户的操作。
- 为以后改进数据库结构留下空间。
- 便于检索和修改数据。
- 维护数据库的工作较少。
- 具备有效的安全机制来确保数据安全。
- 冗余数据最少或不存在。
- 便于进行数据的备份和恢复。
- 数据库结构对最终用户透明。

12.1.1 数据库设计的特点

数据库设计工作量很大而且比较复杂,它是一项数据库工程也是一项软件工程。数据库设计的很多阶段都可以和软件工程的各阶段对应起来,软件工程的某些方法和工具同样也适合于数据库工程。但由于数据库设计和用户的业务需求紧密相关,因此,它还有很多自己的特点。

1. 综合性

数据库设计涉及的范围很广,包含计算机专业知识和业务系统的专业知识,同时还要解决技术及非技术两方面的问题。非技术问题包括组织机构的调整,经营方针的改变,管理体制的变更等。这些问题都不是设计人员所能解决的,但新的管理信息系统必须有与之相适应的新的组织机构、新的经营方针、新的管理体制,这就是一个较为尖锐的矛盾。另一方面,数据库设计者需要具备两方面的知识(计算机知识和应用业务知识),但同时具备两方面知识的人是很少的。数据库设计者一般会花费相当长的时间去熟悉应用业务系统知识,这一过程有时很麻烦,会使设计人员产生厌烦情绪,而这会影响系统的最后成功。而且,由于承担部门和应用部门是一种委托雇佣关系,在客观上存在着一种对立的势态,若在某些问题上意见不一致,有时会使双方关系比较紧张。这在 MIS(管理信息系统,Management Information System)中尤为突出。

2. 静态结构设计与动态行为设计是分离的

静态结构设计是指数据库的模式结构设计,包括概念结构、逻辑结构和存储结构的设计；动态行为设计是指应用程序设计，包括功能组织、流程控制等方面的设计。在传统的软件工程中，比较注重处理过程的设计，不太注重数据结构的设计，在结构程序设计中只要可能就尽量推迟数据结构的设计，这种方法对于数据库设计就不太适用。数据库设计与传统的软件工程的做法正好相反，进行数据库设计时把主要精力放在数据结构的设计上，比如数据库的表结构、视图等。

数据库设计的特点是：
- 实体的静态特性在模式或外模式中定义。
- 实体的动态行为在存取数据库的程序中重复设计和实现。
- 程序和数据不易结合。
- 数据库设计较为复杂。
- 结构设计和行为设计是分离进行的。

图 12.1 显示了结构设计和行为设计分离的模型。

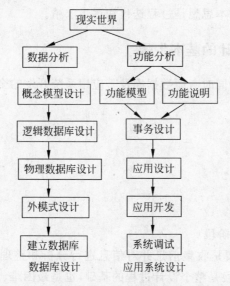

图 12.1 结构设计和行为设计分离进行的模型

12.1.2 数据库设计方法概述

要使数据库设计更合理，就需要有效的指导原则，这种原则称为数据库设计方法学。
- 首先，一个好的数据库设计方法学，应该能在合理的期限内，以合理的工作量，设计出一个有实用价值的数据库结构。这里的"实用价值"是指既满足用户关于功能、性能、安全性、完整性及发展需求等方面的要求，同时又服从特定 DBMS 的约束，并且可以用简单的数据模型来表达。
- 其次，数据库设计方法学还应具有足够的灵活性和通用性，不仅能够供具有不同经验的人使用，而且应该不受数据模型及 DBMS 的限制。
- 最后，数据库设计方法学应该是可再生的，即不同的设计者使用同一方法设计同一问题时，应该得到相同或相似的设计结果。

十几年来，人们经过不断地努力和探索，提出了各种数据库设计方法。这些方法结合了软件工程的思想和方法,形成了各种设计准则和规程,而这些方法都属于规范设计方法。新奥尔良(New Orleans)方法是数据库设计方法中比较著名的方法之一,这种方法将数据库设计分为 4 个阶段,即需求分析阶段、概念结构设计阶段、逻辑结构设计阶段和物理结构设计阶段。其后,S. B. Yao 等又将数据库设计分为 5 个阶段。也有人主张数据库设计应包括系统设计和开发的全过程,并在每一阶段结束时进行评审,及早发现设计错误,及早纠正。各阶段也不是严格线性的,而是采取"反复探寻、逐步求精"的方法。在设计时从数据库应用系统设计和开发的全过程来考察数据库设计问题,既包括数据库模型的设计,也包括围绕数据库展开的应用处理的设计。在设计过程中努力把数据库设计和系统其他成分的设计紧密结合,数据和处理的需求分析、抽象、设计和实现在各个阶段同时进行,相互参照,相互补充,以完善两方面的设计。

基于 ER 模型的数据库设计方法、基于 3NF 的设计方法、基于抽象语法规范的设计方法等都是在数据库设计的不同阶段支持实现的具体技术和方法。规范设计方法从本质上看仍然是手工设计方法,其基本思想是过程迭代和逐步求精。

12.1.3　数据库设计的基本步骤

按照规范设计的方法,同时考虑数据库及其应用系统开发的全过程,可以将数据库设计分为 6 个阶段。

- 需求分析阶段。
- 概念结构设计阶段。
- 逻辑结构设计阶段。
- 物理设计阶段。
- 数据库实施阶段。
- 数据库运行和维护阶段。

(1) 需求分析阶段主要是收集信息并对信息进行分析和整理,从而为后续的各个阶段提供充足的信息。这个阶段是整个设计过程的基础,也是最困难、最耗时间的一个阶段。需求分析做得不好,会导致整个数据库设计重新返工。

(2) 概念结构设计阶段是整个数据库设计的关键,此过程对需求分析的结果进行综合、归纳,从而形成一个独立于具体 DBMS 的概念模型。

(3) 逻辑结构设计阶段将概念结构设计的结果转换为某个具体的 DBMS 所支持的数据模型,并对其进行优化。

(4) 物理设计阶段为逻辑结构设计的结果选取一个最适合应用环境的数据库物理结构。

(5) 数据库实施阶段是设计人员运用 DBMS 提供的数据语言以及数据库开发工具,根据逻辑设计和物理设计的结果建立数据库,编制应用程序,组织数据入库并进行试运行。

(6) 数据库运行和维护阶段是指将经过试运行的数据库应用系统投入正式使用,在数据库应用系统的使用过程中不断对其进行调整、修改和完善。

设计一个完善的数据库应用系统不可能一蹴而就,往往需要不断重复上述 6 个过程才能获得成功。

12.2 数据库需求分析

需求分析简单地说就是分析用户的要求。需求分析是数据库设计的起点,其结果将直接影响到后面各阶段的设计,并影响到最终的数据库系统能否被合理地使用。

12.2.1 需求分析的任务

需求分析阶段的主要任务是详细调查现实世界要处理的对象(公司、部门、企业),在了解现行系统的概况、确定新系统功能的过程中,收集支持系统目标的基础数据及其处理方法的信息。需求分析是在用户调查的基础上,通过分析,逐步明确用户对系统的需求,包括数据需求以及与这些数据有关的业务处理需求。

进行用户调查的重点是"数据"和"处理"。通过调查,要从用户那里获得对数据库的要求如下。

- 信息需求:信息需求定义了未来数据库系统用到的所有信息,明确用户将向数据库中输入什么数据,希望从数据库中获得什么内容,期望输出什么信息等。即了解要在数据库中存储哪些数据,对这些数据将做哪些处理,同时还要描述数据间的联系等。
- 处理需求:处理需求定义了系统数据处理的操作功能,描述操作的优先次序,包括操作的执行频率和场合,操作与数据间的联系。处理需求还包括确定用户需要什么样的处理功能,每种处理的执行频率,用户需求的响应时间以及处理的方式,比如是联机处理还是批处理等。
- 安全性与完整性要求:安全性要求描述了系统中不同用户使用和操作数据库的情况,完整性要求描述了数据之间的关联以及数据的取值范围要求。

在需求分析中,可以使用自顶向下、逐步分解的方法分析系统。任何一个系统都可以抽象为图 12.2 所示的数据流图的形式。数据流图是从"数据"和"处理"两方面描述数据处理的一种图形化表示方法。在需求分析阶段,不必确定数据的具体存储方式,这个问题可留到物理设计阶段考虑。数据流图中的"处理"抽象地表达了系统的功能需求。

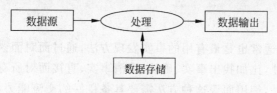

图 12.2 数据流图

系统的整体功能要求可以分解为系统的若干子功能要求,这种分解可以不断进行,直到将系统的工作过程表达清楚为止。

需求分析是整个数据库设计(严格讲是管理信息系统设计)中最重要的一步,它是其他各步骤的基础。如果把整个数据库设计当做一个系统工程,那么需求调查就是为这个系统工程输入最原始信息的阶段。如果这一步做得不好,那么即使后面的各步设计再优化也于事无补。这一步是非常重要的一步,也是最困难、最麻烦的一步,其困难不在于技术,而在于要了解、分析、表达客观世界并非易事。这也是数据库自动生成工具的研究中最困难的部分。目前许多自动生成工具都绕过这一步,先假定需求分析已经有结果,这些自动工具就以这一结果作为后面几步的输入。

12.2.2 需求调查

需求分析首先要通过调查确定用户的实际需求,与用户达成共识,然后分析和表达这些需求。需求调查的重点是"数据"和"处理",但为了达到这一目的,在调查前要拟定调查提纲。调查时要抓住两个"流",即"信息流"和"处理流",而且调查中要不断地将这两个"流"结合起来。需求调查的任务是调查现行系统的业务活动规则,并提取出描述系统业务的现实系统模型。

通常需求调查包括3方面内容,即系统的业务现状、信息源流及外部要求。

- **系统的业务现状**:业务现状包括业务方针政策、系统的组织机构、业务内容、约束条件和各种业务的全过程。
- **信息源流**:信息源流包括各种数据的种类、类型及数据量,各种数据的源头、流向和终点,各种数据的产生、修改、查询及更新过程和频率,以及各种数据与业务处理的关系。
- **外部要求**:外部要求包括对数据保密性的要求,对数据完整性的要求,对查询响应时间的要求,对新系统使用方式的要求,对输入方式的要求,对输出报表的要求,对各种数据精度的要求,对吞吐量的要求,对未来功能、性能及应用范围扩展的要求。

进行需求调查,实际上就是发现现行业务系统的运作事实。常用的发现事实的方法有检查文档、面谈、观察业务的运转、研究和问卷调查等。

1. 检查文档

当要深入了解为什么客户需要数据库应用时,检查用户的文档是非常有用的。通过检查文档也可以发现文档中有助于提供与问题相关的业务信息(或者业务事务的信息)的内容,如果问题与现存系统相关,则一定有与该系统相关的文档。检查与目前系统相关的文档、表格、报告和文件是一种非常好的快速理解系统的方法。

2. 面谈

面谈是最常用的,通常也是最有用的事实发现方法,通过面对面谈话可以获取有用的信息。面谈还有其他用处,比如找出事实、确认、澄清事实、直接面对所有最终用户、标识需求、集中意见和观点。但是,使用面谈这种方法需要具备良好的交流能力,面谈成功与否通常依赖于谈话者是否具备良好的交流技巧。而且面谈也有它的缺点,比如非常消耗时间。为了保证谈话成功,必须选择合适的谈话人选,准备问题的涉及面要广,谈话者要能够引导用户,使得谈话有效地进行。

3. 观察业务的运转

观察是理解一个系统的最有效的事实发现方法之一。使用这种方法可以观察做事的人甚至参与到其中以了解系统。当用其他方法收集的数据的有效性值得怀疑或者系统特定方面的复杂性阻碍了最终用户做出清晰的解释时,这种技术尤其有用。与其他事实发现方法相比,成功的观察需要进行大量的准备工作。为了确保成功,要尽可能多地了解需要观察的人和活动。例如,所观察的活动的低谷、正常以及高峰期分别在什么时候出现。

4. 研究

研究是通过查阅计算机行业的杂志、参考书和因特网,来查找是否有解决此问题的方法,甚至可以查找和研究是否存在解决此问题的软件包。但这种方法也有很多缺点,比如,如果存在解决此问题的方法,则可以节省很多时间;但如果没有,则可能会非常浪费时间。

5. 问卷调查

另一种事实发现方法是进行问卷调查。问卷是一种有着特定目的的小册子,这样可以在控制答案的同时,集中大批人的意见。当和大批用户打交道时,若其他的事实发现方法都不能有效地了解用户需求,就可以采用问卷调查的方式。问卷有两种格式,自由格式和固定格式。

- 在自由格式问卷上,提问人没有给出固定答案,而由答卷人在题目后的空白地方写答案。例如,"你当前收到的是什么报表?它们有什么用?","这些报告是否存在问题?如果有,请说明。",这些问题就可以作为自由格式问卷的问题。自由格式问卷的缺点是答卷人的答案可能难以列成表格,而且,有时答卷人可能答非所问。
- 另一种是固定格式问卷。在这种格式的问卷上,提问人提出一个问题后,回答者必须从提供的答案中选择一个。因此,使用这种格式的问卷容易将结果归纳成列表。但另一方面,答卷人不能提供一些有用的附加信息。例如,"现在的业务系统的报告形式非常理想,不必改动。"就是一个固定格式问题。答卷人可以选择的答案有"是"或"否",或者一组选项,包括"非常赞同"、"基本同意"、"不同意"、"强烈反对"等。

12.3 数据库结构设计

数据库设计分为数据库结构设计和数据库行为设计。结构设计包括设计数据库的概念结构、逻辑结构和存储结构;行为设计包括设计数据库的功能组织和流程控制。数据库结构设计是在数据库需求分析的基础上,逐步形成对数据库概念、逻辑、物理结构的描述。概念结构设计的结果是形成数据库的概念模式,用语义层模型描述,如 ER 图;逻辑结构设计的结果是形成数据库的逻辑模式与外模式,用结构层模型描述,如基本表、视图等;物理结构设计是形成数据库的内模式,用文件级术语描述,如数据库文件或目录、索引等。

12.3.1 概念结构设计

概念设计的重点在于信息结构的设计,它是整个数据库系统设计的关键。它独立于逻辑结构设计和 DBMS。

1. 概念设计的特点和策略

概念结构设计的目的是产生反映企业组织信息需求的数据库概念结构,即概念模型。

概念模型不依赖于计算机和具体的 DBMS。

(1) 概念模型的特点

概念模型应具备的主要特点如下。

- 有丰富的语义表达能力,能表达用户的各种需求,包括能描述现实世界中各种事物和事物与事物之间的联系,能满足用户对数据的处理需求。
- 易于交流和理解。概念模型是数据库设计人员和用户之间的主要交流工具,因此必须能通过概念模型和不熟悉计算机的用户交换意见,用户的积极参与是数据库成功的关键。
- 易于更改。当应用环境和应用要求发生变化时,能方便地对概念模型进行修改,以反映这些变化。
- 易于向各种数据模型转换,易于导出与 DBMS 相关的逻辑模型。

描述概念模型的一个有力工具是 ER 模型。有关 ER 模型的概念已经在第 1 章中做了介绍,本章在介绍概念结构设计时也采用 ER 模型。

(2) 概念结构设计的策略

概念结构设计主要采用以下几种策略。

- 自底向上:先定义每个局部应用的概念结构,然后按一定的规则把它们集成起来,从而得到全局概念模型。
- 自顶向下:先定义全局概念模型,然后逐步细化。
- 由里向外:先定义最重要的核心结构,然后逐步向外扩展。
- 混合策略:将自顶向下和自底向上方法结合起来使用。先用自顶向下方法设计一个概念结构的框架,然后以它为框架再用自底向上策略设计局部概念结构,最后把它们集成起来。

最常用的设计策略是自底向上策略。

从这一步开始,要将需求分析所得到的结果按"数据"和"处理"分开考虑设计。概念设计着重信息结构的设计,而"处理"则由应用设计来考虑。这就是数据库设计的特点,即行为设计与结构设计分离进行。但由于两者原本是一个整体,因此在设计概念模型和逻辑模型时,要考虑如何有效地为"处理"服务,而设计应用模型时,也要考虑如何有效地利用结构模型提供的条件。

概念结构设计使用集合概念,抽取出现实业务系统的元素及其应用语义关联,最终形成 ER 模型。

2. 采用 ER 模型方法的概念结构设计

设计数据库概念模型的最著名、最常用的方法是 ER 方法。采用 ER 方法的概念结构设计可分为如下 3 步。

- 设计局部 ER 模型。局部 ER 模型的设计内容包括确定局部 ER 模型的范围、定义实体、联系以及它们的属性。
- 设计全局 ER 模型。这一步是将所有局部 ER 图集成为一个全局 ER 图,即全局 ER 模型。
- 优化全局 ER 模型。

（1）设计局部 ER 模型

概念结构是对现实世界的一种抽象。所谓抽象是对实际的人、物、事和概念进行人为处理，抽取所关心的共同特性，忽略非本质的细节，并把这些特性用各种概念准确地描述出来。

常用的抽象方法有如下 3 种。

· 分类

分类（classification）是定义某一类概念作为现实世界中一组对象的类型，这些对象具有某些共同的特性和行为。它抽象的是对象值和型之间的"is a member of"的语义。在 ER 模型中，实体就是由这种抽象而来（是对具有相同特征的实例的抽象）。例如，张三是学生，表示张三是学生（实体）中的一员（实例），即"张三 is a member of 学生"，这些学生具有系统的特性和行为，如图 12.3 所示。

· 概括

概括（generalization）定义实体之间的一种子集联系，它抽象了实体之间的"is a subset of"的语义。例如，学生是一个实体，本科生、研究生也是实体，而本科生和研究生均为学生的子集。如果把学生称为超类，那么本科生和研究生就是学生的子类，如图 12.4 所示。

· 聚集

聚集（aggregation）定义某一类型的组成成分，它抽象了对象内部类型和成分之间的"is a part of"语义。在 ER 模型中，若干个属性的聚集就组成了一个实体。聚集的示例如图 12.5 所示。

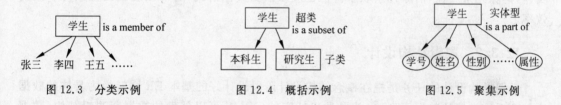

图 12.3　分类示例　　　　图 12.4　概括示例　　　　图 12.5　聚集示例

（2）设计全局 ER 模型

把局部 ER 图集成为全局 ER 图时，可以采用一次将所有的 ER 图集成在一起，也可以用逐步集成、进行累加的方式，一次只集成少量几个 ER 图，这样实现起来会比较容易些。

当将局部 ER 图集成为全局 ER 图时，需要消除各分 ER 图合并时产生的冲突。解决冲突是合并 ER 图的主要工作和关键任务。

各分 ER 图之间的冲突主要有 3 类：属性冲突、命名冲突和结构冲突。

① 属性冲突

属性冲突又包括如下几种情况。

· 属性域冲突：即属性的类型、取值范围和取值集合不同。例如，部门编号有的定义为字符型，有的定义为数字型；又比如年龄，有的地方把它定义为出生日期，有的地方又把它定义为整数。

· 属性取值单位冲突：例如学生的身高，有的用米为单位，有的用厘米为单位。

② 命名冲突

命名冲突包括同名异义和异名同义，即不同意义的实体名、联系名或属性名在不同的局部应用中具有相同的名字；或相同意义的实体名、联系名和属性名在不同的局部应用中具有不同的名字。例如科研项目,在财务部门称为"项目",在科研处称为"课题"。

属性冲突和命名冲突通常可以通过讨论、协商等方法解决,解决起来比较容易。

③ 结构冲突

结构冲突有两种情况。

- 同一对象在不同应用中具有不同的抽象。例如,职工在某一局部应用中可作为实体,而在另一局部应用中却作为属性。解决这种冲突的方法通常是把属性变换为实体或把实体转换为属性,使同样对象具有相同的抽象。但在转换时要经过认真地分析。
- 同一实体在不同的局部 ER 图中所包含的属性个数和属性的排列次序不完全相同。这是种很常见的冲突,因为不同的局部 ER 图关心的实体的侧重点有所不同。解决的方法是更改该实体的属性为各局部 ER 图中的并集,然后适当调整属性的顺序。

(3) 优化全局 ER 模型

一个好的全局 ER 模型除了能反映用户功能需求外,还应满足如下条件:

- 实体个数尽可能少。
- 实体所包含的属性尽可能少。
- 实体间联系无冗余。

优化的目的就是要使全局 ER 模型满足上述 3 个条件。可进行相关实体的合并,一般是把具有相同主码的实体进行合并。另外,还可以考虑将 1∶1 联系的两个实体合并为一个实体,消除冗余属性,消除冗余联系。但也应该根据具体情况,有时候适当的冗余可以提高效率。

12.3.2 逻辑结构设计

逻辑结构设计的任务是把在概念结构设计阶段设计好的基本 ER 图转换为具体的数据库管理系统支持的数据模型,也就是导出特定的 DBMS 可以处理的数据库逻辑结构(数据库的模式和外模式)。这些模式在功能、性能、完整性和一致性约束方面满足应用要求。

特定的 DBMS 可以支持的数据模型包括层次模型、网状模型、关系模型、面向对象模型等。本章仅讨论从概念模型向关系模型的转换。

逻辑结构设计一般包含两个步骤。

(1) 将概念模型转换为某种数据模型。

(2) 对数据模型进行优化。

1. 将 ER 模型转换为关系模型

将 ER 模型转换为关系模型时要解决的问题是如何将实体以及实体间的联系转换为关系模式,如何确定这些关系模式的属性和码。关系模型的逻辑结构是一组关系模式的集合,ER 图由实体、实体的属性以及实体之间的联系 3 部分组成,因此将 ER 图转换为关系模型实际上就是将实体、实体的属性和实体间的联系转换为关系模式。转换的一般规则如下。

(1) 一个实体转换为一个关系模式。实体的属性就是关系的属性,实体的码就是关系的码。对于实体间的联系有以下不同的情况:

- 一个 1∶1 联系可以转换为一个独立的关系模式,也可以与任意一端所对应的关系模式合并。如果转换为一个独立的关系模式,则与该联系相连的各实体的码以及联系本身的属性均转换为关系的属性,每个实体的码均是该关系模式的候选码;如果是与联系的任意一端实体所对应的关系模式合并,则需要在该关系模式的属性中加入另一个实体的码和联系本身的属性。

- 一个1∶n联系可以转换为一个独立的关系模式,也可以与n端所对应的关系模式合并。如果转换为一个独立的关系模式,则与该联系相连的各实体的码以及联系本身的属性均转换为关系的模式,而关系的码为n端实体的码。
- 一个m∶n联系转换为一个关系模式。与该联系相连的各实体的码以及联系本身的属性均转换为关系的模式,而关系的码为各实体码的组合。

(2) 3个或3个以上实体间的一个多元联系可以转换为一个关系模式。与该多元联系相连的各实体的码以及联系本身的属性均转换为此关系的属性,而此关系的码为各实体码的组合。

(3) 具有相同码的关系模式可以合并。

例12.1 有1∶1联系的ER图如图12.6所示,如果将联系与某一端的关系模式合并,则转换后的结果为2张表:

部门表(部门号,部门名,经理号),其中部门号为主码,经理号为引用经理表的外码。

经理表(经理号,经理名,电话),其中经理号为主码。

也可以转换为以下2张表:

部门表(部门号,部门名),其中部门号为主码。

经理表(经理号,部门号,经理名,电话),经理号为主码,部门号为引用部门表的外码。

如果将联系转换为一个独立的关系模式,则该ER图可以转换成3张表:

部门表(部门号,部门名),其中部门号为主码。

经理表(经理号,经理名,电话),其中经理号为主码。

部门—经理表(经理号,部门号),其中经理号和部门号为候选码,同时也都为外码。

在1∶1联系中一般不将联系单独作为一张表,因为这样转换出来的表太多,查询时涉及的表个数越多,查询效率就越低。

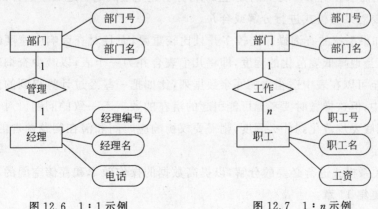

图12.6 1∶1示例   图12.7 1∶n示例

例12.2 有1∶n联系的ER图如图12.7所示,如果与n端的关系模式合并,则可以转换成两个关系模式,如下所示:

部门表(部门号,部门名),其中部门号为主码。

职工表(职工号,部门号,职工名,工资),其中职工号为主码,部门号为引用部门表的外码。

如果将联系作为一个独立的关系模式,则可以转换为以下 3 张表:

部门表(部门号,部门名),其中部门号为主码。

职工表(职工号,职工名,工资),其中职工号为主码。

部门—职工表(部门号,职工号),其中部门号和职工号为候选码,同时也都为外码。

如前所示,对 $1:n$ 关系,一般也不将联系转换为一张独立的表。

例 12.3　有 $m:n$ 关系的 ER 图如图 12.8 所示,对 $m:n$ 联系,必须将联系转换为一个独立的关系模式。转换后的结果为:

教师表(教师号,教师名,职称),教师号为主码。

课程表(课程号,课程名,学分),课程号为主码。

授课表(教师号,课程号,授课时数),(教师号,课程号)为主码,同时教师号和课程号也都为外码。

2．数据模型的优化

逻辑结构设计的结果并不是唯一的。为了进一步提高数据库应用系统的性能,还应该根据应用的需要对逻辑数据模型进行适当的修改和调整,这就是数据模型的优化。关系数据模型的优化通常以规范化理论为指导,并考虑系统的性能。具体方法为:

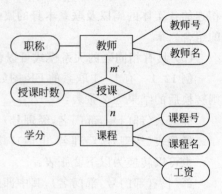

图 12.8　$m:n$ 示例

(1) 确定各属性间的数据依赖。根据需求分析阶段得出的语义,分别写出每个关系模式的各属性之间的函数依赖以及不同关系模式各属性之间的数据依赖关系。

(2) 对各个关系模式之间的数据依赖进行极小化处理,消除冗余的联系。

(3) 判断每个关系模式的范式,根据实际需要确定最合适的范式。

(4) 根据需求分析阶段得到的处理要求,分析这些模式是否适用于这样的应用环境,从而确定是否要对某些模式进行分解或合并。

注意:如果系统的查询操作比较多并且比较重要,而且对查询响应速度的要求也比较高,则可以适当地降低规范化的程度,即将几个表合并为一个表,以减少查询时要连接的表的个数。甚至可以在表中适当增加冗余数据列,比如把一些经过计算得到的值也作为一个列保存在表中,但这样做时要考虑可能引起的潜在的数据不一致的问题。对于一个具体的应用来说,到底要规范化到什么程度,则需要权衡响应时间和潜在问题两者的利弊,才能做出最佳的决定。

(5) 对关系模式进行必要的分解,以提高数据的操作效率和存储空间的利用率。关系模式分解详见第 11 章。

3．设计外模式

将概念模型转换为逻辑数据模型之后,还应该根据局部应用的需求,并结合具体的数据库管理系统的特点,设计用户的外模式。

外模式概念对应关系数据库的视图概念,设计外模式是为了更好地满足局部用户的需求。

定义数据库的模式主要是从系统的时间效率、空间效率、易维护等角度出发。由于外模式与模式是相对独立的,因此在定义用户外模式时可以从满足各类用户的需求出发,同时考虑数据的安全和用户的操作方便。在定义外模式时可以考虑以下因素。

(1) 使用更符合用户习惯的别名。

在概念模型设计阶段,当合并各 ER 图时,曾进行了消除命名冲突的工作,以使数据库中的同一个关系和属性具有唯一的名字。这在设计数据库的全局模式时是非常必要的。但这样修改了某些属性或关系的名字之后,可能会不符合某些用户的习惯,因此在设计用户模式时,可以利用视图的功能,对某些属性进行重新命名。也可以将视图的名字换成符合用户习惯的名字,使用户的操作更方便。

(2) 为不同级别的用户定义不同的视图,以保证数据的安全。

假设有关系模式:职工(职工号,姓名,工作部门,学历,专业,职称,联系电话,基本工资,浮动工资)。在这个关系模式上建立了两个视图:

职工 1(职工号,姓名,工作部门,专业,联系电话)

职工 2(职工号,姓名,学历,职称,联系电话,基本工资,浮动工资)

职工 1 视图中只包含一般职工可以查看的基本信息,职工 2 视图中包含允许领导查看的信息。这样就可以防止用户非法访问不允许他们访问的数据,从而在一定程度上保证了数据的安全。

(3) 简化用户对系统的使用。

如果某些局部应用要经常进行某些很复杂的查询,为了方便用户,可以将这些复杂查询定义为一个视图,这样用户可以每次只查询定义好的视图,而不必再编写复杂的查询语句,从而简化了用户的使用。

12.3.3 数据库的物理设计

数据库的物理设计是利用已确定的逻辑数据结构以及 DBMS 提供的方法、技术,以较优的存储结构、数据存取路径、合理的数据存储位置以及存储分配,设计出一个高效的、可实现的数据库物理结构。

由于不同的 DBMS 提供的硬件环境和存储结构、存取方法以及提供给数据库设计者的系统参数以及变化范围有所不同,因此,物理结构设计还没有一个通用的准则。本节提供的技术和方法仅供参考。

数据库的物理设计通常分为两步。

(1) 确定数据库的物理结构,在关系数据库中主要指确定存取方法和存储结构。

(2) 对物理结构进行评价,评价的重点是时间和空间效率。

如果评价结果满足原设计要求,则可以进入到物理实施阶段;否则,需要重新设计或修改物理结构,有时甚至要返回到逻辑设计阶段修改数据模型。

1. 物理结构设计的内容和方法

如果物理结构设计得好,可以获得事务的响应时间短、存储空间利用率高、事务吞吐量大的优点。因此,在设计数据库时,首先要对经常用到的查询和对数据进行更新的事务进行详细地分析,获得物理结构设计所需的各种参数;其次,要充分了解所使用的 DBMS 的内部特征,特别是系统提供的存取方法和存储结构。

对于数据查询,需要得到如下信息。

- 查询所涉及的关系。
- 查询条件所涉及的属性。
- 连接条件所涉及的属性。
- 查询列表中涉及的属性。

对于更新数据的事务,需要得到如下信息。

- 更新所涉及的关系。
- 每个关系上的更新条件所涉及的属性。
- 更新操作所涉及的属性。

除此之外,还需要了解每个查询或事务在各关系上的运行频率和性能要求。例如,假如某个查询必须在 1 秒钟之内完成,则数据的存储方式和存取方式就非常重要。

注意:在数据库上运行的操作和事务是不断变化的,因此需要根据操作的变化不断调整数据库的物理结构,以获得最佳的数据库性能。

通常关系数据库的物理结构设计主要包括如下内容。

- 确定数据的存取方法。
- 确定数据的存储结构。

(1) 确定存取方法

存取方法是快速存取数据库中的数据的技术,数据库管理系统一般都提供多种存取方法,具体采取哪种存取方法由系统根据数据的存储方式来决定,用户一般不能干预。用户通常可以利用建立索引的方法来加快数据的查询效率,如果建立了索引,系统就可以使用索引查找方法。索引方法实际上就是根据应用要求确定在关系的哪个属性或哪些属性上建立索引,确定在哪些属性上建立复合索引,哪些索引要设计为唯一索引以及哪些索引要设计为聚簇索引。聚簇索引是将索引列在物理上进行有序排列后得到的索引。

建立索引的一般原则为:

- 如果某个(或某些)属性经常作为查询条件,则考虑在这个(或这些)属性上建立索引。
- 如果某个(或某些)属性经常作为表的连接条件,则考虑在这个(或这些)属性上建立索引。
- 如果某个属性经常作为分组的依据列,则考虑在这个属性上建立索引。
- 为经常进行连接操作的表建立索引。

一个表可以建立多个索引,但只能建立一个聚簇索引。

注意：索引一般可以提高查询性能，但会降低数据修改性能。因为在修改数据时，系统要同时对索引进行维护，使索引与数据保持一致。维护索引要占用相当长的时间，而且存放索引信息也会占用空间资源。因此在决定是否建立索引时，要权衡数据库的操作。如果查询多，并且对查询的性能要求比较高，则可以考虑多建一些索引；如果数据更改多，并且对更改的效率要求比较高，则应该考虑少建一些索引。

（2）确定存储结构

物理结构设计中一个重要的考虑因素就是确定数据记录的存储方式。常用的存储方式有：

- 顺序存储。这种存储方式的平均查找次数为表中记录数的1/2。
- 散列存储。这种存储方式的平均查找次数由散列算法决定。
- 聚簇存储。聚簇存储是指将不同类型的记录分配到相同的物理区域中，充分利用物理顺序性的优点，提高数据访问速度。即将经常在一起使用的记录聚簇在一起，以减少物理访问的次数。

用户通常可以通过建立索引来改变数据的存储方式。但在其他情况下，数据是采用顺序存储、散列存储还是其他的存储方式是由系统根据数据的具体情况来决定的。一般系统都会为数据选择一种最合适的存储方式。

2. 物理结构设计的评价

进行物理结构设计时要对时间效率、空间效率、维护代价和各种用户要求进行权衡。设计可以产生多种方案，数据库设计者必须对这些方案进行细致的评价，从中选择一个较优的方案作为数据库的物理结构。

评价物理结构设计完全依赖于具体的DBMS，主要考虑操作开销，即为使用户获得及时、准确的数据所需的开销和计算机的资源的开销。具体可分为如下几类。

（1）查询和响应时间

响应时间是指从查询开始到开始显示查询结果所经历的时间。好的物理结构设计可以减少CPU时间和I/O时间。

（2）更新事务的开销

主要是修改索引、重写物理块或文件以及写校验等方面的开销。

（3）生成报告的开销

主要包括索引、重组、排序和显示结果的开销。

（4）主存储空间的开销

包括程序和数据所占用的空间。一般情况下，对数据库设计者来说，可以对缓冲区作适当的控制，包括控制缓冲区个数和大小。

（5）辅助存储空间的开销

辅助存储空间分为数据块和索引块两种，设计者可以控制索引块的大小、索引块的充满度等。实际上，数据库设计者只能对I/O服务和辅助空间进行有效控制，对于其他的方面则只能进行有限的控制或者根本不能控制。

12.4　数据库行为设计

到目前为止,本章详细讨论了数据库的结构设计问题,这是数据库设计中最重要的任务。前面已经说过,数据库设计的特点是结构设计和行为设计是分离的。由于行为设计与传统程序设计没有太大的区别,软件工程中的所有工具和手段几乎都可以用到数据库行为设计中来,因此,多数的数据库教科书都没有讨论数据库行为设计问题。但考虑到数据库应用程序设计具有特殊性,而且不同的数据库应用程序设计也有许多共性,因此,在这里还是介绍一下数据库的行为设计。

数据库行为设计一般分为如下几个步骤。

(1) 功能需求分析。

(2) 功能设计。

(3) 事务设计。

(4) 应用程序实现。

以下主要讨论前 3 个步骤。

12.4.1　功能需求分析

在进行需求分析时,实际上进行了两项工作,一项是"数据流"的调查分析,另一项是"事务处理"过程的调查分析,也就是应用业务处理的调查分析。数据流的调查分析为数据库的信息结构提供了最原始的依据,而事务处理的调查分析则是行为设计的基础。

对于行为特性要进行如下分析。

(1) 标识所有的查询、报表、事务及其动态特性,指出要对数据库进行的各种处理。

(2) 指出对每个实体进行的操作(增、删、改、查)。

(3) 给出每个操作的语义,包括结构约束和操作约束。通过下列这些条件,可定义下一步的操作。

- 执行操作要求的前提。
- 操作的内容。
- 操作成功后的状态。

例如,教师退休行为的操作特征为:

- 该教师没有未教授完的课程。
- 删除此教师记录。
- 当前教师表中不再有此教师记录。

(4) 给出每个操作(针对某一对象)的频率。

(5) 给出每个操作(针对某一应用)的响应时间。

(6) 给出该系统总的目标。

功能需求分析是在需求分析之后功能设计之前的一个步骤。

12.4.2　功能设计

系统目标的实现是通过系统的各功能模块来达到的。由于每个系统功能又可以划分为若干个更具体的功能模块,因此可以从目标开始,一层一层分解下去,直到每个子功能模块只执行一个具体的任务为止。子功能模块是独立的,具有明显的输入信息和输出信息,当然,也可以没有明显的输入和输出信息,只是在动作完成后产生一个结果。通常将按功能关系画成的图称为功能结构图,如图 12.9 所示。例如,"学籍管理"的功能结构图如图 12.10 所示。

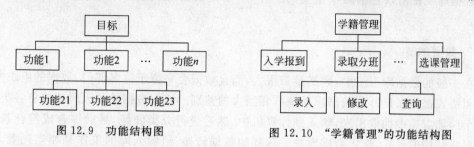

图 12.9　功能结构图　　　　　图 12.10　"学籍管理"的功能结构图

12.4.3　事务设计

事务设计是让计算机模拟人处理事务的过程,它包括输入设计、输出设计、功能设计等方面。功能设计已经在前面介绍过了,本节将简单讨论其他的设计。

1. 输入设计

系统中的很多错误都是由于输入不当而引起的,因此设计好的输入是减少系统错误的一个重要方面。在进行输入设计时应完成如下几方面的工作。

- 原始单据的设计格式。要根据新系统的要求重新设计表格,设计的原则包括简单明了、便于填写、尽量标准化、便于归档、简化输入工作。
- 制成输入一览表,将全部功能所用的数据整理成表。
- 制作输入数据描述文档,包括数据的输入频率、数据的有效范围和出错校验。

2. 输出设计

输出设计也是系统设计中重要的一环。如果说用户看不出系统内部的设计是否科学、合理,那么输出报表是直接与用户见面的,而且输出格式的好坏会给用户留下深刻的印象,是衡量一个系统好坏的重要标志。因此,要精心设计好输出报表。

在输出设计时要考虑如下因素。

- 用途。区分输出结果是给客户的还是用于内部的,或是报送上级领导的。
- 输出设备的选择。根据仅仅显示出来、打印出来或需要永久保存等不同要求选择输出设备。
- 输出量。
- 输出格式。

12.5　数据库的实施和维护

完成数据库的结构设计和行为设计之后,下一步就是利用 DBMS 提供的功能将数据库逻辑设计和物理设计的结果描述出来,然后编写好实现用户需求的应用程序,就可以将整个数据库系统投入运行了。这就是数据库的实施阶段。

12.5.1　数据库数据的加载和试运行

数据库实施阶段包括两项重要的工作,一项是数据的加载,一项是应用程序的调试和运行。

1. 数据加载

在一般的数据库系统中,数据量都很大,而且数据会来源于许多部门,数据的组织方式、结构和格式都与新设计的数据库系统有相当大的差别。组织数据的录入时就要将各类数据从各个局部应用中抽取出来,输入到计算机中,然后进行分类转换,最后综合成符合新设计的数据库结构的形式,输入数据库中。这样的数据转换、组织入库的工作是相当耗费人力、物力和财力的,特别是原来用手工处理数据的系统,各类数据分散在各种不同的原始表单、凭据、单据之中,向新的数据库系统中输入数据时,需要处理大量的纸质数据,工作量就更大。

由于各应用环境差异很大,很难有通用的数据转换器,DBMS 也很难提供一个通用的转换工具。因此,为提高数据输入工作的效率和质量,应该针对具体的应用环境设计一个数据录入子系统,专门用来解决数据转换和输入问题。

为了保证数据库中的数据正确、无误,必须十分重视数据的校验工作。在数据输入系统进行数据转换的过程中,应该进行多次校验。对于重要的数据更应该反复多次校验,确认无误后才能输入到数据库中。

如果新建数据库的数据来自已有的文件或数据库,那么应该注意旧的数据模式结构与新的数据模式结构是否对应,然后将旧的数据导入到新的数据库中。目前很多 DBMS 都提供了数据导入的功能,有些 DBMS 还提供了功能强大的数据转换功能。

2. 数据库的试运行

在将一部分数据加载到数据库之后,就可以开始对数据库系统进行联合调试了,这个过程又称为数据库试运行。

这一阶段要实际运行数据库应用程序,执行对数据库的各种操作,测试应用程序的功能是否满足设计要求。如果不满足要求,则要对应用程序进行修改、调整,直到满足设计要求为止。在数据库试运行阶段,还要对系统的性能指标进行测试,分析其是否达到设计目标。在对数据库进行物理设计时已经初步确定了系统的物理参数,但一般情况下,设计时的考虑在很多方面只是一个近似的估计,和实际系统的运行情况还有一定的差距,因此必须在试运行阶段实际测量和评价系统的性能指标。事实上,有些参数的最佳值往往是经过调试后找到的。如果测试的结果与设计目标不符,则要返回到物理设计阶段,重新调整物理结构,修改系统参数,有时甚至要返回到逻辑设计阶段,对逻辑结构进行修改。

特别要强调如下两点。

- 首先,由于组织数据入库的工作是十分费力的,如果试运行后要修改数据库的逻辑设计,就需要重新组织数据入库。因此在试运行时应该先输入小批量数据,在试运行基本合格后,再大批量输入数据,以减少不必要的工作。

- 其次，在数据库试运行阶段，由于系统还不稳定，随时可能发生软件或硬件故障，而且系统的操作人员对系统也还不熟悉，误操作不可避免。因此应该首先调试运行DBMS的恢复功能，做好数据库的备份和恢复工作。一旦出现故障，可以尽快地恢复数据库，以减少对数据库的破坏。

12.5.2　数据库的运行和维护

数据库投入运行标志着开发工作的基本完成和维护工作的开始，数据库只要存在一天，就需要不断地对它进行评价、调整和维护。

在数据库运行阶段，对数据库的经常性的维护工作主要由数据库系统管理员完成，其主要工作如下。

- 数据库的备份和恢复。要定期备份数据库，一旦出现故障，可以及时将数据库恢复到尽可能的正确状态，以减少数据库损失。
- 数据库的安全性和完整性控制。随着数据库应用环境的变化，对数据库的安全性和完整性要求也会发生变化。比如，要收回某些用户的权限，增加、修改某些用户的权限，增加、删除用户，或者某些数据的取值范围发生变化等。这时就需要系统管理员对数据库进行适当地调整，以反映这些新的变化。
- 监视、分析、调整数据库性能。监视数据库的运行情况，并对检测数据进行分析，找出能够提高性能的可行的方法，并适当地对数据库进行调整。目前有些DBMS产品提供了性能检测工具，数据库系统管理员可以利用这些工具方便地监视数据库。
- 数据库的重组。数据库经过一段时间的运行后，随着数据的不断添加、删除和修改，会使数据库的存取效率降低，这时数据库管理员可以改变数据库数据的组织方式，通过增加、删除或调整部分索引等方法，改善系统的性能。注意，数据库的重组并不改变数据库的逻辑结构。

数据库的结构和应用程序设计的好坏只是相对的，它不能保证数据库应用系统始终处于良好的性能状态。这是因为数据库中的数据是随着数据库的使用而变化的，随着这些变化的不断增加，系统的性能就有可能会日趋下降。所以即使不出现故障，也要对数据库进行维护，以便能够始终获得较好的性能。总之，数据库的维护工作与一台机器的维护工作类似，花的工夫越多，它提供的服务就越好。因此，数据库的设计工作并非一劳永逸，一个好的数据库应用系统同样需要精心的维护方能使其保持良好的性能。

本 章 小 结

本章介绍了数据库设计的全过程。数据库设计的特点是行为设计和结构设计相分离，设计时先进行结构设计，再进行行为设计，其中结构设计是关键。数据库的设计包括需求分析、结构设计、行为设计和物理设计。结构设计又分为概念结构设计、逻辑结构设计、物理结构设计。概念结构设计是用概念模型来描述用户的业务需求，本章介绍的是ER模型，它与具体的数据库管理系统无关。逻辑设计是将概念设计的结果转换为数据的组织模型，对于关系数据库来说，是转换为关系表。根据实体之间的不同的联系方式，转换的方式也有所不同。逻辑设计与具体的数据库管理系统有关。物理结构设计主要设计数据的存储方式和存储结构,一般来说,数据的存储方式和存储结构对用户是透明的,用户只能通过建立索引来改变数据的存储方式。数据库的行为设计是对系统的功能需求的设计,一般的设计思想是将大的功能模块划分为功能相对专一的小的功能模块,这样便于用户使用和操作。

数据库设计完成后,要进行数据库的实施和维护工作。数据库应用系统不同于一般的应用软件,它在投入运行后必须有专人对其进行监视和调整,以便保证应用系统能够保持持续的高效率。数据库设计的成功与否与许多具体因素有关,但只要掌握了数据库设计的基本方法,就可以设计出可行的数据库系统。

习 题 12

1. 试说明数据库设计的特点。
2. 简述数据库的设计过程。
3. 数据库结构设计包含哪几个过程?
4. 需求分析中需求调查包括哪些内容?
5. 概念模型应该具有哪些特点?
6. 概念结构设计的策略是什么?
7. 什么是数据库的逻辑结构设计? 简述其设计步骤。
8. 把 ER 模型转换为关系模式的转换规则有哪些?
9. 数据模型的优化包含哪些方法?
10. 在图书馆模型中,一名读者(读者编号,读者姓名,单位,联系电话)可以借阅多本图书(书号,书名,作者,出版日期),一种图书可以被多个读者借阅,还要记录读者借阅图书的借阅日期。请画出 ER 图,然后将其转化为关系模式,并指出每个关系模式的主码和外码。

第2部分

SQL Server 2005实验

SQL Server 2005 管理工具的使用

目的与要求

（1）掌握 SQL Server 2005 服务器的安装方法。

（2）掌握 SQL Server Management Studio 的基本使用方法。

（3）对数据库及其对象有基本了解。

实验准备

（1）了解 SQL Server 2005 各种版本安装的软、硬件要求。

（2）了解 SQL Server 支持的身份验证模式。

（3）SQL Server 各组件的主要功能。

（4）对数据库、表、数据库对象有基本了解。

（5）了解在 SQL Server Management Studio 中执行 SQL 语句的方法。

实验内容

1. 利用 SQL Server Management Studio 查看系统自带的 master 数据库

（1）打开 SQL Server Management Studio 窗口。

（2）在"连接到服务器"对话框中，选择服务器类型、服务器名称，设置好身份验证模式后，单击"连接"按钮。

（3）从"对象资源管理器"窗格中依次展开 SQL Server 服务器下的"数据库"→"系统数据库"→master 节点，将列出该数据库的所有对象，如表、视图、可编程性、Service Broker、安全性等。

（4）单击选中 master 的"表"→"系统表"，将列出 master 数据库所有的表，可以查看各表的相关信息，如列、键、约束、触发器、索引等。

2. 通过 T-SQL 语句查询数据库中表的记录

（1）以 master 数据库的表 spt_values 为例，单击工具栏中的"新建查询"按钮。

（2）在编辑窗口中输入如下 T-SQL 语句：

```
USE master
SELECT *
    FROM spt_values
GO
```

单击工具栏中的"执行"按钮,看看执行结果是什么。

【思考与练习】

通过 T-SQL 语句查询 master 数据库 spt_monitor 表的记录。

创建数据库与二维表

目的与要求

(1) 了解 SQL Server 数据库的逻辑结构和物理结构。

(2) 了解表的结构特点。

(3) 了解 SQL Server 的基本数据类型。

(4) 了解空值的概念。

(5) 学会在 SQL Server Management Studio 中创建数据库和表。

(6) 学会使用 T-SQL 语句创建数据库和表。

实验准备

(1) 确定创建数据库前必须确定的数据库名、所有者、数据库大小(初始大小、最大文件大小、是否启用自动增长及增长方式等)和存储数据库的文件。

(2) 确定数据库包含哪些表以及所包含的各表的结构,还要了解 SQL Server 的常用数据类型,以便创建数据库和表。

(3) 了解两种常用的创建数据库和表的方法,即通过使用 SQL Server Management Studio 图形工具创建和使用 T-SQL 的 CREATE DATABASE 语句创建。

实验内容

1. 实验题目

创建用于企业管理的员工管理数据库,数据库名为 YGGL,包含员工的信息、部门信息以及员工的薪水信息。数据库 YGGL 包含下列 3 个表。

(1) Employees:员工自然信息表。

(2) Departments:部门信息表。

(3) Salary:员工薪水信息表。

各表的结构分别如表 T2.1、表 T2.2、表 T2.3 所示。

表 T2.1　Employees 表结构

列　　名	数据类型	长度	是否允许为空值	说　　明
EmployeeID	字符型(char)	6	×	员工编号,主键
Name	字符型(char)	10	×	姓名
Sex	位类型(bit)	1	×	性别
PhoneNumber	字符型(char)	12	√	电话号码
EmailAddress	字符型(char)	30	√	电子邮件地址
DepartmentID	字符型(char)	3	×	员工部门号,外键

表 T2.2　Departments 表结构

列　　名	数据类型	长度	是否允许为空值	说　　明
DepartmentID	字符型(char)	3	×	部门编号,主键
DepartmentName	字符型(char)	20	×	部门名
Note	文本(text)	16	√	备注

表 T2.3　Salary 表结构

列　　名	数据类型	长度	是否允许为空值	说　　明
EmployeeID	字符型(char)	6	×	员工编号,主键
InCome	浮点型(float)	8	×	收入
OutCome	浮点型(float)	8	×	支出

2.实验步骤

(1) 在 SQL Server Management Studio 中创建数据库 YGGL。

要求:数据库 YGGL 初始大小为 10MB,最大为 50MB,数据库自动增长,增长方式是按 5%比例增长;日志文件初始为 2MB,最大可增长到 5MB(默认为不限制),按 1MB 增长(默认是按 10%比例增长)。

在"对象资源管理器"窗格中右击"数据库"节点,在弹出的快捷菜单中单击"新建数据库"命令,打开"新建数据库"对话框,在"数据库名称"文本框中输入数据库名称 YGGL,然后在"数据库文件"选项卡中按要求设置数据库大小、增长方式和增长比例等,单击"确定"按钮,完成数据库 YGGL 的创建。

(2) 在 SQL Server Management Studio 中删除创建的数据库 YGGL。

在 SQL Server Management Studio 中展开"数据库"节点,右击其子节点 YGGL,在弹出的快捷菜单中单击"删除"按钮,打开"删除对象"对话框,单击"确定"按钮,即删除了创建的数据库 YGGL。

(3) 使用 T-SQL 语句创建数据库 YGGL。

按照步骤(1)中的要求创建数据库 YGGL。

打开 SQL Server Management Studio 窗口,单击工具栏中的"新建查询"按钮,在编辑窗口中输入如下 T-SQL 语句。

```
CREATE DATABASE YGGL
ON
( NAME = 'YGGL_Data',
FILENAME = 'c:\Program Files\Microsoft SQL Server\MSSQL.1\MSSQL\Data\YGGL_Data.mdf',
SIZE = 10MB,
MAXSIZE = 50MB,
FILEGROWTH = 5% )
LOG ON
( NAME = 'YGGL_Log',
FILENAME = 'c:\Program Files\Microsoft SQL Server\MSSQL.1\MSSQL\Data\YGGL_Log.ldf',
SIZE = 2MB,
MAXSIZE = 5MB,
FILEGROWTH = 1MB )
GO
```

单击工具栏中的"执行"按钮,执行上述语句,并在"对象资源管理器"窗格中查看执行结果。

(4) 在 SQL Server Management Studio 中分别创建表 Employees,Departments 和 Salary。

在 SQL Server Management Studio 中依次展开"数据库"→YGGL 节点,右击子节点"表",在弹出的快捷菜单中单击"新建表"命令,在右边的表属性栏中显示了设置此表格的相关信息,输入表名 Employees;在对话框的中间可以设置此表的一些列属性,输入 Employees 表的各字段信息,保存后即创建了表 Employees。按照同样的操作步骤创建表 Departments 和 Salary。

(5) 在 SQL Server Management Studio 中删除创建的表 Employees、Departments 和 Salary。

在 SQL Server Management Studio 中依次展开"数据库"→YGGL→"表"节点,右击子节点"dbo. Employees",在弹出的快捷菜单中单击"删除"命令,打开"删除对象"对话框,单击"确定"按钮,即删除了创建的表 Employees。按照同样的操作步骤删除表 Departments 和 Salary。

(6) 使用 T-SQL 语句创建表 Employees、Departments 和 Salary。

单击工具栏中的"新建查询"按钮,在编辑窗口中输入如下 T-SQL 语句。

```
USE YGGL
CREATE TABLE Employees
( EmployeeID char(6) NOT NULL,
  Name char(10) NOT NULL,
  Sex bit NOT NULL,
  PhoneNumber char(12) NULL,
  EmailAddress char(20) NULL,
  DepartmentID char(3) NOT NULL
)
GO
```

单击工具栏中的"执行"按钮,执行上述语句,即可创建表 Employees。按照同样的操作步骤创建表 Departments 和 Salary,并在"对象资源管理器"窗格中查看执行结果。

数据库的查询

目的与要求

(1) 掌握 SELECT 语句的基本语法。
(2) 掌握子查询的表示。
(3) 掌握连接查询的表示。
(4) 掌握数据汇总的方法。
(5) 掌握 SELECT 语句的 GROUP BY 子句的作用和使用方法。
(6) 掌握 SELECT 语句的 ORDER BY 子句的作用和使用方法。

实验准备

(1) 了解 SELECT 语句的基本语法格式。
(2) 了解 SELECT 语句的执行方法。
(3) 了解子查询的表示方法。
(4) 了解连接查询的表示。
(5) 了解数据汇总的方法。
(6) 了解 SELECT 语句的 GROUP BY 子句的作用和使用方法。
(7) 了解 SELECT 语句的 ORDER BY 子句的作用和使用方法。

实验内容

1. SELECT 语句的基本使用

(1) 对于实验 2 给出的数据库表结构,查询每个雇员所有数据。
在查询编辑窗口中输入如下语句并执行。

```
USE YGGL
SELECT *
    FROM Employees
GO
```

【思考与练习】

用 SELECT 语句查询 Departments 和 Salary 表的所有记录。

（2）查询每个雇员的电话号码和电子邮件地址。

在查询编辑窗口中输入如下语句并执行。

```
USE YGGL
SELECT PhoneNumber,EmailAddress
    FROM Employees
GO
```

【思考与练习】

用 SELECT 语句查询 Departments 和 Salary 表的 1 列或若干列。

（3）查询 EmployeeID 为"300380"的雇员的电话和电子邮件。

在查询编辑窗口中输入如下语句并执行。

```
USE YGGL
SELECT PhoneNumber,EmailAddress
    FROM Employees
    WHERE EmployeeID = '300380'
GO
```

【思考与练习】

用 SELECT 语句查询 Departments 和 Salary 表中满足指定条件的 1 列或若干列。

（4）查询 Employees 表中女雇员的电话和电子邮件地址，使用 AS 子句将结果中各列的标题分别指定为电话、邮箱。

在查询编辑窗口中输入如下语句并执行。

```
USE YGGL
SELECT PhoneNumber AS 电话,EmailAddress AS 邮箱
    FROM Employees
    WHERE Sex = 0
GO
```

注意：使用 AS 子句可指定目标列的标题。

（5）计算每个员工的实际收入。

在查询编辑窗口中输入如下语句并执行。

```
USE YGGL
SELECT EmployeeID,实际收入 = InCome - OutCome
    FROM Salary
GO
```

（6）找出所有姓王的员工的部门号。

在查询编辑窗口中输入如下语句并执行。

```
USE YGGL
SELECT DepartmentID
    FROM Employees
    WHERE NAME LIKE '王 %'
GO
```

【思考与练习】

找出所有使用新浪邮箱的员工的号码和部门号。

（7）找出所有收入在 1500～2500 元之间的员工号码。

在查询编辑窗口中输入如下语句并执行。

```
USE YGGL
SELECT EmployeeID
    FROM Salary
    WHERE InCome BETWEEN 1500 AND 2500
GO
```

【思考与练习】

找出所有在部门 1 或部门 3 工作的员工的号码。

注意：在 SELECT 语句中 LIKE、BETWEEN...AND、IN、NOT 及 CONTAIN 谓词的作用。

2．子查询的使用

查找在"营销部"工作的员工的情况。

在查询编辑窗口中输入如下语句并执行。

```
USE YGGL
SELECT *
    FROM Employees
    WHERE DepartmentID =
        (SELECT DepartmentID
            FROM Departments
            WHERE DepartmentName = '营销部')
GO
```

【思考与练习】

用子查询的方法查找所有收入在 2000 元以下的员工的情况。

3．连接查询的使用

查询每个员工的情况以及薪水的情况。

在查询编辑窗口中输入如下语句并执行。

```
USE YGGL
SELECT Employees. * , Salary. *
    FROM Employees, Salary
    WHERE Employees. EmployeeID = Salary. EmployeeID
GO
```

【思考与练习】

查询每个员工的情况及其工作部门的情况。

4．数据汇总

（1）求"研发部"员工的平均收入。

在查询编辑窗口中输入如下语句并执行。

```
USE YGGL
SELECT AVG(InCome)AS '研发部平均收入'
    FROM Salary
    WHERE EmployeeID IN
    (SELECT EmployeeID
        FROM Employees
        WHERE DepartmentID =
        (SELECT DepartmentID
            FROM Departments
            WHERE DepartmentName = '研发部'))
GO
```

【思考与练习】

查询"研发部"员工的最高和最低收入。

（2）求"研发部"员工的平均实际收入。

在查询编辑窗口中输入如下语句并执行。

```
USE YGGL
SELECT AVG(InCome - OutCome)AS '研发部平均实际收入'
    FROM Salary
    WHERE EmployeeID IN
    (SELECT EmployeeID
        FROM Employees
        WHERE DepartmentID =
        (SELECT DepartmentID
            FROM Departments
            WHERE DepartmentName = '研发部'))
GO
```

【思考与练习】

查询"研发部"员工的最高和最低实际收入。

（3）求"研发部"的总人数。

在查询编辑窗口中输入如下语句并执行。

```
USE YGGL
SELECT COUNT(EmployeeID)
    FROM Employees
    WHERE DepartmentID =
    (SELECT DepartmentID
        FROM Departments
        WHERE DepartmentName = '研发部')
GO
```

【思考与练习】

统计"研发部"收入在 2000 元以上员工的人数。

5．GROUP BY，ORDER BY 子句的使用

（1）求各部门的员工数。

在查询编辑窗口中输入如下语句并执行。

```
USE YGGL
SELECT COUNT(EmployeeID)
    FROM Employees
    GROUP BY DepartmentID
GO
```

【思考与练习】

统计各部门收入在 2500 元以上的员工的人数。

(2) 将各员工的情况按收入由高到低排列。

在查询编辑窗口中输入如下语句并执行。

```
USE YGGL
SELECT Employees. * ,Salary. *
    FROM Employees,Salary
    WHERE Employees.EmployeeID = Salary.EmployeeID
    ORDER BY InCome DESC
GO
```

【思考与练习】

将各员工的情况按员工编号排列。

数据库的更新

目的与要求

（1）学会在 SQL Server Management Studio 中对数据库表进行插入、修改和删除数据操作。

（2）学会使用 T-SQL 语句对数据库表进行插入、修改和删除数据操作。

（3）了解数据更新操作时要注意数据的完整性。

（4）了解 T-SQL 语句对表数据操作的灵活控制功能。

实验准备

（1）了解对表数据的插入、修改和删除都属于表数据的更新操作。对表数据的操作都可以在 SQL Server Management Studio 中进行，也可以由 T-SQL 语句实现。

（2）掌握 T-SQL 中用于对表数据进行插入、修改和删除的命令分别是 INSERT、UPDATE 和 DELETE（或 TRUNCATE TABLE）。要特别注意在执行插入、删除、修改等数据更新操作时，必须保证数据的完整性。

（3）了解使用 T-SQL 语句对表数据进行插入、修改和删除，比通过 SQL Server Management Studio 图形工具操作表数据更为灵活，功能更强大。

实验内容

1．实验题目

分别使用 SQL Server Management Studio 和 T-SQL 语句，按照以下实验步骤向建立的数据库 YGGL 的 3 个表 Employees、Departments 和 Salary 中插入多行数据记录，然后修改和删除一些记录。

2．实验步骤

（1）使用 SQL Server Management Studio 向数据库 YGGL 表加入数据。

① 使用 SQL Server Management Studio 向表 Employees 中加入如表 T4.1 所示的记录。

表 T4.1 Employees 数据记录

编号	姓名	电话	电子邮件	部门号	性别
100592	赵伟	28749607	zhaowei@163.com	3	1
101825	孙磊	29864802	sunlei@sina.com	2	1
201783	李伟	83636928	liwei@126.com	2	0
203586	周超	68539470	zhouchao@sohu.com	1	0
202897	吴盟	65417698	NULL	2	1
300380	张明	27309781	zhangming@tom.com	4	0
305684	王浩	87323475	NULL	5	1

在 SQL Server Management Studio 中依次展开"数据库"→YGGL →"表"节点,右单子节点"dbo. Employees",在弹出的快捷菜单中单击"打开表"命令,逐字段输入各记录值,输入完后,关闭该选项卡窗格。

② 使用 SQL Server Management Studio 向表 Departments 中加入如表 T4.2 所示的记录。

③ 使用 SQL Server Management Studio 向表 Salary 中加入如表 T4.3 所示的记录。

表 T4.2 Departments 数据记录

编号	部门名称	备注
1	研发部	NULL
2	营销部	NULL
3	后勤处	NULL
4	人事部	NULL
5	保卫处	NULL

表 T4.3 Salary 数据记录

编号	收入	支出
201783	1874.32	345.36
100592	1987.35	254.92
203586	1367.76	213.89
300380	2569.22	688.91
101825	1690.08	409.8
202897	3028.55	955.4
305684	2000.74	199.84

(2) 在 SQL Server Management Studio 中修改数据库 YGGL 表的数据。

① 在 SQL Server Management Studio 中删除表 Employees 的第 7 行和 Salary 的第 7 行。注意进行删除操作时,系统会先删除作为两表主键的 EmployeeID 的值,以保持数据的完整性。

右击节点"dbo. Employees",在弹出的快捷菜单中单击"打开表"命令,选中要删除的行,右击,在弹出的快捷菜单中单击"删除"命令,单击"是"按钮。

② 在 SQL Server Management Studio 中删除表 Departments 的第 4 行,同时也要删除表 Employees 的第 6 行。

操作方法同①。

③ 在 SQL Server Management Studio 中将表 Employees 中编号为"202897"的记录的部门编号改为 4。

右击节点"dbo. Employees",在弹出的快捷菜单中单击"打开表"命令,选中编号为"202897"的记录的 DepartmentID 字段,将值 2 改为 4。

(3) 使用 T-SQL 命令修改数据库 YGGL 表数据。

① 使用 T-SQL 命令分别向 YGGL 数据库 Employees、Departments 和 Salary 表中插入 1 行记录。

单击工具栏中的"新建查询"按钮,在编辑窗口中输入如下 T-SQL 语句。

```
USE YGGL
INSERT INTO Employees
    VALUES('102427','刘涛',1,'89324852',NULL, '4')
GO
INSERT INTO Departments
    VALUES('6','管理部',NULL)
GO
INSERT INTO Salary
    VALUES('102427',1321.37,79)
GO
```

单击工具栏中的"执行"按钮,执行上述语句。在 SQL Server Management Studio 中分别打开 YGGL 数据库的 Employees、Departments 和 Salary 表,观察数据的变化。

② 使用 T-SQL 命令修改 Salary 表中的某个记录的字段值。

单击工具栏中的"新建查询"按钮,在编辑窗口中输入如下 T-SQL 语句。

```
USE YGGL
UPDATE Salary
    SET InCome = 2367.76
    WHERE EmployeeID = '203586'
GO
```

单击工具栏中的"执行"按钮,执行上述语句。在 SQL Server Management Studio 中打开 YGGL 数据库的 Salary 表,观察数据的变化。

③ 修改表 Employees 和 Departments 的记录值,仍然要注意完整性。

操作过程同②。

④ 使用 T-SQL 命令修改 Salary 表中的所有记录的字段值。

单击工具栏中的"新建查询"按钮,在编辑窗口中输入如下 T-SQL 语句。

```
USE YGGL
UPDATE Salary
    SET InCome = InCome + 200
GO
```

单击工具栏中的"执行"按钮,执行上述语句,将所有职工的收入都增加了 200。可见,使用 T-SQL 语句操作表数据比使用 SQL Server Management Studio 图形工具更为灵活。

⑤ 使用 TRUNCATE TABLE 语句删除表中所有行。

单击工具栏中的"新建查询"按钮,在编辑窗口中输入如下 T-SQL 语句。

```
USE YGGL
    TRUNCATE TABLE Salary
GO
```

单击工具栏中的"执行"按钮,执行上述语句,将删除 Salary 表中所有行。

注意:实验时一般不做删除操作,后面的实验还要用到这些数据。可建一个临时表,输入少量数据后进行删除操作。

T-SQL 编程

目的与要求

(1) 掌握用户自定义类型的使用。
(2) 掌握变量的分类及使用。
(3) 掌握各种运算符的使用。
(4) 掌握各种控制语句的使用。
(5) 掌握系统函数及用户自定义函数的使用。

实验准备

(1) 了解 T-SQL 支持的各种基本数据类型。
(2) 了解自定义数据类型使用的一般步骤。
(3) 了解 T-SQL 各种运算符、控制语句的功能及使用方法。
(4) 了解系统函数的调用方法。
(5) 了解用户自定义函数使用的一般步骤。

实验内容

1. 自定义数据类型的使用

(1) 对于实验 2 给出的数据表结构,自定义 1 个数据类型 ID_type,用于描述员工编号。在查询编辑窗口中输入如下语句并执行。

```
USE YGGL
EXEC sp_addtype 'ID_type',
    'char(6)','not null'
GO
```

(2) 重新创建 YGGL 数据库的 Employees 表。在查询编辑窗口中输入如下程序并执行。

```
USE YGGL
IF EXISTS(SELECT name FROM sysobjects
```

```
        WHERE type = 'U' AND name = 'Employees')
    DROP table Employees
CREATE TABLE Employees
(    EmployeeID ID_type,
    Name char(10)NOT NULL,
    Sex bit NOT NULL,
    PhoneNumber char(2)NULL,
    EmailAddress char(20)NULL,
    DepartmentID char(3)NOT NULL
)
GO
```

2. 自定义函数的使用

(1) 定义一个函数实现如下功能：对于一个给定的 DepartmentID 值，查询该值在 Departments 表中是否存在，若存在返回 0，否则返回—1。

在查询编辑窗口中输入如下程序并执行。

```
CREATE FUNCTION CHECK_ID
(@departmentid char(3))
RETURNS integer AS
BEGIN
    DECLARE @num int
    IF EXISTS (SELECT DepartmentID FROM Departments
            WHERE @departmentid = DepartmentID)
        SELECT @num = 0
    ELSE
        SELECT @num = -1
        RETURN @num
END
GO
```

(2) 写一段 T-SQL 脚本程序调用上述函数。当向 Employees 表插入一条记录时，首先调用函数 CHECK_ID 检索该记录的 DepartmentID 值在表 Departments 的 DepartmentID 字段中是否存在对应值，若存在，则将该记录插入 Employees 表。

在查询编辑窗口中输入如下程序并执行。

```
USE YGGL
DECLARE @num int
SELECT @num = dbo.CHECK_ID(2)
IF @num = 0
    INSERT INTO Employees
        VALUES('783462','刘伟',0,'63237846',NULL,2)
GO
```

【思考与练习】

编写程序实现如下功能。

（1）自定义一个数据类型，用于描述 YGGL 数据库中的 DepartmentID 字段，然后编写代码重新定义数据库的各表。

（2）当对 Departments 表的 DepartmentID 字段值进行修改时，对 Employees 表中对应的 DepartmentID 字段值也进行相应修改。

（3）当对 Employees 表进行修改时，不允许对 DepartmentID 字段值进行修改。

实验6

索引与完整性

目的与要求

(1) 掌握索引的使用方法。
(2) 掌握数据完整性的实现方法。

实验准备

(1) 了解索引的作用与分类。
(2) 掌握索引的创建方法。
(3) 理解数据完整性的概念及分类。
(4) 掌握各种数据完整性的实现方法。

实验内容

1. 建立索引

(1) 使用图形化工具创建索引。

打开 SQL Server Management Studio 窗口,从"对象资源管理器"窗格中依次展开 SQL Server 服务器下的"数据库"→YGGL→"表"→"dbo. Salary"节点,右击其子节点"索引",在弹出的快捷菜单中单击"新建索引"命令,打开新建索引对话框,输入索引名称"employee_ind",选择索引类型,并单击"添加"按钮,选择添加到索引键的列,单击"确定"按钮返回"常规"页面,配置其他选项后,单击"确定"按钮完成创建。

(2) 使用 T-SQL 语句创建索引。

在 SQL Server Management Studio 查询编辑窗口中输入如下程序。

```
USE YGGL
IF EXISTS (SELECT name FROM sysindexes
    WHERE name = 'depart_ind')
    DROP INDEX Employees.depart_ind
GO
USE YGGL
CREATE INDEX depart_ind
    ON Employees (DepartmentID)
```

单击工具栏中的"执行"按钮,执行上述语句,并在"对象资源管理器"窗格中查看执行结果。

【思考与练习】

什么情况下可以体现出建立索引的好处?

2. 数据完整性

(1) 域完整性的实现。

打开 SQL Server Management Studio 窗口,从"对象资源管理器"窗格中依次展开 SQL Server 服务器下的"数据库"→YGGL→"表",右击其子节点"dbo. Salary",在弹出的快捷菜单中单击"设计"命令,再右击,在弹出的快捷菜单中单击"CHECK 约束"命令,打开"CHECK 约束"对话框。单击"添加"按钮,在"表达式"文本框中输入要设置的 CHECK 约束文本"InCome>=OutCome",单击"关闭"按钮完成约束的创建。

(2) 实体完整性的实现。

① 打开 SQL Server Management Studio 窗口,从"对象资源管理器"窗格中依次展开 SQL Server 服务器下的"数据库"→YGGL→"表",右击其子节点"dbo. Employees",在弹出的快捷菜单中单击"设计"命令。右击要设置主键的列 EmployeeID,在弹出的快捷菜单中单击"设置主键"命令完成设置 PRIMARY KEY 约束的列。

② 再右击,在弹出的快捷菜单中单击"索引/键"命令,打开"索引/键"对话框,单击"添加"按钮,再单击"列"右侧的按钮,打开"索引列"对话框,在"列名"的下拉列表框中选择 EmailAddress,单击"确定"按钮返回"索引/键"对话框,输入名称后单击"关闭"按钮完成设置 UNIQUE 约束的列。

(3) 参照完整性的实现。

右击节点"dbo. Employees",在弹出的快捷菜单中单击"设计"命令。右击并在弹出的快捷菜单中单击"关系"命令,打开"外键关系"对话框,单击"添加"按钮,再单击"表和列规范"右侧的按钮,打开"表和列"对话框,输入关系名,"主键表"选择 Departments,并在下面两个下拉列表框中选择 EmployeeID。

【思考与练习】

(1) 实现将多个 CHECK 约束用于单个列。

(2) 通过在表级创建 CHECK 约束,将一个 CHECK 约束应用于多个列。

存储过程与触发器

目的与要求

（1）掌握存储过程的使用方法。

（2）掌握触发器的使用方法。

实验准备

（1）了解存储过程的使用方法。

（2）了解触发器的使用方法。

（3）了解 inserted 逻辑表和 deleted 逻辑表的使用。

实验内容

1. 创建存储过程

在 SQL Server Management Studio 查询编辑窗口中输入各存储过程的代码并执行如下程序。

（1）添加员工记录的存储过程 EmployeeAdd。

```
USE YGGL
GO
CREATE PROCEDURE EmployeeAdd
(@employeeid char(6),@name char(10),@sex bit,
@phonenumber char(12),@emailaddress char(20),@departmentid char(3))
AS
BEGIN
    INSERT INTO Employees
    VALUES (@employeeid,@name,@sex,@phonenumber,@emailaddress,@departmentID)
END
RETURN
GO
```

（2）修改员工记录的存储过程 EmployeeUpdate。

```
USE YGGL
```

```
GO
CREATE PROCEDURE EmployeeUpdate
(@empid char(6),@employeeid char(6),@name char(10),@sex bit,
@phonenumber char(12),@emailaddress char(20),@departmentid char(3))
AS
BEGIN
    Update Employees
    SET EmployeeID = @employeeid,
        Name = @name,
        Sex = @sex,
        PhoneNumber = @phonenumber,
        EmailAddress = @emailaddress,
        DepartmentID = @departmentID
    WHERE EmployeeID = @empid
END
RETURN
GO
```

（3）删除员工记录的存储过程 EmployeeDelete。

```
USE YGGL
GO
CREATE PROCEDURE EmployeeDelete
(@employeeid char(6))
AS
BEGIN
    DELETE FROM Employees
    WHERE EmployeeID = @employeeid
END
RETURN
GO
```

2．调用存储过程

```
USE YGGL
EXEC  EmployeeAdd '376735','赵伟',1,'65841859','','1'
GO
USE YGGL
EXEC EmployeeUpdate '376735','376753','赵伟',1,'65841859','','2'
GO
USE YGGL
EXEC EmployeeDelete '376753'
GO
```

分析一下此段程序执行时可能出现哪几种情况。

【思考与练习】

编写如下 T-SQL 程序。

（1）自定义一个数据类型，用于描述 YGGL 数据库中的 DepartmentID 字段，然后编写代码重新定义数据库各表。

（2）对于 YGGL 数据库，表 Employees 的 EmployeeID 列与表 Salary 的 EmployeeID

列应满足参照完整性规则,请用触发器实现两个表之间的参照完整性。

(3) 编写对 YGGL 数据库各表进行插入、修改、删除操作的存储过程,然后编写一段程序调用这些存储过程。

3. 创建触发器

对于 YGGL 数据库,表 Employees 的 DepartmentID 列与表 Departments 的 DepartmentID 列应满足参照完整性规则,具体说明如下。

(1) 向 Employees 表添加 1 条记录时,该记录的 DepartmentID 值在 Departments 表中应存在。

(2) 修改 Departments 表 DepartmentID 字段值时,该值在 Employees 表中的对应值也应修改。

(3) 删除 Departments 表中 1 条记录时,该记录的 DepartmentID 字段值在 Employees 表中对应的记录也应被删除。

对于上述参照完整性,在此通过触发器实现。

在 SQL Server Management Studio 查询编辑窗口中输入如下程序并执行:

① 向 Employees 表插入或修改 1 条记录时,通过触发器检查记录的 DepartmentID 值在 Departments 表中是否存在,若不存在,则取消插入或修改操作。

```
USE YGGL
GO
CREATE TRIGGER EmployeesIns ON dbo.Employees
FOR INSERT,UPDATE
AS
BEGIN
    IF ((SELECT ins.DEPARTMENTID FROM inserted ins)NOT IN
        (SELECT DEPARTMENTID FROM departments))
    ROLLBACK
END
```

② 修改 Departments 表 DepartmentID 字段值时,该字段在 Employees 表中的对应值也进行相应修改。

```
USE YGGL
GO
CREATE TRIGGER DepartmentsUpdate ON dbo.Departments
FOR UPDATE
AS
BEGIN
    IF (COLUMNS_UPDATED()&01)>0
    UPDATE Employees
        SET DepartmentID = (SELECT ins.DepartmentID FROM inserted ins)
        WHERE DepartmentID = (SELECT DepartmentID FROM deleted)
END
GO
```

③ 删除 Departments 表中 1 条记录的同时删除该记录 DepartmentID 字段值在

Employees 表中对应的记录。

```
USE YGGL
GO
CREATE TRIGGER DepartmentsDelete ON dbo.Departments
FOR DELETE
AS
BEGIN
    DELETE FROM Employees
    WHERE DepartmentID = (SELECT DepartmentID FROM deleted)
END
GO
```

【思考与练习】

上述触发器的功能用完整性的方法完成。

数据库的安全性

实验 8.1　数据库用户权限的设置

目的与要求

(1) 掌握"Windows 身份验证"模式下登录名的创建方法。
(2) 掌握"SQL Server 身份验证"模式下登录名的创建方法。
(3) 掌握数据库用户权限的设置方法。

实验准备

(1) 了解"Windows 身份验证"及"SQL Server 身份验证"模式下登录名的创建方法。
(2) 了解数据库用户权限的设置与回收方法。

实验内容

1. 通过 SQL Server Management Studio 创建"Windows 身份验证"登录名

(1) 打开 SQL Server Management Studio 窗口,从"对象资源管理器"窗格中依次展开 SQL Server 服务器下的"数据库"→"安全性"节点,右击其子节点"登录名",在弹出的快捷菜单中单击"新建登录名"命令。

(2) 在"登录名-新建"对话框中,选择"Windows 身份验证"登录名。

(3) 单击"搜索"按钮,打开"选择用户或组"对话框,单击"高级"按钮后,再单击"立即查找"按钮,选择 Windows 用户名,单击"确定"按钮。

(4) 选择用户或组后,单击"确定"按钮,返回"登录名-新建"对话框,再单击"确定"按钮。

2. 使用 T-SQL 语句创建"SQL Server 身份验证"登录名

在 SQL Server Management Studio 查询编辑窗口中输入如下程序。

```
CREATE LOGIN newlogin
WITH PASSWORD = '123456'
GO
```

单击工具栏中的"执行"按钮,执行上述语句,并在"对象资源管理器"窗格中查看执行结果。

3. 设置权限

(1) 创建与登录名 newlogin 对应的数据库用户 newuser。

① 打开 SQL Server Management Studio 窗口,从"对象资源管理器"窗格中依次展开 SQL Server 服务器下的"数据库"→YGGL→"安全性",右击其子节点"用户",在弹出的快捷菜单中单击"新建用户"命令,打开"数据库用户-新建"对话框。

② 输入数据库用户名 newuser,指定对应的登录名 newlogin,设置用户拥有的架构,设置用户的数据库角色成员身份,单击"确定"按钮完成数据库用户的创建。

(2) 赋予数据库用户 newuser 对表 Employees 和 Departments 进行插入、修改、删除操作的权限及对表 Salary 进行查询操作的权限。

在 SQL Server Management Studio 查询编辑窗口中输入如下程序并执行。

```
USE YGGL
GRANT INSERT,UPDATE,DELETE ON Employees To newuser
GRANT INSERT,UPDATE,DELETE ON Departments To newuser
GRANT SELECT ON Salary To newuser
GO
```

【思考与练习】

如何取消赋予用户 newuser 的权限?

实验 8.2　服务器角色的应用

目的与要求

掌握服务器角色的用法。

实验准备

(1) 了解服务器角色的分类。

(2) 了解每类服务器角色的功能。

实验内容

(1) 将登录名 newlogin 添加到 sysadmin 固定服务器角色。

打开 SQL Server Management Studio 窗口,从"对象资源管理器"窗格中依次展开 SQL Server 服务器下的"数据库"→"安全性"→"服务器角色"节点,右击其子节点 sysadmin,在弹出的快捷菜单中单击"属性"命令,打开"服务器角色属性-sysadmin"对话框,单击"添加"按钮,再单击"浏览"按钮,打开"查找对象"对话框,选中 newlogin 后,连续三次单击"确定"按钮。

（2）将登录名 newlogin 添加到 serveradmin 服务器角色中，并从 sysadmin 服务器角色中将 newlogin 删除。

在 SQL Server Management Studio 查询编辑窗口中输入如下程序。

```
EXEC SP_addsrvrolemember 'newlogin','serveradmin'
GO
EXEC sp_dropsrvrolemember 'newlogin','sysadmin'
GO
```

执行以上程序，并在"对象资源管理器"窗格中查看结果。

【思考与练习】

如何查看某个登录名隶属于哪些服务器角色？

实验8.3 数据库角色的应用

目的与要求

（1）掌握数据库角色的分类。
（2）掌握数据库角色的作用。
（3）掌握数据库角色的使用方法。

实验准备

（1）了解数据库角色的分类。
（2）了解数据库角色的使用方法。

实验内容

（1）查看固定数据库角色 db_datawriter 的属性，并将数据库用户 newuser 添加到该角色中。

① 打开 SQL Server Management Studio 窗口，从"对象资源管理器"窗格中依次展开 SQL Server 服务器下的"数据库"→YGGL→"安全性"→"角色"→"数据库角色"节点，右击其子节点"db_datawriter"，在弹出的快捷菜单中单击"属性"命令，打开"数据库角色属性-db_datawriter"对话框。

② 单击"添加"按钮，再单击"浏览"按钮，打开"查找对象"对话框，选中 newuser 后，连续三次单击"确定"按钮。

（2）在 YGGL 数据库中创建用户定义数据库角色"db_user"，并将数据库用户"newuser"添加到该角色中。

在 SQL Server Management Studio 查询编辑窗口中输入如下程序。

```
USE YGGL
GO
CREATE ROLE db_user
```

```
GO
EXEC sp_addrolemember 'db_user','newuser'
GO
```

执行以上程序，并在"对象资源管理器"窗格中查看结果。

【思考与练习】

如何查看某个数据库用户隶属于哪些数据库角色？

实验9

备份恢复与导入导出

实验 9.1　数据库备份

目的与要求

(1) 掌握在 SQL Server Management Studio 中创建和命名备份设备的方法。
(2) 掌握在 SQL Server Management Studio 中进行备份操作的步骤。
(3) 掌握使用 T-SQL 语句进行数据库完全备份的方法。

实验准备

了解在 SQL Server Management Studio 中创建并命名备份设备和进行完全数据库备份和恢复。

实验内容

1. 在 SQL Server Management Studio 中进行数据库完全备份

(1) 在"对象资源管理器"窗格中,展开"服务器对象"节点,然后右击"备份设备"选项,在弹出的快捷菜单中单击"新建备份设备"命令,此时会打开"备份设备"对话框。在"设置名称"文本框中输入设备名称,若要确定目标位置,单击"文件"单选按钮并指定该文件的完整路径。最后,单击"确定"按钮完成备份设备的创建和命名,如图 T9.1 所示。

(2) 打开 SQL Server Management Studio 窗口,从"对象资源管理器"窗格中展开 SQL Server 服务器下的"数据库"节点,右击 YGGL 文件夹,在弹出的快捷菜单中单击"属性"命令,然后选择"选项"选项卡,在"恢复模式"下拉列表框中选择"完整"选项,如图 T9.2 所示。单击"确定"按钮,应用修改结果。

(3) 右击数据库 YGGL,在弹出的快捷菜单中单击"任务"→"备份"命令,打开"备份数据库"对话框,如图 T9.3 所示。

(4) 在图 T9.3 所示的"备份数据库"对话框中,在"数据库"下拉列表框中选择 YGGL 数据库,在"备份类型"下拉列表框中选择"完整"选项,保留"名称"文本框中的内容不变。通过单击"删除"按钮,可以删除已存在的默认生成的目标。单击"添加"按钮,弹出"选择备份

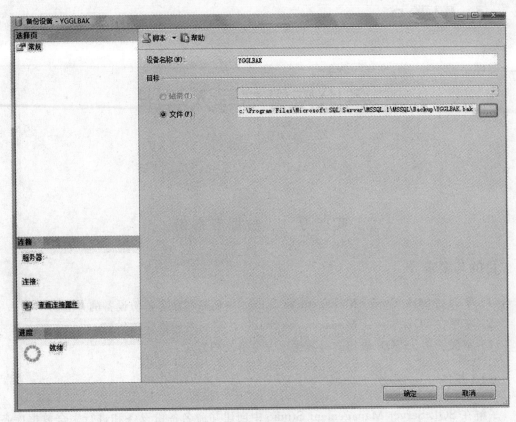

图 T9.1　创建并命名备份设备

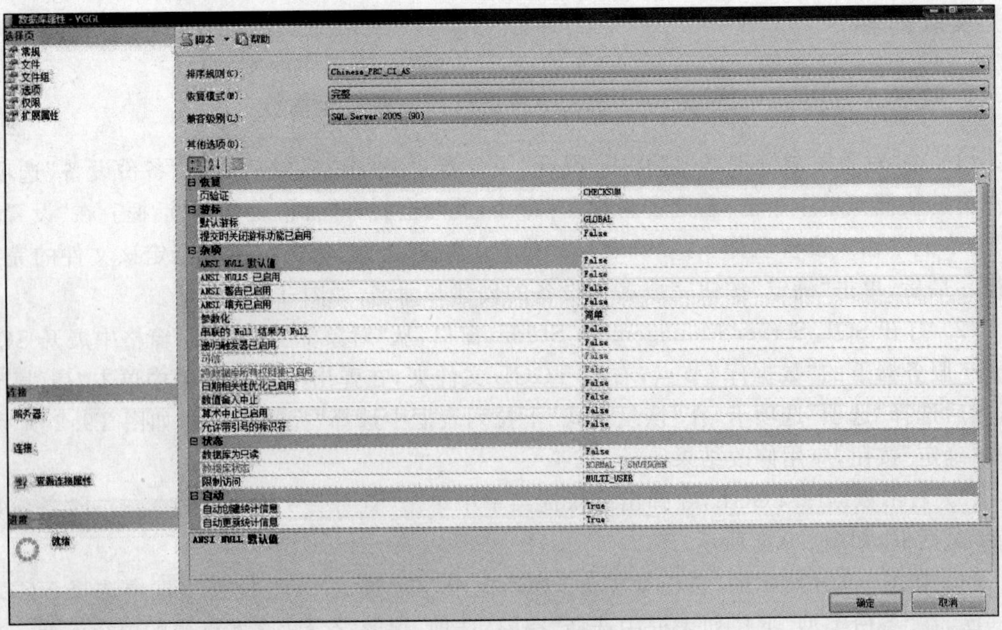

图 T9.2　设置恢复模式

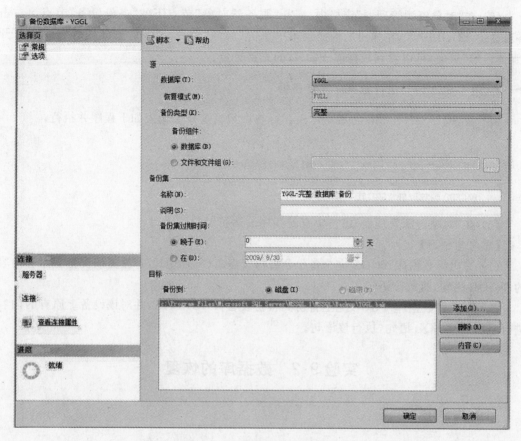

图 T9.3　设置备份的"常规"选项卡

目标"对话框,单击"备份设备"单选按钮,选择建立的 YGGLBAK 设备,如图 T9.4 所示。设置好以后,单击"确定"按钮返回"备份数据库"对话框。

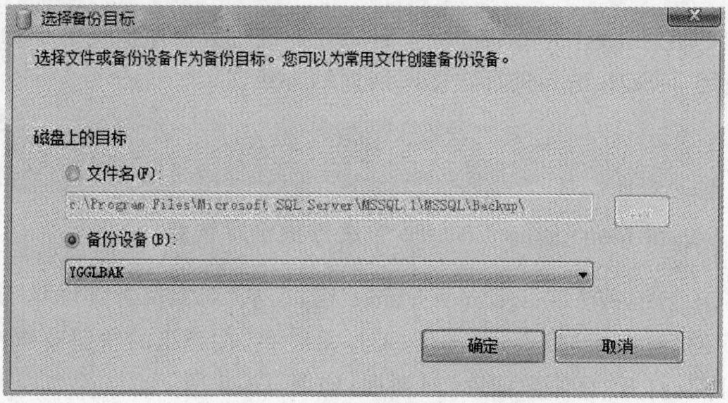

图 T9.4　启用并选择备份设备

(5)选择"选项"选项,打开"选项"选项卡,单击"覆盖所有现有设备集"单选按钮,选中"完成后验证备份"复选框,完成设置后,单击"确定"按钮开始备份,完成备份后将弹出备份完成对话框。

(6) 在"对象资源管理器"窗格中,展开"服务器对象"节点下的"备份设备"节点。右击备份设备 YGGLBAK,在弹出的快捷菜单中单击"属性"命令。选择"媒体内容"选项,打开"媒体内容"页面,可以看到数据库 YGGL 的完整备份。

2. 用 T-SQL 语句进行数据库完全备份

(1) 在 SQL Server Management Studio 查询编辑窗口中输入如下程序并执行。

```
USE master
EXEC sp_addumpdevice 'disk','YGGLBAK1','c:\Program Files\
     Microsoft SQL Server\MSSQL.1\MSSQL\Backup\YGGLBAK1.bak'
  BACKUP DATABASE YGGL TO YGGLBAK1
```

(2) 在"对象资源管理器"窗格中查看程序的运行结果。

【思考与练习】

(1) 写出将数据库 YGGL 完全备份到备份设备 YGGLBAK,并覆盖该设备上原有内容的 T-SQL 语句,执行该语句。

(2) 写出将数据库 YGGL 完全备份到备份设备 YGGLBAK,并对该设备上原有的内容进行追加的 T-SQL 语句,执行该语句。

实验 9.2   数据库的恢复

目的与要求

(1) 掌握在 SQL Server Management Studio 中进行数据库恢复的步骤。
(2) 掌握使用 T-SQL 语句进行数据库恢复的方法。

实验准备

(1) 了解在 SQL Server Management Studio 中进行数据库恢复的步骤。
(2) 了解使用 T-SQL 语句进行数据库恢复的方法。

实验内容

1. 在 SQL Server Management Studio 中进行数据库恢复

(1) 打开 SQL Server Management Studio 窗口,从"对象资源管理器"窗格中展开 SQL Server 服务器下的"数据库"节点,右击 YGGL 文件夹,在弹出的快捷菜单中单击"任务"→"还原"→"数据库",打开"还原数据库"对话框,如图 T9.5 所示。

(2) 在"目标数据库"下拉列表框中选择要还原的数据库,若要用新名称还原数据库,则输入新的数据库名称。在"目标时间点"中单击右侧的按钮打开"时间还原"对话框,可以选择"最近状态"或"具体日期和时间"选项来设置还原的时间点。根据实际情况选择"还原的源",若选择"源设备",单击右侧的按钮添加备份设备,在"选择用于还原的备份集"中选择要用于还原的备份集。

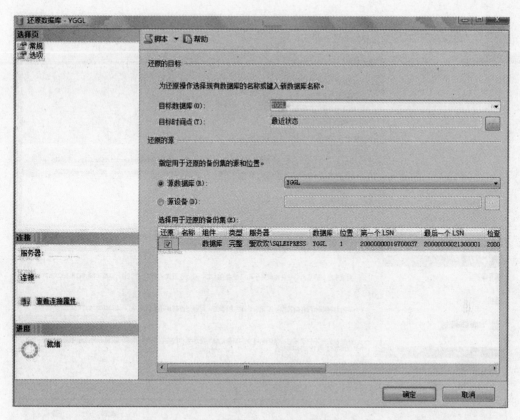

图 T9.5 "还原数据库"对话框的"常规"选项卡

(3) 单击"选项"标签进入"选项"选项卡,如图 T9.6 所示。在"还原选项"选项区域中,设置还原数据库的方式。在"将数据库文件还原为"区域中,设置组成数据库备份的各数据库文件的新名称或新位置。在"恢复状态"选项区域中,设置数据库恢复的状态,单击"确定"按钮开始还原数据库。

注意:在还原数据库时,必须关闭要还原的数据库。

2. 使用 T-SQL 语句还原数据库

在 SQL Server Management Studio 查询编辑窗口中输入如下程序。

```
USE master
GO
RESTORE DATABASE YGGL
    FROM YGGLBAK
GO
```

该语句执行时会出现"尚未备份数据库'YGGL'的日志尾部"的错误提示,可以使用 BACKUP LOG 进行尾日志备份。

```
USE master
GO
BACKUP LOG YGGL TO YGGLBAK1 WITH NORECOVERY
```

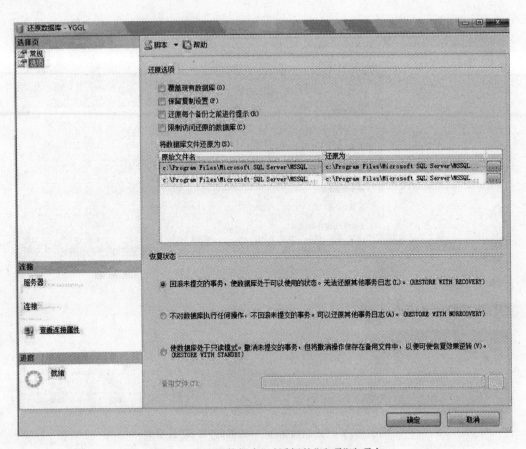

图 T9.6 "还原数据库"对话框的"选项"选项卡

该语句成功执行后,重新执行恢复语句即可成功恢复数据库。

实验 9.3 数据库的导入导出

目的与要求

掌握使用数据转换服务在不同类型的数据源之间导入和导出数据的方法。

实验准备

(1) 了解使用 DTS 将 SQL Server 数据库导出到 Excel 文件的方法。

(2) 了解使用 DTS 将 Excel 文件导入 SQL Server 数据库的方法。

实验内容

1. 将 YGGL 数据库的数据导出到 Excel 文件中

(1) 打开 SQL Server Management Studio 窗口,从"对象资源管理器"窗格中展开 SQL

Server 服务器下的"数据库"节点,右击 YGGL 文件夹,在弹出的快捷菜单中单击"任务"→
"导出数据",打开"欢迎使用 SQL Server 导入和导出"对话框。

(2) 单击"下一步"按钮,打开"选择数据源"对话框,在"数据源"中选择 Microsoft OLE
DB Provider for SQL Server,单击"下一步"按钮,打开"选择目标"对话框,在"目标"中选择
Microsoft Excel,并指定 Excel 文件的路径。

(3) 单击"下一步"按钮,打开"指定表复制或查询"对话框,根据实际情况选择后,单击
"下一步"按钮,打开"选择源表和源视图"对话框。

(4) 选中 YGGL 数据库中的 Employees 表和 Departments 表,单击"编辑"按钮可以编
辑源数据和目标数据之间的映射关系,单击"下一步"按钮,显示"保存并执行包"对话框,单
击"下一步"按钮,打开"完成该向导"对话框,单击"完成"按钮,打开"执行成功"对话框。这
样就在指定的 Excel 文件中生成了 Employees 和 Departments 两个表。

注意:

(1) SQL Server 中的表和视图都被转换为同一个 Excel 文件中的不同工作表。

(2) 从 SQL Server 数据库导出到其他数据库的转换方法和步骤同上。

2.将 Excel 文件导入到 SQL Server 中

(1) 新建名为 YGGL1 的数据库(也可以在导入向导执行过程中新建),右击 YGGL1 节
点,在弹出的快捷菜单中单击"任务"→"导入数据",后续步骤基本和数据导出相同。

(2) 导入成功后,可以在 YGGL 数据库中查看到导入的所有表。

【思考与练习】

(1) 将 YGGL 数据库转换成 Access 数据库,看其操作过程与导出到 Excel 文件有什么
异同。

(2) 选择一个 Access 数据库并将其导入到 SQL Server 数据库中。

参 考 文 献

1. 王珊、萨师煊.数据库系统概论[M].第四版.北京：高等教育出版社,2006.
2. 何玉洁.数据库原理与应用[M].北京：机械工业出版社,2007.
3. 郑阿奇等.SQL Server 实用教程[M].第三版.北京：电子工业出版社,2008.
4. Jeffrey D. Ullman,Jennifer Widom.数据库系统基础教程[M].北京：机械工业出版社,2003.

读者意见反馈

亲爱的读者：

感谢您一直以来对清华版计算机教材的支持和爱护。为了今后为您提供更优秀的教材，请您抽出宝贵的时间来填写下面的意见反馈表，以便我们更好地对本教材做进一步改进。同时如果您在使用本教材的过程中遇到了什么问题，或者有什么好的建议，也请您来信告诉我们。

地址：北京市海淀区双清路学研大厦 A 座 602 室 计算机与信息分社营销室　收
邮编：100084　　　　　　　电子邮箱：jsjjc@tup.tsinghua.edu.cn
电话：010-62770175-4608/4409　　　邮购电话：010-62786544

教材名称：数据库系统原理
ISBN　978-7-302-22263-7

个人资料

姓名：_____　　年龄：_____所在院校/专业：_____

文化程度：_____　通信地址：_____

联系电话：_____　电子信箱：_____

您使用本书是作为：□指定教材 □选用教材 □辅导教材 □自学教材

您对本书封面设计的满意度：

□很满意 □满意 □一般 □不满意　改进建议_____

您对本书印刷质量的满意度：

□很满意 □满意 □一般 □不满意　改进建议_____

您对本书的总体满意度：

从语言质量角度看　□很满意 □满意 □一般 □不满意
从科技含量角度看　□很满意 □满意 □一般 □不满意

本书最令您满意的是：

□指导明确 □内容充实 □讲解详尽 □实例丰富

您认为本书在哪些地方应进行修改？（可附页）

_____
_____

您希望本书在哪些方面进行改进？（可附页）

_____
_____

电子教案支持

敬爱的教师：

为了配合本课程的教学需要，本教材配有配套的电子教案（素材），有需求的教师可以与我们联系，我们将向使用本教材进行教学的教师免费赠送电子教案（素材），希望有助于教学活动的开展。相关信息请拨打电话 010-62776969 或发送电子邮件至 jsjjc@tup.tsinghua.edu.cn 咨询，也可以到清华大学出版社主页（http://www.tup.com.cn 或 http://www.tup.tsinghua.edu.cn）上查询。